一九世紀「英国」小説の展開

海老根宏
高橋和久 編著

松柏社

一九世紀「英国」小説を読む（いくつもの）理由——序に代えて

年下の畏友高橋和久氏から、この論集のことで声をかけられたのは、一昨年の暮れ、師走の遊客たちがにぎやかに行き交う神楽坂の、彼の行きつけ（らしい）の酒亭でのことだった。その席には彼の教え子の若い人たち数人も加わっていて、彼らは高橋氏の指導のもと、今は立派な新進の研究者になっているが、もともと私が東大で教えていたころには学部の学生か、あるいはせいぜい大学院の修士課程にいた人たちである。だから私とはもちろん顔見知りではあるものの、彼らのその後の研究の方向や研究者としての成長ぶりについて、現在の私が知るところはきわめて少ない。しかし彼らはみな、まるで現在でも毎日のように私と教室で接しているかのように、親しみを籠めた率直な口ぶりで語ってくれた。それは私にとって久しぶりの、彼らとの楽しく気の置けない語り合いであった。おかげで私は彼らが現在取り組んでいる研究課題だけではなく、彼らの研究者としての生活や、現在教師として働いている大学の実情などについても、多くのことを知ることができた。それはいかに多くのことが変わってしまったかを改めて認識する機会ともなったが、一方で自分はまだいろいろの面で、この人たちとつながっているという、もしかしたら幻想かもしれないが、やはり心強い感想をもひそかに抱くこともできた、そのような一夜であった。

その席で高橋氏と若い研究者の人たちが提案してくれたプランは、私とともに東京大学で英国小説をともに研究し、おこがましい言い方だが何らかの意味で私の「弟子」と言えるような人たちの論文と、私がこれまでに書いた論文のうちの数編を集めて、「英国」一九世紀小説に関する一冊の論集を編む、ということであった。高橋氏自身はもちろん私とは全く独立に英国小説研究の道を歩んできた人であるが、自らこの計画の音頭を取り、参加してくださるという、この上なく有難い申し出である。全体としてできるだけ一九世紀の「英国」小説の歴史的展開をカバーできるよう心がけるが、個々の論文の題材と内容は各執筆者の自由に任せ、一人ひとりの現在における研究の方向と関心のありかを、遠慮なく打ち出してもらう。こうして文学史的な見通しと、新しい研究動向の勢いとのあいだで、可能なかぎりバランスを取りたい、というのが、高橋氏の発想であった。

すべての教職から引退して五年以上もたつ私にとって、現役の研究者たちとともに論集を編む機会を与えられるのは、思いもかけぬ恵み以外の何物でもない。ただ唯一の不安は、文学研究の方法も内容も、私の時代と比べてはるかに、あえて進歩とは言わないが、変化してしまったことである。私が本郷の東大英文科に在籍した期間は十七年間だったから、そのころ「弟子」であった中でも年長の人たちは、今や堂々とした業績を積みあげ、日本の学界の中心として活躍し、中には世界の文学研究の舞台でのプレイヤーとなっている人たちもいる。またあの夜高橋氏とともにいた人たちは新進研究者として国の内外で着々とキャリアを築きつつある。彼らの研究は、文学作品の歴史性、政治性をはるかに自覚的に深く、また広く掘り下げようとするもの、あるいは作品の背後に回りこんで精神分析や深層心理の視点からの解読を企てるもの、作品世界自体よりもそれを「読む」行為のほうに分析の焦点をあてるもの、また「神の死」と、それが引き起こした世界像、人間像の崩壊を現代人の条件として直視し、そこから新たな文学のありようを引き出そうとするものなど、現代では「文学を読む」という作業そのものが大きく変わりつつあることをうかがわせる。また一方で、かつて一九世紀小説研究の中心にあったリアリズムへの志向を手放すわけではないにしても、その背後の神秘、幻想の異世界への関心がいわば普通のこととして取り入れられていることも目に付く点である。新しい領域を開拓しているこれらの人たちに混じって、いまだ「作品世界」というものをどこかで信じていて、それを「経験」することを文学研究の中心においている拙論は、全くの場違いな存在ではないだろうか。

しかしたぶん、ここはいたずらに体裁をつくろうべきではないのだろう。私の二篇の論文（うち一つは一昨年に講演原稿として発表したものだが、もう一篇は四十年も前、私の研究歴の最初の時期に書かれたものだ）がいかに場違いに見えようとも、それはこの間の「英国」一九世紀小説の見方の変化をあらわに物語る、対照の妙を提供するもの、あるいは反面教師のごときものとして、それなりの意味を持つのではないか。私はその場で、高橋氏のプランに異議はなく、もしもかつての「弟子」の人たちの協力が得られるならば、深く感謝してこの機会を利用させてもらいたいと返事した。そして共編者としてこれらの人たちに声をかけていただいた高橋氏の惜しみない尽力と、この計画を引き受けてくださった松柏社の森有紀子さんの力添えのおかげで、十八編の論文が寄せられ、私の手元に送られてきたのであった。

以上のようないきさつから、拙論二篇を加えてここに集められた二十篇の論文は、一九世紀における「英国」小説の展開に、多様な面から光を当てるものである。カッコ付きの「英国」という用語は、スコットランド、アイルランドをもカバーする地域の全体（政治的には「連合王国」あるいは「ブリテン」と呼ばれる）を示すためのものであるが、それはこれらの地域の政治的・文化的独自性が、ますます強く認められるようになった、近年の研究動向を踏まえている。取り上げられた作家・作品は、一九世紀初頭のジェイン・オースティン、ウォルター・スコットに始まり、彼らの同時代のアイルランド、スコットランドの女性作家たち（私の若い時代にはほとんど取り上げられることがなかった）から、ブロンテ、ディケンズ、メレディス、それに私のサッカレイとジョージ・エリオットを加えたヴィクトリア時代中期の主流作家たち、および彼らと平行して活動した怪奇、幻想物語の作者たち（本書で取り上げられるジョージ・マクドナルドとシェリダン・レ・ファニュがスコットランドとアイルランドの出身であるのは、偶然ではなかろう）を経由して、ヴィクトリア時代中期にいったんの確立を見た社会的リアリズム小説（この点でメレディスはすでにアイデンティティの揺らぎを追求する世紀末作家たちに近いが）が揺らぎだし、文学が社会に内属する人間像から社会（コンラッドの場合は西欧文明社会そのもの）から離脱する実存的、あるいは不条理な人間像へと焦点を移し始めた一九世紀末のハーディ、ワイルド、コンラッド、また本書に一貫して流れる、近代「英国」における「内なる他者」とでも言うべきアイルランドの問題を体現するジョージ・ムアと、ヴィクトリア時代怪奇、幻想物語の後継者とも言えるシャーロック・ホームズ物語にいたるまで、一九世紀文学の全範囲をほぼカバーしている。もちろん、ある意味でディケンズの作品が書かれるための条件を作り出したブルワー・リトンやディズレーリ、ブロンテ姉妹のうちでもエミリ・ブロンテ、女性作家として近年とみに声価が高まっているエリザベス・ギャスケル、スコットランド、アイルランドと対比した地域としての「イングランド性（Englishness――これも現在関心を集めているトピックの一つ）」の物語を紡ぐ名手であったトロロープなど、入るべくして入っていない作家も少なくない。だがこれは最初から、題材を自由にすることで、網羅性よりも問題意識を優先した以上、ある程度はやむをえないことで、むしろそのような偏りの中に、現在の「英国」小説研究の関心のありかを読み取るべきなのかもしれない。

こうしてこの論集は、（拙論はともかくとして）現在の一九世紀「英国」小説研究の方向性を、かなりの程度において反映するものとなった。その際いくつかの論文はこの方向性を反映というよりはむしろ前提として書かれているので、その研究がどのような文脈に立っているかを理解してもらうためには、やはり多少の説明が必要であろう。余計な口出しというブーイングを浴びることにはなるだろうが、本書に収められた個々の論文について及ばずながら紹介させていただきたいと思う。

＊

高橋和久「距離と分類——スコット『ウェイヴァリー』をめぐって」は、近代的意味での歴史小説の創始者であるウォルター・スコットの記念碑的な第一作（一八一四）を取り上げ、その構造の複雑さを、その複雑さを損なわないままで鮮やかにときほぐしている。「六十年前の物語」と副題にあるとおり、この作品はイングランドとスコットランドの統合（一七〇七）への最後の抵抗であった一七四五年の「ジャコバイト反乱」（追放されたスチュアート王家の王子をいただく、ハイランド辺境地方を中心とする反乱）を舞台に、封建的忠誠と近代的ヒューマニズム、スコットランドとイングランド、ロマンスとリアリティなどの対立を展開する、歴史活劇であると同時に当時のスコットランド社会のリアルな描写をないまぜにした傑作である。高橋氏は、この作品が常識的な対立構造（私のこの紹介に典型的に現われているような）に基づく「分類」をこえて、六十年前という時間的「距離」、辺境という空間的「距離」が、過去を遠ざけることによってかえって現在と接続し、またロマンティックなものがリアルであるがゆえにかえってロマンティックな存在を確実にするという逆説の錯綜した筋道と、その時代的、政治的意味合いを浮かび上がらせる。時代順の偶然にも恵まれて、この論集をこのようなスケールの大きい論文ではじめることができたのは、実に幸運なことであった。

吉野由利「マライア・エッジワースと帝国、ファッション、オリエンタリズム」、高桑晴子「スコットランドの風俗小説——スーザン・フェリアとブリテンの家庭《ホ》／故郷《ーム》」は、ともに一九世紀初期の「英国」小説研究の大きなトピックとなった「ナショナル・テイル」（国民小説とか地域小説とか訳されているが、私は概念としては民族小説に近いと思う）を取り上げる。一八世紀初めに統合したスコットランド、一九世紀初めに統合したアイルランドを抱えた複合民族国家「英国」（イングランドではなくブリテン）でこの時期に発生した、民族間の文化的葛藤を、異なる民族の男女の恋物語にからめて描くタイプの小説のことである。吉野論文はそれを「英国」内の対立とその解消の物語としてだけでなく、帝国として拡大しつつあった「英国＝ブリテン」の物語へと拡張して考察する。また高桑論文はフェリアの小説がナショナル・テイルの枠組の中で、同時代のオースティンが展開していた風刺的風俗小説の観点をいかに取り入れているかを分析している。ともに一つの小説形式が、時代の政治＝文化的諸力のもとで変貌、展開してゆく点に注目する研究である。

オースティンを扱った三篇の論文のうち、丹治愛「ジェイン・オースティンの風景論序説——ピクチャレスクからイングランド的風景へ」は、オースティンの小説の中で国際的な「ピクチャレスク」の美学が、ナショナルなイングランド風景の評価に変わってゆく過程を跡づけ、政治、文化的中心たるイングランドの側から吉野、高桑論文に対応している。山本史郎「ジェイン・オースティンとロイヤル・ネイビー——「ジェイン海軍年鑑」をどう読むか？」は、多くのネルソン伝の訳者である山本氏ならではの、この時代の「英国」（＝王国）海軍の実態についての行き届いた解説である。兄弟が海軍士官であったオースティンは、その小説の中に海軍軍人を多く登場させており、山本論文はその理解のための必須の情報を提供する。また小山太一氏の『高慢と偏見』論（小山氏は『自負と偏見』という題名を採用している）は、この作品が結婚ゲームというプロットの上でいかに「偶然」に頼っているかを明確にし、“serious”という言葉をキーワードに、その意味の揺れを通して、この名作が同時に理想的世界の提示でもあり、それへのアイロニックな懐疑の表明でもあることを示す。現代英国（イングランド）小説のすぐれた研究者・翻訳者である小山氏という、時代と国を隔てた一人のアイロニックな読者によって再構築されたオースティン「再読」である。

ヴィクトリア時代中期の古典的作家たちを論ずるのが大田美和、永富友海、斎藤兆史の三氏である。大田論文「“Strange extravagance with wondrous excellence”——『ジェイン・エア』と『歌姫コンシュエロ』の間テキスト性」は、シャーロット・ブロンテと、近年とみに評価が復活しているフランスの偉大な女性作家ジョルジュ・サンドのかかわりと、そこに通底するものを探ろうとする、野心的な試みである。「間テキスト性」の概念は必ずしも直接の影響関係を必要としないし、本論文もそれを確立するに至ってはいないと思えるが、この二人を結ぶものがある種の異世界への信頼であるということは、私のジョージ・エリオット論との関連でも興味深い。大田氏はこのことを、ロチェスターからのテレパシーを受けたときのジェインの言動の精細な分析によって裏付けている。永富友海「『デイヴィッド・コパーフィールド』における記憶と家族」は、この作品で決定的な役割を演じながら最後まで謎めいた存在のままとどまるスティアフォースという人物を、家族心理の観点から解明しようとする。この作品は『オリヴァー・トゥィスト』型の孤児の成長物語の枠組みでは理解しきれないのであり、永富氏はこの物語の中心を両親と子どものあいだのエディプス的関係から兄弟姉妹間のエロス的関係へと移すことで、デイヴィッドが自分の愛する人たちを破壊するスティアフォースをなぜかくも崇拝し愛するのかについて、新鮮な議論を展開している。斎藤兆史「声に出して読むディケンズ」は、文体論を専門とし、英語教育、文学教育の分野でも活発な発言を続けている斎藤氏が、ディケンズを朗読するという作業（彼自身がＮＨＫラジオ放送での『デイヴィッド』講読において見事に実践した）に学問的な考察を加えることを通じて、ディケンズ的語り手とは「自由間接文体」を駆使する洗練された小説家ではなく、もっとはるかに原始的な「声色使い」つまり一種の腹話術師であることを証明したものである。物語内容の分析よりも物語形式に関心を向ける点で、私自身のサッカレイ論にも通じるかもしれない。

鵜飼信光「始まりも終わりもない物語――ジョージ・マクドナルド『ファンタステス』における光と闇」と桃尾美佳「死者と亡霊の間――シェリダン・レ・ファニュ“The Familiar”を読む」は、ジョージ・マクドナルドのファンタジー小説『ファンタステス』（一八五八）と、シェリダン・レ・ファニュの短編“The Familiar”（特定の人に付きまとう悪霊）という、ヴィクトリア時代中期の幻想、怪奇小説を扱い、この時代における異世界への関心に目を向けている。鵜飼論文は、マクドナルドの代表作『北風のうしろの国』でも中心的な問題となっていた「善と悪は分離することができない」というテーマをめぐって、この美しいけれど難解な物語を読解しようとする。『北風のうしろの国』でもこの問題は非常に錯綜しており、読者は迷宮の中を進んでいるような気持ちに襲われるが、ここではその出口はどうやら「所有欲を捨てる」ことにあるらしい。スコットランド教会の牧師の職を捨てたこの作家の思想は、もしかすると仏教に近づいているのかも知れないと感じる。桃尾論文は一九世紀初めのマチューリン以来のアイルランド怪奇小説の底流となっている政治性（イングランド系プロテスタント支配階級が、カトリック・アイルランド人の被支配者の復讐の悪夢におびえる）を逆手に取って、この短編が物語内容として展開している復讐の物語を物語の全体としては信用できないものとして否定し、出口のない迷宮構造を作り出していると論じる。こうしてこの作品は歴史的な状況に根ざしながらも、それを超え出る創造的な製作物となるのである。

一九世紀後半になると、文学のあり方も次第に変わってくる。それまでの小説は主として社会的人間を描き、登場人物の葛藤、願望、目標などを社会の内部で解決することを目指していた。もちろん一九世紀文学にはその始めから、社会から離脱しようとする強烈なロマン主義の衝動が付きまとっているのだが、ヴィクトリア時代中期の社会意識の高まりと、それがもたらしたリアリズムへの志向が、それを抑制していたのである。だが一面で安定であり一面で行き詰まりでもある一九世紀後半の社会、近代化にともなう伝統的な社会の絆の緩み、そして何よりもダーウィンの進化論の影響がしだいにボディブローのように効いてきて、キリスト教への信仰とその世界像への信頼が薄れてきたこと、これらの要因が重なり合って、伝統的社会が保持してきたすべての価値や規範を喪失し、世界の中で孤立する、よるべのない人間像が、前景化されるようになる。

ジョージ・メレディスは「英国」リアリズムの頂点を極めたジョージ・エリオットとほぼ同時期に文学経歴をはじめた作家だが、その作品は、丹治竜郎氏が『『リチャード・フェヴレルの試練』における仮面の哀亡」で指摘するとおり、奇妙に人工的でかつ喜劇的なプロットを用いてしばしばあまり喜劇的でない内容を表現するという、謎めいた形を取る。一九世紀末には大作家として崇拝されたメレディスも、現代ではあまり読まれなくなっているが、丹治氏はこの作品（一八五九）をおのれのアイデンティティを隠し、あるいは見失う人間たちの悲喜劇として読み解き、彼の意外な現代性を明らかにする。吉田朱美「ハーディ小説における動物の痛み」は、人間社会と非―社会（あるいは自然）のあいだを彷徨するハーディ文学の人物たちが、動物に同化したり、逆に動物に感情移入して擬人化したりするさまを追跡している。これは現代にまで続く芸術の非―人間化（あるいは人間性からの脱出＝脱落）の一つの現われでもあるし、また「アニマル・ライツ」として現代思想の課題ともなっているテーマである。

次に、ポストコロニアル文学の原点と言うべきジョーゼフ・コンラッドについての二編の論文が並ぶ。西村隆氏の論文は、『闇の奥』の雑誌発表（一八九九）に先立って現れた二つの文章、一つはシンガポールを舞台としたルポルタージュ形式の現地報告、もう一つは白人の養子となり、やがて牧師となった黒人青年を主人公とした短編小説を紹介し、この二編とも西欧文明と植民地現地人との隔たりは埋めることができないというメッセージを含んでいると分析する。そして『闇の奥』はこの二編に対するパロディであり、西欧人が現地人よりもさらに「野蛮」化するという逆転を含んでいるとする。当時の植民地言説の中にコンラッドを位置づけることで、彼の作品の意味がさらに明確に浮かび上がらせる論文である。中井亜佐子「共同体、社会、大衆」は「コンラッドと『わたしたち』の時代」という副題を持ち、コンラッド『ナーシサス号の黒人』（一八九七）の語りの分析と、現代の政治状況の中でコンラッドを読むことの意味への問いの両方を一つの問題として扱おうとする、この分野での代表的な研究者中井氏にふさわしい、野心的な試みである。カッコつきの「わたしたち」とは、この小説の語りの主体が三人称、物語の中心での「わたしたち」、結末の「わたし」へと揺れ動くことを指しているが、それはまた現代人としてコンラッドを読む「わたしたち」の不安定さでもある。『ナーシサス号の黒人』にはコンラッドの文学宣言と言うべき有名な序文がついているが、その中でコンラッドは、小説の目的を「数知れぬ孤独な心を無敵の連帯へと結ぶ」ことであるとし、そのために自分は「あなたがたが聞くように、感じるように、何よりもまず、見るように、させる」と述べている。中井氏は小説における印象主義の宣言として見られることが多いこの序文に、映画の時代を先取りするという斬新な解釈を与え、読者＝孤独な映画館の観客という現代的な意味転換を導き、現代においてのコンラッド読解の問題に、新しい光を投げかける。

結城英雄「ジョージ・ムアの『一青年の告白』における時代の文脈」は、世紀末時代の前後の文学界で大きな存在であったが、現在では半ば忘れられているアイルランド作家の自伝的小説（一八八八）を再考し、そこに働いている思想的、政治的、文壇的な諸力を綿密に跡づけている。名著『「ユリシーズ」の謎を歩く』において、ジョイスの大作の各章にあらゆる角度から精細な注解を施した結城氏は、ジョイスから一世代前の時代におけるアイルランド、イギリス、フランスの間のいわば文化の政治学の潮流を見事に描き出してくれる。時代を超越するような作品を残すことができなかったムアのような文学者の方が、かえって時代を代表しているとも言えるだろう。

田尻芳樹「『ドリアン・グレイの画像』におけるニヒリズム」は、一見すると古風な「思想的背景」の研究のように見えるが、ベケットを中心とする氏のこれまでの仕事を知る者にとっては、氏が強調する現代芸術における人間の非人間化、機械化の根底にはニヒリズムの問題が横たわっていることが、理解できるだろう。田尻氏はすでにワイルドの『まじめが肝心』（一八九五）についての見事な論考（氏の『ベケットとその仲間たち』に収められている）で、この非人間化のもう一つの現われである「擬似カップル」の源流をこの「ノンセンス劇」の中に見ている。この『まじめが肝心』論では、『ドリアン』は、いまだに伝統的な善悪の対立の枠組みの中にある作品とされ、対照的に扱われていたが、田尻氏はその『ドリアン』（一八九〇）においても、人間観、世界観の基礎を崩壊させ、現代芸術の非人間化を生み出すもととなったニヒリズムが、すでに十全な形で存在していることを確認する。実は一九世紀後半のリアリズム小説の危機は、人間と世界についてのこの根拠の喪失から生まれてきたのであり、リアリズムの危機は『ナーシサス号の黒人』の序文での、コンラッドの切迫した連帯の訴えからも感じられるものなのである。本書の最後の論文、山田美穂子「再生コナン・ドイルと不条理劇の系譜」は、「擬似カップル」についての田尻氏の論考に触発され、これをシャーロック・ホームズとワトソンの二人組に適用したもの。山田氏の視野はホームズ物語（一八八七―一九二七）を現代化した最近のBBCドラマ『シャーロック』にまで及び、コナン・ドイルの作り出したこの二人組の現代性を取り出している。

*

最後に、拙論二篇について、少しばかり述べさせていただく。これら十八編の論文に目を通した私は、当初恐れていたほど、私の論文と他の論文との不整合を気にする必要はないように思い、少しばかりの安心感を覚えた。もちろん論文の文体、問題意識と研究方法、利用された研究成果など、新旧の差は歴然としているし、多くの人たちが題材としている作家や作品は、私がカバーできる範囲をはるかに越えている。しかし、自惚れのそしりを恐れずに言わせてもらうと、私はこれらの論考は、作品の「外部」へ向かう関心において、自分のつたない論文と通じあうところがあると感じたのである。サッカレイの代表作（一八四七―四八）を論じた『虚栄の市』の人びと」はジャンル論の観点から登場人物を考察したものである。現在から見ればまったく不十分なものではあるが、ジャンルを論じるということは作品を同種類の作品の系譜のなかに置いて考察することであり、現在で言えばインターテクスチュアリティを問題としようとしたと言えるかもしれない。また一昨年に書いた「ジョージ・エリオットにおける現実と非現実」は、一九世紀英国小説についての私の考えの総括とも言えるもので、ジョージ・エリオットの後期小説（『フィーリクス・ホルト』［一八六六］、『ミドルマーチ』

［一八七一―七二］、『ダニエル・デロンダ』［一八七四―七六］）の考察を通して、リアリズムを徹底した果てに起こる現実からの超出、その結果である現実の二重化が、これらの作品を逆説的にリアリズムの最高峰としている、という主張を述べている。いずれも作品の内部と外部のダイナミックな関係に光を当てようという試みであり、不徹底ではあるけれども、辛うじて本書に集められた他の論文の仲間入りを果たせる程度には、それらの論文の問題意識に近づいているのではないかと、あえて思いたい。

これら二十篇の論文は、ある意味ですべてが「再読」の結果であると言えるだろう。すなわち、一九世紀「英国」小説の作家作品に、現代の観点から再度光を当てようとする作業である。文学は、もっと広く文化というものは、このようにして絶えず読み直され、新しい意味と生命とを獲得してゆく。過去の作品を読む新しい理由が、絶えず生まれてくるのである。このたび老人の身でこの終わることのない作業の一端に加わり、ほとんど忘れ果てていた文学研究の喜びをもう一度味わうことができた。このプランの生みの親であり、自らも貴重な論考を寄せられた上、共編者として名を連ねてくださった高橋氏、研究の現場からのみずみずしい論考を寄せてくれたその他十七名の年下の友人たち、また刊行の実務を担ってくださった松柏社の森有紀子さんに、心から感謝の言葉を捧げたい。

二〇一三年　喜寿の秋

海老根 宏

もくじ

1

Walter Scott

距離と分類
スコット『ウェイヴァリー』をめぐって

高橋和久

分類とはそうしたものかもしれないが、「輪郭がはっきりしていて曖昧とは無縁と思われる」〈歴史小説〉というジャンルも「複雑で不協和で多様で流動性に満ちている」らしい（de Groot 一〇）。それにも拘わらずスコットがこのジャンルの「始祖であることは、文学史上の常識として広く認められている」（樋口 三）ようであり、少なくとも「主人公の関わる歴史上の運動の際立ったプラスとマイナス両面がその人物造型のなかに集約されている」ところにスコットの「比類ない歴史小説家としての才能」を見る（Lukács 一〇三）という評価が提示されて以来、〈歴史小説〉の卓越した先駆者としてのその地位は確立していると言っていい。またスコット自らある作品の「前書き」で「物語を展開するのにこれまで頼ってきた土台」である「スコットランドの習俗、方言、著名人」は「作者が何にもまして熟知し慣れ親しんでいたもの」と述懐している通り（［一八九三］xxvii）、「ややもすると浅薄な娯楽読み物」と化した後期のイングランドものと比べると、一八世紀のスコットランドを舞台とした作品は「言語的妥当性、歴史的正確さ」の点で優っている（Parrinder 一五三）のは明らかであり、しかも第一作『ウェイヴァリー』（一八一四）の位置づけに関しては、その「出版以来、それに勝る、もしくは匹敵する作品を書かなかった」というゲーテの評価（Hayden 三〇八）が、諸作中「最も組織だった作品であり、芸術的に『ミドロジアンの心臓』と並ぶ最高傑作である」という現代の文学史に見られる記述（Walker 一二一）にまで受け継がれているように思われる。それならば『ウェイヴァリー』という作品の特性表示を試みることは、例えばデフォーやリチャードソンから始まるとされるイギリス〈小説〉と比較したときに浮かび上がる〈歴史小説〉と分類されるテクストの特質を探ることにもつながるのではないか。その歴史小説がスコットランドの特殊な過去を舞台にしたものに限られるとしても、である。

『ウェイヴァリー』を前にしてこのようなジャンル意識に捉われるのは、必ずしも論文を書くためではない。語り手が読者にそれを強いるからである。語り手の主張を纏めれば「ここで採用しないロマンスの安直な定則を並べ立てた後で、自作がどれほどリアリティを備えることになるかを強調する」（Frye 四〇）といったところに落ち着こうが、こうした要約からはみ出す部分もまた無視できない。たしかに語り手は自作が帰属しないジャンルの例として『ユドルフォの秘密』や「ドイツのロマンス」を挙げ、わざわざこの作品は「騎士道ロマンスではない」と断り（Scott［二〇〇七］四。以下、引用はこの版による）、さらには、読者がここに「セルバンテスのロマンスの模倣」を期待するのは間違いであると念を押すのだが、同時に、それなりの「ロマンティックな色づけ」はする、と余計な留保を付け加える（二〇）。また語り手は、空想癖が強いらしい女性読者への偏見を多少とも滲ませつつ、自作を空飛ぶ絨毯ではなく慎ましく地上を走る「イングランドの馬車」に譬えながら、しかし暫しの「退屈」を我慢してもらえれば、読者を出来るだけ早く「もっとピクチャレスクでロマンティックな国」に連れて行くと、まるでそこが地続きではない異国の地であるかのように、約束する（二六）のである。作者が〈ロマンス〉とは「驚異的で（marvellous）並外れた出来事によって興味をかき立てる虚構上の散文もしくは韻文」であり、〈小説〉が「そこで物語られる出来事がありふれた人事や社会の現代的状況（modern situation）に合致する」のと対照的だが、しかし「この両者の性質を兼ね備える作品が存在する」と論じている（［一八四七］二九―三〇）ことを確認すれば、以上のような語り手が展開する『ウェイヴァリー』は「改変されたロマンス、リアリズムの加味されたロマンス」（Welsh 一四）の一例であるとひとまず理解するのが便利であるに違いない。実際、用語の違いはあれ、従来の研究もこの点を多少とも意識せずにはいられなかったと言えるのだが、この作品では、格別「驚異的で並外れた出来事」が降りかかっているわけではない主人公の遍歴を辿るのに、くどいまでに〈ロマンス〉や〈ロマンティック〉という語が用いられていることを考え併せると、「ロマンスと小説の性質を兼ね備える」という分類の難しさの意味を改めて探ることは無意味ではないかもしれない。ロマンスに対比される〈小説〉が「現代」と結びつけられるとき、この作品の副題「六十年前の話（*'Tis Sixty Years Since*）」は何を含意するだろうか。折衷的な語り手の立ち位置はテクストの核心に関わる問題であると言わねばなるまい。

なぜなら、六十年前に時代を設定するのは「この物語の目的とするところが風俗よりは人間を描くこと」であり、いつの時代でも「心の奥底を支配する衝動は同じ」ためにそれが可能となる（五）、と語り手はかなり迂遠な論理乃至は屁理屈を展開するからである。衝動の普遍性が前提されるならば、再現された過去は必然的に現在に接続するものとして理解されることになる。この語り手の発言に寄り添うように、「ナポレオン戦争はスコットの想像力に深く作用した」が、スコットには「歴史上のすべての時代を通じて、人間の精神はある種の共通性を持っていて……同種の刺激に対してはつねに同じように反応する、或いは少なくとも同じように対処するだろうという信念」があり、これは「スコットランド啓蒙主義（Enlightenment）の特徴である」と指摘されたりもする（MacQueen 八五–八六）。これはスコットの認識の一面についての正鵠を射た見解であろうが、ここにはジャコバイトのリーダーであるファーガス・マッキーヴァ（Fergus Mac-Ivor Vich Ian Vohr：以下作中の固有名詞のカタカナ表記は便宜的なもの）について、彼が「六十年前に生きていたら、今持っている洗練された態度や世間知は身についていなかっただろうし、またその野心や支配欲は今の状況だからこそ燃え立っているが、六十年後であれば、そうした燃料が欠けていただろう」（九八）という人間精神の普遍性という考え方を裏切る記述も混入している。一方、ナポレオン戦争の影響は『ウェイヴァリー』の獲得した評判にこそあるという見解も存在する。スコットが本作の「序文となるべきだった後書き」（三六四）や大全集（Magnum Opus）版（一八二九–三三）の「総序」（［一八九二］xxi）でモデルとしてエッジワースに言及しつつ、イングランドとスコットランドの融和を目指したことは周知の事実だが、ある批評家によれば、アイルランドとスコットランドでは一九世紀初頭の状況に決定的な差があった。合同が一八〇一年になされたばかりのアイルランドの窮状に対するイングランド読者の理解を求めようと懸命であったエッジワースやオーウェンソンとは違い、スコットはナポレオン戦争中の英国が望む「英雄的勇敢さ」を描くことができ、それによって『ウェイヴァリー』はイングランド読者にも熱狂的に迎えられた、というわけである。しかし、この作品がかつて敵味方であった「両陣営の気に入る」作品になりえたのは、敵味方に分かれて戦われた「戦闘が十分に遠い過去のものとなって」いるため（Koditschek 三二、三五）と言い切れるのかどうか。スコットが執筆を中断することになる本作の冒頭部分を読んだバランタインは一八一〇年九月の手紙で「時代を六十年遡ったところで、それは父親たちが現役で活躍」した「現代（modern）」と言える時代であり、現在との差異と言えば高々「コートの型くらいだろう」と記して、〈歴史小説〉であればもっと前の時代設定が望ましいと示唆していた（Lockhart 三〇〇）。

たしかに、一七四五年にはイングランドにとって脅威であったはずのスコットランド高地人（Highlanders）が、ワーテルローの戦いを報ずる一八一六年六月の『タイムズ』紙において、その「勇敢」を称えられたという（Clyde 一七四、一七七）。評価が変わったことは間違いない。だがその変化が『ウェイヴァリー』の人気の原因であると納得するのは少しばかり一面的にすぎはしないか。両者の影響関係はもっと相互的だろう。『ウェイヴァリー』が評価の逆転を目指していることは明らかである。ここでスコットは「現代」と地続きの「六十年前」を「遠い過去のもの」として描き出しているように見える。過去を遠ざけることによって現在に齟齬なく接続させること――それがスコットの戦略ではなかったか。距離の遠さは対象の魅力を増大させるという逆説をスコットは熟知していた。主人公エドワードがフローラと別れてハイランドを後にしたときに挿入される語り手の注釈――「距離（distance）が観念にもたらす効果は、はっきり見える場合と同じである。対象は柔らかく丸みを帯び、優雅さも倍加する。性格のきつい部分や平凡な点は溶けて消え、その記憶に残る特徴はより印象的な輪郭であって、それが崇高、優雅、或いは美を際立たせる。自然界と同様に、心の視界にも霧はかかり、遠くにある対象のあまり好ましくない側面を隠しもするし、そこにはまた明るい光も差して、まばゆい照明によって引き立つこともある諸点には華やかに降り注ぎもするのである」（一五一―五二）――は距離についての作者の認識を雄弁に語っている。さらにまた、遠くから見ると「ピクチャレスクな野性味」を湛えていると見えたハイランド軍の後衛部隊が、つまりは実体が、近代的装備からいかに程遠い武器しか持たないお粗末なものであったかを述べた部分で「近くで見ると、遠方に見える姿によって心に刻まれた効果がむしろ減ってしまった」（二三七―二八）と解説されるのも、距離のもたらす効果を裏側から語ったものと読める。それを熟知している作者は、しかし、主人公を敢えて、人並みに「距離を測る」ことすらできない人物（三五）として造型した。そこにスコットの戦略があったのではないか。

〈結論となるべき前置き〉を終えれば、ここでエドワードに目を向けることができる。これまで彼が「凡庸で平均的なイングランド紳士」（Lukács 九五）の典型であることは繰り返し指摘されており、この「愚かなイングランド紳士」は「読者の換喩」として機能するとも言える。しかしそのように機能するのは「後知恵を利用できる立場から過去を理解する」点にある（de Groot 二〇、二二）のではなく、距離を測れない点にこそあると言わねばならない。このときの読者とは「カウボーイをピクチャレスクと感ずるニューヨーカー」や「スコットランドの女魚売りをピクチャレスクと感ずるイングランド人」に他ならない。というのも「ピクチャレスク性は対象に内在している性質ではない」からで、「歴史をピクチャレスクなものとして捉えるのは最も皮相で最も無意味な捉え方」（Daiches 一三）なのである。そうした皮相な視線の担い手を、「ピクチャレスクなものの魅力に深い懐疑」を抱く「反ロマンティック」な一面を持つスコット（Mayhead 一八）は、現実と想像世界、現在と過去の距離を正しく測れない人物に設定する必要があった。それだからこそ作品冒頭は露骨すぎるほど主人公の内と外をロマンティックに塗り固める。エドワード少年を可愛がる伯父、本家（Waverley-Honour）に暮らすエヴェラード（Sir Everard）は意中の女性に恋人がいることを知ると「ロマンスの主人公」よろしく身を引くような人物（一〇）であり、そんな伯父に幼少時代から半ば引き取られたエドワードは英文学の「ロマンティックな話」やイタリア語の「ロマンティックな詩」さらにはスペインの「騎士道精神を謳ったロマンティックな伝承文学」を乱読し（一五）、王党派の先祖について伯母レイチェル（Rachel）の語る悲劇的な昔話が喚起する「想像の世界に惑溺」（一八）する。そんな距離感の欠如した若者であれば当然、ある娘に夢中になったときには「ロマンティックな恋人」（二〇）になってしまうから、やはり世間を知る旅に出なければならないというのが世の通り相場。結局彼はウェイヴァリー家の伝統に背いてホイッグ政権に取り入っている父親の思惑もあって、スコットランドに駐屯していた政府軍に「ロマンティックで好奇心の強い青年」（三三）として入隊する。そして夏に休暇をもらい、伯父の旧友でもあるジャコバイトのブラッドワディン男爵（Baron Bradwardine）を訪問するところから、語り手の準備していた「ピクチャレスクでロマンティックな国」への旅が始まるのである。したがって、この作品を偉そうに批評するためには、極度にロマンティックなイングランド紳士と隣接関係に陥らぬよう正しい距離を取って、その換喩機能を停止させねばなるまい。

そのような主人公が男爵の邸宅（Tully-Veolan）を訪ねてから、ロマンスへの傾きを一層強めるのは言うまでもない。男爵から「ロマンティックな色合いの濃い話」を聞いてすぐに興味を覚える（五九）エドワードの「野放図でロマンティックな思考」（六一）をスコットランドの「ロマンティックな言伝え」（六六）が一層刺激する。ところが男爵の一人娘、明るい金髪（四三）をした「優しく美しい」ローズ（Rose）の美点は「若者のロマンティックな想像力」を虜にするものではない（七〇）ので、「まさしく戦闘とロマンティックな冒険の国」（七七）に足を踏み入れた彼の心を魅了する女性は、「我が身の置かれた立場の醸し出すロマンスの気分」に身を委ねながら案内される家畜略奪の首謀者（Donald Bean Lean）の――「未知の湖」や「未知のことば」に彩られ、「ロマンティックな想像力を働かせるのに恰好の状況が蓄積」（八四）された――隠れ家を経由してバリー＝ブラハ（Bally-Brough）峠――意味深い境界として作中何度か言及される――を越え、彼がハイランドのグレナクォイヒ（Glennaquoich）に到着したとき、その族長ファーガスの妹、漆黒の巻き毛（一〇六）の持主フローラとして具現化する。エドワードが「ロマンスの騎士」よろしく導かれる彼女のお気に入りの場所は「ロマンスの土地」であり（一一二）、そこには「ロマンティックな滝」や「ロマンティックな滝壺」など「ロマンティックな野性味溢れる風景」（一一三―一四）が設えられている。さらにフローラの声は彼に「激しいロマンティックな喜び」を与える（一一五）ほどで、兄以上に純粋なジャコバイトの闘士であるらしい彼女は、ローズとは対照的に「ロマンティックな想像力を持った若者」を虜にする女性（一二三）とならざるを得ず、厳粛な鹿狩りの儀式で怪我をしても周囲の景色を見て「ロマンティックな気分」（一二五）に浸れるエドワードであってみれば、このようにロマンスとロマンティックの飽和状態のなかで、彼女に求婚するのは必然だろう。したがってその真剣さを問うファーガスの「ロマンスとフィクションの世界の住人なのか」という問いかけに「自分は真剣だ」と答えるエドワード（一四〇）は、恋するものにありがちな自己錯誤に陥っている。彼はタリー＝ヴィオランですでに「ロマンティックな冒険の国」の住人となったと自覚していたのだから。それならば、幾分逆説的に響くが、この求婚が「人里離れたロマンティックな状況」の生んだ気の迷いの産物であるとしてフローラに断られる（一四四）のもまた必然と言わねばならない。

しかしそう簡単に生来の性向が変わるものでもない。タリー＝ヴィオランの屋敷が政府軍によって荒らされ、軍隊に戻らないエドワードにも疑いがかかっているというローズの手紙を読んでハイランドを出た彼は、銃の誤射事件から引き続く逮捕、護送、拉致を経験している間はたしかにロマンスの世界を楽しむ余裕などなくなり、したがって逆にハイランドのロマンス性が浮彫りにされることにもなるのだが、拉致される際にまた負傷して、監禁状態のまま小屋で療養しているうちに、その「ロマンティックな精神は柔軟性を回復」（一九三）し、小屋からの脱出行では「ロマンティックな」夜明け（一九七）に、さらにエディンバラに移送される途中では「ロマンスと美の混淆」した田園風景に感嘆しては「ロマンティックな想像」を掻き立てられるまでになる（二〇二）。これはホーリールード（Holy-Rood）宮でのチャールズ王子（Chevalier）——「祖先の失政と愚行という不幸はあったが、彼の生まれにふさわしく王子と呼ぼう」と語り手は弁明する——の謁見に臨む前のエドワードの心の準備として必要な過程であって、事実、「策士である」ファーガスの用意した謁見の場で、王子はエドワードの「思い描いていたロマンスの主人公像に合致」（二〇六）した存在として立ち現れる。その態度物腰に心を動かされたエドワードは、王子から否定的な意味で「聊かロマンティックなところがある」（二二四）と見抜かれつつも、ジャコバイト運動に身を投ずることになる。つまり、ロマンスを追いかける青年の旅はここで頂点に達するわけで、登りつめれば後は下るだけなのは自然の理というもの。エドワードを気にかけてくれた政府軍部隊長のG—大佐のプレストン＝パンズ／グラッズミュア（Preston-pans／Gladsmuir）での戦死（二五二）を含め、時折仄めかされていたジャコバイト運動の負の側面に次第に気づくエドワードは、ある小村（Clifton）近くの「小競り合い（skirmish）」（二九二）に敗れたハイランド軍とはぐれ、偶然の人違いをきっかけに親切な村人に匿われているうちに、ジャコバイトとの距離を実感する。そして俯瞰的にグラスゴー、カーライル、エディンバラでのハイランド軍の敗走状況が語られた後、「それ故に、スコットランドに逃げ込む可能性がなくなった」ことを理解したかのように、つまりは現実の距離感覚を獲得したかのように、エドワードは決め台詞めいた「我が人生のロマンスは終わり、今やその真の歴史が始まったのだ」（三〇一）という有名な自己認識に到達するのである。

このように大人が若者の転向を記述するときにしばしば使いそうな〈ロマンスからの覚醒〉という道筋に従

ってエドワードの軌跡を描くと、「若いときに思慮深く振舞うことを余儀なくされ、歳を取るにつれてロマンスを学んだ」(Austen 三三)という陰影に富んだ可能性が排除される分だけ直線的に見え、素朴な教養小説の主人公のものであるようにも見えてくる。実際この作品を教養小説のプロトタイプと捉える読み方は今でも根強い。例えば、エドワードは「疑いなく女性として位置づけ」られ、フローラは男らしいという「性別役割の逆転」が起きているのだが、主人公はフローラと距離を置くことで次第に男性的になり、ローズという正しい伴侶を得る(Bour 八一七―一八)というように、複数の異性の間を揺れた主人公の正しい選択という教養小説の典型的なパターンをここに見出すことができなくはない。しかしエドワードがフローラとローズを比較して、「どうしてフローラのことをあれほど、つまりローズよりもはるかに麗しい美人であると思ったのか、今の自分にはどうしても理解できない」(二七二)などと、読者にはましてや理解できないことを平然と口走って、フローラへの求婚を取り下げようと決意するのは、エドワードの心理の変化が跡づけられていないためにいかにも唐突で、しかもその決意が最終的に「成行きに任せるという決意」に帰着してしまうとあっては、素朴すぎて無責任の誹り免れがたい。語り手の気にする「女性読者」ならずとも「この主人公の移り気は許せない」(二七三)と感じて当然であろう。この移り気を少しでも正当化するためか、語り手は後に、エドワードはフローラに対して「弟が姉に対するような気持ちを抱くようになり、ローズに対してはもっと深い愛情を感じた」(三一三)と記すが、この説明はいかにも安直に響く。というのもこれは以前のエドワードのローズに対する感情を説明した「気立てがよくて嗜みのある妹に対する兄の気持ち」(七一)という陳腐な記述の姉と妹を入れ替えただけの平凡な変奏としか読めないからである。そう考えると、人生のロマンスは終わったというエドワードの新たな認識の直前に置かれた「彼は逆境に鍛えられることによって、より完璧に精神を制御できるようになった」(三〇二)という語り手の麗しいコメントもどこまで額面通りに受け取るべきか、確信が持てなくなってくる。おそらくどんなに美しい言葉も愛がなければ読者の胸に響かない。

こうした気恥ずかしいことをわざわざ確認するのは、作者自身がこの主人公にどれほど愛を感じているか定かではないからである。参照すべきは自作を書評した記事で、そこでスコットは初期作品の欠点のひとつとして「主人公が無味乾燥である」点を挙げ、さらに「主人公は作用する側ではなく状況の力の及ぼす作用を受ける側(never actors, but always acted upon by the spur of circumstances)の人間であると決まっており、その運命はいつも脇役たちの働きかけ(agency)によって決められてしまう」(［一八一七］四三一―三二)と述べている。後年の批評家の連呼する主人公の受動性は作者の自認するところだったわけだが、たしかにエドワードも軍隊への入隊から始まって、その行動はほぼ他律的に決定されるのがいかにも特徴的である。最初から「何かにつけぼんやりする傾向のある(liable to fits of absence)」(三三)彼は、行動を「選択できないのがその運命」(二九二)と評される始末である。考えてみれば、彼は元々「内戦という災厄に加担することに言いようもない嫌悪感」を抱き、スチュアート(Stuart)王家復権の企てを「理性」的に疑問視(一四九)していたのであり、それにも拘らずチャールズを前にすると「思慮深さ」が麻痺し、「王子の権利を護るために、その前に跪いて、心も剣も捧げた」のだった。実はファーガスに連れて行かれるところから謁見場でのこの感動的な一文に至るまで(二〇五―〇六)、エドワードはほとんど行為主体となっていない。というのも受動態や再帰構文を除くと、ほとんどこの場を描写する主節の主語となっていないのである。そのため、表明される献身の姿勢がどこまで主体的選択の結果であるのか聊か覚束ないという印象が拭えない。ファーガスはそんなエドワードに語っていた――「君は何か吹き込まれるとすぐそれに靡いてしまう」と(二五二)。そしてこの評言はエドワードを「好き勝手に吹く風にあちこちへと吹かれる葦として描いた」(［一八一七］四三二)という作者の自作評での発言を思い起こさせる。事実、ロマンスから覚醒し、「完璧に精神を制御できるようになった」はずのエドワードは、ファーガスとエヴァン(Evan Dhu Maccombich)の裁判所で二人の処刑が決まった後、「茫然自失」状態に陥り、「突進する群衆によって自分が街路に運び出されてしまったことを知った」(三四二)という有様で、相も変わらず自ら行動を選ぶことなく、せいぜい感じ、知覚する主体に留まったままなのである。しかも、作品のクライマックスと言っていいこの裁判ではファーガスとエヴァンの演説が行為主体としての存在感を強く示すために、エドワードの受動性が一層際だっており、彼にとっての〈ロマンスからの覚醒〉がいかにあやふやであるかを露呈してしまう。そこでロマンスの終わりと歴史の始まりについての自己認識を語っているかに見えた箇所をもう一度参照すると、それは「彼は溜息混じりかもしれないが、我が人生のロマンスは終わり、今やその真の歴史が始まったのだとはっきり言えるだけの資格が自分にあるように感じた(he felt himself entitled to say firmly, though perhaps with a sigh, that the romance of his life was ended, and that its real history had now commenced)」(三〇一)の一部だった。このまわりくどい文章(実はこれ自体が that 節になっている)は自己認識の輪郭を見えにくくするように作用しているのではないか。エドワードが主語となるのはここでも「彼が感じた」という一点に過ぎず、ロマンスが終わるのも、歴史が始まるのも、彼ではなく外部の状況がもたらした変化である。エドワードには教養小説の主人公にふさわしいとはっきり言えるだけの資格はないように感じられる、だろう。

しかしながら主人公のこのような側面は作者の計算のうちである。自作評によればその受動性は「作者が多くの場合、スコットランドのものをすべて目新しく(strange)感ずるよそ者として主人公を描いているところから生ずる」ことになる。つまりエドワードは、見るもの何でも「驚異的」だと感嘆（その極限が「茫然自失」だろう）する距離感の欠如した観察者として、イングランドとは地続きでないかのように設定されたスコットランドという「もっとピクチャレスクでロマンティックな国」を経験するという構図が用意されているということである。スコットはさらに「主人公の無味乾燥は、作者が物語にすぐにひねりや変化を加えて、間に合わせかもしれない即時的な効果を生み出そうとしていることにも起因するかもしれない。そうするためには主人公の主義主張を矛盾を孕んだ、もしくは可変的なものとして表現するしかない。ウェイヴァリーがいとも簡単に一七四五年にジャコバイト派を選び、後に放棄するのが好例である。もし彼が首尾一貫した人物に描かれていたなら、その行動はあり得なかっただろう。作者はこの点を承知していたけれども、シュヴァリエの戦時宮廷の内部の様子やプレストン＝パンズの戦闘の様子を紹介する機会を棄てるのが惜しくて、躊躇いなく哀れなウェイヴァリーを犠牲にした」（［一八一七］四三二）と述べる。これに続けてエドワードが葦に喩えられているわけで、それならば彼が、イギリス〈小説〉の主人公たち、ロビンソン・クルーソーやパミラやトム・ジョーンズなどとは異なり、積極的に状況と関わり、あわよくばそれを征服しようとする能動性に著しく欠けているのは当然ということになろう。換言すれば、エドワードはそのような能動的な姿勢のなかに立ち現れる厄介な〈個人性〉とは無縁の主人公なのである。いや、もう少し大袈裟な言い方も可能かもしれない。〈自己〉や〈主体〉などといった観念から立ち現れる〈個人性〉こそが、その構築の不可能性を含めて、いわゆる〈小説〉が倦むことなく追求してきたものだとすれば、『ウェイヴァリー』は最初からそうした明確な輪郭を持つ〈個人〉を無視した作品である、と。「一つ処に落ち着かぬ」と男心を歌った章題を持つ五四章の冒頭で「自分は気紛れと愚考の申し子だ」とエドワードは自省する（二七〇）が、嘆くには及ばないと言うべきだろう。その意味で、一族や氏族（clan）の伝統や共同体的規範から逸脱し、自らの才覚で周囲の状況に立ち向かおうとした〈小説〉的人物、エドワードの父親（リチャード）や盗賊のリーダーであるドナルド・ビーン・リーンがテクストの背後でひっそり姿を消すのは象徴的である。特に主人公の運命に「有益にも有害にも大きく作用した」後者が、後に「仲間より一段高い絞首台で処刑されるという特典」を得ていた（三〇八）という事実は、追放された〈個人性〉への密かな手向けの儀式かもしれない。

この二人と対照的に、その野心と欲望とが多少ともはっきりと書き込まれることによって、作中、最も「積極的な行為主体（active agents）」の例（一〇〇）として描かれるファーガスを、テクストはいかにも〈小説〉的に丁重に葬る。しかしそれは〈個人性〉の消去の見返りとして可能になっているのである。裁判の席で自分も仲間が血を流したのと同じように血を流すと宣言する（三四一）ファーガスが、仲間と同じように「心の奥で迷信を信じ」ていることで主人公を驚かせていた（一二五）のを伏線に、処刑前に「灰色の亡霊」（二九四）であるボダッハ・グラス（Bodach glas）の予言の正しさ、死の覚悟をエドワードに語る（三四七–四八）とき、それまでの策略家の一面が払拭されて、いわば人間的格上げがなされているのだが、それを保証するのはクランとの連帯、クランの伝統への回帰という〈個人性〉の放棄だということになる。その印象を強めるのは、同じ裁判の席でファーガス以上の格上げがなされているとも読めるエヴァンが、族長の命を救うためなら、クランの人間は「喜んで」命を差し出す（三四一–四二）と述べて、自己放棄の姿勢をよりはっきりと示しているからである。いや、この言い方は正しくないかもしれない。かつてファーガスの指揮する民兵隊シディア・ドゥ（*Sidier Dhu*）で軍曹だったエヴァンに、それではハノーヴァー家ジョージ王の兵士だったのではと問うエドワードに対して、「主人（master）」を天に持つ彼は「いずれの王の手のものか、言わねば殺すぞ、下司野郎」

というエピグラフ（一）に逆らうかのように「我らはファーガスの王に仕えるのであって、それがどちらの王だろうと関係がない」と答えていた（九三）。例えば〈主体的に考える〉などという厄介な手続きは彼には無縁であり、その意味で最初から〈自己〉は存在していなかったと言うべきだろう。同様のことはカラム・ベッグ（Callum Beg）についても当てはまる。ファーガスの指示でハイランドを出るエドワードに同行した彼は、狡猾な長老派信者について「あのホイッグの悪魔野郎の悪だくみにご用心」と忠告（一五八）するなどエドワードの世話を焼く一方、ファーガスとエドワードの仲が険悪になるやエドワードに発砲する（二八六―八七）という突飛な振舞いに及ぶ。それでいて両者が仲直りするとエドワードとの再会を喜ぶ（二九六）というように、主人公の行動を集約的に、かつパロディ的に反復したような揺れを見せる。実際、刊行直後にこの人物像に不満の声が聞かれたようだが（Scott［一八九二 cx］）、カラムに〈主体〉的な行動を求めることは無いものねだりと言わねばならない。そこに見られるのもファーガスに対する一貫して〈自己〉を棄てた忠誠である。

「個人の意志の働き」を棚上げする点では彼らと同様でありながら、「歴史プロセス」を主人とする（Shaw 一八二）ことでエドワードは生き残ることができたということになろうか。それは「歴史の威厳」を「詩的創作」で損なうこと、歴史上の「確固たる事実（established truth）」に抵触することを禁ずるスコット（［一九三二］Vol. 3 二三四）が、主人公の特権として与えたものである。「大詰めには馬鹿みたいに結婚をもってくる」（Forster 四五）スコットであれば当然かもしれないが、例外的に彼が能動性を発揮して助けたトールボット大佐の尽力で反逆罪を免れるという「オカルト的プロット展開」（Duncan 一七三）の挙句、彼はローズと結婚する。しかカロデンの戦いには素っ気なく触れるだけで、「歴史の領域に侵入」しないと明言する（二八〇）スコットに似合いの語り手は、奇妙なことに、或いは例によってと言うべきか、結婚に至るまでの描写にも禁欲的である。それはほぼ事実報告に終始し、二人が主語の位置を占めることのない散文的な記述（三五三―五五）――ローズは「奥方」（三五五）と一度言及されるだけ――は、二人が感じたかもしれない心の昂揚にはまったく頓着しない。どうやら結婚のめでたさは個人の幸福な感情などにではなく、ここで「イングランドとスコットランドの和解」（米本 六四）が達成されたことに求められそうである。たしかにこの結婚には両国の融和というスコットの目指したヴィジョンが象徴的に表現されているように読める。したがって、エドワードが面倒な旅に出なくとも、エヴェラードとブラッドワディンが友人同士である以上、時期が来れば二人の結婚は可能だったかもしれない、などという半畳を入れることは禁じられている。それにしても、婚礼をなおざりにして用意される大団円が、エドワードとトールボットの支援によってタリー＝ヴィオランが家宝に至るまで「昔のまま（an auld sang）」（三五九）に復元されたことを報告した後、「人事に有為転変がつきものならば、これほどめでたく願いが叶ったことはめったにない」（三六二）と纏められると、結局大山鳴動して元の木阿弥か、と悪態をつきたくもなる。だが実はこうした反応こそスコットの期待したものと思われるのである。この悪態は一七四五年という危険な過去を脱色するのだから。

その時代に生きていたら「絞首刑も厭わずチャールズのために闘っただろう」（［一九三二］Vol. 3 三〇二）と述べるスコットではあるが、『ウェイヴァリー』にトーリー・ユニオニスト――既に触れたように、ハノーヴァー連合王国体制を支えたのはホイッグ政権である――としての作者の「相反する共感の両立」（Walker 一二三）を見る批評上の常套には多少の吟味が必要ではないだろうか。ここでの大団円からハイランドがはっきり排除されているからである。その代り、旧に復したタリー＝ヴィオランの屋敷に新たに「付け加えられた」ものがある。ハイランドの情景をバックにともにハイランドの衣裳を身につけたファーガスとエドワードの肖像画である。ここにも何らかの融和が暗示されていることは間違いない。しかもこれが「エディンバラで才能ある若者の描いたスケッチをもとに著名なロンドンの画家が仕上げたもの」（三六一）となれば、その含意するところも想像しやすくなる。それはそうなのだが、ウェイヴァリー＝オナー（一七）やタリー＝ヴィオラン（四六）やホーリールード宮（二〇四）に掛かっていた先祖の肖像画が示すように、それらは〈過去〉の再現である。いやこの肖像画に関して言えば、ジャコバイト蜂起という直近の危険な過去を額縁に閉じ込めることによって、遠い安全な過去へと変質させてしまっているのではないか。一見、雨降って地固まるようにも見えるハッピー・エンディングにおいて、実は比喩的に〈ハイランド放逐（Clearances）〉が行われていると言わねばならない。歴史上の出来事は「分析するほどに、現実ではなく、想像上の出来事ではないかと思えてくる」と述べるポストモダンの歴史教師（Swift 一二二）とは違って、ジャコバイト蜂起が「間違っていたからではなく、このような敗北以外に終わりようがなかったことを悔やむ」フローラ（三四五）同様に、歴史上の「確固たる事実」を所与の条件として受け入れるスコットには、放逐されたものを肖像画によって救出するより外なかった。換言すれば、スコットがやはり親ジャコバイトの心情を語った一八〇六年の手紙で仄めかしていた「我々の眼前から奇妙にも消えてしまった時代や風俗の記憶を保存する」企て（[一九三二] Vol. 1 三四三）は、この肖像画で見事に実現されたことになる。それは同時に、この「奇妙にも」という言葉遣いに漂う距離感（別名、呑気、とも言う）に支えられたスコットのスタンスが、最もピクチャレスクでロマンティックな異国、と言うべきハイランドを額縁のなかに封印することによって、「歴史と文化の博物館に変えた」（Pittock 八七）ことも意味するだろう。歴史的遺物が飾られることにより、アボッツフォード（Abbotsford）が「多少とも博物館のように見える」ようになった（Daiches 一二八）というのはいかにも示唆的である。しかしそれならばここでイングランドとスコットランドの融和が達成されたと言えるのだろうか。

最後に改めて問題となるのが分類である。「分類することは分類しないことの対極にあり、その分類がどのような形を取るにせよ、固有の価値を持つ」(Lévi-Strauss 九)らしいが、スコット人気を支える「楽しい休暇」(Forster 三九)を過ごした観光地としてのスコットランド、イングランドと区別される「もっとピクチャレスクでロマンティックな国」らしいスコットランドの内実は実のところこのテクストにおいて存外明確ではない。エドワードの旅路について、読者は「原始的」(三四)と形容されるタリー＝ヴィオランの村をハイランドと誤解するように仕向けられており、エドワードは「冒険ものの常套テクニック」に従って、次第に彼にとって「目新しさ(strangeness)の度合いの強い層」へと進んでいく(Cockshut 一〇九―一〇)という指摘は卓見であると思われる。スコットランドにロマンス性を見ようとすれば、それはハイランドが代表し、スコットランドをイングランドと融和すべき地続きの国とするためにはロウランドの存在を無視できないという相反する要請。そのために、イングランド対スコットランドという俯瞰的な視点からは見えにくいが、スコットランドに近づくと見えてくるハイランドとロウランド(Lowlands)の境界を、スコットはこのテクストで明確化すると同時に曖昧化する必要があった。エドワードを送り出す伯母レイチェルが「スコットランド美人の魅力に気をつけて」と注意(三二)するとき、ローズとフローラの差異は読者にも意識されず、実際、語り手はエドワードがこの村に近づくとき、「ハイランドに近づいた」と述べて、ブラッドワディンはそこに隣接する「平地(champaign country)」の住人(三四)だとさりげなく付言するだけで、何故か低地人(Lowlanders)という語は避けられている。距離を置いて見るとスコットランドという一体化していた存在は、しかし、近づいてみると、家畜略奪事件を初めとして言語の差異に端的に示される内なる境界を持っていた。ロウランドの人間の話す「ともかくジャマイカの黒人並みの英語」と比べてハイランドの人間の「珍粉漢な言葉（gibberish）」（二七九）を馬鹿にするトールボット大佐の発言がそれを証明する。いかにも「文化帝国主義」を体現する彼（Crawford 一三〇）らしい、イングランドを近景にハイランドを遠景に、そして〈中景〉にロウランドを位置づける分類の妥当性は、イングランド人読者への注意喚起だろうか、テクスト自身が彼の「イングランド人としての偏見」（三〇七、三五八）を明示しているために幾分なりとも薄まるとしても、分類である以上「固有の価値」を持ってしまうだろう。また、衒学趣味や戦闘の後で国王の長靴を脱がせるという臣下の仕事（caligae）への拘りに代表されるブラッドワディンの過去への執着は、その拘りを揶揄するファーガス（二四七）との対比において、ロマンス性の濃度に差があったはずのハイランドとロウランドの位置を逆転するように作用する。さらにロマンスに憧れながら、強烈なロマンス性を前にすると「痛み」を感じてしまう（一一五）という微温性を抱えた旅行者エドワードを圧倒するグレナクウォイヒの風景は、ローズの「幾何学的庭園」（六三）と著しい対照をなすが、「フローラの指示によって……その情景のロマンティックな野性味を損なうことなく優美さを高めるように細心の注意が払われていた」（一一三―一一四）と説明され、エドワードに対する「一族郎党を率いる」機会を待って、今は帰国した方がいいという忠告（一四四―四五）とも相俟って、フローラがロマンス世界の住人といったハイランド性（と分類されがちな属性）と相容れない、もしかするとトールボット大佐とも似ているかもしれない、理性的で現実的な判断のできる女性であることが暗示される。考えてみれば、エドワードの求婚への拒絶もジャコバイトの敗北についての認識もそうした冷静さを示すものだっただろう。しかもフローラが「細心の注意」を払って作ったこの情景について言えば、どこかイングランド式造園術さえ連想させはしないだろうか。ロウランドを飛び越えたハイランドとイングランドの隣接。

当然とはいえ、〈ハイランド、ハイランダー〉に比べて〈ロウランド、ロウランダー〉という語の使用頻度がテクスト全体を通じて著しく低く、スコットランドの下位区分としてのハイランドとロウランドは等価値を付与されていない。ローズが、フローラと仲がいいにもせよ、ロウランドの女性であり、エドワードとの結婚がスコットランドとイングランドとの融合を暗示するものだとすれば、こうしたロウランドの稀薄さは何かを語っているだろう。ここで気になるのは Sasenach という語である。本文で English の意であると説明され（九五）、たしかにイングランド紳士を意味する際に使われている（一二七、一三〇）のだが、最初に用いられるのは家畜略奪の文脈であり、エヴァンの言う「Sasenach の大地主（laird）」（九一）はロウランドの地主を指しているように読める。最新全集版の丁寧なグロッサリーがわざわざ「低地スコットランドの」と記している（六三七）のも、それを考えてのことだろうと思われる。もう一つ。裁判でのエヴァンの感動的な演説で「ハイランド人の心も紳士の名誉も分かっていない」と軽蔑される傍聴席の「紳士たち」を形容する Saxon という語（三四二）である。ＯＥＤはこれをイングランド人はもちろん「ハイランド人とは別種のものとしてのロウランドのスコットランド人」をも意味すると説明している。こうして見ると、この二つの語はスコットランドとイングランドの融和のヴィジョンを提示しようとするテクストにおける〈中景〉としてのロウランドの微妙な位置づけを反映しているのではあるまいか。スコットランドがイングランドにとってロマンティックな異国性を湛えながら、連合王国として地続きの国でもあるために、ロウランドは二重性を背負わなくてはならなかった。その意味でロウランドの換喩として働くのは最初から「混合体」として登場するデイヴィッド・ゲラトリー（David Gellatley）だったのかもしれない。ブラッドワディンの「お気に入り」のこの人物は、時に応じて、様々なものに見立てられ（四〇、四一、五八、六七）、合理主義の目では分類できない特性を備えていたのだった。

そんな対象に近づくときには賢しらな分類のメスなど入れずに、「ここそこ歩き回るだけの愚か者」（Scott［一九三二］Vol. 3 四七八）であるエドワードに倣って、「スコットランドでは……生まれながらの馬鹿者（a natural fool）が無垢な人（an innocent）と呼ばれる」（傍点筆者）のだと学ぶ（四三）べきなのかもしれない。「その土地固有の分類法」を「旅人がすっかり新しいもの」に変えると、「多くの過誤や誤解」が生まれてしまう（Lévi-Strauss 四四）からである。

□引用文献

Austen, Jane. *Persuasion*, eds. Janet Todd and Antje Blank, Cambridge: Cambridge UP, 2006.

Bour, Isabelle. 'Sensibility as Epistemology in *Caleb Williams, Waverley*, and *Frankenstein*', *Studies in English Literature, 1500-1900*, vol.45, 2005, 813-827.

Clyde, Robert. *From Rebel to Hero: The Image of the Highlander, 1745-1830*, East Linton: Tuckwell Press, 1995.

Crawford, Robert. *Devolving English Literature*, Oxford: Clarendon Press, 1992.

Cockshut, A. O. J. *The Achievement of Walter Scott*, London: Collins, 1969.

Daiches, David. 'Scott's Achievement as a Novelist' in Jeffares, 21-52.

Duncan, Ian. 'Edinburgh and Lowland Scotland' in James Chandler ed., *The Cambridge History of English Romantic Literature*, Cambridge: Cambridge U. P., 2009, 159-181.

de Groot, Jerome. *The Historical Novel*, Milton Park: Routledge, 2010.

Forster, E. M. *Aspects of the Novel*, Harmondsworth: Penguin, 1962.

Frye, Northrop. *The Secular Scripture: A Study of the Structure of Romance*, Cambridge, Massachusetts: Harvard UP, 1976.

Hayden, John O. ed., *Scott: The Critical Heritage*, London: Routledge and K. Paul, 1970.

Jeffares, A. Norman, ed., *Scott's Mind and Art*, Edinburgh, Oliver and Boyd, 1969.

Koditschek, Theodore. *Liberalism, Imperialism, and the Historical Imagination: Nineteenth- Century Vision of a Greater Britain*, Cambridge: Cambridge UP, 2011.

Lévi-Strauss, Claude. *The Savage Mind*, Chicago: Univ. of Chicago Pr, 1966.

Lockhart, J. G. *Memoirs of the Life of Sir Walter Scott*, 2nd ed. vol. 3, Edinburgh: Robert Cadell, 1839.

Lukács. G. 'Scott and the Classical Form of the Historical Novel' in Jeffares, 93-131.

MacQueen, John. *The Rise of the Historical Novel*, Edinburgh: Scottish Academic Press, 1989.

Mayhead, Robin. *Walter Scott*, Cambridge: Cambridge UP, 1973.

Parrinder, Patrick. *Novel and Nation: The English Novel from its Origins to the Present Day*, Oxford: Oxford UP, 2006.

Scott, Walter. "General Preface" and "Preface to the Third Edition" in Andrew Lang ed., *Waverley or 'Tis Sixty Years Since*, xv-xxxv; pp. cix-cxiii, London: John C. Nimmo, 1892.

_____. "Introduction" in Andrew Lang ed., *Ivanhoe*, pp. xxvii-xxxix, London: John C. Nimmo, 1893.

_____. "Art. VIII: *Tales of My Landlord" Quarterly Review*, vol.16, 430-80, 1817.

——. *The Letters of Sir Walter Scott*, vols. 1 and 3, H. J. C. Grierson ed., London: Constable, 1932.

——. *Scott's Prose Works*, vol. 6, Edinburgh: Robert Caddell, 1847.

——. *Waverley*, P. D. Garside ed., Edinburgh: Edinburgh UP, 2007.

Shaw, Harry E. *The Forms of Historical Fiction: Sir Walter Scott and His Successors*, Ithaca: Cornell UP, 1983.

Swift, Graham. *Waterland*, London: Heinemann, 1983.

Walker, Marshall. *Scottish Literature Since 1707*, Harlow: Addison Wesley Longman, 1996.

Welsh, Alexander. *The Hero of the Waverley Novels*, New Haven: Yale UP, 1963.

樋口欣三『ウォルター・スコットの歴史小説——スコットランドの歴史・伝承・物語』英宝社、二〇〇六年。

米本弘一『フィクションとしての歴史——ウォルター・スコットの語りの技法』英宝社、二〇〇七年。

2

Maria Edgeworth

マライア・エッジワースと帝国、ファッション、オリエンタリズム

吉野由利

アングロ＝アイリッシュ系作家マライア・エッジワースは、イギリス小説の系譜上フランシス・バーニーとジェイン・オースティンの橋渡し役として表面的に知られるのみであったが、近年その作品の再評価と正典化が進んでいる。イングランド中部の月光協会のメンバーであった父親を通し、啓蒙思想の影響を受けたエッジワースは、小説のみならず、児童文学、教育論、言語論、回想記等多岐に亘って執筆を展開した。本稿では、その中で「ネーションの物語」（national tale）という小説サブジャンルに分類される『オーモンド』に主に注目する。アイルランド主要小説四作品の最終作として、一八一七年に出版された。

「ネーションの物語」の確立は、一八〇〇年のイギリス（Great Britain）とアイルランドの合同法制定を背景に進み、エッジワースやシドニー・オーウェンソンに主導された。エッジワースの作品は、ウォルター・スコットの歴史小説シリーズ（the Waverly novels）にインスピレーションを与えたのみならず、ツルゲーネフ

ら広くヨーロッパの小説家に影響を及ぼしたと、七〇年代に再評価を促したマリリン・バトラーの評伝で述べられている（一―二）。この意味で、「ネーションの物語」は、近代小説の可能性を広げた重要なサブジャンルと考えられるだろう。

このサブジャンルの形式を用いてイギリスとアイルランドの合同体制のあり方を模索する過程で、エッジワースは時として、アイルランドの伝統的な世界をトルコ、アラブ、インドなどの国々に結びつけて表象することで、アイルランドの独自性もしくは非イギリス的な「他者性」を構築している。本論は、その戦略がエッジワースの作品の政治的メッセージおよび文学的意義とどのような係わり合いを持っているか、オリエンタル物語の習作である「不運なムラド」（一八〇四）と『オーモンド』（一八一七）のケース研究を中心に考察する。

1　「ネーションの物語」――その複雑なコンテクスト

エッジワースは、一六世紀にイングランドからアイルランドへ植民した先祖をもつアングロ＝アイリッシュ系プロテスタントの地主の家庭に生まれた。オックスフォード州で誕生し、幼少期をイングランドで過ごした後、父親リチャード・ラヴェル・エッジワースが家督相続したのを契機に、一家でアイルランド中部ロングフォードのエッジワースタウンへ移住した。以降、イングランドやヨーロッパへ旅行することはあったが、エッジワースタウンへ定住し、執筆生活と平行して家の地所管理を手伝いながら余生を過ごした。

このように文化的に多元なルーツをもつ彼女の作品は、イギリス、アイルランドの各国民文学の系譜で、別個に論じられることが多い。たとえば、イギリス文学研究では、イギリスを舞台にした『ベリンダ』（一八〇一)、『ハリントン』(一八一七)などの小説や児童文学にのみ、アイルランド文学研究ではアイルランドを舞台とした『ラックレント城』(一八〇〇)や『不在地主』(一八一二)などの小説に限定して焦点があてられがちである。本論でオリエンタル物語の「不運なムラド」とアイルランドを舞台にした『オーモンド』の間テクスト性を重視するのは、そのような批評の傾向を是正する試みの一環でもある。

ミランダ・バージェスの定義によれば、「ネーションの物語」は、一八世紀後半イギリスの「オリエンタル物語」(Oriental tale)と「歴史物語」(historic tale)を「直接の祖先」とし、フランス革命から一八三二年の議会改革までの時期に発達し、ネーションを定義・記述することを特徴とする(三九–四〇)[1]。エッジワースとオーウェンソンによって開拓されたサブジャンルであるため、アイルランドを拠点とする作家中心に展開した「女性的な」ジャンルと了解されている。最近のロマン派期小説ジャンルの再評価という文脈においても、その基幹的なサブジャンルとして注目を集めている(Gamer; Heydt-Stevenson and Sussman)。

エッジワースのアイルランド小説第一作『ラックレント城』は、オーウェンソンの『奔放なアイルランド娘』(一八〇七)のように「ネーションの物語」という副題こそ付されてないものの、「ヒベルニア(すなわちアイルランド)の物語」という副題から、「ネーションの物語」の先駆的作品としてみなされている。アイルランドを舞台にしたエッジワースの「ネーションの物語」の主要作品は四作あり、主にイギリスの読者に向けて発信された。それらが構築する伝統的アイルランドの像は、イギリスの文化的他者として構築される傾向であるため、バージェスのように「オリエンタル物語」の系譜と結びつけるのは適切かつ有用であると思われる。

他方、エッジワースの「ネーションの物語」と「オリエンタル物語」の間テクスト性を重視する際、そもそも英語圏の「オリエンタル物語」は、『千夜一夜物語』の仏語訳（アントワーヌ・ガラン訳、一七〇四―一七）をはじめとするフランス文化圏におけるオリエント表象の影響を受けていること、また、バトラーの評伝が強調するように、エッジワースが啓蒙期フランスの文人マルモンテルの「道徳物語」（contes moraux、英訳では moral tale）を模範としたという文脈にも留意することが重要である（一五五）。一八世紀後半のフランスで「道徳物語」の流行《ファッション》を巻き起こしたマルモンテルの作品はオリエンタル物語も含むが、そもそも彼の道徳物語が『メルキュール・ド・フランス』誌に連載されるようになったのも、ギリシャを舞台にした「アルキビアデス」と共に「スレイマン二世」が好評であったという背景がある（Marmontel ii）。

ヨーロッパの作家にとってオリエンタル物語の魅力は様々であっただろうが、エッジワースにとっては、とりわけ道徳物語としての機能が重要であったと思われる。なぜなら、長編小説第一作『ベリンダ』の読者への広告で述べているように「小説」（novel）と呼ばれる作品に「愚行、過ち、悪徳」を流布するものが増えたため、自分の作品を「道徳物語」と呼ぶことで、その否定的なイメージのつきまとったジャンルとの差異化を図ることに固執したからである。つまり、彼女のオリエンタル物語への関心は、マルモンテルの作品を模範とする「道徳物語」への関心を基にしていたと考えられる。この意味で、彼女のオリエント表象へのアプローチは、一八・一九世紀の英仏両言語圏を複数のチャンネルで経由し、文化的に多元な様相をおびているといえるだろう。

エッジワースが一八〇四年に出版した短編「不運なムラド」は昨今のオリエンタル物語研究で重要テクストとして取り上げられる事が多いものの、エッジワースの作品の中で「オリエンタル物語」の範疇に入るテクストもしくはオリエント表象をモチーフとして多用するテクストが多数ある訳ではない。しかし、アイルランドを舞台とした『倦怠』(一八〇九)以降の「ネーションの物語」の主要作品ではオリエント表象のモチーフが散見される。このことから、オリエント表象は、エッジワースが主にイギリスの読者に向けてアイルランドの独自性もしくは「他者性」を描く際、テクストを二国間の緊張した政治的文脈からより広いヨーロッパの文化的文脈へ解放することを可能にしていることを、以下で検証する。

2　アイルランド表象とオリエンタリズム論

エドワード・サイードのオリエンタリズム論は、八〇年代以降デイヴィッド・ロイドらアイルランド研究者達の間にも多大な反響をよんできた。その中で、オランダの研究者イェップ・レールセンは、サイードの理論を安易にアイルランド批評へ援用することに警鐘を鳴らしている。アイルランドと「第三世界」を「被植民者」("the colonized")というカテゴリーの下ひと括りにしてしまうと、アイルランドがヨーロッパの一員としてオリエンタリスト言説の再生産に加担していたという共犯関係を見逃すことになる、というのがその理由である("Irish Studies" 一七一)。

合同後のロマン派期アングロ=アイリッシュ文学は、アイルランドをオリエントと結びつけて表象する「自発的な異国化」("auto-exoticism")あるいは「自己オリエント化」("self-orientalization")を特徴としながら、ヨーロッパのオリエンタリスト言説の再生産に加担する傾向をもつとするレールセンの見解("Irish Studies" 一七一、*Remembrance* 三七–三八)は、近年ジョゼフ・レノンによって補強された。レノンは、アイルランド語文献でもアイルランド文化の起源をオリエントに求める傾向が九世紀頃より確認できる、としている(xviii)。

その包括的検証によれば、一八世紀に入るとゲール系の詩人達はむしろ同時代の事象に関心を移し、アイルランドの文化的ルーツをオリエントに求める取り組みはアングロ＝アイリッシュ系の「愛国的な」知識人達の主導されるようになり、彼らのオリエンタリストな「好古趣味」（antiquarianism）は、同時代のアイルランド議会における「愛国主義」（patriotism）の高まりと連動していた（八五）。

3　オリエンタル物語の習作――「不運なムラド」

「不運なムラド」は、エッジワースが一八〇四年に大衆向けに刊行した『大衆的な物語』に収められている。「人の成功は運でなく美徳次第である」という教訓を持つ『千夜一夜物語』の「縄職人ハッサン・アルハバルの物語」を改変した短編である。ハーレムの女性たちがサルタンの寵愛をめぐって争う、というオリエント表象の典型的なプロットを展開するマルモンテルのオリエンタル物語「スレイマン二世」と対照的に、「不運なムラド」の焦点は庶民の生活で、オリエンタル女性のステレオタイプを再生産する様相は見受けられない。

パリのサロンでの朗読を通して執筆されたというマルモンテルの「道徳物語」の初期作品は、愛の試練というテーマをひとつの特徴とする。登場人物の試練を辿る構成が「潜在的に不道徳な」誘惑の場面を不可欠とすることから、これらの作品は「必ずしも道徳的ではない」とする解釈もある（Astbury 四二）。したがって、エッジワースはマルモンテルの「道徳物語」に影響を受けつつも、このようなパリのサロン文化で流行した性的示唆をもつ軽妙洒脱な作風とは一線を画したといえるだろう。

「不運なムラド」における『千夜一夜物語』の主要な書き換えとして、第一に、舞台をバグダットからコンスタンティノープルへ移していることがあげられる。オスマン帝国を舞台にすることで、拡大するイギリス帝国という歴史的文脈と関連性を深める効果をあげているといえよう。第二の改変点として、原作ではひとりの縄職人が実験台として経験する「幸運」・「不運」の出来事を、「幸運なサラディン」、「不運なムラド」という対照的な性格を持つ兄弟に振り分ける設定としている。その上で、模範的なサラディンは報われ、堕落的なムラドは罰される、という単純な構図を提示している。

このオリエンタル物語の習作といってもよい作品は、ある晩お忍びでコンスタンティノープルの町を歩くサルタンが、「人は貧しくても運が良ければ成功して幸せになれる」という、『千夜一夜物語』の「縄職人ハッサン・アルハバルの物語」の教訓を思い出すところから始まる。サルタンがその是非を臣下に聞くと、「成功は、運より思慮深さに左右されるものではないでしょうか」（二四八）との返答である。[2] 二人は、その実例とされる兄弟ムラドとサラディンの所へ話を聞きに行く。

サラディンによると、当初自分は幸運が続くので、「幸運なサラディン」と呼ばれていたが、サルタンのお雇い技師のフランス人男性に「運よりも思慮深さを頼りなさい。周りがそうしたいのならば、幸運なサラディンの名前のままで呼ばせてやりなさい。けれど、自分では自分のことを思慮深いサラディンと呼ぶように、そしてその名前にふさわしくありなさい。」（二六二）と助言されたという。このようにフランス人技師に啓蒙されたサラディンは、運に頼らず思慮を駆使して商人として成功する。対照的に、ムラドは自分の失敗をもっぱら不運のせいにして反省せず、アヘン中毒の最期を迎える。

「三人者の語り手」によって報告される成功者サラディンの報いは、次のとおりである。

歴史が我々に伝えるところによると、サルタンは褒美としてサラディンを州知事《パシャ》に取り立て、ある地方の統治権を任せようとしたのだが、思慮深いサラディンはこの名誉を辞退し、次のように言ったという。自分には野心が全くなく、今の境遇で申し分なく幸せです。この上なく幸せなので、この暮らしを変えるのは愚かなことでしょう、と。（二七四―七五）

この一節にあるように、現状に満足し出世の機会を固辞してみせるサラディンは、既存の社会秩序を脅かすことのない商人の鑑として描かれる。つまり、この作品の関心は、ロバート・L・マックが指摘するように、「運」と「思慮深さ」を明確に対比させるというよりも、エッジワースが父親と『実践教育』（一七九八）で展開した、イギリス帝国の「商業的冒険家」や「ネイボブ」が「野心」に任せて植民地の富を搾取することの批判を例示することにあるといえる（xliv）。また、翻ってイギリスとアイルランドの階級社会の文脈で考えれば、既得権に恵まれない階層の生まれでも美徳を実践すれば報われる、という表向きは実力主義を奨励する教訓を伝えると同時に、彼らの立身出世の「野心」を既存の階級秩序を覆さない程度に牽制している、とも解釈できるであろう。

この作品は、マーシャ・パイク・コナントを始めとする二〇世紀の批評家達に高く評価されてきた。最近では、一八世紀のオリエンタル物語の濃厚な幻想性を抑え、「文化的責任」に訴える一九世紀のオリエンタル物語の作風への転換のキーテクストとなっているというマックの評価に加え（xlv-vi）、ロス・バラスターが西洋の読者に「自律」の重要性などを説く近代的な寓話としての機能に注目している（*Fabulous Orients* 三七四）。しかし、後世で評価された『千夜一夜物語』の寓話性を増強した書き直しは、当時の批評家たちには教訓があまりにも露骨であると批判されるなど評価は芳しくなかった。

4　アイルランドとオリエントを結ぶ「黒い島々」——『オーモンド』

このような「不運なムラド」の消極的な評価を反省したためか、あるいは、教養ある読者層を対象としたために戦略を変えたためか定かではないが、エッジワースが『オーモンド』で、『千夜一夜物語』のモチーフを取り入れる技巧は、格段に複雑なものとなっている。主人公ハリー・オーモンドは孤児で、亡くなった父親の友人ユリック・オシェーン卿に引き取られ、ユリックの地所、ハーミティッジ城で育つ(3)。上昇志向の強いユリックは、政界にコネをもち、株投資にも熱心な、イギリス人のようなアイルランド人として描かれる。オーモンドを甘やかし奔放に育てるが、実の息子マーカスの政略結婚の邪魔になりそうだと気付くやいなや、従兄弟のコーネリアス・オシェーン、通称「コーニー王」の許にオーモンドを逗留させることにする。この「コーニー王」の地所は、アイルランド西部島嶼部の「黒い島々」で、ユリックのハーミティッジ城とは対照的に、ゲール氏族の風習を温存する場所として描かれる。

作中、コーニーの黒い島々は、『千夜一夜物語』の「黒い島々」と結び付けられ、オリエント化されることによってその「後進性」「他者性」が強められる。しかし、ここで注目すべきは、アイルランドとオリエントの黒い島々を結び付けているのが「三人称の語り手」（ナイーヴな読者がエッジワースとしばしば同一視しがちである語り手）ではなく、コーニーの娘ドラの結婚相手ブラック・コナルであるということである。カトリック系アイルランド人であるコナルは、パリ帰りのフランス軍将校として、黒い島々に颯爽と姿を現す。亡くなった双子の兄に代わってドラと結婚するために登場する訳だが、パリの生活で逼迫した財政を立て直したい彼にとってドラの持参金は大きな魅力である。(4) コナルは、アイルランド人とフランス人の家庭に生まれフランス贔屓であるドラの叔母オフェイリー嬢と共謀してコーニーが用意した花婿審査を突破し、新婚当初はパリでなく黒い島々に住むと約束することで、コーニーから結婚の承諾を得る。しかし、コナルには黒い島々に定住する気など毛頭なく、承諾を得るなりオーモンドの前で、黒い島々への嫌悪を露にする。その際引き合いにするのが、『千夜一夜物語』の黒い島々の王の物語なのである。

コナル　「君はこんなこと想像していたかい。」
オーモンド　「こんなことって何のことでしょうか。」
コナル　「つまり、コーニー王がこれほど信じやすいということだ。全く！　僕が彼の黒い島々に住みつづけると信じるなんて！　この僕がだ！　この僕が、アラビアの物語に出てくる黒い島々の不運な男のように、半身大理石だと信じるなんて。黒の島々に身を固めるだって！　いやだね。この世の中にそんなことを信じられるほど単純な人間がいるなんて、君は信じられるかい。」
オーモンド　「はい、僕もそんな人間のひとりですから。」（*Ormond* 一〇三）(5)

「アラビアの物語に出てくる黒い島々の不運な男」とは『千夜一夜物語』の黒い島々の王のことで、物語では彼が妻の不貞行為を見咎めたところ、彼女の魔法で下半身を大理石に変えられ、動けなくされてしまう。しかし、コーニーの黒い島々には、このような「魔女」に類する人物は一見したところ登場しない。ドラの母親は死去している上、ドラも叔母の影響を受け、コナルを黒い島々に縛り付けたいどころか、パリへ移住することを切望している。(そもそも、オフェイリー嬢がコーニーを欺いてドラとコナルの結婚話を進めたのも、彼らと一緒にパリへ移住したいという下心があったためである。)したがって、コナルの連想はコーニーの地所が象徴する伝統的なアイルランドを蔑視したこじつけのようなものだと、と捉えることができるだろう。

また、コナルの黒い島々をめぐるアナロジーには、性的な示唆を認めることも可能である。ジョン・ヒース=スタブズによれば、『千夜一夜物語』の黒い島々の王と聖杯伝説の漁夫王の間に類似性が認められ、両者の下半身硬直化に性的象徴性が読み込める(二八一)。この解釈を援用すれば、コナルがパリへ戻りたがっている動機に、開放的な性生活の志向(後にオーモンドが尊重することを学ぶ「家庭的な幸福」の対極)を読み込むことも可能である。

したがって、自分の欲望を隠蔽するため、コーニーの島々をオリエント化するコナルは、フランスかぶれのアイルランド人が無闇にオリエンタリスト言説を再生産している滑稽な存在として、批判的に描かれている。またテクストは、典型的なオリエンタル女性の表象とも距離をおく。それは、オーモンドの結婚相手フローレンス・アナリーが、異国情緒溢れるケルト女性として造型される事がないことと通底しているといえるだろう。『オーモンド』のテクストは、アイルランドの伝統的世界をヨーロッパ先進国の「他者」として構築する際、コナルの口を通してオリエントの世界にたとえることで、オリエンタリスト言説の再生産に加担する。その一方、コナルによるフレンチ・オリエンタリズムの流行の受け売りを冷笑的に捉えることで、オリエンタリスト言説に批判的な距離をも取っているといえるだろう。

5　パリのアイルランド人

コナルのパリ社交界への傾倒は、アイルランド社会の理想的なリーダーとして成長するオーモンドの人物造形に重要なモチーフとなっている。アングロ＝アイリッシュ系のオーモンドの模範として、イギリス紳士のみならずフランス紳士という選択肢も加えるからである。遺産相続したオーモンドは、小説の終盤、結婚したコナル夫妻をパリに訪ね、コナルにファッションの手ほどきを受け、ルイ一五世の時代終盤のパリ社交界にデビューする。[(6)]「麗しいアイルランド男性」（"le bel Irlandois"）と呼ばれ、「一世を風靡し、もてはやされた」（"once in fashion, was every where, and every where admired" 二〇三）と語り手に伝えられるまでになる。絶え間ない社交行事に自ら忙殺されるうち、パリへ出発前に滞在したユグノー教徒の恩人カンブレー博士の家庭で学んだ「家庭的な幸福」の大切さを忘却する。

「家庭的な幸福」の価値を思い出す契機となるのが、マルモンテルとの遭遇という架空の設定である。語り手によれば、オーモンドにとって、「幸運なことに、この時のマルモンテルは、名声を馳せた時代の放蕩家の見る影もなく」、幸せな結婚生活を送っている（二〇九）。このマルモンテル家の情景が、オーモンドにアナリー家の人々、とりわけフローレンスを想起させるのである。「快楽に耽った生活を送った」ことがあり、「奢侈と放縦を極めた時代のフランスが提供するありとあらゆるものを見、感じる機会」に恵まれたマルモンテルの口から、「美徳」と「家庭生活」を擁護する「道徳のレッスン」を聞いたオーモンドは、絶妙なタイミングでレディ・アナリーと約束した「自分を高める」という当初の目標を思い出す（二〇九）。

この挿話によって、それまで形骸化した夫婦関係が主流であるように描いていたパリの社会にも、実は「家庭的な幸福」（"domestic happiness"）を尊重する人々がいることが示され、フランスの結婚生活のステレオタイプ化を回避しようとする試みがみられる。しかし、オーモンドが彼を誘惑するドラを含めたパリの媚を売る女性たちの対極としてフローレンスをイメージすることから、作中の「家庭的な幸福」は汎ヨーロッパ的な美徳として表象されるというよりも、むしろ黒い島々というコンテクストを要するローカルな美徳として定義されることになる。

6　インド経由黒い島々への帰還

ユリックの死を受けてアイルランドに帰国するオーモンドは、絶望していたフローレンスとの結婚の可能性が残されていることを知ると、パリへ戻る計画を放棄する。ファッションの都でなく、アイルランドで「家庭的な幸福」の可能性を追求するのである。一方、オリエンタリスト言説に絡め取られてアイルランドを捨て、パリで賭博に明け暮れるコナルは財政難の末、コーニーから相続した黒い島々をオーモンドに売らざるをえない展開となる。奇しくも同時期に、同じく財政破綻したマーカスからもハーミティッジ城の売却話を持ち込まれるが、オーモンドは「ユリック・オシェーン卿の息子で、血のつながった後継者（natural representative）」であるマーカスの存命中は、ハーミティッジ城を所有するのには忍びないと、恩人コーニーとの良い思い出から「愛着」を感じる黒い島々の方を購入することにする（二三四）。

このオーモンドの黒い島々購入は、父親の再婚相手の財産を、巡り巡って相続することによって実現される

ように計算されている。ユリックが説明する相続の背景によると、

お前も知っている父親の後妻、あのインド人の女性、総督の娘でマホガニー色をした――あの女性が莫大な資産をもっていたのだが、お前の父親は亡くなる時それをそっくり彼女とそのインド人の息子に遺すよう遺言したのだよ。お前には、取り上げることができない父方に伝わる年高三百ポンドの小さな地所だけを遺した訳だ。ところが、天の思し召しで、お前のマホガニー色をしたお母さんとインド人の弟は熱病でお互い数日のうちに後を追うように亡くなった。（中略）弁護士から問い合わせが来ている。インド人の母親と弟が亡くなった際には、故オーモンド大佐の遺言によって、彼のヨーロッパ人の息子であり、目下ユリック・オシェーン卿の後見下の、ハリー・オーモンド郷士に相続される遺産をどこに送ればよいのか、と。（一二五）

つまり、イギリス陸軍の大佐であったオーモンドの父親は、立身出世のため単身インドに渡り、オーモンドの母親が亡くなった後、ユリックが「インド人」と形容する女性と再婚した設定であり、この一節でアイルランドとインドにまたがるオーモンドの家族構成が、イギリス帝国の拡張と絡み合っている様があぶりだされている。つまり、アングロ＝アイリッシュ系の専門職業人である父親は、イギリス、アイルランドでは特権階級の一員になることは叶わず、新天地インドで新しい家庭生活を開始し、アイルランドとインドを結ぶ家族関係をもたらしたとされている。その新たな家族関係を遡り、インドからアイルランドへ富が移動するのである。そこでは、オーモンド大佐がインドの富を搾取しているのではないことを強調するように、後妻、その息子、そ

してオーモンドのナショナル・アイデンティティが、インドとヨーロッパの二極に分けられながら詳細にわたって説明されている。この対インドの文脈で、オーモンドはイギリス人でも、（アングロ＝アイリッシュ系）アイルランド人でもなく、ヨーロッパ人なのである。アイルランド人のナショナル・アイデンティティがオリエントではなくヨーロッパに包摂されて表象される瞬間である。

　しかし、「教養小説」の枠組みを用いて辿られて来た無学で血気盛んなオーモンドがインドの富を相続するのにふさわしく成長する過程の最も重要な試金石は、立派なヨーロッパ紳士としての認証ではない。思いがけなく遺産を相続する前に決意表明していた、イギリス陸軍将校としての将来の選択である。遺産相続によりこの実力社会での試練が実現する運びにはならなかったが、父親の跡をついで、フランス軍でなくイギリス軍への入隊を決めたオーモンドの選択は、パリで彼の行動を規制するイギリス的規範と共に、彼のナショナル・アイデンティティを規定する要となる。(7) オーモンドは、多文化理解を養いながらイギリス的美徳を尊重する人物に成長した褒美として、黒い島々を購入し、カントリージェントルマンの仲間入りを果たすのである。

　その不動産購入は、次の引用にあるように、世襲的な土地相続に極めて近く、コーニーの小作人たちの感情を逆撫でしない円満解決であることが強調される。

> 彼〔ハリー・オーモンド〕がこの不動産を購入することで感情を傷つけられる人は誰もいないはずである。そして、彼が旧友の改良プロジェクトを担い、島々の衆の文明化を一層促進することで、たくさんの良いことを実現することができるかもしれないのである。島の衆は皆、彼に温かい愛着をもっており、ハリー王子を親愛なるコーニー王の正当な（lawful）後継者としてみなしていた。実際、彼らを統治す

るために戻って来てほしいと祈ったほどであった。（傍点は原文による。二三四）

黒い島々の住民達は、法定相続人であるコナルを差し置き、オーモンドをコーニーの「正当な」後継者、自分達の「王子」と仰ぎ見る始末である。封建的なゲール文化を体現したコーニー、その遺産を「後進的」なものとしてパリでの享楽的な生活の借金の形《かた》に売却するコナルに代わり、黒い島々の主人となるオーモンドの将来は、住民が継承する伝統的価値に理解を示しつつ、「文明化」をもたらす地主になることが予想される。

この結末において、アングロ＝アイリッシュ系地主階級によるアイルランド支配のみならず、オーモンドの父親のような代理人を介するイギリス帝国のインド支配も正当化されているという見方もできるだろう。『オーモンド』において、アイルランドとオリエントを結ぶオリエント表象のモチーフは、随所にちりばめられている訳ではないが、連合王国・イギリス帝国の体制下におけるアイルランドの活路を描く鍵、つまりネーション、ひいては帝国を語ることの鍵となっていると思われる。

7　結び

エッジワースの「ネーションの物語」は、アイルランド、イギリス、イギリス帝国、それぞれのあり方を紡いでみせる。そこで描かれるアイルランドの伝統は、オリエント文化に結び付けられる一方、「野蛮な国」オリエントと完全に同一化されている訳ではない。イギリス帝国の、そしてヨーロッパの「他者」として表象されがちなアイルランド人は、オリエンタリスト言説ないしコロニアル言説に抗いつつも、その言説を逆手にとって転用しうる文化的位置に立つことが示されている。コナルによる黒い島々のオリエント化を受け入れず、島々の住民たちを家父長的に「文明化」するプロジェクトに乗り出すオーモンドは、まさにそのモデルである。オーモンドに投影されるアイルランドの地主の理想像は、帝国主義の要求する標準化に柔軟に対応する愛国者である。つまり地主が在住して「改良」を進めるのを模範とするイギリス風地所経営のファッションを追いかけながら、その上流階級の悪徳・悪習のファッションの汚染を水際で食い止める植民地エリートである。このテーマは、「当世風の暮らしの物語」シリーズ（一八〇九、一八一二）に収録されたアイルランド小説『倦怠』、『不在地主』における両義的なファッション批判の延長と読めるが、[8]オリエント表象を一層体系的に取り入れていることで、イギリスとアイルランドの緊張した関係を、イギリス・アイルランド・フランス三国間の政治的文化的文脈に置いてみせるのみならず、ヨーロッパとオリエントを多様に結ぶ文脈で捉え直すことを可能にしているのである。

エッジワースにとって、（そして恐らくオーウェンソンにとって、）「ネーションの物語」の形式でアイルランドを表象すること・語ることは、オリエンタリスト言説によってアイルランドが「野蛮な被植民者」の範疇に封じ込められる事を阻止する意義ももっていたのではないだろうか。アイルランド表象をイギリスの読者へ発信することを怠ると、「後進国」としてのアイルランドのステレオタイプ化を抑止できず、ひいてはアイルランドを拠点として英語で創作する著者としての権威が損なわれるかもしれないという、危機意識を感じていたのかもしれない。実際ジャクリーヌ・ベランジェの受容研究によれば、エッジワースやオーウェンソンの文学的権威の不安定さは、当時の書評からも伺え、批評家達は彼女達の作品の欠点を見つけると、女性性のみならず、非イギリス的なアイルランド性に還元する傾向があったという（一〇二―〇三、一四六）。イギリスの文壇で一定の評価を取り付けながらも、「ケルト辺境のエキゾチックな」女性作家・語り手、つまりシェヘラザードのような存在として他者化され、差別される危険に常にさらされていたエッジワースは、自らの語りの権威を維持・強化するために、アイルランドについて語り続け、イギリスの帝国主義言説としたたかに付き合わなければならなかったのかもしれない。

※本稿は平成二三～二四年度科学研究費若手研究（B）「国民小説とオリエント表象」の成果を含む。

□注

（1）「歴史物語」は、スコットが確立した「歴史小説」（"historical novel"）と異なり、「継ぎ目のない国民の語り」としての歴史に注目するというよりは、断片的な史料や古いテクストを珍重する好古趣味に傾くサブジャンルを指す（Burgess 四〇―四二）。

（2）エッジワースの作品の和訳は拙訳による。

（3）近年の『オーモンド』の編者クレア・コノリーの鋭い指摘によれば、作品は主人公の名前でアングロ＝ノルマン系オーモンド伯を連想させることで、アイルランド、イギリス、フランス三国の歴史との関連性を喚起する一方、スコットら歴史小説家が志向したであろう作風でオーモンド伯の「歴史ロマンス」のような体裁に展開することを拒んでいる（xiv-xv）。

（4）ブラック・コナルの双子の兄弟としてホワイト・コナル（ドラの当初の許婚）も登場するが、後者は作中死亡する。本論ではコナルと言及するのは、ブラック・コナルの方である。

（5）『オーモンド』の引用は、スタンダード版であるピッカリング・マスターズ版の頁数による。

（6）オーモンドは、レディ・アナリーにもらった本を勉強して流暢なフランス語を習得するのだが、クリオナ・オ・ガルコワの鋭い指摘によれば、彼の容易なフランス語習得がアイルランド人とフランス文化の親和性を示唆し、アングロ＝アイリッシュ系主人公をイングランド人と差異化して表象している（一三二−五四）。

（7）コノリーの解説によれば、オーモンドのイギリス軍選択は、作品がアイルランドの過去（カトリック信仰を仲立ちとしたヨーロッパ大陸との関係）よりも、将来（イギリスとの関係）を重視する傾向を端的に表す（xviii）。本論は、オーモンドの選択とその報いが、地主階級の世襲に擬似していること、つまり父親の専門職業人精神とその職に就く条件となっている政治的忠誠心を継承する「選択」が、当てにしていなかった遺産の「相続」に収斂することで、実力主義の立身出世が前提とされた専門職業人の世襲化・富裕化が示唆されていることにも注意を喚起したい。

（8）『不在地主』におけるコロニアルな文脈でのファッション論としては、ハイジ・トムソンおよびクララ・トゥイットの論が優れている。『倦怠』の作品論にはそのような角度での先行研究はないが、トムソンとトゥイットの知見を援用した解釈は成立可能である。

□引用文献

Astbury, Katherine. “Marmontel and Baculard d’Arnaud’s (Im)moral Tales.” *History of Ideas; Travel Writing; History of the Book, Enlightenment and Antiquity. Studies in Voltaire and the Eighteenth Century.* 2005.01 (2005):39-51.

Ballaster, Ros. *Fabulous Orients: Fictions of the East in England 1662-1785*. Oxford: OUP, 2005.

_____. "Playing the Second String: The Role of Dinarzade in Eighteenth-Century English Fiction." The Arabian Nights *in Historical Context: Between East and West*. Ed. Saree Makdisi and Felicity Nussbaum. Oxford: OUP, 2008. 83-102.

Belanger, Jacqueline. "Educating the Reading Public: British Critical Reception of the Irish Fiction of Maria Edgeworth and Lady Morgan, 1800-1830." Unpublished Doctoral Thesis. U of Kent at Canterbury, 1999.

Burgess, Miranda. "The National Tale and Allied Genres, 1770s-1840s." *The Cambridge Companion to the Irish Novel*. Ed. John Wilson Foster. Cambridge: CUP, 2006. 39-59.

Butler, *Marilyn. Maria Edgeworth: A Literary Biography*. Oxford: Clarendon P, 1972.

Conant, Martha Pike. *The Oriental Tale in England in the Eighteenth Century*. New York: Columbia UP, 1908.

Connolly, Claire. Introduction. *Ormond*. London: Penguin, 2000. xi-xxxvi.

Edgeworth, Maria. "Murad the Unlucky." 1804. *Three Oriental Tales: Complete Texts with Introduction, Historical Contexts, Critical Essays*. Ed. Alan Richardson. Boston: Houghton Mifflin Company, 2002. 246-74.

_____. *Ormond*. 1817. Ed. Claire Connolly. London: Pickering and Chatto, 1999. Vol. 8 of *The Novels and Selected Works of Maria Edgeworth*. Marilyn Butler and Mitzi Myres, gen. eds. 12 vols. 1999-2003.

_____. *Popular Tales*. London: J. Johnson, 1804.

Heath-Stubbs, John. "The King of the Black Islands and the Myth of the Waste Land." The Arabian Nights *in English Literature: Studies in the Reception of* The Thousand and One Nights *into British Culture*. Ed. Peter l.

Caracciolo. New York: St. Martin's P, 1988. 281-84.

Heydt-Stevenson, Jillian and Charlotte Sussman, eds. *Recognizing the Romantic Novel: New Histories of British Fiction, 1780-1830*. Liverpool: Liverpool UP, 2008.

Leerssen, Joep. "Irish Studies and Orientalism: Ireland and the Orient." *Oriental Prospects: Western Literature and the Lure of the East*. Ed. C.C. Barfoot and Theo D'haen. Amsterdam: Rodopi, 1998. 161-73.

_____. *Remembrance and Imagination: Patterns in the Historical and Literary Representation of Ireland in the Nineteenth Century*. Cork: Cork UP, 1996.

Lennon, Joseph. *Irish Orientalism: A Literary and Intellectual History*. Syracuse: Syracuse UP, 2008.

Mack, Robert L. Introduction. *Oriental Tales*. Oxford: OUP, 1992. vii-xlix.

Marmontel, [Jean-François] M. *Moral Tales*. 1761. 2nd Edition. London: T. Becket and P. A. de Hondt, 1766.

Ó Gallchoir, Clíona. *Maria Edgeworth: Women, Enlightenment and Nation*. Cork: University College Dublin P, 2005.

Thomson, Heidi. "'The Fashion Not To Be an Absentee': Fashion and Moral Authority in Edgeworth's Tales." *An Uncomfortable Authority: Maria Edgeworth and Her Contexts*. Ed. Heidi Kaufman and Chris Fauske. Newark: U of Delaware P, 2004. 165-91.

Tuite, Clara. "Maria Edgeworth's Déjà-Voodoo: Interior Decoration, Retroactivity, and Colonial Allegory in *The Absentee*." *Eighteenth-Century Fiction*, 20.3 (2008): 384-413.

3

Susan Ferrier

スコットランドの風俗小説

スーザン・フェリアとブリテンの家庭《ホーム》／故郷

高桑晴子

フランス革命や産業革命など大きな政治的、社会的変化のあった一八世紀末から一九世紀初頭は、小説が豊かで多様で冒険的であった時期の一つであった（Eagleton 九四）。この時期の小説は、その属性を表す形容詞をつけて語られることが多い——ゴシック小説、感傷小説、教訓小説、ジャコバン小説、風俗小説、地方小説、歴史小説など枚挙にいとまがない。また、この時期に出てきたサブジャンル的命名は互いに重なる部分もあり、一つの小説が複数のカテゴリーに属することもしばしばあり得た。『結婚』（*Marriage* 一八一八）、『遺産』（*The Inheritance* 一八二四）、『運命』（*Destiny* 一八三一）とわずか三作しか残さなかったスーザン・フェリアもこのように小説が雑多であった時代の中から生まれてきた作家だ。

その生涯をエディンバラで送ったスーザン・フェリアは「スコットランドの風俗小説」を生み出した作家といわれる（Cullinan i）。彼女の三作品はすべてスコットランドを舞台とし、若い女性を中心人物に据えて、社会の風俗を描いている。つまり、フェリアは、女性の振舞、家庭、結婚が主だったテーマとなる、ファニー・バーニーからマライア・エッジワース、ジェイン・オースティンの系譜につながる作家として理解されてきた。実際にフェリアがこの点を意識していたことは、第二作『遺産』の冒頭が、「自負ほど人間の本性に深く根ざした情念はない、ということは世間一般に認められた真実である」というオースティンの『自負と偏見』のあからさまなもじりで始まっていることからも窺うことができる（*I* 一）。

フェリアがその風俗小説の舞台をスコットランドとしたのは、単に、自らがスコットランドに住んでいたからでも、風俗小説に新味を加えるためだけでもないであろう。一九世紀初頭はネイションという概念がフィクションの世界においても強く意識された時期である。一七〇七年のスコットランド、そして一八〇一年のアイルランドとの連合や、海外領土の獲得を通して、「ブリテン」「ブリテン人」という概念がリアリティを持つものとなった。それに比例して、この過程でブリテンの「外辺《フリンジ》」となっていったスコットランドやアイルランドにはそれぞれのネイション意識も形成された。地方小説の始まりとされる一八〇〇年刊行のエッジワースの『ラックレント城』もその発露と理解することができる。六年後、シドニー・オーウェンソンは『奔放なアイルランド娘』を「ナショナル・テイル（A National Tale）」として打ち出した。ナショナル・テイルというサブジャンルは、主としてアイルランドで書かれるが、スコットランドにおいてもスコットランドを題材とした小説が書かれるようになる。ウォルター・スコットが、エッジワースのアイルランドを舞台とした小説に刺激されたので、「同じようなことを自分自身の国のためにも為」そうと『ウェイヴァリー』を著し（五二三）、歴史小説という新たなサブジャンルでスコットランドを擁護したことはよく知られている。

したがって、フェリアは、女性や家庭性をテーマとする風俗小説と、ナショナル・テイルや歴史小説にみられるネイション意識との結節点にいる作家とみることができるだろう。また、彼女は、エッジワースやオースティン、スコットの同時代人であると同時に、彼らの作品を経た作家でもある。[1] フェリアは、彼らによって開拓あるいは確立されたこれらの一九世紀初頭のサブジャンルの道具立ての中で、ブリテンとスコットランドというネイションの関係をどのように表象しているのであろうか。

1　『結婚』——融合のレトリック

三巻本として出版されたフェリアの処女作『結婚』は、第一巻は伯爵令嬢ジュリアナのハイランド人ヘンリー・ダグラスとの駆け落ち婚の顛末、第二・第三巻は年頃になったその娘のメアリーがハイランドから母の居るバースに出てきて結婚するまでを描く。ジュリアナそして主人公メアリーを通して描かれるのは、結婚をめぐる理性に基づく愛情と一時の情熱あるいは欲得ずくの野心との対比や、我儘、奢侈、自己顕示がもたらす空虚さと分別、恭順、節制を旨とする幸福の対比であり、その意味では家庭のイデオロギーに基づくたいへん風俗小説らしい風俗小説といえる。

ヘンリー・ダグラスと駆け落ちしたジュリアナはヘンリーの父親の在所、グレンファーン城（Glenfern Castle）に身を寄せることになるが、ハイランドでの夫の親戚たちとの生活はジュリアナの資質を露わにするものとして機能する。湖のほとりの崇高な自然に囲まれた古城での遊山やら舞踏会やらの社交生活を夢見てやってきたジュリアナは幻滅する。グレンファーン城は塔のような灰色の細長い建物で（*M* 一〇）、天井も低く薄暗く、客間には必要最低限の古ぼけた家具しかない（*M* 一五）。城主自らが農業に従事し、三人の叔母たちと五人の姉妹は家事をしながらつましい暮らしをしている。武骨で癇癪持ちの城主とお節介で賢明とは言い難い叔母たちに囲まれ、口に合わない脂っこいネギのスープや、不細工な外套をすすめられ、風の吹きすさぶ中ろくに舗装されていない道路を散歩させられるジュリアナのハイランド生活は滑稽ではあれ、決して愉快なものとはいえない。が、気に入らないことがあればヒステリーを起こし、夫のとりなしにも叔母たちの善意にも応えず、自ら生活を快適にする努力をしないジュリアナはアンチヒロインとして登場する。

貴族階級と差異化された「思慮深く、しとやかで、つましい」女性を理想像とし、「家庭の幸福」という中産階級の新たな価値を担保するものとして小説が発展した、とナンシー・アームストロングは論じている（七三、三八）。とりわけ社会見聞を通して女性の成長《ビルドウング》を教訓的に描く風俗小説において、家庭性の規範は女子教育の問題とも重なって重要なものとなる。貴族階級のジュリアナが、夫への敬愛の欠如、母性の欠落、家計への無頓着と決定的に家庭的な資質を欠くアンチヒロインであることも、典型的な風俗小説のコンヴェンションといえる。双子の女児を出産したジュリアナは赤ん坊の世話を拒否し乳母と叔母たちに任せきりで、犬と戯れている。肥立ちが悪く弱々しい妹娘は特に忌避し、ついには見かねた兄嫁ミセス・ダグラスが引き取ることになるのだ。そして、夫が生活を何とかしようとつてを頼って軍職を得ると、社交界に返り咲くことだけを考え、妹娘は兄嫁に預けたままさっさとロンドンに戻る。ロンドンでは、家具や衣装を買い漁り、舞踏会三昧の生活を送る贅沢ぶりで、負債のため家は差し押さえられ、ヘンリーは逮捕されてしまう。第一巻の最後に負債を返済するためヘンリーがインドへの赴任を決心すると、ジュリアナは随行することをかたくなに拒み、二人は別れ、家庭は崩壊する。

ジュリアナの徹底したアンチヒロインぶりは、兄嫁アリシア・ダグラスの存在によって、鮮明になる。母方の叔母のもとイングランドで育ったアリシアは、その家の息子との初恋を叔母に反対されてあきらめ、父方の祖父のいるスコットランドにやってきて、グレンファーン城主の長男と結婚する。ロンドンの社交界、エディンバラの知的交流を知るミセス・ダグラスだが、偏狭な夫の親戚たちや田舎暮らしを厭うことはない。なにより、ミセス・ダグラスはその住処ロッホマーリー・コテッジ（Lochmarlie Cottage）を、荒涼としたグレンファーン城とは対照的な快適な安らぎの場所に変えてしまうのだ。ダグラス夫妻は、「当初は荒れ果てた土地に汚い農家が建つ」だけであった土地を無為に過ごす地元の子供たちの手を借りながら、砂利の散歩道に花々と緑のある庭つきの屋敷へと変えている（*M* 一二七）。湖と木々に覆われた丘に囲まれたこの地所の美しさは、ヘンリーに、一瞬とはいえ、ハイランドの農場主の生活も悪くないと思い直させるに十分なものだ。不満だけを述べたてひたすら無聊をかこち、わずか一年足らずでスコットランドを後にするジュリアナとミセス・ダグラスは対照的だ。ここで、ハイランドという土地に適切に反応できるかという問題と、風俗小説の女性の成長というテーマは結び付くのである。

ロンドンからやってきた人間がハイランドの真価を見出せるか、という問いのたて方はナショナル・テイルのものである。ナショナル・テイルの主人公の多くは「文明」の中心地から「辺境」に対して先入主を持ってやってくる。旅行者は「部外者」の目で、「辺境」の伝統的な習俗を見、地域の事情の理解を進めその土地への共感を育んでいく(2)。とりわけその手つかずの自然風景の美しさ、土地の人々の素朴さ、伝統文化の奥深さを通して、「辺境」が主人公にとって顧慮に値しない場所から可能性を秘めた意味のある土地へと変貌する——これがナショナル・テイルのダイナミクスである。この意味で、ハイランドに何の意味も見出せないジュリアナのロンドンからハイランドへの移動の物語は失敗したナショナル・テイルということもできる。

一方で、『結婚』では、ナショナル・テイルが内包する「辺境」が自らをロマン化し、異国情緒化する言説には一定の距離を置いていることにも注意しておこう。(3)

眺めはオシアンにとっては魅力的だったかもしれないが、ジュリアナにとっては全く魅力がなかった。ボンド・ストリートの馬車の波に巻き込まれるほうが、「小川がざわめき、古木が風にうなり、湖は波立つもの悲しいヒース」をそれ以上に騒がしい三姉妹と歩くよりはよほど良かった。(*M* 四八)

ここでは、「ボンド・ストリートの馬車の波」にしか興味が持てないジュリアナが批判の対象となっていることは言うまでもないが、同時にハイランドを自動的に崇高《サブライム》やピクチャレスクとしてオシアン詩の語彙で美化することを揶揄してもいる。オシアンを魅了する「もの悲しいヒース」も生活という観点からすれば、わずかな植林のある山々と「小さな冴えない色をした池」に囲まれた「粗雑な石垣で仕切っただけのみすぼらしい蕪畑」にすぎないことをフェリアは思い起こさせる（*M* 一一）。何よりも景色の中には喧しく、旧弊な三人の叔母たちが入り込んでいる。「六十年前の物語」としてハイランドの風習を過去というある種の安全圏に置く『ウェイヴァリー』とは異なり、『結婚』は、叔母たちの要らぬお喋りやお節介、風変わりな隣人レイディ・マクロホリンとの交流などを通してハイランド生活を滑稽に描く。『結婚』において空虚なハイランド蔑視はよき女性に不可欠な資質の欠落の兆候とされるが、ロマンティシズムによるハイランド生活の過度の理想化も抑制される。

第二巻からが主人公であるメアリーの話となり、メアリーは母親とは逆にハイランドから母と姉の住むバースへと旅をする。グレンファーンの当主である祖父の急死にショックを受け、健康を害したメアリーは温暖な気候のイングランドでの転地療養のため、養母のミセス・ダグラスのもとを離れる。バースを訪れたメアリーの物語は風俗小説の「世間に出たばかりの若い女性」というコンヴェンションに則って展開する。ジュリアナの家（正確には兄の家だが）は「心ないざわめき」に満ちており（*M* 四四〇）、有閑階級との上辺だけの付き合いが（知人たちの命名法——Lady Placid, Mrs Wiseacre, Mrs Downe Wright 等——からも明らかなように）風俗喜劇の型で描かれる。ジュリアナはやってきたメアリーに愛情を持つことはなく厄介者扱いする。双子の姉のアデレイドは、妹にも母親にも冷淡で自分のこと以外に関心がない。伯父は存在感がなく、そのかかりつけ医はひたすら食通ぶっている。メアリーの唯一の味方はいとこのレイディ・エミリーだが、彼女もその歯に衣を着せない言動で、時々メアリーを傷つけることになる。メアリーのバース滞在は母親のジュリアナをはじめとする社交界の理不尽さに耐える修業期間となる。

アデレイドとメアリーの双子の姉妹は、風俗小説が教訓噺から引き継いだ対比の様式で描かれる。[(4)] ミセス・ダグラスから義務の観念と信仰心を教え込まれたメアリーと、社交界の華となるように育てられたアデレイドは、果せるかな、前者が誤解や母親の反対を乗り越えて敬愛する男性と結婚するのに対し、後者は愛のない結婚の果てに駆け落ち事件を起こす。姉妹の寓意的な対比は、つつましさや思いやりと虚栄やわがままさを家庭と社交界、田舎と都会などの別の対立項と結びつけ、家庭のイデオロギーを確立していく。

そしてさらに、家庭のイデオロギーはしばしば拡大してネイションの問題となる。[(5)]『結婚』においても、アデレイドの自己中心的で節操のない態度は、貴族的な母親の複製であると同時にイタリア人とフランス人の家庭教師の教育の結果でもある。駆け落ち後は母親とともに南仏で暮らすことになるアデレイドはブリテンにふさわしくない人物として「追放」されるともいえるだろう。実際、アデレイドに随行するジュリアナは「外国の風俗と主義が彼女の趣味にあまりにも合うので二度とブリテンに戻ろうとはしな」い（*M* 五九四）。対して、メアリーの忍耐強さ、敬愛、思いやりは、家庭／国《ドメスティックな》の価値としてブリテンにふさわしいものとなる。さらに、それはミセス・ダグラスのロッホマーリー・コテッジで育まれた価値として、ブリテンの中のネイション、すなわちスコットランド（その中でもハイランド）を意識させるものとなる。

メアリーのバース滞在を通して風俗小説が掲げる家庭の価値とハイランドとが等号で結ばれていくが、イングランドの都市はスコットランドのハイランドと単純な二項対立におかれているわけではない。というのも、前述したとおりハイランドにはロッホマーリー・コテッジもあるが旧態依然として騒がしいグレンファーンも存在しているからだ。イングランド滞在期間は、ハイランドを一辺倒に礼賛するような肩入れからメアリーを解放し、いわば相対化の機会をもたらしてもいる。メアリーは、グレンファーンから訪ねてきた大叔母のグリジーの「無様な立ち居振る舞いと垢ぬけしない訛り」を、イングランドではじめて「常日頃の交流がもたらすありがたい錯覚」から自由になって認め（*M* 四八八―八九）、「愚鈍で教養のない親戚は不幸」たり得るという厳しい結論に達することになる（*M* 五三七）。こうしてハイランドの価値が「グレンファーンの修正的対比」であるロッホマーリー・コテッジの家庭の美徳に収斂していくのだが（Duncan 八三）、同時に、メアリーの家庭の美徳はロッホマーリー・コテッジだけでは確立していない点も注目しておこう。ハイランドの隔離された環境で育ったメアリーは「感受性の人」で（*M* 二二〇）、祖父の死を目の当たりにして病気になってしまう。興味深いことに、バース滞在中、母や姉の邪険な態度や理不尽な言動にもかかわらずメアリーの病状が悪化した様子はない。むしろ久しぶりに会ったグリジー叔母さんは、「背が伸び、肉づきがよく、きれいでふっくらとし、背中が矢のようにまっすぐ」になっていることに驚くのである（*M* 四八九）。到着当初こそ、ジュリアナの愛情の欠如に大いに傷つき悲嘆にくれるメアリーだが、次第に母親をはじめとする社交界の心なさに触れても過度に動揺せず、自らの判断に基づいて行動していく強さを身につけることになるのだ。「考えは夢想的で、嗜好は気難し」くなるまでに ロッホマーリー・コテッジの価値に過剰適応しているメアリーにとって[6]（*M* 二五四）、バースはひ弱さを捨てその美徳を陶冶する場となる。

ジュリエット・シールズはさらに、『結婚』の鍵は「混成《ハイブリディティ》」であり、アングロ＝ケルトのブリテンが想起されているとする（二二九）。結婚という個人の結合が「異質な文化世界が対照され、惹かれあい、結びつく」という「ブリテン内の国民《ナショナル・キャラクター》の融合の寓意」となるのは、ナショナル・テイルの重要な手法であり（Trumpener 一四二）、ロッホマーリー・コテッジで家庭の幸福を体現するミセス・ダグラスがスコットランド人とイングランド人の間に生まれた女性であることは、注目に値する。「スコットランド人の率直さをイングランド人女性の洗練された控えめさと混ぜ合わせた」というスコットランド性とイングランド性の調和の上に彼女の家庭的な女性像は成り立っている（*M* 九九）。シールズはこの「〔スコットランド、イングランド〕両方の文化に馴染みながらもどちらにも属していない」という立ち位置が、ミセス・ダグラスをして文化の仲介者たらしめ、グレンファーンの偏狭さからも、バースの空疎さからも自由なブリテンの幸福な家庭像を成立させているという（一三〇）。この理屈に従えば、ハイランド人の父親とイングランド人の母親を持つメアリーも、バースへの旅を通してこの中間項的な立場を獲得していくと言えよう。スコットランドを出るときには自らを「ハイランドのメアリー」と呼び、生粋のスコットランド人としか結婚しないようなことをメアリーは言うが（*M* 二五七）、実際には、彼女同様にハイランド人の父親とイングランド人の母親を持ち、「まったくイングランド的な」ローズ・ホール（Rose Hall）という屋敷で育ったチャールズ・レノックスと結婚する（*M* 三四九）。いたずらなレイディ・エミリーが予言するように「［イングランドの］麦畑と農家の内庭も［ハイランドのそびえたつ山々と深い谷、青い湖と急流と］同じくらい快適なお隣さん」（*M* 三四八–四九）であることを認める柔軟性が必要になるのだ。その意味では、この結婚への障壁を偏見に凝り固まったジュリアナとグレンファーンの大叔母たちの双方が持ち出してくるのも象徴的であろう。スコットランドとイングランドの混成であるメアリーとレノックス大佐の結婚で終わる『結婚』はナショナル・テイル的な融合のレトリックを使っていると言える。

だからこそ、メアリーがハイランドで結婚するために帰郷する時、この小説は初めて何のアイロニーも加えずにハイランドの風景を賛美する。

山々、空気、水の流れ、人々そして泥炭の山さえも心を打つ魅力があり、それらが故郷を彩ると彼女の眼には涙が浮かんだ。しかし彼女の感動が頂点に達したのは、荘厳な美と静けさをたたえた夕陽の中でロッホマーリーが眼前に現れたときであった。夕陽は別れを告げるかのように金や紫の光を発し、類まれな色合いをたたえ、その光景はどんな絵筆も模すことはできず、どんな詩人の筆も描写できないだろう。岩も森も山も湖も地上のものとは思えない輝きを放っていた。（*M* 六一二）

イングランドにおいてハイランドを相対化する術を身につけ、「完全な」ハイランド人ではないレノックス大佐というイギリス軍人の妻となるメアリーが、故郷のピクチャレスクな美しさを「家庭《ホーム》」と結びつけることで、ハイランドは特権的な地位を獲得する。言い換えれば、『結婚』は、メアリーにアングロ＝ケルトのブリテンという融合のレトリックを獲得させることで、ハイランドを風俗小説の規範、ブリテンの幸福な家庭の真髄として呈示する。

2　『遺産』『運命』――家庭《ホーム》／故郷再発見の回路

『結婚』に続く『遺産』『運命』については、第一作の自由闊達さが道徳的生まじめさにとって代わられることがよく指摘されるが、(7) ここでは、作品がより大部になるのに伴ってハイランドが舞台となる比重が増えていることに注目し、フェリアの風俗小説におけるネイションの扱われ方をもう少し考えてみよう。第二作、第三作も風俗小説のコンヴェンションに則った物語が展開する。『遺産』はロスヴィル領の相続人としてハイランドに暮らすことになったガートルード・セントクレアの成長物語だ。ガートルードは、名家の矜持ばかりが高いロスヴィル伯爵だけでなく、中産階級出身の母方の親戚を通して様々なタイプのスコットランド人に接して、価値判断をし、振舞を決めていかねばならない。それは、温厚でまじめなエドワード・リンゼイと洒脱な魅力を振りまくデルマー大佐のどちらを選ぶかという問題にもつながっていく。デルマー大佐に惹かれるガートルードは良心に反して贅沢の限りを尽くし母方の親戚をないがしろにするようになるが、実は自分が乳母の子で、ミセス・セントクレアが身分違いの結婚をした自らの立場を守るために自分の子だと偽っていたことが発覚する。不面目の極致におかれることで、ガートルードは自らを省みる機会を得、エドワード・リンゼイの真実の愛に気づく。最終的にリンゼイがロスヴィル領を相続することで、ガートルードはその妻として再びロスヴィルの女主人となる。ガートルードの成長物語は、スコットランドの土地所有階級の多様さを背景に、対照的な花婿候補、社交界の誘惑、出生の秘密、と風俗小説によくみられるモチーフを組み合わせて描かれる。

最後の小説『運命』の主人公は副題のとおり「族長の娘」であるイーディス・マルコムだが、最初の三分の一はその父親グレンロイ領主の時代錯誤な誇りとその不毛さが主眼となる。グレンロイはイーディスの母親の死後、ロンドン社交界の華レイディ・エリザベス・ワルドグレイヴと再婚するが、レイディ・ジュリアナとヘンリー・ダグラスの結婚よろしくうまくいかず、二人は別居することになる。このレイディ・エリザベスの連れ子であるフロリンダは長じてのちに、イーディスのいとこであり、婚約者であるレジナルド・マルコムを横恋慕し、レジナルドと結婚する。父親の死後、グレンロイ領はレジナルドが相続し、無一文となってしまったイーディスは、母方の叔母を頼ってロンドンに行き、フロリンダとレジナルドの不幸な結婚を目の当たりにすることになる。また、海軍に入って遭難したと思われていた幼馴染ロナルド・マルコムとめぐり会い、二人はハイランドのロナルドの両親の許に戻り結婚する。『運命』は、親世代の結婚の失敗や継姉妹の対照など、同様の道具立てを用いることで『結婚』を焼き直ししているといえるだろう。

『遺産』『運命』も『結婚』のメアリー同様に、主人公にハイランドからイングランドの都市(この二作の場合にはロンドン)への移動そしてハイランドへの回帰という軌跡をたどらせる。メトロポリスの住人が「辺境」を見聞し、是認する(ジュリアナの場合は失敗するが)というナショナル・テイルの原型的な移動が強調されなくなる分、ハイランドに家庭《ホーム》/故郷を再発見することがテーマとしてより浮き彫りにされてくる。このことは、主人公の結婚相手となる男性の属性からも見ることができる。『結婚』のチャールズ・レノックスはスコットランド人とイングランド人の間に生まれ、イングランドに育ち、ハイランド部隊に参加するという

「混成」を体現する人物であった。対して、『遺産』のエドワード・リンゼイはハイランドの由緒ある家の出で、「名誉、報酬、引立て」を求めてアジア植民地で一旗揚げることよりも、ハイランドの「地所の管理と改良に従事する」ことを選択する（*I* 二六）。『運命』のロナルド・マルコムもまたイーディスといとこ関係にある生粋のハイランド人であり、彼を育んだロッホドゥ（Lochdhu）のマルコム家はハイランドの荒れ地をこぎれいで美しい、仲睦まじい家庭にふさわしい場所にする力を持つ（*D* 一〇三）。主人公が選択する男性がハイランドとより直接的に結びつくことで、ハイランドはより自明のものとして風俗小説が掲げる家庭の価値と結びつく。

フェリアにおいて興味深いのは、このように明確にハイランドを是認することと、ハイランド社会をナショナル・テイルの好古趣味ではなく風俗喜劇の風刺の様式で描くことが両立していることであろう。『遺産』は、勿体ぶったグレンヴィル伯爵を面喰らわせる出しゃばりなミス・プラットのおしゃべり、植民地で財をなしたスコットランド訛り丸出しのアダムおじさんと上品ぶった親戚のイザベラ・ワデルの攻防などを通して、旧来の名家からインド成金《ネイボブ》や俄か地主まで、同時代のハイランドの土地所有階級の雑多さを描く。『運命』のグレンロイ領主は、ハイランドの族長の家柄であることを誇りとするが、それは成り上がりのマクダウ牧師の馴れ馴れしい態度や、一門のベンボウイ（Laird of Benbowie）の寄生ぶりとともに描かれることで、機能不全を露呈する。何よりも、領地保全と継承というグレンロイの二大願望が、近隣のインチ・オラン領獲得の失敗、溺愛する息子の早死、後継者レジナルドの心変わりという形で潰えてしまうのが、グレンロイに対する痛烈な批判だ。フェリアは決して昔ながらのクラン制度のハイランドを特権化、理想化することはない。ナポレオン戦争後の不景気に伴ってハイランドの人口流出と荒廃が進行していた時代[8]に書かれたこれら小説が承認するのは、『結婚』のロッホマーリー・コテッジに続いて、リンゼイやロッホドゥのマルコム家が推し進める学校の建築や小作人の住居の改修など、いわばハイランドの啓蒙化・近代化の風景であることは留意すべきだろう。

にもかかわらず、ハイランドが家庭あるいは国の価値と結びついてこれらの小説において特権的な位置を獲得できるのは、逆説的に、ハイランドをロマン化する言説が定着していたからだ。ジョン・グレンデニングは、実際のハイランドの伝統的クラン社会の衰退とは裏腹に、一八世紀の旅行記やオシアン詩の「発見」、ウェイヴァリー小説がハイランドをスコットランドの理想像とする眼差しを浸透させていった過程を説明する（二二七―二二九）。イングランドとの連合を約一世紀余前に果たし、ジャコバイトの反乱も「六十年前の物語」となったスコットランドにおいては、かつてハイランドが持っていた政治的意味合いは色褪せ、純粋な審美と郷愁の対象とすることが出来ていることを『ウェイヴァリー』は示唆している。[9] ハノーヴァー王家のジョージ四世自らがハイランドの衣装をまとった一八二二年のエディンバラ訪問は、このハイランディズムの高まりのほどを象徴的に示している。フェリアはこのハイランドに対する理想化の眼差しを登場人物の道徳的価値に転換する。ガートルードは、その欺瞞的な母親が失楽園のように感じる荒涼としたスコットランドの海岸線にも素朴な威厳を見出すことができる（*I* 一一―一二）。グレンロイの月夜からイーディスがオシアンの一節を想起するのに対し、フロリンダはイタリアの月夜のほうがよいという（*D* 四一―二）。ハイランドの風景に感応できるか否かが登場人物の最終的な健全さの指標となり、ヨーロッパ大陸嗜好は精神的堕落と結びつけられる（したがって、ミセス・セントクレアもフロリンダもまた物語の最後には大陸に追われることになる）。旅行記やナショナル・テイルがもたらしたハイランドを美化する言説をハイランド社会そのものに適用するのではなく家庭／国の道徳的価値に横滑りさせることで、フェリアはスコットランドが積極的な意味を持つ風俗小説を成立させている。

このことは、フェリアの小説とネイションという問題を考えた場合の顕著な点、ロウランドの捨象にもつながる。『結婚』においてロウランドとエディンバラは、メアリーのバースへの道中のエピソードとして描かれるほかはミセス・ダグラスの独身時代の印象として非常に手短に触れられるだけであり、『遺産』『運命』に至っては、主人公たちのロンドンへの移動はロウランドを完全にバイパスする。イングランドとの融和という形でブリテン内でのスコットランドの地位確立を牽引してきたのがロウランドであり、それを象徴するのが当時「北のアテネ」として栄華を誇ったスコットランドの首都であるエディンバラであるとすると、これらの小説におけるロウランドの存在感の希薄さは興味深い。イアン・ダンカンは、ここにスコットランドのアイデンティティーの「政治的経済的領域（帝国的連合）とそれを補完する文化的領域（国民的特性）」の分裂を見る（一七）。ハイランドが道徳的価値と結びつき、スコットランドの文化アイデンティティーを代表することは、スコットランド啓蒙主義やロウランドの農地改革や都市化という現象が含意するスコットランドのブリテンにおける同時代性、イングランドとのある種の競合関係を見えなくさせる。唯一ロウランドに触れる『結婚』が、頑固でへそ曲がりなミセス・マクシェイクという「スコットランドが現在とは全く違っていた」時代の産物を紹介する一方、「時間がない」ために知的教養に優れたエディンバラ社交界の粋を描くことがないのは示唆的だ（*M* 二九二）。スコットランドのネイション意識にとってロウランドはイングランドに似すぎているために挟雑物となるのだ。フェリアも、自らが住むロウランドの存在を後景に押しやることで、ハイランドを直接イングランドのメトロポリスとの対比関係に置き、ハイランド、スコットランド、ブリテンが直線で結びつく道筋を作っている。

　したがって、『遺産』と『運命』のロンドンは、ブリテンの家庭／故郷としてのハイランドを強調するために、主人公にとっての試練の地という極めて分かりやすい都会の役割を担わされる。ガートルードにとってのロンドンは消費と快楽の誘惑の地であり、彼女はそこで周囲と張り合って衣装や食器、調度類を買い漁ってロスヴィルに学校を建てる計画を頓挫させ、善良ないとこの婚約者に約束していた聖職禄をデルマー大佐の贔屓の道楽者に与えるという道徳的な堕落ぶりを見せる。『運命』は『結婚』『遺産』に続きイングランドの上流階級の誇示的消費ぶりを描くと同時に、イーディスが身を寄せるリブリー夫妻らの商売で身を立てた新興勢力のロンドンも描く。素人演劇や賭け事に現を抜かすレイディ・エリザベス、フロリンダ、レジナルドの利己的な浪費生活にハイランド気質のイーディスが馴染めないのは当然のことながら、近所に出入りする御用聞きを観察し、型どおりの道徳的な振舞に満足して暮らすロンドン商人の世界も物質的で了見の狭いものとして、イーディスの疎外を強調する。主人公のハイランドへの回帰という物語は、物質主義のメトロポリスを触媒として成立する。

こうして、ハイランドはフェリアの小説の掲げる家庭の価値と等号で結ばれるが、このことは、『遺産』『運命』が抱えるある種の「いびつさ」「読みにくさ」にもつながる。というのも、メトロポリスという触媒を必要とするハイランドへの回帰の物語は、小説がハイランドにとどまる限り筋の展開が遅延することを意味するからだ。『遺産』におけるガートルードの成長の大きな鍵となるのはその出生の秘密だが、ロスヴィル邸にある猟犬係の娘リジー・ランディの肖像画とガートルードの類似や、ガートルードの乳母（のちにリジー・ランディの娘であったことが判明する）の夫と称する怪しげな男とミセス・セントクレアの謎めいた取引から、小説の中ほどでおおよその真相の予測はつく。しかし、『遺産』はガートルードがロンドンで贅沢の限りを尽くして戻る終盤までその出自の暴露を棚上げにするのだ（その割にミセス・セントクレアを脅迫する怪しげな男の処理の仕方や、ガートルードの反省からエドワード・リンゼイとの大団円までは相当にあっさりしている）。

『運命』においても、筋立てはなかなかイーディスに収斂せず、グレンロイ領とその近隣の人々の話が挿話的に展開する。ようやくイーディスに焦点があたってからも、読者にはあまりにも明白なレジナルドとフロリンダの関係が婚約中のイーディスの目にも明らかになり破局を迎えるまでには小説は三分の二以上進んでいるのだ。イーディスがロンドンを訪れ、幼馴染ロナルド・マルコムと再会し、ハイランドへの帰郷というテーマを達成することができるのは、このレジナルドとの破局と父の死ののちなのである。『遺産』も『運命』も、故郷と認識すべきハイランドの比重を高めたことで、逆にハイランドだけでは主人公の物語が動かないというパラドックスを示す。ロンドンでの奢侈と浪費が、取り換えっ子のプロットにおけるガートルードの転落と再生の物語の落差を用意し、ロンドンに出て来なければイーディスはロナルド・マルコムと再会することさえも叶わないという、それぞれの小説におけるロンドンの機能を考えると、ハイランドという家庭／故郷再発見の物語はイングランドのメトロポリス（それがどれほどステレオタイプ的であったとしても）があって成立するものなのだ。

スーザン・フェリアはその小説において、スコットランドの風俗小説という様式を選択し、ハイランドをブリテンの家庭／国の価値の所在とする。ハイランドのクラン制度などの伝統には必ずしも与せず、スコットランドにあってもイングランドの社交界描写同様、風刺という技法を手放さないフェリアだが、その一方で旅行記やナショナル・テイルが涵養したハイランドへのロマンティックな眼差しを利用し、ハイランドの土地と家庭と風景を結び付けてハイランドを特権化する。『遺産』『運命』で明確になるように、フェリアの小説におけるハイランドの価値は、ナショナル・テイルにおけるメトロポリスの人間による辺境の価値の認識の物語とは異なり、ハイランドの人間によるハイランドへの回帰という形で確認され呈示されるものだ。それは、ロウランドが後景化され、ハイランド—スコットランド—ブリテンという異なる「ネイション」のレベルを地続きにつなげる回路によって成立する。

このことは、他方、フェリアのハイランドがブリテンの枠組の中でしか成立しないことも示唆している。『結婚』が、ハイランドを失敗したナショナル・テイルとしてジュリアナの視点で描き、主人公メアリーの物語はイングランドの風俗小説として基本的にバースで展開することで、ナラティヴの推進力を保つ一方、あくまでもハイランドを中心に展開する『遺産』『運命』では、主人公がハイランドにとどまる限りプロットが停滞するのだ。家庭／故郷の再発見は離郷を前提とし、その離郷はイングランドのメトロポリス訪問というブリテン内の移動によって成立する。フェリアは、ハイランドをブリテンの中のハイランドとして描き、家庭の価値と結びつけることで、家庭／故郷回帰の物語としてスコットランドの風俗小説を呈示する。

□注

（1） 書簡集から、フェリアがエッジワースやオースティン、スコットに加えて、エリザベス・ハミルトンの『グレンバーニーの小百姓』（*The Cottagers of Glenburnie* 一八〇六）やメアリー・ブラントンの『修養』（*Discipline* 一八一四）などのスコットランドものを読んでいたことが分かっている（Doyle 五五、六五、一二五、一二八）。また、ブラックウッドより第一作および第二作を出版したフェリアはスコットとは実際に交流もあった（詳しくは Doyle 一三六—五七、Cullinan 一八—三四参照）。

（2） 典型的な例としては、主人公ホーレイシオ・M—（Horatio M—）がコノートの領地に旅して族長の娘グローヴィーナと出会い、伝統的アイルランド文化の豊かさに傾倒するようになるオウエンソンの『奔放なアイルランド娘』が挙げられる。

（3）イェップ・レールセンは「自らを『他者』として見、提示し、表象する」ことを「オート＝エギゾティシズム（auto-exoticism）」と呼び、それはイングランドの読者を想定し、彼らのために自国を擁護する「アイルランドもの」に内在するものだと指摘している（三七）。

（4）さらに言えば、善き伯（叔）母と悪しき母という対比も、風俗小説の一つの特徴といえるであろう。風俗小説において、主人公の母親が不在で、本来母親が担うべき娘の導き手としての役割が「伯（叔）母」的な存在にスライドすることはしばしばある（Perry 三三六―三七）。

（5）この点が、きわめて顕著なのがエッジワースのイングランドを舞台とした家庭小説であろう。例えば、『レオノーラ』（*Leonora* 一八〇六）においては主人公レオノーラの美徳は彼女のライヴァルのレイディ・オリヴィアがフランス贔屓であることで引き立つ（拙論二二―二五参照）。

（6）ミセス・ダグラスの「忍耐強さ、克己心、他人の満足を自分の希望より優先させる」といった静かな美徳を見てきたメアリーが、皮肉にも伯母が期待するようには率直に故郷に母親に会っての失望を書き送らないのは興味深い（*M* 三三一―三三）。一面では、バースでの試練にあたってのメアリーの美徳が鍛えられていくことの表れなのだが（そして『結婚』もそう読むことを推奨するが）、他面、風俗小説の論理が女性に対して持つ抑圧的な側面も露呈させている。その美徳の性質上、自らの不満を語れないメアリーの代弁者としてジュリアナやアデレイドそしてバースの社交界を辛辣に風刺するレイディ・エミリーの存在は、『結婚』が抱え込んでいる家庭のイデオロギーへの両義性を示している（Cullinan 六一、六四）。

（7）実際に、第二、第三作では『結婚』のレイディ・エミリーやレイディ・マクロホリンのような滑稽なしかし痛烈な風刺の声を持つ人物は抑制され、より風俗小説の持つ家庭のイデオロギーが大人しく呈示されるといえる。

（8）T・M・ディヴァインは、一八一五年まではブリテンの経済に完全に組み込まれるようになったハイランドでは、家畜の価格は半分に下落し、漁業・牧羊業の停滞、ハイランド兵の復員など終戦に伴う不況の影響をもろに受けたという（一九四―九五）。また、ハイランドのクラン社会は農地改革とそれに伴う「クリアランス」によって、一八世紀の後半以降解体が進行していた点も踏まえておく必要がある（Devine 一七八―八三）。

（9）松井優子は、『ウェイヴァリー』におけるハイランドの「ロマンス化」は単なる「一時代前の生活様式への郷愁」ではなく、そのジャコバイト的熱意の抑制と「ロマンス化」が現ハノーヴァー体制という「現実の歴史」に不可欠なものとして存在していることを指摘している（三二六―二七）。

□引用文献

Armstrong, Nancy. *Desire and Domestic Fiction: A Political History of the Novel*. New York: Oxford UP, 1987.

Cullinan, Mary. *Susan Ferrier*. Twayne's English Authors Series. Boston: Twayne, 1984.

Devine, T.M. *The Scottish Nation: A Modern History*. 1999. London: Penguin, 2012.

Doyle, John A., ed. *Memoir and Correspondence of Susan Ferrier 1782-1854: Based on Her Private Correspondence in the Possession of, and Collected by, Her Grand-Nephew John Ferrier*. Vol. 4 of *The Works of Susan Ferrier*.

Duncan, Ian. *Scott's Shadow: The Novel in Romantic Edinburgh*. Princeton: Princeton UP, 2007.

Eagleton, Terry. *The English Novel: An Introduction*. Oxford: Blackwell, 2005.

Ferrier, Susan. *The Works of Susan Ferrier*. Holyrood Edition. With an introd. Margaret Sackville. 4 vols. 1929. New York: AMS, 1970.

_____. *Marriage: A Novel*. 1818. Vol. 1 of *The Works of Susan Ferrier*.

_____. *The Inheritance*. 1824. Vol. 2 of *The Works of Susan Ferrier*.

_____. *Destiny: Or the Chief's Daughter*. 1831. Vol. 3 of *The Works of Susan Ferrier*.

Glendenning, John. *The High Road: Romantic Tourism, Scotland, and Literature, 1720-1820*. Houndmills, Basingstoke: Macmillan, 1997.

Leerssen, Joep. *Remembrance and Imagination: Patterns in the Historical and Literary Representation of Ireland in the Nineteenth Century*. Critical Conditions: Field Day Monographs 4. Notre Dame, IN: U of Notre Dame P, 1997.

Owenson, Sydney (Lady Morgan). *The Wild Irish Girl: A National Tale*. 1806. Ed. Kathryn Kirkpatrick. Oxford: Oxford UP, 1999.

Perry, Ruth. *Novel Relations: The Transformation of Kinship in English Literature and Culture 1748-1818*. Cambridge: Cambridge UP, 2004.

Scott, Walter. *Waverley: Or, 'Tis Sixty Years Since*. 1814. Ed. with an introd. Andrew Hook. London: Penguin, 1972.

Shields, Juliet. *Sentimental Literature and Anglo-Scottish Identity, 1745-1820*. Cambridge: Cambridge UP, 2010.

Takakuwa, Haruko. "Maria Edgeworth's Domestic Novels and National Heroines." *The Journal of the Jane Austen Society of Japan* 3 (2009): 12-33.

Trumpener, Katie. *Bardic Nationalism: The Romantic Novel and the British Empire*. Pirnceton: Princeton UP, 1997.

松井優子「『ハイランドのわが家』――19世紀ハイランド言説と『ホーム』の概念」、『スコットランドの歴史と文化』日本カレドニア学会編、明石書店、二〇〇八年、三二一―三二九。

Jane Austen

4 ジェイン・オースティンの風景論序説
ピクチャレスクからイングランド的風景へ

丹治 愛

1 ピクチャレスクの美学とオースティン

西洋美術史において最初の風景画家として認められているのは、一六三〇年代以降イタリアで活躍したフランス人画家、クロード・ロランである。彼の風景画の特徴は、その風景が、心地よい「美」を体現する理想化された風景（locus amoenus）であるというところにある。別言すれば、彼が描いているのは写実的な風景というよりは、想像力によって描かれた理想的風景なのである。(1) そして一七世紀後半、イギリスに風景画および風景という観念がはじめて導入されたときに、そして一八世紀なかば、イギリス風景画の父と目されるリチャード・ウィルソンによってイギリス風景画の伝統が創始されたときに、さらに一八世紀後半、「ピクチャレスク」、すなわち「絵のような／絵になる」風景という観念が流行したときに、風景のモデルとされていたのはまずはクロードの風景画のなかの理想化された観念的な風景なのだった。

クロードのさらにもうひとつの特徴は、イタリア的な風景として、廃墟のある風景を好んで描いたことであろう。典型的なのは、ローマにある古代ローマ中心部（フォロ・ロマーノ＝「ローマの広場」の意）の遺跡の風景を描いた「カンポ・ヴァチーノの眺め」（一六三六）だろう。「廃墟のある風景」――これは、彼と同時代に、同じようにイタリアで活躍していたフランス人画家ニコラ・プッサンによって描かれた絵画（一六三三）のタイトルであるが、この廃墟にたいする趣味も、クロードふうのピクチャレスクな風景を構成する重要な要素として一八世紀後半のイギリスに導入される。

一八世紀イギリスのピクチャレスクな風景観念を論じるときにもうひとり忘れてはならないのは、イタリア人画家であるサルヴァトール・ローザである。彼の風景画は、斜めに伸びる木の幹と枝、量感のある岩山、遠方に見える険しい山岳、激しく流れる雲という要素によって、心地よさをあたえる「美」とは別種の、恐怖をあたえる「崇高」な風景を描きだしている。クロードが時間が止まっているかに見える静穏で「美しい」風景を創造していたのと対照的に、ローザは人を圧倒するような動的で堂々たる、要するに「崇高な」風景を創造していたのである。

『オトラント城奇譚』（一七六四）の著者ホレス・ウォルポールは、一七三九年にグランド・ツアーの途上、イタリアにむけてアルプスをこえつつあったときの風景を、「断崖、山岳、激流、狼、轟音――サルヴァトール・ローザそのものだ！」という言葉でつづっているが、恐怖をあたえるローザの「崇高な」風景は、一八世紀後半のゴシック小説の霊感源になるとともに、「絵のような／絵になる」風景のもうひとつのモデルとして、ピクチャレスクな風景観念にはない「崇高な」要素を、一八世紀後半のピクチャレスクな風景観念に加えていくのである。

こうして、ピクチャレスクという新しい観念は、『崇高と美の観念の起源に関する哲学的探究』（一七五七）におけるエドマンド・バークが相互に排除的と見なしていた「美」と「崇高」のあいだを架橋しつつ、その両者の「融合」と言うべき第三の美的感性を、一八世紀後半のイギリスにおいて創造していく。その核となった人物は、なんと言ってもウィリアム・ギルピンだろう。彼は、ピクチャレスクな美の基準に一致した「絵のような／絵になる」風景を求めて、ということはすなわち、クロードやローザの風景画にあるような風景を求めて――当時の常識としてはアルプスやイタリアへのグランド・ツアーに出かけるところ――国内をめぐるピクチャレスク・ツアーを開始する。そして、一七七〇年のワイ川流域と南ウェールズ旅行の成果を、『ワイ川と南ウェールズ各地に関する観察』（一七八二）として、また、一七七二年の湖水地方を中心とする北西イングランド旅行の成果を、『イングランド各地、とくにカンバーランドとウェストモアランドの山と湖に関する観察』（一七八六）として出版することによって、ピクチャレスク・ブームの火付け役となる。

一八世紀後半に、〈クロードやローザの風景画のような〉という意味で「絵のような」＝「ピクチャレスクな」風景がイギリス人の関心を惹いたこと、そしてそのことをとおして風景がイギリス人の中心的関心となっていったことは、一七七五年から一八一七年までの四二年間を生きたジェイン・オースティンの伝記的事実と文学作品のなかにも見てとれる。たとえば、ジェインの兄、ヘンリー・オースティンは、『ノーサンガー・アビー』と『説得』の合本（一八一七）が出版されたとき、「著者についての伝記的覚書」のなかで、彼女が「自然と絵画の両方における風景の熱烈かつ賢明な賞賛者であった」こと、「ごく若いころに、ギルピンのピクチャレスク論に夢中になっていた」ことを証言している（Henry Austen 七）。この証言を裏付けるかのように、たしかに彼女の一五歳と一六歳のころの若書きにはその痕跡が認められる。

たとえば書簡体小説「愛と友情」（一七九〇年執筆）の「第一四の手紙」には、「もともと自然の美しさを楽しむことが大好きだったが、ギルピンの『スコットランド高地旅行記』（*Gilpin's Tour to the Highlands*）を読んで、その地方の自然が見せる心地よい景色をながめたいという好奇心をさらにかけたてられ」（Austen［一九五四］一〇五）、実際にスコットランドを訪れているオーガスタという女性が登場する。また、「イングランドの歴史」（一七九一年執筆）には、ヘンリー八世について、「彼が修道院を廃止し、それを時間の破滅的暴力へと委ねたことは、イングランドの風景全般にたいする計り知れない利益となってきたし、それこそが彼の行為の第一の動機だったのだろう」（Austen［一九五四］一四三）という、ピクチャレスク的な風景論に触れた風刺のきいた記述が見える。

『高慢と偏見』におけるピクチャレスクなもの」におけるA・ウォルトン・リッツによれば（Litz 一三一一五、二〇一一四）、オースティンがギルピンの著作に親しんでいたことの痕跡は、『高慢と偏見』にも認めることができる。たとえば第一〇章には、ミスタ・ダーシー、ミス・ビングリー、その姉のミセス・ハースト、そしてエリザベスが一緒に散歩する場面がある。ダーシーをはさんでミス・ビングリーとミセス・ハーストが歩き、エリザベスがひとり後れて歩くことになるが、ダーシーはこの「失礼な仕打ちにすぐに気がついて」広い並木道に出ることを提案する。するとエリザベスは「笑いながら」こう言う、「いいえ、どうぞそのまま。三人でちょうど絵になっています。四人目が加わったら、『ピクチャレスク』の美がぶちこわしになってしまいますわ(2)」。ペンギン版の注によると、これは、一七八六年の『観察』におけるギルピンの「大きな家畜の群れを描くときの原則」への言及となっている――「二頭ではうまく結合しない……しかし三頭であればほぼ確実にいい群れとなる……四頭では新たな問題が生じる」。リッツによれば、これが牛についての言及であることから、「笑いながら」のエリザベスの言葉には、三人を牛に見立てるという微妙な皮肉がこめられているということである。

また、第四二章には、エリザベスと彼女の叔父叔母であるガーディナー夫妻の、湖水地方への旅の計画が語られる箇所がある。旅の「途上の名所」として語り手は「オックスフォード、ブレニム・パレス、ウォリック、ケニルワース、バーミンガムなど」と語るが、これらの地名は、これもリッツによれば、一七八六年の『観察』の最初の四章において、湖水地方をめざすギルピンがたどっている旅程そのままである。そしてエリザベス一行は、結局はミスタ・ガーディナーの用事の都合で旅程を短縮せざるをえなくなり、イングランド中部のダービシャー州――ここにはミスタ・ダーシーのペンバリー屋敷がある――までしか行けなくなるが、その州を訪れることに多少の躊躇を覚えるエリザベスは、「彼のお屋敷がある州だからといって、行って叱られるということもないだろうし、彼に見られずに、あそこの有名な蛍石〔木の化石化したもの〕を二つ三つ拾って帰れるかもしれない」と考える。ここにある「蛍石（petrified spars）」もまた、ギルピンが「なにかが化石化したものと考えられている、不思議な多色彩の鉱物。ロンドンではダービシャー・ドロップとして知られている」と、これも一七八六年の『観察』において言及していたものにほかならない。

以上の箇所は、オースティンがギルピンの著作に通じていたことを示しているだろう。その一方で、オースティンが「ギルピンのピクチャレスク論に夢中になっていた」痕跡は、リッツによれば、第二七章、湖水地方への旅が最初に言及されたときのエリザベスの反応のなかにあるという。

「まあ、叔母さま、うれしい！　ほんとにうれしい！　これで生き返って元気になれる。失恋もふさぎの虫も、さようなら！　湖水地方のすばらしい岩や山に比べたら、男なんて何でもないわ。ああすばらしい旅行になるでしょうね！　旅行から戻っても、ほかの旅行者みたいに、見てきた所がどこだかわからないなんてことにならないようにしましょうね。〔中略〕湖水地方には、湖も山も川もあんなにあるのですもの。どれがどれだか、頭のなかでごちゃごちゃにならないようにしましょうね」

『高慢と偏見』は、一七九六―九七年にオースティンが「第一印象（First Impressions）」というタイトルで執筆し、一八一一―一二年に改訂を加えたのち、一八一三年に出版した作品であり、したがって、『第一印象』から『高慢と偏見』へのプロセスは、「思春期から中年へ」のオースティンの精神的成長を示している。そういうものとして、『高慢と偏見』は、中年の精神のなかにところどころ思春期の精神が見え隠れしているが、湖水地方への熱狂をあらわすこのエリザベスの姿は、リッツによれば、『第一印象』から『高慢と偏見』へとそのまま引き継がれた部分であり、たとえその後に、ピクチャレスク旅行者への、いかにもオースティンらしい冷めた風刺がつづいているとしても、「ごく若いころ」の彼女自身の「ギルピンのピクチャレスク論」への「夢中」を生き生きと伝えている。

以上のようなピクチャレスクにたいする関心を示す箇所は、『分別と多感』と『ノーサンガー・アビー』にも認められるが、しかしそれ以外の作品にはなくなっているように見える。すなわち、すべて一八一〇年代に出版されたオースティンの主要な六作品のうち、すでに一七九〇年代にはいちおうの完成を見ていた『分別と多感』『高慢と偏見』『ノーサンガー・アビー』には「ピクチャレスク」という言葉が含まれているのにたいして、一八一〇年代に執筆された『マンスフィールド・パーク』『エマ』『説得』には、その言葉が存在していないのである。この事実は、オースティンのピクチャレスク美学への姿勢が、一七九〇年代から一八一〇年代のあいだに、「夢中」から批判へとしだいに形を変化させていったことを示しているのではないか。そしてその変化の時期と性質は、『分別と多感』と『ノーサンガー・アビー』との比較をとおしてある程度確認できるのではないか。本論は以上のような疑問をめぐって展開されることになるだろう。

2　『ノーサンガー・アビー』におけるピクチャレスク

このうち『分別と多感』は、一七九五―九六年に「エリナーとマリアン」(Elinor and Marianne) というタイトルで書簡体小説として執筆され、一七九七年一一月―九八年にかけて第三人称の語り形式によって「分別と多感」というタイトルのもとで書き直され、その後もさらなる改訂（おそらく一八〇九―一〇年に）を加えられて、一八一一年に出版されたと推定されている。改訂は、一七九八年以降、出版の直前までなされていたと推定されるのである。

それにたいして『ノーサンガー・アビー』は、一七九八―九九年に「スーザン」というタイトルで執筆され、一八〇三年に改訂を加えられたのち、その原稿が一〇ポンドで出版社に売られてしまう。結局、出版にはいたらなかったため、一八一六年、オースティンはその原稿を同額で買いもどすものの、同名の小説がすでに出版されていたことから、ヒロインの名前を「キャサリン」へ、作品のタイトルを「ノーサンガー・アビー」へと変更する以外には、ほとんど実質的な改訂を行っていないと推定されている。それが正しいとすると、この小説は、一八〇三年当時の彼女のピクチャレスク美学への姿勢を示していると言っていいだろう。それを確認したうえで、第一四章の次の一節を見てみよう。

ティルニー兄妹は、〔ラドクリフ夫人の小説から〕別の話題に移ったが、キャサリンはこの話題には加われなかった。ふたりは、絵を書き慣れた人間の目で田園風景を眺め、ほんものの趣味をもつ人間の情熱をもって、その風景が絵になるかどうか（its capacity of being formed into pictures）について熱心な議論を始めたのである。キャサリンは途方に暮れた。絵のことは何も知らないし、審美眼などまったくないからだ。ふたりの話をじっと聞いていたが、それも役に立たなかった。ふたりが使う言葉が専門的な言葉だったので、よくわからなかったのだ。ほんのすこしは理解できたが、それは絵に関する彼女のわずかな知識と矛盾するように思われた。たとえば、高い丘の頂上から見た眺めが一番すばらしい眺めだと思っていたが、どうもそうではないらしいし、澄みきった青空が一番すばらしい日だと思っていたが、これもそうではないらしいのだ。キャサリンは自分の無知を心から恥じた。〔中略〕そしていまキャサリンは、自分の無知を告白して嘆き悲しみ、絵を描けるようになれるなら何でもすると言った。するとさっそく「ピクチャレスク美学」に関するヘンリーの講義が始まった。彼の説明はわかりやすいので、たちまちキャサリンは、彼が美しいと言う風景はすべて美しいと思うようになった。彼女が熱心に耳を傾けるので、ヘンリーは彼女の生まれつきのセンスの良さにすっかり満足し、前景、遠景、中景、サイド・スクリーン、遠近法、明暗法について説明した。キャサリンはなかなか将来有望な生徒で、ビーチン・クリフの頂上に着くと、そこから眺めたバースの町の全景は、風景画として描く価値はない（unworthy to make part of a landscape）と自分から言った。ヘンリーは彼女のめざましい進歩を喜んだが、一度にたくさんのことを教えて疲れさせてはいけないと思い、絵の話題からだんだん離れていった。自分が描くとしたら、丘の頂上付近に、崩れかかった岩と、枯れたオークの木を配したいという話から、オークの木の話に移り、それから森林、土地の囲い込み《エンクロージャー》、荒地、そして王領地と政府の話題へと移っていった。

愛読するゴシック小説からピクチャレスク風景論へと話題が移ると、それについてはまったく「無知」なキャサリンはふたりの議論についていけず、「絵を書き慣れた人間の目で田園風景を眺め」るティルニー兄妹が、「その風景が絵になるかどうか」を、「専門的な言葉」で議論するのを、自分の「無知」を恥じ入りながら聞くばかりである。そこでヘンリー・ティルニーは、ピクチャレスク美学についての基礎知識を彼女に授けようとする。理想的風景とは、「『サイド・スクリーン』に挟まれた中央の部分が、『前景』、『中景』、『遠景』に三分割され」ているとともに（今村 一九）、「いわゆるパースペクティヴ（大小と遠近をめぐる幻惑技術）とキアロスクーロ（黒と白、赤と黒といった色調の明暗対比）」（高山 三六）によって画面が構成され、しかもそのなかに「不規則、不均整、屹立《きつりつ》したもの、突兀《とつこつ》たるもの、峨々たるもの」——要するに、「ラギッドネス」（高山 四一—四二）——をあらわすものとして、「崩れかかった岩と、枯れたオークの木」が配置されている——それこそがヘンリーにとって、絵として描くに値するピクチャレスクな風景だというのである。以上のヘンリーの講義は、一七八二年と八六年に出版されたギルピンの『観察』に由来しているものである。

問題は、ヘンリーが説明するギルピンの「ピクチャレスク美学」がこの作品のなかでどのような評価を受けているかということである。少なくとも引用箇所においてキャサリンが、それにたいして批判的な姿勢を見せることはない。それどころか彼女は、それに関するみずからの「無知」を恥じ、密かに恋するヘンリーが開陳するピクチャレスク美学を学ぶためには「何でもする」と思うほど、心からその美学に「夢中」になっているようすである。また、物語の後半、ノーサンガー・アビー――「むかし修道院だった古いお屋敷」（第二〇章）――に到着し、翌日、ヘンリーが牧師館に出かけたあと、父親のティルニー将軍から屋敷と庭の案内を提案されたときも、「彼〔ヘンリー〕がいなければ、庭を見ても、『ピクチャレスクの美学』がどんなものかさっぱりわからない」（第二二章）と述べている。無知とヘンリーへの恋とが批判を不可能にしていると言っていいだろう。

さらに言えば、小説の冒頭からゴシック小説のパロディとしての側面を強調し、「崇高な」ゴシック小説にたいするキャサリンの「夢中」をあれだけ風刺的に描いている語り手も、ヘンリーが語るピクチャレスク美学については、直接的な批判を見せていないし、それに「夢中」になるキャサリンを風刺的に描くこともしていない。それどころか、ピクチャレスク美学の実践者としてのヘンリーを、ウッドストン村の牧師として、知性的にも道徳的にもこの小説におけるもっとも信頼の置ける人物、もっとも批判の対象とならない人物として提示しているのである。

3　『分別と多感』におけるピクチャレスク

しかし『ノーサンガー・アビー』におけるピクチャレスク美学をめぐる以上のような姿勢は、『分別と多感』

では劇的に変化している。たとえば『分別と多感』の第一八章には以下のような箇所がある。

エドワードは周囲の田舎の景色にあらためて感心して戻ってきた。〔中略〕マリアンはそういう話題ならば大好きなので、さっそく自分もそれらの景色を絶賛しはじめ、とくにどの景色にどういうふうに感心したのかと、こまかい質問をはじめた。するとエドワードはマリアンをさえぎってこう言った。「あの、あまりこまかい質問はしないでください。ぼくは『ピクチャレスク』の美学については何も知らないんです。こまかいことを聞くと、ぼくの無知と無趣味にがっかりしますよ。『そそり立つ（bold）丘』と言うべきところを『急な（steep）丘』と言ったり、『ごつごつした奇怪な（irregular and rugged）山肌』と言うべきところを、『でこぼこの変な（strange and uncouth）山』と言ったり、『おぼろに霞む定かならぬもの（indistinct through the soft medium of a hazy atmosphere）』と言うべきところを、『遠くてよく見えないもの（distant objects out of sight）』と言ったりしそうです。ぼくの正直なほめ言葉で満足してください。バートン村はとても美しい村です。急な丘がたくさんあって、森には、立派な材木になりそうな木が生い茂り、こぢんまりとしたのどかな谷間には、豊かな牧草地がひろがり、こぎれいな農家があちらこちらに点在している。ぼくが考える美しい田園風景のイメージにぴったりです。それに美（beauty）と実用（utility）を兼ね備えているからです。それにあなたが絶賛するんだから、ピクチャレスクな美しさもあると思う。ごつごつした岩や、崖や、灰色の苔や、灌木の茂みもあると思う。でも、そういうものはぼくの目には見えない。ぼくは『ピクチャレスク』という美学のことは何も知らないんです」

〔中略〕

「ぼくも美しい風景は好きだけど、『ピクチャレスク』という美意識とは関係ない。ひねこびた、ねじ曲がった枯れ木なんか好きじゃない。青々とした、真っ直ぐに伸びた大木のほうが好きです。荒れ果てたあばら屋（cottages）なんか好きじゃないし、イラクサや、アザミや、ヒースの花も好きじゃない。物見の塔なんかより、こぢんまりした農家（farm-house）のほうが好きだし、美しく着飾った盗賊《バンディッティ》一味なんかより、こざっぱりした幸せそうな村人たちのほうが好きです。」

これは、エドワードとマリアンがピクチャレスクをめぐって議論している場面である。「多感」なマリアンはエドワードを、容姿の面でも知性や感性の面でもあまり高く評価していない。とくに芸術的文学的感受性は「かけらも感じられない」、「絵のことなんかなにもわかっていない」（第三章）と切り捨てている。一方、基本的に「分別」の人である主人公エリナーは、彼の知性と道徳心のみならず、彼の感受性をも高く評価する――「たしかに彼は自分では絵を描かないけど、人が描いた絵を見るのは大好きだし、生まれつきの趣味のよさはもっている」、だから絵についての「彼の意見はたいてい正しい」（第四章）と判断している。

第一〇章でエリナーが明かしているとおり、マリアンはちょうど「ごく若いころ」のオースティン自身がそうであったように、「ピクチャレスクな美」の熱狂者である。そうであればこそマリアンは、「周囲の田舎の景色」を賞賛するエドワードに、「どの景色にどういうふうに感心したのかと、こまかい質問をはじめた」のである。彼女が求めているのは、ピクチャレスク美学の語彙によって、その美学の趣味にのっとってその美しさが定義されることだったのである。

それにたいして、エドワードはピクチャレスクの美学そのものを拒否する。彼はピクチャレスク美学についての「無知と無趣味」を告白するが、その後の彼の言葉が示しているとおり、その告白は真実ではない。『ノーサンガー・アビー』のキャサリンとは異なり、彼はピクチャレスク美学について「無知」ではなく、その語彙と趣味をオースティンと同じほど理解している。そのうえで、「『ピクチャレスク』という美意識とは関係ない」かたちで、「ぼくが考える美しい田園風景のイメージにぴったり」なバートン村の美しさを、「正直な」言葉で語るのである。それはたしかに簡明な言葉である。

当然のことながら、マリアンは失望する。彼女は、「風景に感動することが流行になっているのは事実ね。『ピクチャレスク』の美を定義した人の趣味と言葉を誰も彼もが真似して、そういう風景に感動したふりをして、そういうことばでその美しさを説明しようとするわ。私も流行言葉は大嫌いよ」（第一八章）と述べているものの、バートン村周辺の田園風景の美を、ピクチャレスク美学の「趣味と言葉」にのっとって説明しない彼に、感受性の欠如を感じるばかりである。彼の説明のなかに、ピクチャレスクに代わる新しい美学と趣味を感じることができない。

くりかえすが、エドワードは、ピクチャレスク美学について「無知」であるわけでも、風景について「無趣味」であるわけでもなく、ピクチャレスク美学の批判者として、ピクチャレスク美学の語彙（「言葉」）を拒否しつつ、新しい「趣味と言葉」の持ち主として風景の美について語ろうとしているのである。彼は、「ごつごつした岩や、崖や、灰色の苔や、灌木の茂み」、「ひねこびた、ねじ曲がった枯れ木」、「荒れ果てたあばら屋(cottages)」、「イラクサや、アザミや、ヒースの花」、「物見の塔」、「盗賊一味《バンディッティ》」といったモティーフからなるピクチャレスクな風景を拒否する。

ヒロインと最終的に結婚するという、オースティン作品のなかでは特権的な地位を占めているヘンリーとエドワードは、前者が「崩れかかった岩と枯れたオークの木」をふくんだ風景を好むのにたいして、後者は「ごつごつした岩や崖」にも、「ねじ曲がった枯れ木」にも興味を示さないという事実に端的に示されているように、ピクチャレスク美学にたいして対照的な態度を示しているし、そのことは『ノーサンガー・アビー』と『分別と多感』においてピクチャレスク美学がどのようにあつかわれているかを示すなによりの指標となっている。すなわち、そのふたつの作品を比較することによって明らかになることは、一七九〇年代においてピクチャレスク美学に「夢中」になっていた思春期のオースティンが、一八〇三年（二十八歳）の時点でもまだその美学に共感していたらしいということであり、また、中年に達した一八一一年（三十六歳）にはそれを批判的な目で見るようになっていたということであろう。

4　イングランドの風景

エドワードがピクチャレスクの美学を拒絶しながら語る「美しい田園風景のイメージ」にもう一度注目しよう――「急な丘がたくさんあって、森には、立派な材木になりそうな木が生い茂り、こぢんまりとしたのどかな谷間には、豊かな牧草地がひろがり、こぎれいな農家があちらこちらに点在している」。そして、このような村のイメージが、その後のオースティン作品の舞台となっていくのは周知の事実であろう。すなわち、一八一〇年代になって新たに書きはじめられた三作品においては、いっそうみずみずしく「美しい田園風景のイメージ」が語られていくだろう。たとえば『エマ』第四二章において、オースティンは田園風景を以下のように描写している。

ドンウェル・アビーはかなり急斜面の丘のふもとにあるが、低い石塀の向こうにはさらに急な斜面になっていて、一キロほど先に唐突な感じで、みごとな樹木におおわれた小さな丘があり、その丘に抱かれるようにしてアビー・ミル農場がある。農場の前には牧草地が広がり、そのまわりには、小川が美しい曲線を描いて流れている。

美しい眺めだ。目にも心にもやさしい、美しい眺めだ。これぞまさにイングランドの緑、イングランドの文化、イングランドの安らぎ（English verdure, English culture, English comfort）であり、威圧感のない穏やかな風景が、太陽の光を浴びて横たわっている。〔中略〕エマもすこし前なら、アビー・ミル農場がこんなに美しく眺められる場所には、ハリエットを来させたくないと思っただろう。でも、いまはもう心配していない。豊かな牧草地、羊の群れ、花盛りの果樹園、立ちのぼる煙など、繁栄と美に恵まれたアビー・ミル農場を、いまは安心して眺めることができる。

この描写を見ると、オースティンがピクチャレスク美学によって刺激された風景への関心を失っているわけではないことが確認できるだろう。自然を風景画としてながめるという意味でピクチャレスク美学の影響は最後まで生きつづけている。しかし、描かれる風景は、『分別と多感』でエドワードが描写する田園風景と同様、ピクチャレスクの「趣味と言葉」を反映したものではない。とすれば、いったいなにが変わっているのだろう。その答えを得るためには、われわれはふたたび『ノーサンガー・アビー』にもどっていかなければならない。

それはいったいどのような作品なのだろうか。

この作品のヒロイン、キャサリン・モーランドは、騎士道ロマンスにのめりこんだドン・キホーテのように、あるいは恋愛ロマンスにのめりこんだボヴァリー夫人のように、ゴシック・ロマンス／ゴシック小説にのめりこみ、「ゴシック様式の装飾をふんだんに施されて、とりわけ壮麗な」（第二二章）元修道院のノーサンガー・アビーに到着するなり、現実の世界とゴシック小説の世界を完全に混同しはじめる。その結果として彼女は、ティルニー将軍が「小説に出てくる（ような）冷酷非情」（第二三章）で極悪非道の悪人であり、亡くなったと説明されてきたティルニー夫人が、じつは「まだ生きていて、何かわけがあって、秘密の部屋に閉じ込められて、冷酷な夫から毎晩粗末な食事を与えられている」（第二三章）と思いこみ、その「秘密の部屋」を求めて屋敷のなかを嗅ぎまわる。そしてそのさなかに出くわしたヘンリーに、みずからのゴシック的な妄想を正される――「ぼくたちが済んでいる国と時代を思い出してください。ぼくたちはイングランド人で、キリスト教徒です。あなたの知性と理性と観察能力に相談してごらんなさい。」（第二四章）

こうしてキャサリンは、恥ずかしさとともに、ゴシック小説に起因する「根拠のない妄想」から目ざめさせられる。

ラドクリフ夫人の小説はすごく面白いし、その模倣者たちの小説もとても面白いけれど、たぶんああいう小説には、人間性の忠実な描写を期待してはいけないのだ。少なくとも、イングランド中心部に住む人間の忠実な描写を期待してはいけないのだ。アルプス地方やピレネー地方の松林や悪徳についてだったら、忠実な描写がなされているかもしれない。イタリアやスイスやフランス南部ならああいう小説に描かれたような恐ろしいことが、実際にたくさんあるかもしれない。よその国のことまで疑うつもりはない。いや、自分の国でも、北の果てや西の果てのことはわからない。でもイングランド中心部では、夫から愛されていない妻といえども、国の法律と時代の風俗習慣によって、生命の安全はある程度保証されているはずだ。〔中略〕アルプス山中やピレネー山中には、善と悪が入り混じった人間はいないのかもしれない。そういう山中には、天使のような汚れなき人間と、悪魔のような邪悪な人間の二種類しかいないのかもしれない。でもイングランドはそうではない。イングランド人の心と習慣は、みんな同じというわけではないが、たいてい善と悪が入り混じっている。（第二五章）

ゴシック小説とは、中世のゴシック建築に魅せられ、その様式でみずからの屋敷（ストロベリー・ヒル）も建築したウォルポールの『オトラント城奇譚』を嚆矢とし、「崇高」なるものによってかき立てられる恐怖を読者にあたえることを目的とする文学のサブジャンルである。舞台はしばしば遠い時代（暗黒の中世）の遠い外国――とくに南国のカトリック地域であるイタリア、スペイン、南フランス――にある、秘密の部屋や秘密の通路をもつ、城や寺院や修道院といったゴシック的建造物で、しかもそれらはしばしば廃墟と化している。衰微と崩壊の気が漂うその閉ざされ孤立した世界では、「悪魔のような邪悪な人間」が「天使のような汚れなき人間」を幽閉し、亡霊のような超自然的な存在が超自然的な現象を引き起こす。舞台が遠い時代の遠い外国に設定されているのは、超自然的なものをリアルに見せるためのゴシック的な工夫であるが、以上のすべては「崇高」な恐怖を生み出すためである。

ゴシック小説が大ブームとなるのは、一七九〇年代、超自然的な現象が最終的には自然主義的に説明されるという新機軸とともにアン・ラドクリフが登場し、『ユドルフォの謎』（一七九四）や『イタリア人』（一七九七）を頂点とするゴシック小説の傑作を出版したからである。思春期のオースティンも、キャサリン同様、「ラドクリフ夫人の小説はすごく面白いし、その模倣者たちの小説もとても面白い」と言いながら、ゴシック小説を読みあさったに相違ない。そのうえで、一七九八―一八〇三年にかけて、彼女は「スーザン」というタイトルで『ノーサンガー・アビー』を執筆したのである。

『ノーサンガー・アビー』は、オースティンがゴシック小説のパロディをこころみ、ヒロインの超自然的体験を笑いのめすことで小説から超自然的な要素を追放した作品、そして彼女自身のその後の作品についてのみならず、彼女以後のイギリス小説全般についても、リアリズム性を再定立することによって、ゴシック小説をイギリス小説の周辺的サブジャンルへ追放することになった作品として評価されているだろう。一九世紀以降のゴシック小説のサブジャンルとしての存在感の大きさを侮ることはできないながらも、これは、英文学史的に言えば、正しい評価であろう。

ただし、ここで注目すべきは、ゴシック小説が、異国的なものと（ゴシック的な廃墟のような）過去への連想――さらには、「崇高」なものへの関心と衰微と崩壊への愛好――をピクチャレスク美学と共有していたことである。そして、『ノーサンガー・アビー』におけるオースティンが「人間性の忠実な描写」を提示するための舞台を、「イタリアやスイスやフランス南部」から「自分の国」へ、それも「北の果て」であるスコットランドでも、「西の果て」であるウェールズやアイルランドでもなく、「イングランド中心部」に移し据えたことである。

ということはすなわち、ギルピンのピクチャレスク美学にまだ明示的には批判の目を向けていないかに見える『ノーサンガー・アビー』は、「善と悪が入り混じっている」普通の人びとが住む同時代の「イングランド中心部」を小説の舞台として選択し、その結果として、異国的なものと（ゴシック的な廃墟のような）過去への連想をともなうゴシック小説というサブジャンルをイギリス小説の周縁へと追放することによって、じつは同時にクロードやローザの風景画を標準としたピクチャレスク美学を追放し、その代わりにイングランドの風景を新しいピクチャレスクとして定立する、オースティンがまさにその直前にまで到達していたことを示しているると言えるのではないか。

　ここでもう一度ピクチャレスク美学について確認しよう。その美学とは、クロードやローザの風景画をとおして自然をながめ、というより、彼らの風景画に描かれているようなピクチャレスクな風景を、自然のなかに発見しようとするものだった。その結果、発見ないし創造された風景は、クロードふうかローザふうかを問わず、異国的なものあるいは過去への連想をともなうものだった。異国的なものの典型はギリシア神殿ふうの建物であり（『分別と多感』第四二章には、「ギリシア神殿」がパーカー家のクリーヴランド屋敷の庭園に建てられていることが語られている）、過去への連想をともなうものの典型はゴシックふうの寺院の廃墟であるが、エドワードが拒否していたピクチャレスクなもの――「ごつごつした岩や、崖や、灰色の苔や、灌木の茂み」、「ひねこびた、ねじ曲がった枯れ木」、「荒れ果てたあばら屋（cottages）」、「イラクサや、アザミや、ヒースの花(3)」、「物見の塔」、「盗賊《バンディッティ》一味(4)」――も、いずれも多かれ少なかれ異国的なものや過去への連想をともなうものである。

　したがって、オースティンがしようとしたことは、ピクチャレスク美学によって発見ないし創造されたピクチャレスクな風景から、異国的なものや過去への連想を排除し、それをイングランド的なものに変容させることだったのではないだろうか。彼女のしようとしたことは、イングランドの自然のなかにピクチャレスクな風景画のコピーを発見するかわりに、周囲に存在していた田舎の自然のありのままを、嘆賞すべきイングランドの「風景」として提示することだったのではないだろうか。

その意味でオースティンにとっての理想は、やはり『高慢と偏見』におけるペンバリーなのだろう――「人工的な感じはまったくない。これほどみごとな庭園は見たことがない」（第四三章）。〔中略〕自然の美しさがよけいな趣味によって傷つけられていないこれほどみごとな庭園は見たことがない」（第四三章）。ブームとしてのピクチャレスク美学の退潮期にあたる当時の歴史的コンテクストのなかで、この「よけいな趣味（an awkward taste）」というのが、具体的には、ピクチャレスク美学のなかにある、異国的なものと（ゴシック的な廃墟のような）過去への連想を誘う「人工」的な仕掛けを意味していることは間違いないだろう。

ピクチャレスクな風景からそのようなものを一掃して、「イングランドの緑、イングランドの文化、イングランドの安らぎ」からなる風景を、クロードふうでもローザふうでもない、イングランド的な新しいピクチャレスクとしてつくりなおすこと――それがオースティンの仕事のひとつだったのではないか。兄ヘンリーによって「風景の熱烈かつ賢明な賞賛者であった」と記されている彼女は、自然の一部を額縁で囲って、それを一幅の絵として嘆賞するピクチャレスク美学を身につけていた――それは確かである。そのうえで彼女は、ギルピンのとは異なる新しい風景画を描いたのである。彼女の六つの主要な作品は、ピクチャレスク美学の変容のプロセスを伝えている。

□注

（1）P・M・ハーマンが「［クロードの絵画における］イタリアの現実世界は、アルカディアの光輝と黄金時代の豊饒とで彩られている」と述べているように、クロードの絵画は古典古代の牧歌と農耕詩の伝統を反映させている風景である（Harman 九六―一〇四）。

（2）本論におけるオースティンの主要作品の日本語訳は、中野康司訳のちくま文庫版を使用ないし参照させていただいた。

（3）ギルピンは、雑草や苔類を、「廃墟にこのうえなく豊かな仕上げを加えるもの」（Gilpin ［一七八二］ 三四）として評価している。

（4）「盗賊一味」というのは、サルヴァトール・ローザがしばしば風景のなかに描きこんだモティーフだった。ギルピンも湖水地方について「眺望は全体として怖ろしい雰囲気のものである。陽気さをあたえる木は一本として存在しない。そのような光景を飾る人物として、盗賊（banditti）の一団ほど似合ったものはない」と書いている（Gilpin ［一七八八］ vol. 1 一六六）。

□引用文献

Austen, Henry. "Biographical Notice of the Author," *The Oxford Illustrated Jane Austen:* Nothanger Abbey *and* Persuasion, ed. R. W. Chapman. Oxford: OUP, 1965, 3-9.

Austen, Jane. *Emma*, ed. Fiona Stafford. Penguin Classics, 1996.

——. *Northanger Abbey*, ed. Marilyn Butler. Penguin Classics, 2003.

_____. *The Oxford Illustrated Jane Austen: Minor Works*, ed. R. W. Chapman. Oxford: OUP, 1954.

_____. *Pride and Prejudice*, ed. Vivien Jones . Penguin Classics, 1996.

_____. *Sense and Sensibility*, ed. Ros Ballaster. Penguin Classics, 1995.

Gilpin, William. *Observations on the River Wye and several parts of South Wales*, etc. relative chiefly to Picturesque Beauty. London: R. Blamire, 1782.

_____. *SObservations on Several Parts of England; Particularly the Mountains and Lakes of Cumberland and Westmoreland, Relative Chiefly to Picturesque Beauty*. 1786; London: R. Blamire, 1788.

Harman, P. M. *The Culture of Nature in Britain, 1680-1860*. Yale UP, 2009.

Walton Litz, A. "The Picturesque in *Pride and Prejudice*", Persuasion, vol. 1. 1979, 13-24.

今村隆男「ピクチャレスクの変遷――ギルピン『ワイ川紀行』と『ニューフォレスト森林風景』」、『彦根論叢』滋賀大学経済学部、第三六四号、二〇〇七年、一七-三三。

高山宏「目の中の劇場　ゴシック的視覚の観念史」、小池滋ほか編『城と眩暈　ゴシックを読む』国書刊行会、一九八二年、三五-九二。

Jane Austen

5 ジェイン・オースティンとロイヤルネイビー

「ジェイン海軍年鑑」をどう読むか？

山本史郎

ジェイン・オースティンの描く小説は主としてイギリスの田舎のジェントリー階級の家族の交際が中心であり、フランス革命、ナポレオン戦争で大揺れに揺れていた当時の世相をまったくといってよいほど反映していない静謐な世界であるとよく言われる。しかし、このような小説世界の平穏さとは裏腹に、オースティン自身の私生活は、ある意味で当時の戦乱の世界の暴力と混乱の最前線とほとんど切れ目なしに接続していた。すなわち、ジェインの兄フランシス（一七七四—一八六五）と弟チャールズ（一七七九—一八五二）がともにイギリス海軍の将校であり、二人とも軍艦に乗って戦場を駆けめぐっていたからである。そのせいか、目立たないながらもオースティンの小説にはイギリス海軍、すなわち「ロイヤルネイビー」（Royal Navy）のことが時々言及されており、一八世紀末から一九世紀初頭のイギリス海軍がどのような組織であったのかを詳しく知ることによって、お馴染みのオースティンの小説世界が異なった意味や色彩を帯びてくる。見慣れた風景がどのように変化してくるのか、本稿で検証してみよう。

1　海軍と陸軍の違い

二〇世紀の前半までは、どこの国の軍隊でも陸軍と海軍の二つの組織から成り立っていた。普段なじみがないと陸軍も海軍もしょせん軍隊、似たようなものだと感じてしまいがちだが、陸海の区別はジェイン・オースティンの小説世界にとってはきわめて重要である。陸軍と海軍では、戦いを行う場所が陸と海というようにまったく異なっているという根本的な相違に始まって様々の違いがあったことはいうまでもないが、ここでは、士官になる方法がまったく異なっていたということに触れておこう。

一言で言うなら、士官（commissioned officer）になって将来出世しようと思えば、海軍では試験に合格しなければならなかったのに対して、陸軍は「買官」が中心であったということである。

陸軍では歩兵と騎兵を中心に、commission すなわち士官の地位は金銭で売買されていた。たとえて言うなら相撲の年寄り株のようなものである（ただし技術的な専門性の高い工兵と砲兵については、それぞれ専門の学校を卒業しなければならなかったので例外である）。値段は兵科と地位によって細分化されていたが、一九世紀前半あたりでは、およそ五百から九千ポンド程度であった。現在の日本の貨幣に換算するなら、大まかにいって、最低でも一千万円以上、高い方になると一億超といった感覚ではなかろうか。

例えば、後のクリミア戦争（一八五三–五六）で軽騎兵連隊の指揮をとることになるロード・ルカン（一八〇〇–八八）は、一八二六年、通常の五千ポンドになんと二万ポンドを上乗せして払うことで、ライバルをおさえて第一七槍騎兵連隊の指揮官の地位を手に入れた。(1) 二万五千ポンドというと、今日の日本でいえば少なくとも五億円以上に相当するであろう。こんな莫大な金が必要ということになると、言うまでもなくそれをまかなえるのは貴族や大ブルジョアに限られる。

これを逆のほうから言うなら、軟弱でも見栄っ張りでもぼんくらでもうすのろでも、金さえあればまずたいていの者は陸軍士官になれたということである。『虚栄の市』に描かれているロードン・クローリーやジョージ・オズボーンは決して例外などではなく、むしろ典型例であったのだ。はたせるかな、ロード・ルカンはクリミア戦争のさい、ロシア軍が細い谷に大砲をずらりと設置した陣地に向かって配下の軽騎兵の部隊を突入させるというおよそ考えられない大失態にからみ、一瞬にして数百名もの犠牲を出した。おかげで、この戦いはアルフレッド・ロード・テニスンの「軽騎兵隊の突撃」という有名な詩（と英国史）に不滅の名をとどめることとなった。

これに対して、また後ほど詳述するが、イギリス海軍では最下位の士官であるレフテナント（lieutenant）になるには、海上での勤務年限の条件を満たし、専門知識についての試験に合格する必要があった。したがって、海軍の士官にはプロフェッショナルとしての誇りがあり、また世間からもそれなりに敬意をもって遇せられていたものと思われる。

また、陸軍が極端な言い方をするなら貴族や大ブルジョワなど上流階級の子弟のクラブのような組織であったのに対して、海軍軍人は比較的貧しい中産階級の子弟でも十分に出世する可能性のある職業であった。ホレーショ・ネルソンその人が、まさにそのよい例である。ネルソンはノーフォーク州、バーナム・ソープのあまり裕福でない教区牧師の家に生まれたが、最終的に海軍組織のほぼ頂点にまで上りつめた。海軍はこのように中産階級の子弟にとって、ロマンティックな冒険への憧れをかき立てるばかりか、職業としても魅力あるものだったのだ。

オースティンの小説では、『マンスフィールド・パーク』のウィリアム・プライスや『説得』のクロフト提督（Admiral Croft）、キャプテン・ウェントワース（Captain Wentworth）など海軍軍人が概して好意的な目で描かれる一方で、『高慢と偏見』では陸軍軍人のジョージ・ウィッカムが軽薄青年の代表格として登場する。こうした人物造形の差は、親しい身内が海軍関係者だったというところからくる身びいきであるばかりでなく、海軍と陸軍に対する当時の世間的評価をある程度反映していたものと想像される。

2　ロイヤルネイビーの生い立ち

では、このあたりで、イギリス海軍、すなわちロイヤルネイビーの歴史をごく大雑把に眺めておくことにしよう。(2)

イギリスで最初に戦闘のための艦隊を編成したのは九世紀のアルフレッド大王である。しかし、一五世紀頃までは、海で戦うための艦隊を国が常に備えておくという、いわゆる常備艦隊は存在せず、その時々の必要に応じて国王が商船などを徴用してにわか作りの艦隊を作り、外国の艦隊や私掠船などと戦わせるといった状況だった。まさに「ロイヤルネイビー」（すなわち「王の海軍」）の呼び名に相応しい存在だったわけである。

イギリス海軍が近代的な装いを持つようになったのは、一六世紀のヘンリー八世（一四九一－一五四七、在位一五〇九－四七）による大改革以降のことであると言われている。すなわちヘンリー八世は（a）アドミラルティ（Admiralty＝「海軍省」に相当）すなわち、海軍の行政面での組織改革を行うとともに、（b）王室艦隊を拡充し、それを常備艦隊として保持した。そして、もう一つ注目すべきことは、多数の大砲を戦闘用艦艇に搭載させたということである。

それ以前の艦船も大砲を備えてはいたが、ヘンリー八世は当時鋳造された従来よりも大口径の砲を軍艦に搭載することにしたばかりか、船の重心を低くするため、舷側に窓を作り、下層甲板に砲を設置したのである。それまで軍艦は多分にただ兵士を乗せる容器であり、戦うのは兵士であるという意味合いが強かったが、ヘンリー八世のこの大改革以降は、船そのものが武器となり、敵と味方の軍艦が舷舷相摩して大砲を打ち合うという、近代海軍本来の戦闘形態が出現してきた(3)。

世界史的な流れで見ると、一五八八年にイギリスの艦隊がスペインの無敵艦隊アルマダを破って世界に冠たる海軍力を誇示したのは有名な話だが、その後一六六〇年の王政復古をはさんで一七世紀には三次に渡るオランダとの戦争、一八世紀には第二次百年戦争と言われるほどフランスとの戦争に明け暮れていた時代で、数々の青史に残る海戦が行われ、大海原に不朽の名をとどめる名提督が輩出した。

と、こうして時代は駆け足で一八世紀末へと流れ込んでいく。

3　一八世紀末のロイヤルネイビー

ではここで、オースティンが生きた一八世紀末から一九世紀初頭にかけて、ロイヤルネイビーがどのような地域に展開していたのか、ざっと眺めておこう。

当時のイギリスの海軍軍人が軍艦に乗ってどのような地域に行ったのか、まずはクロフト夫人の口から聞いてみることにしよう。

結婚してから十五年のあいだに、かなり旅行いたしましたわ、奥さま。でも、ご婦人でもっと旅行なさったかたも、たくさんおいでですわ。わたし、大西洋は四度横断いたしました。東インド諸島へは一度ゆきましたけれど、その一度きりでございましたわ。そのほか、本国の近くでは、いろいろな場所へまいりました——コークとか、リスボンとかジブラルタルとか。でもジブラルタル海峡のむこうにいたことはございませんし——西インド諸島へいったこともございません。ごぞんじのように、バーミューダやバハマなどは、西インド諸島とは呼べませんものね。(4)

『説得』にはキャプテン・ウェントワースをはじめ沢山の海軍軍人が登場するが、クロフト提督の夫人は、夫の移動に従って自分も七つの海を股にかけたと言わんばかりである。ではあるが、この女、夫君が提督なのをいいことに自分も海軍風を吹かせているなどと思ってはいけない。ここに述べられていることはあながち誇張というわけではない。クロフト夫人がどこそこに行ったといえば、文字通り夫と同じ軍艦にのってそこの場所に行ったという意味である。当時、勤務している軍艦に妻を同行させることを禁じる規則があるにはあったが、必ずしも遵守されてはいなかったようだ。特に艦長ともなればいわば一国一城の主なので、規則などどこ吹く風といった猛者が多かった。ネルソンがナイル海戦（一七九八年八月）のあとでナポリ王国に寄港し、そこでナポリ大使の夫人であるエマ・ハミルトン（一七六五?—一八一五）と深い仲になったが、ネルソンはナポリを基点とした軍事行動によくエマを同行させたようで、その後エマが産んだネルソンの娘ホレーシャは軍艦の中で受胎されたのではないかと言われている。

話を『説得』に戻そう。まずは世界地図で確認していただきたい。一九世紀末の最盛期に較べればイギリスの領土はまださまやかなものだが、海軍基地は世界の各地にあった。アジアでは、南インドのマドラス、東インドのカルカッタなどに基地があった。

アメリカ大陸ではカナダはもちろんのこと、カリブ海のバーミューダ諸島やバハマ諸島はしっかりと英領だったが、もっと南のアンティグア、バージン諸島が含まれるリーワード諸島、マルティニク島、グレナダ島などが含まれるウィンドワード諸島のあたりは英領と仏領が入り交じった一触即発の危険海域だったので、夫人をともなっていくことは不可能だったものと思われる。次に、ヨーロッパに目を転じると、（アイルランドの）コーク、リスボン、ジブラルタルにはイギリスの海軍基地があり、家族にもそれなりの宿泊施設が確保できた。その反面、かつては地中海の要衝コルシカ島などにも基地があったが、一七九七年にはイギリスの艦隊そのものが地中海から撤退してしまったので、「ジブラルタル海峡のむこう」はきわめて危険な水域であった。そこまでついていくことは、いかなクロフト夫人にしても無理だったろう。このように当時の状況を精しく眺めると、クロフト夫人の自慢話は、厳密なリアリズムに裏打ちされ、当時の世界情勢をきわめて正確に反映していたということが分かる。このような何でもないセリフでも、一つ一つの地名の意味するところを吟味することで、オースティンの描く平穏な風景からアングルをわずかにずらせばそこにはまさに地続きの生々しい殺戮と破壊の世界が存在し、それが現実的に描かれていたのだということが改めて実感されるのではないだろうか。

▼表①

等級	砲数	砲甲板	艦(型)名
1st	100 or more	three-decker	ship of the line
2nd	90 - 98	three-decker	〃
3rd	80, 74, 64	two-decker	〃
4th	60, 50	two-decker	〃
5th	30 - 40	single-deck (two-decker)	frigate
6th	20 - 30	single-deck	〃
	captain		
	10 - 18		sloop
	commander		

4　ロイヤルネイビーではどのような艦船が用いられたのか？

では、ここで、当時のロイヤルネイビーの軍艦がどのようなものであったのか眺めてみよう。

当時の軍艦はすべて木造で、高いマストに大きな帆を張って風力で動いていた。三本マストに砲甲板が一〜三層というのが、典型的な形である。木造帆走の時代、ロイヤルネイビーの軍艦は六段階の等級に分類されていた。定義には時代によって変遷があるが、ジェイン・オースティンが生きていたころは、表①のようなものだった。この分類は単に物理的な条件によってなされたもので、艦齢、砲の種類などに配慮した質的なものではなかったことに注意する必要がある。

二層以上の砲甲板を備え、五十門以上の砲を備えたものが、いわゆる戦列艦（ship of the line）と呼ばれるもので、海戦の際には主力として活躍した。ちなみに、当時の海戦は、敵味方の軍艦が文字通り一列の陣を作って対峙し合い、砲を打ち合うというのが典型的な戦術であった。「戦列艦」というのはこのようなところから命名されたものである。

一層の甲板に、およそ二十から四十門の大砲を装備した艦はフリゲート艦（frigate）と呼ばれた。小型・軽量・軽装備ゆえに戦列艦に較べてスピードが出るので、偵察など、多目的の用途に用いられた。ネルソンはフリゲート艦のことを「艦隊の目（the eye of the fleet）」と呼んで重宝した。[5] また、フリゲート艦よりもさらに小型で、十から十八門の大砲を装備した船はスループ艦（sloop）と呼ばれていたが、必ずしも船の造りや構造に一定の型があったわけではないようだ。

さらに、艦艇の指揮官は、この艦艇の等級にしたがって名称が異なっていた。すなわち戦列艦とフリゲート艦の艦長は「キャプテン（captain）」と呼ばれ、スループ艦の艦長は「コマンダー（commander）」であった。『マンスフィールド・パーク』のウィリアム・プライスはスループ艦「スラッシュ」の二等レフテナント（Second Lieutenant）に任官して、それはそれでめでたいのだが、海軍軍人の等級から言うと、スループ艦の二等レフテナントが海軍将校の序列としてはいかに下の下であるかが理解されるのではなかろうか。[6]

5　キャプテンの懐中――ウェントワースの蓄財がいかに可能であったか？

『説得』ではウェントワースが何年かの海上勤務の間に相当の財産を蓄えたという筋立てになっている。当時の海軍の将校になぜこのような蓄財が可能であったのかというのは、とても興味ある問題である。海軍軍人の給料は階級と、乗り組んでいる軍艦の等級によって規定されていた。例えば、ほぼ『説得』が書かれた時代ということで一八〇八年を例に取ってみよう。艦長の場合、上のようになる。

これは艦長（captain および commander）の場合で、その下のクラスのレフテナント（lieutenant）は等級

乗艦の等級	給料（ポンド／月額）
first rate	32.4
third rate	23.2
sixth rate	16.16

の如何にかかわらず月額八・八ポンドであった。仮に一ポンドを三万円程度として換算すると、キャプテンの最高クラスで月収百万円ほど、最低クラスのコマンダーで五十万円ほどということになる。年収にして五百～一千万円くらいであろうか。これでは、とうてい上流階級に混じっていけるだけの収入とはいえない。ましてや、いくら爪に火をともして倹約に努めても、数年のうちに何万ポンドも蓄えることは絶対に不可能である。

若者を海軍に引きつけたのは、名誉、出世の可能性、冒険性などに加えて、臨時収入として大金を稼ぐチャンスのあったことを挙げておかねばならない。すなわち、捕獲賞金（prize-money）と呼ばれるものがそれだ。

では、この捕獲賞金とはいったい何のことであろうか？

昔の軍艦はいうまでもなく敵の軍艦と戦うのがその第一の役割だったが、それに加えて、敵国の商船ばかりか軍艦をも降伏させて拿捕し、曳航して帰ってくることが期待されていた。軍艦が木造で帆走だった時代には、近代以降の軍艦のように敵の砲弾を防ぐための分厚い鋼鉄の装甲はなく、商船と軍艦には構造上さほど大きな違いが存在しなかった。したがって、拿捕された商船が拿捕した国の軍籍に編入されて、戦いに用いられるということはよくあった。本来の軍艦であれば、損傷がよほどひどくなければ当然のことのように修理され、イギリス流に改名されて再び軍艦として就航させられた。このような仕組みだったので、捕まえた敵の軍艦や商船などは、本国に帰ってからアドミラルティによって価値が査定され、お手柄をたてた軍艦の乗組員に分配して支払われたのである。

しかし、問題は分配率である。表②を見ていただきたい。(7)

▼表②

	before 1808	after 1808
	Shares	
The Captain (or Captains)	3 eighths	2 eighths
Captains of Marines and Army, Sea Lieutenants, Master and Physicians; equal shares in	1 eighth	1 eighth
Lieutenants of Marines and Army, Secretary of Admiral, Principal Warrant Officers, Master's Mates, Chaplain; equal shares in	1 eighth	1 eighth
Midshipmen, Inferior Warrant Officers, Principal Warrant Officer's Mates, Marines Sergeants; equal shares in	1 eighth	
The rest: equal shares in	2 eighths	

before 1808 Flag Officers: one of Captain's eighths (Flag-eighths)
after 1808 Flag Officers: one-third of Captain's share

When there were two Flag Officers on station, the division was 2:1 between the senior and junior; when three, the division was 2:1:1. Commodores and the Captains of the Fleet ranked with junior Flag Officers for this purpose.

一八〇八年に制度が変わって、将校の取り分が相対的に減ったが、それでも、キャプテン以上の者たちが、全体の八分の二を占めた。レフテナントだとその下のランクだが、八分の一が分配された。これに対して、四番目のランクには、ミッドシップマン、下級のワラントオフィサー（准士官）以下、平の水兵までが含まれるが、これらの人々に全体の八の四が均等に分配されたことが分かる。

ついでながら、この表で興味深いのは、海兵隊のキャプテン（Captains of Marines）、すなわち海兵隊のレフテナント（Lieutenants of Marines）が、本来のキャプテン、レフテナントよりそれぞれ一段階下のランクに入っていることである。

海兵隊の役割は様々である。平時は警備の任務について艦内秩序の維持に貢献するいっぽう、戦闘ともなると甲板上に配備されてマスケット銃で敵を狙撃したり、斬り込み隊として先陣を切って敵艦に乗り込んでいったりした。また、味方の水兵たちが持ち場を放棄したり、逃亡したりするのを防ぐという役割をも担っていた。このように、海兵隊の勤務内容は陸軍の兵士とよく似ている。彼らは要するに艦内の陸軍、いわば専門知識よりも体力勝負の肉体派であった。この者たちが、船を動かした本来の海の男である海軍軍人たちから下に見られ、世間的にも評価が低かったというのも、こうした事情から納得できるのではないだろうか。『マンスフィールド・パーク』のファニーの父親プライス氏（Mr Price）は海兵隊のキャプテンだったという設定だが、もと海軍軍人でありながら、海軍びいきのはずの作者ジェイン・オースティンによって疎略に扱われている理由は、そのような一般のものの見方や価値観を反映しているといえる。

さて、捕獲賞金の話題にもどろう。

トラファルガーの海戦のときにネルソンの旗艦だった戦列艦ヴィクトリーを例に取ってみよう。乗組員の正式の定数は先ほども述べたが八五〇である。うち、キャプテンはたったの一人だ。「キャプテンはたったの一人」などというと、当たり前じゃないか、キャプテンは一隻に一人に決まっているものだなどと反論があるかもしれないが、必ずしもそうとはいえない。「キャプテン」というのは一隻の軍艦の長という役割を示す名称であると同時に、ランクを示す名称でもあった。日本の旧海軍でいうなら、戦艦や航空母艦など重要な船の「艦長」には普通「大佐」が任命されたが、ロイヤルネイビーの「キャプテン」は、この「艦長」と「大佐」

▼表③

Government grant and prize money given to Victory's crew after Trafalgar:			
Class	*Ranks*	*Government grant*	*Prize money*
1st	Captain	£2,389 7s 6d	£973 0s 0d
2nd	Commissioned officers & marine captain	£161 0s 0d	£65 11s 0d
3rd	Non- commissioned & warrant officers Marine lieutenants	£108 12s 0d	£44 4s 6d
4th	Mates, coxswain, midshipmen, marine sergeants	£26 6s 0d	£10 4s 0d
5th	Able & ordinary seamen, landsmen Marine privates, miscellaneous supply, boys	£4 12s 6d	£1 17s 6d

の両方の意味に用いられた。つまり、ややこしいことに役割とランクの両方を意味する語だったのである。

したがって、例えばある戦列艦にアドミラルすなわち将官が乗り込んできて艦隊の旗艦となったときには、幕僚として「艦隊のキャプテン」(Captains of the Fleet) を連れてくることがあった。ただし、実際には、その艦の艦長がこの役を兼ねてしまうことも多かった。トラファルガーの海戦のときのヴィクトリーには中将のネルソンが艦隊の司令長官として乗り組んでいたが、この時にはヴィクトリーの艦長であるキャプテン・ハーディが参謀 (Captain of the Fleet) をも兼ねていた。

またまた話がそれてしまったが、ある艦にキャプテンが一人（そして将官が乗っていない）場合を例として考えてみよう。一八〇八年以降であれば、捕獲賞金の八分の二を一人のキャプテンが独り占めした。これに対して、ミッドシップマン以下ともなると、全体の八分の四を分けるといっても、総勢で八百名以上いたので、それぞれの取り分は微々たるものとなる。

例えば、トラファルガー海戦の後で、それぞれのランクの者がどれほどの捕獲賞金を得たのか、表③でご覧いただこう。(8)

トラファルガー海戦のケースはやや異例であった。というのも、戦闘の後で嵐となり、そのために、せっかく捕獲した敵艦が多数沈没してしまったからだ。とはいうものの国運を左右するほどの大決戦での圧倒的大勝利だったこと、英雄ネルソンが戦死したというパブリシティの高さにも動かされて、捕獲艦を本国まで持ち帰ったか否かにかかわらず、政府が特別に報奨金と捕獲賞金を出したからだ。この報奨金がキャプテンだと約二千四百ポンド、平の水兵だと約四ポンドというわけである。捕獲賞金のほうにしても、キャプテンだと千ポンド近く、平の水兵はわずか一ポンドあまりの涙金であった。こうなるともう、海軍に入るならキャプテンになるに限ると誰だって思うのではないだろうか。

ロジャーの『木でできた世界』（一九九六）には、稼ぎ頭の海軍軍人がじっさいにどれくらいの捕獲賞金を得ていたのか、いくつかの例が挙がっている。

海の華には、きわめて魅力ある果実のともなうこともあった。アンソンの「僥倖」、すなわち一七七四年の第一次フィニステレ沖海戦の際には、三十万ポンド相当の敵艦が捕獲された。副司令官だったウォレン少将はこの同じ年に四万八千ポンド以上稼ぎ、くだんの戦争のあいだに都合十二万五千ポンドを得た。一七六二年にハヴァナが落ちたとき、海軍と陸軍の司令長官、ポコック提督とロード・アルベマールはそれぞれ十二万二六九七ポンドを手に入れた。(9)

ここに挙げられているアンソン（Anson）というのは、中将だったジョージ・アンソンのことで、フランスの輸送船団をごっそりと捕獲してこのような荒稼ぎをしたということのようだ。ウォレン少将が得た十二万五千ポンドというのは途方もない大金である。例えばトラファルガー海戦でネルソンが自らの命であがなった絶大な戦功に鑑みて、名誉と報酬にあずかったのはホレーショの兄ウィリアム・ネルソン（一七五七―一八三五）であったが、新たに授かった伯爵の地位に相応しい屋敷と領地を購うという名目で政府から支出されたのが九万ポンドだった。これに較べても、副司令官のウォレン少将が得た十二万五千ポンドというのがいかに莫大な捕獲賞金であったのかが分かる。

『説得』の場合、ウェントワースが数年の海上勤務のあいだに蓄えたのは二万五千ポンドであった。

キャプテン・ウェントワースは、二万五千ポンドを所有し、その職域ではその功績と活動とによって充分の地位を得ているのであるから、もはやとるにたらぬ人物などではない。（二巻一二章）

トラファルガー以降は大がかりな海戦がなかったので、キャプテン・ウェントワースにしてみれば二万五千ポンドでも御の字だったのかもしれない。いずれにせよ、それが、誇り高き従男爵のエリオット氏が娘婿として許容できるほどのひとかどの財産であったことはまちがいない。

6　人はどのようにして海軍士官になるか？

以上、ロイヤルネイビーでは、出世するにつれてそれこそ幾何級数的に蓄財のチャンスが増えたということが分かった。では、そもそも、ロイヤルネイビーに入って出世するにはどうすればよいのだろうか？

ロイヤルネイビーへの入隊の最小年限は十三歳であった。ただしこれは一般の人の場合で、身内に海軍関係者がいれば、十一歳から入ることができた。したがって、十二歳で入隊したウィリアム・プライスはほとんど最年少で入ったということになる。

軍隊に入ると士官養成のための学校に入学して心身の両面で教育や鍛錬を受けるというのが現代の常識である。今日のイギリスではダートマスに士官学校がある。日本の旧海軍の場合は江田島に兵学校があった。オースティンの時代には王立海軍学校（Royal Naval Academy）、すなわち士官学校のはしりが、軍港のあるポーツマスに設けられていた。ジェインの兄弟フランシスとチャールズはどちらも、まずこの学校に入って教育を受けた。しかし、当時の海軍軍人の常識から言えばこの学校に入るのはどちらかというと傍系であり、最初から現役の戦列艦やフリゲート艦に乗り組むというほうが好まれた。これはいわゆる練習艦などではなく、ばりばりの現役の艦艇で、いうまでもなく戦場に出かけていって敵と戦う任務を負っている。すなわち実戦を含めて、操艦、航海術、戦術・戦略、人のマネジメントなどを文字通りその現場で、実地に学んだのである。

入隊当初は志願兵（volunteer）と呼ばれ、三年経過するとミッドシップマン（midshipman）となった。ミッドシップマンは「海軍少尉候補生」などと訳されることがあるが、これは正確ではない。ミッドシップマンの次のランクが海軍士官としてのいちばん下のランク、すなわちレフテナントだが、レフテナントを「少尉」

と訳すことはできないからだ。たしかに、大雑把にいえば今日のランクの尉官に相当するといえるが、少尉、中尉、大尉といった区別は当時はまだ存在しなかった。

さて、レフテナントになるには、ミッドシップマンとなって三年以上経過していること、一定期間の海上勤務があることといった類のいくつかの経歴の上の条件に加えて、昇任試験で合格することという一項があった。この試験というのは、現役のキャプテン三人が試験官をつとめ、よってたかって専門知識を問う口頭試験だった。

この試験に合格し、加えて「二等レフテナントとしてフリゲート艦○○への乗り組みを命じる」などと書かれた辞令をもらって――つまり commission を得て――○○という船に正式に乗り込むことになる。これがレフテナントへの昇任である。

いま、やや微妙な言い方をしたが、「加えて」というところが重要なのだ。つまり、昇任試験に合格するだけでは、まだ士官（commissioned officer）にはなれない。乗り組む艦、すなわちポストがあってはじめて、めでたく士官となるのである。

海軍が増強されつつある時代には、レフテナントへの昇進は難しくなかったが、平和がおとずれ、軍備が縮小に向かっている時期には、いくら試験に合格しても、レフテナントが過剰になり、乗り組むべき艦艇がないので昇任できないという事態が生じてしまう。これは現代日本の官吏、裁判官、大学教師などにもお馴染みの状況である。条件や資格がすべて揃っているのに、ポストの空きがないことには昇進できなかったのだ。このように考えると、二世紀も昔のイギリスの海軍軍人という今まで縁遠く感じられていた人たちがにわかに親しく感じられ、彼らの悲哀がいっそう身につまされるのではないだろうか。

それはともかく、一八一二年、すなわち『マンスフィールド・パーク』のウィリアム・プライスがレフテナント昇進の適齢期にさしかかったころ、折りあしくロイヤルネイビーはちょうどそのような状況にあった。では、数あるライバルをさしおいてレフテナントになるにはどうすればよいのか？ ここでものを言うのが人脈、すなわちコネであった。

つまり、アドミラルティの実力者、すなわちファースト・ロード（first lord＝「海軍大臣」に相当）などに対して推薦してもらうのである。親戚にアドミラルなど、海軍の重鎮がいればきわめて有利であった。もしくは力のある政治家の口ききも効果があった。田舎のジェントリー、田舎選出の国会議員程度のコネではあまり効き目がなかったといわれている。そのことは、『マンスフィールド・パーク』の次の一節にもあからさまに表現されている。

「ラッシワース君が非常に誠実な人で、我家の親戚なら誰だろうと自分の親戚の如くに見倣す人だと云うことはやがて君にも分かる筈だ」

「僕にはむしろその人がほかの何であるよりも海軍大臣の書記官ででもあってくれるほうが有難い」と云うのがウィリアムの答であったが、低声で、遠くにいる人にまで聞かせるつもりもなかったので、その話題はそこで跡切れてしまった。(10)

7　ウィリアム・プライスのレフテナント昇進

言うまでもないことだが、『マンスフィールド・パーク』では、このウィリアムのレフテナントへの昇進がプロットのきわめて重要な部分に組み込まれている。ヘンリー・クロフォードがファニー・プライスと結婚したい一心で、まずは外堀からというわけで、ファニーの最愛の兄ウィリアムの昇進のために一肌脱いで、それによってファニー自身をその気にさせようと策略をめぐらす。

ヘンリー・クロフォードがウィリアムの昇進が決まったということをファニーに知らせる一節を読んでみよう。

「あなたの兄さんは今やレフテナントになったんです。僕は兄さんの昇進に対して、あなたにおめでとうの云えることをこの上なく満足に思っています。ほら、これがそのことを告げる手紙です。たった今手許に届いたんです。あなたも、多分、ご覧になりたいだろうと思って」

ファニーは物を云うことが出来なかった。ヘンリーも何か云ってもらいたいとは思っていなかった。ファニーの眼の表情、顔色の変化、疑いから当惑へ、当惑から喜びへと移り行く感情、これらを眺めているだけで充分満足であった。ファニーは相手の差出す手紙を受取った。最初のは提督から甥に宛てたほんの数言、自分の引受けたプライス青年の昇進に関する件は首尾よく行った、と知らせて寄越したものであった。その中には更に二通の手紙が同封されていた。一通は海軍大臣の書記官から提督の友人に宛てたものであった。提督はその友人に用件を依頼していたのである。もう一通はその友人から提督に宛てたもので、それらによると事情はどうやら次のようなことらしかった――大臣閣下は大層喜んでチャールズ卿の推挙に意を用いて下さり、チャールズ卿はクロフォード提督に対して好意を示す機会の得られたことを大いに喜んでいる、またミスター・ウィリアム・プライスの英国海軍スループ艦スラッシ号レフテナント任官の事件は、公表されるや、多くのお歴歴のあいだでも概して喜ばしいこととして受け取られている。(二巻一三章)

この一節で述べられていることは、ヘンリー・クロフォードが伯父のクロフォード提督にウィリアムの任官を依頼し、提督はさる友人に画策を託し、その友人の魚心がファースト・ロード(海軍大臣)の書記官の水心を誘い、最終的にこの書記官からファースト・ロードへと話が通じたということである。この一節の主たるポイントは、(a)一人の若者のレフテナント任官にはいかに面倒なコネが必要かということ、(b)ヘンリー・クロフォードにはそのようなコネを動かす大きな力があるということ、の二点だといえるだろう。

8　次なる問題――キャプテンへの昇任

このようにレフテナントとして任官するにはそれなりの能力、勤務実績に加えて、強力なコネが必要であった。これと対照的なのが、キャプテンになって以降の昇進である。いったんキャプテンになってしまえばもうしめたものだ。それ以上、すなわち将官(少将 Rear Admiral、中将 Vice Admiral、大将 Admiral)などへの昇進は、完全に年功序列によるものであった。いったんレールに乗ってしまえば、あとは嫌でも応でもトコロテン式に上に上がってゆく。したがって、ロイヤルネイビーの最高位である海軍元帥（Admiral of the Fleet）にまで上りつめようと思えば、ひたすら健康に留意して、同年代のアドミラルたちに負けぬよう達者で長持ちすればよい、ということになる。事実、ジェイン・オースティンの兄フランシスはそのようにして位人臣を極めた人物であった。

このようにキャプテンになってしまえば安泰なのであるが、問題はいかにキャプテンになるか、ということだ。キャプテンへの昇進はもっぱらコネに依存していたからである。つまり、レフテナントへの昇進と同じこと、いや、それ以上にアドミラルティの実力者へのコネが必要だったのだ。

しかも、キャプテンになれなくてレフテナントのままだと、年功序列で自然に地位が上がっていくということもない。ロイヤルネイビーの将校は乗る船がなければ通常の半分の給料を支給される「半給」（half-pay）という扱いになり、次の船があたえられるまで陸の上で暮らさなければならない。したがって、せっかくレフテナントになっても、その後昇進もなく、海上勤務もあたえられなければ、最悪の場合、生涯月額四・四ポンドの半給で生活しなければならない、ということになる。

9　ウィリアム・プライスはキャプテンになれるのだろうか？

これでは、何のために海軍軍人になったのか分からないが、ウィリアム・プライスの場合は、まさに、このような万年レフテナントでおわる可能性がきわめて濃厚だと言わざるをえない。ファニーに対して下心のあるヘンリー・クロフォードが口添えしてくれたおかげでレフテナントになることはできた。けれども、ファニーはそんな恩をけろりと忘れて自分の思いを一途に貫き、エドマンドと結婚してしまう。これの意味するところは、今後二度と同じコネに頼ることはできないということである。俗な表現をするなら、貧乏牧師に嫁いだファニーがいまさらどんな面をさげてヘンリーのもとに兄のことを頼みに行けようか、ということになる。

『マンスフィールド・パーク』のほとんど終わり近くに次のような一節がある。

ウィリアムがやって来た。勤務時間以外には制服の着用は罷りならぬと云う残酷な仕来りがなければ、喜んで制服姿で現れたことであろう。そんな訳で制服はポーツマスに残されたままであった。エドマンドは、これではファニーに一目見る機会が訪れるまでには、その真新しさも、それを着る側の新鮮な気持もすっかり磨滅ってしまうに違いない、と推測した。やがて不名誉のしるしに顛落するであろう。だって、一、二年経って、ほかの者達がコマンダーになって行くのを目のあたりにするときのレフテナントの制服ほど映えない、値打ちのないものがまたとあろうか?(三巻六章)

この一節はとても不気味である。ウィリアムがレフテナントに昇進できたばかりだというのに、エドマンドは、はやくも、同期生がどんどんスループ艦の艦長(コマンダー)になって転出していくのをしりめに、ただ一人出世の道を閉ざされて悶々としているウィリアムの一、二年先の姿を想像しているのである。ファニーは兄の任官を手放しで喜んでいるが、エドマンドはひとり醒めて、こんな冷厳な現実を眺めているのである。

10　ファニー・プライスは本当に兄思いか？

ここで言いようもなく奇妙なのは、誰よりもウィリアムを愛し、兄の出世を自分のことのように喜んでいるファニーが、このような状況をまるで意識していないということだ。ファニーの頭の中には、自分がヘンリー・クロフォードと結婚しさえすれば、今後もウィリアムが幸せになれるのだという考えは、純真なのか馬鹿なのか能天気なのか、そのかけらも見あたらない。ファニーがウィリアムの出世のことをまったく意識することもなく、あっけらかんとエドマンドと結婚してしまうのは、とても奇妙で腑に落ちない。

ファニー・プライスの人物造形の不備については様々な議論があるが、[11]当時の海軍という組織の仕組みを背景において眺めると、この奇妙さがあらためて鮮明に浮かび上がってくる。

批評的な言い方をするなら、物語のプロットに海軍の機構の一端を組み入れたのはよいが、それによって『マンスフィールド・パーク』という宇宙にぽっかりと穴が空いて、そこから厳しい現実がどっとなだれ込んできている、とでも言えるのではないだろうか。つまり、均衡、調和が達成されるべき作品の内部世界の価値の体系に、このプロットのおかげで大きなほころびが生じ、きわめて不安定な状態に陥ってしまっている、ということになるのである。

※本稿は、二〇一〇年七月三日に日本オースティン協会によって開催された、第四回大会（二〇一〇年度）のシンポジウムのために準備されたメモをもとに、冗談口調の部分を除いて、当日の口頭発表を再現したものである。

□注

（1）Woodham-Smith 三三一三三。

（2）ロイヤルネイビーの歴史については、Rodger（二〇〇四）、小林幸雄などを参考にさせていただいた。

（3）ヘンリー八世の時代の軍艦がどのようであったのかは、実際に目で実物を見て確認することが出来る。軍艦メアリー・ローズは一五四三年に沈没したが、一九七一年に再発見され、一九八二年に引き上げられた。片側の舷側部分が海底の泥に埋まっていたため、奇跡的にほぼ原型のまま残っていた。現在ではポーツマスのメアリー・ローズ博物館に、気温と湿度が厳密にコントロールされた状態で保存されている。

（4）*Persuasion*, Volume 1, Chapter 8. 以下同書からの引用は末尾の括弧内に巻と章を示す。阿部知二を参照させていただいた。

（5）Price 参照。

（6）Lavery には当時用いられていた軍艦の様々な艦型（三三一五七）、将校の等級（八八一九九）について詳しく説明されている。

（7）Southam 一二九。

（8）Goodwin 五三。

（9）Rodger（一九九六）二五七。

（10）Mansfield Park, Volume 2, Chapter 7. 以下同書からの引用は末尾の括弧内に巻と章を示す。訳については大島一彦を参照させていただいたが、職名については不適切な部分もあるので適宜変更を加えた（以下同じ）。

（11）例えば、Lodge の 'The Vocabulary of "Mansfield Park"' に、様々の批評家のファニー・プライスについての

不満が紹介されている。

□参考文献

Goodwin, P. *Nelson's Victory: 101 Questions & Answers about HMS Victory*. Portsmouth: Manuscript Press, 2000.

Lavery, B. *Nelson's Navy: The Ships, Men and Organisation 1793-1815*. England: Conway Maritime Press, 1989.

Lodge, D. *Language of Fiction*. London: Routledge & Kegan Paul Ltd, 1966.

Price, A. *The Eyes of the Fleet: A Popular History of Frigates and Frigate Captains 1793-1815*. England: Grafton, England, 1992.

Rodger, N.A.M. *The Command of the Ocean: A Naval History of Britain 1649-1815*. London: Penguin Books, 2004.

———. *The Wooden World: An Anatomy of the Georgian Navy*. New York: W.W.Norton & Company, Inc. 1996.

Southam, B. *Jane Austen and the Navy*. London: National Maritime Museum Publishing, 2005.

Woodham-Smith, C. *The Reason Why: The Story of the Fatal Charge of the Light Brigade*. London: Penguin Books, 1958.

オースティン、ジェイン『説きふせられて』阿部知二訳、カラー版世界文学全集、河出書房、一九六八年。

――『マンスフィールド・パーク』大島一彦訳、中公文庫、二〇〇五年。

小林幸雄『イングランド海軍の歴史』原書房、二〇〇七年。

6

Jane Austen

ゲームの規則
『自負と偏見』再読

小山太一

二〇〇七年に出版された研究書の中でダリル・ジョーンズは、『自負と偏見』を「ジェイン・オースティンの作品中、最も人当たりがいい（inoffensive）ように計算されたもの」と呼び、その「人当たりの良さ」に対する研究者たちの反応を概括して、「批評家たちは政治的立場に従って反応を分け、マリリン・バトラーとクローディア・L・ジョンソンがいつもながら解釈の両極端を表明している」（一〇四）と述べている。ところが、ジョーンズが「解釈の両極端」だというバトラーとジョンソンの論を読み直してみると、いささか奇妙な感覚が湧き上がってくる。この二人の批評家には珍しく、『自負と偏見』に関してはどちらの言い分も奇妙な歯切れの悪さを含んでおり、それらを「極端」と呼ぶことにためらいを覚えさせるのだ。

オースティンの作品群を反ジャコバン小説の系列に位置づけて読解するバトラーは、『自負と偏見』の精神を同時代の個人性の称揚に対抗する「正統的キリスト教のペシミズム」（二一二）と規定し、エリザベス・ベネットとフィッツウィリアム・ダーシーの結婚は「倫理探求の充足」、とりわけエリザベスにとっては偏見の払拭と謙虚さの獲得を通じての「真の自己批評への到達」だと言う（二二五）。しかし、その直後にバトラーは、エリザベスが前半で見せる（偏見に満ちてはいても）辛辣なウィットと諷刺的な世界観があまりに魅力的に描かれているので『自負と偏見』の読者は倫理的に曖昧な場所（limbo）にいるように感じてしまいがちである」という留保をつけつつも、「前半部より諷刺的でなく外向的でもない後半部は前半部ほどに楽しめないと誰でも思う」（二二七）と述べているのだ。

一方、ジョンソンはどうか。「我々の幸福を進んで裁可し保証するという点において『自負と偏見』はほとんど恥知らずなまでに願望充足的である」（七三）という冒頭の提言、「エロティックな愛に対する暗黙の是認は……反ジャコバン小説家たちが鎮圧しようとしていた『愛情の個人主義』をオースティンが支持していたことを示唆している」（九一）という（バトラーに反駁する）主張はきわめて明快だが、それに比べると、ペンバリーの女主人という地位にエリザベスがおさまるエンディングを弁護するジョンソンの口ぶりは、多少とも苦しげである。「『自負と偏見』におけるオースティンは保守主義の神話に同意しつつその神話を乗っ取り、内側から改革して、それらの神話の擁護する制度が幸福の拡大と充足を禁止するのではなく促進するようにしているのだ」（九三）というのが彼女の結論だが、「愛情の個人主義」を支持することと、「保守主義の神話の擁護する制度」によって拡大・補強された幸せのスキームに主人公を送りこむことはそもそも両立しうるのだろうか？

こう考えてみると、『自負と偏見』に関するバトラーとジョンソンという二人の読者の見解は、両極端どころか、呉越同舟の趣さえ帯びて見える。バトラーはエリザベスがダーシーと結婚してペンバリーにおさまるという『自負と偏見』後半部のプロットとその帰結を倫理的に擁護しつつも後半部を前半部ほど楽しめないでいるように見えるし、ジョンソンは保守的な幸福の形へと収束してゆく後半部のプロットを充分に弁護しかねているようだ。バトラーにおける倫理性への訴求といい、ジョンソンの苦しげな弁護といい、エリザベス／ダーシーの恋愛の成就を描く『自負と偏見』後半部は、読者に何らかの合理化の必要を――意識的に、あるいは意識下で――感じさせるものがあるらしい。

パトリシア・メノンの言うように、無礼傲慢・唯我独尊から慈愛と社交性に満ちた領主へのダーシーの変貌は、それがテクストの舞台裏で行なわれてエリザベスのペンバリー訪問の機会に不意打ちで披露されるがゆえに、完全には納得しがたいものがある（三〇）。しかし、この欠点は、『自負と偏見』というテクストがエリザベスを視点人物として彼女の自意識の見直しと社会的視野の獲得を軸に進行していることを考えれば、ダーシーはその触媒に過ぎないのだという理屈で何とか弁護することも可能であろう。読者に合理化の必要を感じさせるより大きな要因は、マーガレット・カーカムのいわゆる「エリザベスの人格が展開してゆくにつれて彼女は演じるはずだった役割を実質的に破壊してゆく」（九二）という点にある。

下世話なパラフレーズが許されるならば、エリザベスは前半で見せていた自主独立の気性を抑え込んで富に身を任せたのではないかという疑惑を、読者は処理しなければならないのだ。読者としてこの疑惑を最も早く、最も簡明直截に表現して後世の批評に多大な影響を与えたのは、一八一六年の『クォータリー・レヴュー』におけるウォルター・スコットであろう。いわく、「この女性が自分は馬鹿なことをしてしまったと感じるのは、求愛者の持ち物であるたいそう立派な家屋敷をたまたま訪れたときのことである。彼女の分別（prudence）が偏見を押さえ込むようになったまさにそのとき、二人は偶然にも出会うのだ」（六五）。

もっとも、スコットの指摘は特別の洞察力でオースティンのテクストの秘密を暴いたものではなく、むしろテクストに内在するヒントに呼応し、それを不器用に定式化しただけだと考えることも可能だろう。小説の結末において、姉のジェインから「お願いだからシリアスに話して」という要請つきで「いつから彼を愛するようになったの」と訊かれたエリザベスは、「少しずつそんなふうになっていったから、自分でもいつとは言えないのよ。でも、たぶんあの時と言うべきかな。ペンバリーの美しい荘園を見た、あの時」と答え、姉からもう一度「シリアスになるように」と叱られているのである（七二一）。'I believe I must date it from' というエリザベスの言葉遣いは、スコットによるテクスト外部からの定式化よりも格段に微妙だ。'I believe I must' というフレーズの挿入は、姉の要請にもかかわらず自分が姉の求めるような「シリアス」さを持たない＝アイロニカルなコミュニケーション・モードに留まり続けているということを表わす、エリザベスからのメタ・メッセージではないだろうか？

そう考えると、より大きな疑問が湧いてくる。そもそも、『自負と偏見』という小説とその作者は、エリザベスとダーシーの結婚へと進んでゆくみずからの筋書《プロット》／企図をどの程度シリアスに信じているのだろう？　それとも、この小説はエリザベスとダーシーの結婚の必然性を実は信じておらず、その必然性を読者に完全に納得させることさえシリアスに企図してはおらず、「結婚して幸せになれるかどうかなんて、まったくの運だもの」（四二）というシャーロット・ルーカスの言い分をこそひそかに裏書きしているのだろうか？　本論文の目的は、オースティンのテクストに即してこれらの疑問を検証することにある。

『自負と偏見』の第三巻半ば、ダーシーとエリザベスの恋愛成就という最後の山場を前にした一三章では、いわばその露払いをつとめ、かつ、テクスト上に十分なスペースを空けてやろうとするかのように、それまで懸案事項の一つだったジェインとビングリーの恋愛が二人の婚約によって円満解決を迎える。ジェインがエリザベスに吉報を伝え、母親に報告するために立ち去ると、ひとり残されたエリザベスはこう考える。「これでもう、あのお友達〔ダーシー〕が気を回してこっそり手を打つのもおしまい！　あの妹〔ミス・ビングリー〕の猫っかぶりな立ち回りもおしまい！　これこそが、いちばん幸せで、いちばん賢くて、いちばん理にかなった（reasonable）結末なのよ！」と（六六〇）。

エリザベスとダーシーの間に行き違いや誤解が生じ、それらがもとになって発生したさまざまな困難が次第に克服され、ふたりのロマンスが成就することが『自負と偏見』のメインプロットだと考えるならば――ほとんどの読者はそう考えるはずだ――「いちばん理にかなった結末」という表現は、エリザベスとダーシーの婚約という大団円のために取って置かれてしかるべきもののように思われる。エリザベスとダーシーの結びつきが「理にかなって」おり、それ以外の結末は望み得ないと読者が納得することによってこそ、『自負と偏見』というテクストは自律的に完結し、読者に消費される準備ができるはずだ。

ところが、エリザベスがダーシーとの婚約をジェインに告げたとき、この温和な姉の口から飛び出すのはこんな言葉なのである。「冗談でしょう、リジー。まさか！――ミスター・ダーシーと婚約なんて！　だめ、だめ、わたしを騙そうとしても無駄よ。そんなこと、あるはずないもの」（七一〇）まるで、エリザベスの報告がまるきり理にかなっていないかのような、行き過ぎた冗談であるかのような反応ではないか。言葉を変えて言えば、ジェインはエリザベスの報告を彼女の平素からの「いたずら好き（playful）」で「茶目（arch）」な言動のコンテクストで捉え、妹は自分をかつごうとしているのだ、妹は真っ赤な嘘が理にかなっていると自分に信じ込ませるゲームをプレイしているのだ、と思い込み、エリザベスの発言のコンテクストを再確認しているわけである。

だが、当事者としてロマンスの渦中にあるエリザベスとダーシーにとっては、自分たちが互いを受け入れるということこそが、嘘偽りのないシリアスな選択でなければならない。エリザベスが生意気にも自分からの警告を受け付けなかったという話をレイディ・キャサリン・ド・バーグから聞かされたダーシーは、ロングボーンに駆けつけ、エリザベスの意思を最終的に確認する。その時、彼はこう言うのだ。「あなたは高潔な(generous)方だから、僕の思いをもてあそんだりはなさらないはずだ。もし、四月〔エリザベスがダーシーの一度目の求婚を退けたとき〕からお気持ちが変わっていないなら、ずばりそう言ってください」(六九八)と。そしてエリザベスは、もちろん彼の思いを弄んだりせず、求婚をシリアスに受け入れるのである。

第一回の求婚でダーシーは、小規模なランディド・ジェントリ(所有する土地の地代を主たる収入源とする階級の人間)である父親が亡くなればわずかな資金とともに世の中に放り出される立場のエリザベスがランディド・ジェントリ層のトップに位置する家の当主である自分から求婚されれば喜んで飛びつくだろうと決めてかかり、そのために一層手ひどく拒絶されることになったのだが、それからの半年足らずの間に、ダーシーの中でエリザベスは、家柄の不足を補って余りある高潔/高貴(generous)さを帯びた人物に変貌していたようである。その高貴さは、ダーシーの意識においては、シリアスな問題に返答を求める相手を真/偽のゲームに巻き込んだりせず、理性が真と宣することを言明する率直さと関わっている。伝統ある大規模ランディド・ジェントリの家系を継ぐダーシー(彼が貴族ではなく「ミスター」ダーシーであることの意義は、*Jane Austen in Context* の'Rank'についてのトマス・キーマーの解説[三九二]を見よ)にとって、大幅に格下の階層に属する家の出身であるエリザベスを自分と対等たるべき存在にしているのは、彼が彼女の心の中に見出したシリアスさと率直の美徳なのである。第一回求婚の折にエリザベスはダーシーの態度が紳士のものとはいえないと率直に非難してダーシーを驚愕させたわけだが、その非難について、いまやダーシーはこのように言うことができるようになっている。「あの言葉がどれだけ僕を責めさいなんだか、あなたはご存じないし、ほとんど想像もできないでしょう――もっとも、白状すれば、あなたの正しさを認められるくらい理性的（reasonable）になれたのはしばらく後でしたが」（七〇〇）エリザベスも、打てば響くように、ダーシーの手紙をきっかけにそれまでの偏見がしだいに払拭されていったと言明している。偏見と恨みが理性によるシリアスな内省を通じて消失すること、それがエリザベスとダーシーの恋愛の成立要件なのだ。

しかし、エリザベスのシリアスさは――『自負と偏見』を年代的に挟む作品である『分別と多感』のエリナー・ダッシュウッドや『マンスフィールド・パーク』のファニー・プライスの生真面目さと異なり――決して長続きしない。姉・母親・父親への報告を経て「いつもの溌剌としたいたずらっ子に戻った」（七二四）エリザベスは、チェスの勝負がついたあとの感想戦を思わせるゲームへとダーシーを誘い、彼がいかにして自分に恋するようになったのかを尋ねる。そして、「あなたの心の動きが活発なところがよかったんです」というダーシーの生真面目な解答に対し、自分がダーシーの周りの女たちと違って「生意気」だったからだという別解をみずから与えたあと、こう付け加えている。「ね――これであなたが説明する手間が省けたでしょ。やっぱり、いろんなことを考えれば、この説明がまったく理にかなっている（perfectly reasonable）気がしてくるの」（七二四）自分たちの恋のきっかけについてエリザベスが言う「理にかなっている」は、ジェインとビングリーのロマンスのゴール到達を評して彼女が言う「理にかなった」が持っている文字通りな祝福の意味よりもはるかに大きな含意を持ち、明らかに挑発的な要素を含んでいる。そのしばらく後には、今度のロングボーン訪問から愛の告白までひどくむっつりと押し黙っていた理由を「思いが余って、言葉が出なかったんです」と弁解するダーシーに対し、エリザベスは次のように言語アクロバット的な返答を与えてさえいる――「困ったものね、あなたのほうにはちゃんと筋道の通った（reasonable）答えがあるし、わたしはその答えを認めてあげるくらい道理をわきまえてる（reasonable）んですもの！」（七二六）ここでエリザベスがいたずらっぽく繰り返す'reasonable'は、先に見たロングボーンでの求愛場面でダーシーが生真面目に口にする'reasonable'と、明らかにコンテクストを異にしている。それらはアイロニーとユーモアに包まれ、意味をめぐるゲームにダーシーを――そして読者を――誘惑するものだ。

『自負と偏見』を求心的に構成された恋愛小説として消費することを望む読者に決定的な満足を与えるはずのエリザベス／ダーシー関係の完成さえ、それを表象する言説は絶えざる揺れの中にあり、円満な自足には程遠いのである。しかし、作者が実践しているこうした言語戦略は、その人格化ともいうべき「いらずらっぽく」て「茶目」なエリザベス・ベネットにのみ見られるものではない。むしろ、財産なき中産階級女性の男選びと結婚をめぐる『自負と偏見』というテクストは、全体が意味の集中と拡散のせめぎあいの中にあり、エリザベスとダーシーの関係はそのせめぎあいの中心をなすものなのだとは考えられないだろうか。『自負と偏見』というテクストに独自の躍動感を与え、社会的コンテクストを背景とした多義的な読みへと開いているものは、このせめぎあいではないだろうか？

『自負と偏見』においては、語りの時系列順に、シャーロット・ルーカス／ウィリアム・コリンズ、リディア・ベネット／ジョージ・ウィッカム、ジェイン／ビングリー、エリザベス／ダーシーの四組のカップルが誕生する。シャーロット、リディア、ジェイン、エリザベスという、それぞれにパートナーを手に入れる女性たちにとって、結婚という問題は笑い事であるどころか、本来きわめてシリアスな問題である。裕福な引退した商人の娘ではあるが父サー・ウィリアムの遺産を主に受け継ぐべき弟がいるシャーロット、小規模ランディド・ジェントリの娘ではあっても限嗣相続によってコンスタントな地代収入の相続から排除されているリディア、ジェイン、エリザベスにとって、結婚ができないということは、『エマ』のミス・ベイツのように淑女としての体面をぎりぎりの経済的条件で保ってゆくしかない人生を意味している。オースティンが人生最後の年に姪のファニー・ナイトへの一八一七年二月一三日付の手紙で書いたように、「独身の女性は貧乏になる傾向がおそろしく強く、そのことは結婚というものを擁護する強力な根拠のひとつ」(*Letters* 三四七)なのである。

この手紙の冒頭で、ある男性が本当に自分に愛情を感じてくれているのか分からないというファニーからの相談に対してオースティンは「あなたの手紙から判断すれば、彼はあなたに愛情を感じているとは到底思えない」と回答している。続けて、ある未亡人が独身の娘を残して亡くなったというファニーからの報告に事寄せて先に引いた一節が現れるのだが、直後にオースティンは、あなたは明らかに結婚相手を欲しているわけだからこれは余計な一言だったとあわてたように付け加え、二、三年のうちにはこれまでのどの男よりも望ましくて愛情に満ちた男性が必ず現れるだろうから焦りは禁物とアドバイスするのだ。オースティンがポジティヴなトーンに急転換したのは、「独身の女性は貧乏になる傾向がおそろしく強い」という命題は若い娘の意識を圧迫し続けているシリアスな社会的脅威なのだから、男性がファニーに求婚するだけの愛情を抱いている可能性をきっぱり否定したあとにそれを置いたのはあまりに不穏当だったという判断が働いたためではあるまいか。

だが、オースティンの努力と軽妙な筆致にもかかわらず、一月一三日付の手紙の前半にいささかの気まずさ、論理の袋小路に入り込んでしまった感じが漂っていることは否定できない。その理由はおそらく、「窮乏しないためには経済力あるパートナーを見つけなくてはならない」という（オースティンの実感がうっかり書きつけさせてしまった）警告と、「愛情のない結婚をしてはならない」という（オースティンとファニーが暗黙のうちに了解している）禁止の同居が、グレゴリー・ベイトソンのいわゆる「ダブルバインド」を形成してしまっていることだろう。シリアスなのはどちらのメッセージか、という、オースティン自身が急いで存在を否定した疑問が読み手を悩ませるのだ。このダブルバインドは、オースティンの手紙の中で発生する私的なものであるのみならず、彼女が小説の題材とする階級の若い女性に課せられる社会的なものでもある。ベイトソンは「ダブルバインドとは、自分がコンテクストを正しく把握したことで罰せられる経験である」（二三六）と述べている。この手紙の例で言えば、「愛情のない結婚をしてはならない」という倫理的禁止がオプショナルなものとして下位に、「窮乏しないためには経済力あるパートナーを見つけなくてはならない」という経済的警告こそが普遍的なものとして上位に置かれるという同時代の社会の論理階型をオースティンは覆い隠そうとしているし、ファニーがそうした論理階型についてメタ・クエスチョンを発したりすることを望んでもいないのである。

結婚に関するアドバイスを聡明な姪に与える、という、この手紙においてオースティンに求められている役割は、『自負と偏見』でミセス・ガーディナーがエリザベスを相手に演じた役割と軌を一にしている。が、ファニーとオースティンの手紙のやりとりとは異なり、小説前半でエリザベスは叔母に対して、ずけずけとメタ・クエスチョンを発している。

それから、ミセス・ガーディナーはウィッカムが心変わりしたことで姪を冷やかし、取り乱さずに耐えているのはえらいと褒めた。

「ところで、ねえ、エリザベス」と叔母は続けた。「ミス・キングって、どんなお嬢さんなの？　ミスター・ウィッカムがお金目当てだとしたら、残念なことね」

「でも叔母さま、お金目当ての結婚だとか分別のある結婚だとか言うけど、その違いって何なのかしら？　しっかりすることと欲ばることの境目って、どこ？　去年のクリスマスに叔母さまはおっしゃったでしょ、あの人と結婚するのは無分別だからやめた方がいいって。なのに今は、あの人がたかだか一万ポンドしかないお嬢さんと結婚したがってるからって、お金目当てだってことになっちゃう」（二九〇—九二）

去年のクリスマスというのは、一〇月の下旬に開かれたネザーフィールドの舞踏会で「〔エリザベスは〕まあ我慢はできるな。だが、僕が誘惑されるほどの美人じゃないね。それに今のところ、僕は他の男に袖にされたお嬢さんと踊って箔をつけてやる気になれないんだ」（二〇）というダーシーの暴言を洩れ聞いたエリザベスが、翌月に出会ったハンサムな軍人のウィッカムに好意を寄せていた時期だ。この時にエリザベスが叔母と交わしたの会話では、「シリアスな話、気を付けてもらいたいと思っているの」「あら叔母様、ほんとにシリアスなお話なのね」「そうよ、だからあなたにもシリアスに答えてほしいの」「ほら、エリザベス、それがシリアスじゃないって言うのよ」と、四回までも言説の「シリアス」さが言及され、「それがシリアスじゃないって言うのよ」と叔母に注意されたエリザベスは、「ごめんなさい。言い直し。……わたしだって、彼がわたしを好きにならないほうがいいのは分かってる。どうしてそれが無分別なのかも。――あーあ！　それにしても憎いのはあのミスター・ダーシー！」と答えている（二七六）。

叔母の要求する「シリアス」な言説のモードに合わせてもう一度自分の状態を説明するときのエリザベスは、無一文の男が財産のない女と結婚するのが「無分別」であって、自分たちがプレイしなければならないゲームのルールに照らせば問題外だとすんなり認めることができる（だからこそ、ウィッカムの話では彼に与えられるはずだった牧師禄を取り上げてしまったとされるダーシーが、エリザベスにはいっそう憎いのだが）。では、それから二ヶ月少々のち、ロンドンの劇場で隣り合わせに座ったミセス・ガーディナーに向かってエリザベスが発したメタ・クエスチョンは「アンシリアス」なものなのだろうか？　そして、しばらく後にペンバリーの美しい敷地を見たエリザベスは、「シリアス」な世間的「分別」の説得に応じて、ダーシーとの結婚を望むようになったのだろうか？

この問いに答えるには、少し回り道が必要かもしれない。興味深いことに、『自負と偏見』というテクストには、結婚という問題に関し、ある人物が別の人物に向かって、あるいは第三者を評して、「あなたは／あの人はシリアスではない／ありえない」と述べる場面が頻出している。マリリン・バトラーが'moral marriage'と呼ぶエリザベス／ダーシー（および、その付属物としてのジェイン／ビングリー）の結婚からここでいったん離れ、それと対位法をなすように扱われているシャーロット／コリンズ、リディア／ウィッカムの結婚とエリザベス／ダーシー関係の関わり方を検討してみよう。この作業を通じて、「シリアスさ」をめぐる問題はより立体性を持って見えてくるはずだ。

『自負と偏見』の第一巻第一章の重要な機能のひとつは、娘たちの結婚に関するミセス・ベネットのオブセッションをシリアスに受け止める必要はないから安心して笑ってほしいと読者に宣言することである。娘たちを金持ちの青年と結婚させなければ、という彼女のオブセッションは「神経」への反復的な言及と結び付けられ、コミックな読解のフレームにおさめられている。ルーベン・A・ブラウアーの言葉を借りるなら、冒頭の会話に現れるのは鋭敏なサティリストとしてのミスター・ベネットと、彼とは全く違う鈍重な言葉を話す女性としてのミセス・ベネットだというわけだ。しかし、ミセス・ベネットが置かれた社会的・経済的コンテクストを考えれば、彼女の言動のコミックな愚かしさとは別個に、彼女のオブセッションと神経症の拠って来たるところが浮かび上がってきはしないだろうか。彼女は自分に期待された跡嗣ぎの男子を産むことができず、結婚してくれないかぎり家計を圧迫し続ける女子ばかり五人も産んでしまった。しかも彼女の夫は、エリザベス以外の娘たちをひとまとめに「連中には、取り得なんぞ何もないじゃないか」(六)と片付けてしまうような否認の状態にある。「人生の business は娘たちをかたづけること」(六)と彼女が思いつめるのも、あながち無理とは言えない。

そう考えると、ここでの 'business' という言葉は皮肉な二重性を帯びてくるようである。彼女がみずからの人生に見出した最大の役割は、娘たちが男に経済的に養ってもらえるための契約を取ってくるよう叱咤・激励・策動するという、ビジネス・マネジャーのそれなのだ。彼女の世界観においては、先ほど我々が見たようなダブルバインドなど存在しておらず、そこにあるのは娘たちへの「結婚というビジネスを完遂せよ」という強迫的要請だけなのである。シャーロット・ルーカスがコリンズと婚約したとき、ミセス・ベネットは「彼女を嫉妬と嫌悪の眼で眺めずにいられない」（二五二）のだが、彼女の嫉妬の主たる原因は、ロングボーンの限嗣相続者を手に入れるという絶好のビジネス・チャンスをシャーロットが攫っていったことにある。シャーロットの結婚は、彼女がミセス・ベネットよりも商取引において有能だったことを証し立てるものに他ならず、そのことをミセス・ベネットは（限嗣相続についての理解のあやふやさにもかかわらず）正しく認識している。

それより以前に、結婚相手の人格など結婚してから見極めればいいのだという意見をシャーロットが披露したとき、エリザベスは笑いつつ、まさか本気で言っているわけではあるまいと答えている（四二）。ここで彼女はシャーロットの発言を、ダブルバインドの重圧からいっとき息抜きをするためのジョークというフレームで捉えていたわけだが、実のところ、シャーロットの発言はビジネスパーソンとしてきわめてシリアスなものであったのだ。シャーロットの婚約を知ったエリザベスは、彼女が自分で自分を貶めたと考えてがっかりし、こんな結婚が友人に幸せをもたらすわけがないと悲観したあげく、ジェインに向かって「世間なんて、見れば見るほど嫌になってくる。前からわたし、人間なんて筋の通らない（inconsistent）ものだと……思ってたけど、毎日の経験でどんどんその考えが固まっていくの」（二六〇）と憤懣をぶつけている。ここでのエリザベスにとって、ダブルバインドを解消する「筋の通った」方法は、ふたつのバインドの要請に応えて愛のある結婚をし、それらのバインドそのものを消滅させることしかありえないわけだ。

だが、その四ヶ月後、ハンズフォードの牧師館にシャーロットとコリンズを訪れたエリザベスは、コリンズとの結婚という選択から相当の満足を引き出すことができたシャーロットの姿に考え込まざるを得なくなる。「自分の部屋で一人きりになったエリザベスは、みずから省みて……全てはじつにうまく取り仕切られていると結論した」（三〇二）ハードなビジネスパーソンとしてのシャーロットの選択は、ロンドンの劇場でミセス・

ガーディナーがウィッカムの心変わりを評した言葉を借りれば「現金《インデリケート》」なものかもしれないが、結婚というビジネスへの関わり方としては一貫性（consistency）を保っている。「彼女はすべてをわきまえた上でこの道を選んだのだし……同情を求めるようなそぶりもなかった」（四二〇）パートナー探しというゲームの取引の場にわが身を曝して正当な獲物《ゲーム》を手に入れるために女性が自分を取り囲む社会的コンテクストに関わるとき、愛情という規範はオプションのひとつに過ぎない――愛情ある結婚だけを望むというのは、ゲームのプレイヤーすべてを縛るルールに従いつつ自己の責任で目標をより高く設定することに他ならない――ということをエリザベスは学ばざるを得ないのだ。

　次いで、視点をリディアの駆け落ちに転じてみよう。この事件を通じてエリザベスが痛感せざるを得ないのは、ベネット家にリディアの性的無法を阻むシステムが存在していなかったという事実だ。かつて自分自身のセックス・アピールによって土地持ちの夫を捕まえた実績があるミセス・ベネットにとって、リディアのブライトン行きは、同様の肉体美を誇る大胆な末娘（「わたし〔舞踏会に出るのは〕ちっとも怖くなんかないから。歳はいちばん若いけど、背はいちばん高いもの」一二）が「粋な若い大佐さん」を捕まえる絶好のビジネス・チャンスである。一方、シニシズムと冷笑に閉じこもることで自己を防衛するのが精一杯なミスター・ベネットの言い分は、「リディアのことだから、人目につく場所で自分を競りにかける（expose herself）までは絶対に満足しないだろうし、今度のブライトン行きは、費用も面倒もいちばん少なくて済みそうじゃないか」（四四六）というものだ。エリザベスのペンバリー訪問の直後に起きるリディアの駆け落ちは、ミセス・ベネットのオブセッションとミスター・ベネットの無気力が支配する機能不全の家族環境が必然的に生み出した取引の失敗《バッド・ビジネス》／不祥事であり、エリザベスのベネット家からの脱出を読者に希求させるに十分な衝撃を持って、これ以上ないタイミングで挿入されるエピソードでもある。

ジル・ハイト＝スティーヴンソンは、リディアの駆け落ちを、彼女の自由意思の強さを示すと同時に『自負と偏見』に描かれる文化の中に生きる若い女性一般の立場の弱さ《ヴァルネラビリティ》を示すものとして論じている（八八）。この文脈の中に置かれたとき、ミスター・ベネットの「人目につく場所で自分を競りにかける」というシニカルで下衆な言い回しは、意図されざる切実さを獲得することになる。結婚というゲームにおいて、若い女性はみずからの身体を取引の場に曝すというリスクを（デリカシーの要請に従って暗黙のうちに）負わなければならない。リディアのようにゲームの社会的ルールを公然と笑い飛ばすこと――リディアはウィッカムがいずれ自分と結婚してくれると信じており、「リディア・ウィッカム」と署名した手紙をいきなりベネット家に送りつけてやれば「すごくいいおふざけ」になるだろうと書置きの中で述べている――は、『自負と偏見』が描く世界では、エリザベスのいわゆる「人生をシリアスに考えるように教えられていない」（五四四）娘にのみ可能な法外の振る舞いであり、自らを競りにかける（expose）こととは別の意味で自らを expose する――自分がそもそも結婚というゲームの埒外の存在であることを暴露する――行ないに他ならない。エミリー・アウアーバックはエリザベスとリディアに共通の抑えがたいエネルギーを見つつ、リディアに対するエリザベスの嘆きには女性に対する教育機会の欠如を切言するウルストンクラフトをさえ思わせるものがあるとしているが（一二〇―一二一）、結婚というゲームにおけるルールの無視を非難するエリザベスの言説にウルストンクラフト的なラディカル・フェミニズムを読み込むのは、多少とも勇み足ではあるまいか。我々はオースティンの小説に登場する若い女性たちを拘束するダブルバインドについて考えてきたわけだが、このダブルバインドを感じねばならないのは世の常の結婚というゲームに参加する女性であって、リディアのようにセクシュアリティの暴発を抑えるという発想のない女性はそもそもこのゲームのプレイヤーたる資格を有しないのである。

しかも、そのような女性の姉妹がゲームのまっとうなプレイヤーとしての資格を保つためには、法外な振舞いが引き起こしたバッド・ビジネスが隠密に処理されなくてはならない。メアリー・プーヴィの論によれば、ダーシーが匿名でバッド・ビジネスの負債を買い取ってやったことを理解していないリディアが偶然そのヒントを口にしてしまったとき「負債が愛の贈り物に変換される」のであり、ダーシーとの結婚によってエリザベスは金銭ではなく愛による払い戻しができるようになるのだという(*Credit Economy* 三六五)。だが、ダーシーがガーディナー夫妻に負債の買い取りを固く口止めしていることを考えると、ダーシーはそれが愛によって払い戻されるという下心を抱いてはいなかったわけである。そしてエリザベスも、ダーシーによる負債の買い取りを知った時点では、そこに愛を読み込む衝動を慎重に退けている。「自分への愛ゆえにそこまでしてくれたのだと考えるのは無理があるとしても、多少の好意が残っているせいでこちらの心の平安を保証するための金銭的援助を惜しまなかったという解釈はできるかもしれない」(六二三)言い換えれば、エリザベスはダーシーに愛情が存在することをロマンティックに希求しつつ、彼によるリディアの負債買い取りを自分が愛されていることの表れと読むのを慎み、かつてひとつのバッド・ビジネス(求婚の失敗)を共にした人間からの善意の経済的援助だと強いて考えようとしているのだ。エリザベスがこのような状態にあるさなか、もうひとつの偶発事が起こって初めて、ダーシーはもういちど愛情の表明に踏み切り、恋愛小説としての『自負と偏見』はようようハッピー・エンディングに辿りつくことができるのである。

エリザベスの叱責を内面化したダーシーとペンバリーで遭遇した直後にリディアの駆け落ち事件が発生して

以来、彼女の心の中で、ダーシーとの幸福な結びつきはもはや失われた可能性としてのみ存在しつづけてきた。この行き詰まりを打破するのが、コリンズの軽薄な御注進で憤激したレイディ・キャサリン・ド・バーグのロングボーンへの突撃である。エリザベス／ダーシーの結びつきを現実のものとするために、作者はこの事件をエリザベスやダーシーの意思と関わりなく発生させ、それらを道具的に役立てるしか手段がなかったわけだ。しかも作者は、エリザベスの口を通じてそのことを読者に認めてさえいる。「レイディ・キャサリンがものすごく役に立ってくださったわけだけどね。ご本人も嬉しいでしょう、あれだけ人の役に立つのがお好きな方だもの」（七二六）と。

この場面でのエリザベスのダーシーに対する態度が当たり障りのない程度に「茶目（arch）」だとすれば、エリザベスのダーシーとの結びつきを必然と信じたがるロマンティックな読者に対する作者オースティンの態度は、より挑発的だと言えよう。『自負と偏見』が描くゲームとビジネスの世界に参加する女性たちは、人はゲームが理性的（reasonable）にプレイされるための必須の社会的・経済的ルールを内面化し、愛情ある結婚というより稀少な賞品を目指すかどうかを自己責任で選択しつつ、ゲームの展開のかなりの割合が道理（reason）よりも偶然によって決定されるものだという事実を冷静に受け入れるだけのハードさをも持たなければならないのである。

ここで「お金目当ての結婚だとか分別のある結婚だとか言うけど、その違いって何なのかしら？　しっかりすることと欲ばることとの境目って、どこ？」というエリザベスの疑問をもう一度検討してみよう。このメタ・クエスチョンは、「愛情のない結婚をしてはならない」という禁止と「窮乏しないためには経済力あるパートナーを見つけなくてはならない」という警告の世間的同居＝ダブルバインドの存在を衝くものだった。この疑問は、それを発した当時のエリザベスにとってそれなりにシリアスなものではある。だが、ハンズフォードの牧師館でシャーロットの成功したビジネスを目の当たりにした彼女は、結婚という商取引のゲームにあっては第二の警告こそが誰も逃れることのできないルール、第一の禁止はゲームのプレイヤーが自分に課すこともできるより困難な達成目標なのだというコンテクストを、叔母という気軽な対話相手のいない孤独でよりシリアスな内省においてみずから把握する。そして、間もなくやってくるダーシーの求婚を拒絶するという行為において、より明晰かつハードなプレイヤーとして、愛情というオプショナルな達成目標を自己責任で引き受けるのである。

その彼女がペンバリー屋敷を見たとたんに「ペンバリーの女主人になるというのは、なかなか大したことなのかも！」（四七四）、「わたしはこの場所の女主人になっていたかもしれないのね！」（四七六）と考えるのは、みずからへのゲームへの裏切りと富への身売りを表わすものなのだろうか？　この場面で注目すべきは、「ことかも（might be）」「かもしれないのね（might have been）」という仮定法だろう。「作り物の感じがまるでない」（四七四）景色、「ロージングズのものよりも本物の気品がある」（四七六）しつらえを選んだ主人の趣味のよさに感心したエリザベスは、思わずペンバリーの女主人になった自分を想像してしまうのだが、彼女の夢想がダーシー不在の確信あってのものだという点を見逃してはならない。「大したことかも」「なっていたかもしれないのね」という仮定法の暗黙の条件は、階級についてあれほど過剰な意識を振り回す主人がこの屋敷にいなければ、ということだ。エリザベスが見る「保守主義の神話の擁護する制度」が保証する幸福の白昼夢は、アイロニカルな仮定法のもとで見られるものに過ぎない。そう考えれば、劇的に人格を改良されたダーシーが偶然にも一日早く帰館したことによってその仮定法が直説法へ転換される可能性がほの見えてくるというこの章の展開は、主人公エリザベスの妥協ではなく、『自負と偏見』というテクストそのものが隠し持っている対読者的な願望充足の動きをこそ表面化するものだと見ることができよう。愛情の存在とその表出という、エリザベスが採用したオプショナルな目標が達成される大団円に向けてのプロセスは、作者が読者のために偶然を装って改良版のダーシーをそこに出現させることによってしか開始されえないのだから。

『自負と偏見』後半部の居心地の悪さは、エリザベスがペンバリーの富に屈することにあるのではなく、エリザベスにペンバリーの富を与えんがために都合のよい偶然事を積み重ねてゆくプロットの中で、結婚というゲームの自発的プレイヤーとしてのエリザベスの出番が加速度的に少なくなってゆくことではないだろうか。だが、これまで見てきたとおり、『自負と偏見』というテクストはそうした願望充足的な大団円への収束の手続きについてアイロニカルに自己懐疑的である。そしてエリザベスもまた、その自己懐疑に加担するように、大団円としての結婚に収束してゆくテクストの動きに抵抗する態度を見せている。ダーシーの二度目の求婚とエリザベスによるその受け入れによってプロットが完了に近づいてゆくさなかで、彼女は「そうだ、この人〔改良版のダーシー〕はこれから笑われることを覚えなければならない。いま始めるのは、やっぱり早すぎる」（七〇八）と考えるのだ。『自負と偏見』というテクストにおける結婚と生活確保のゲームは作者のプロット操作によって八方めでたく収束するが、同じ作者が作り出したエリザベスは、結婚生活という次のゲームに向けてアイロニーとユーモアの牙を研ぐことを忘れていない。そして、その牙を研ぐ権利を、彼女はこのテクストが扱うゲームの中で一度も手放してはいないのである。

□参考文献

Austen, Jane. *The Annotated Pride and Prejudice*. Annotated and ed. David M. Shapard. Revised ed. New York: Anchor, 2012.

Bateson, Gregory. *Steps to an Ecology of Mind*. 1972. U of Chicago P, 2000.

Bloom, Harold, ed. *Jane Austen's* Pride and Prejudice. Updated ed. New York: Bloom's Literary Criticism - Infobase Publishing. 2007.

Brower, Reuben A. 'Light Bright and Sparkling: Irony and Fiction in *Pride and Prejudice*.' *Twentieth Century Interpretations of Pride and Prejudice*. Ed. E. Rubinstein. Englewood Cliffs: Prentice-Hall, 1969.

Brownstein, Rachel M. *Why Jane Austen?* Columbia UP, 2011.

Butler, Marylin. *Jane Austen and the War of Ideas*. Oxford: Clarendon, 1975.

Copland, Edward and McMaster, Juliet, eds. *The Cambridge Companion to Jane Austen*. Cambridge UP, 1997.

Heydt-Stevenson, Jill. *Austen's Unbecoming Conjunctions: Subversive Laughter, Embodied History*. Basingstoke: Palgrave MacMillan, 2005.

Johnson, Claudia L. *Jane Austen: Women, Politics, and the Novel*. U of Chicago P, 1988.

Johnson, Claudia L. and Tuite, Clara, eds. *A Companion to Jane Austen*. Oxford: Wiley-Blackwell, 2009.

Jones, Darryl. *Jane Austen*. Basingstoke: Palgrave McMillan, 2004.

Kirkham, Margaret. *Jane Austen, Feminism and Fiction*. London: Athlone, 1997.

Le Faye, Deridre, ed. *Jane Austen's Letters*. 4th ed. Oxford UP, 2011.

Menon, Patricia. *Ansten, Eliot, Charlotte Brontë and the Mentor-Lover*. Basingstoke: Palgrave MacMillan, 2003.

Mudrick, Mervin. *Jane Austen: Irony as Defense and Discovery*. 1952. U of California P, 1968.

Poovey, Mary. *The Proper Lady and the Woman Writer: Ideology as Style in the Works of Mary Wollstonecraft, Mary Shelley, and Jane Austen*. U of Chicago P, 1984.

_____. *Genres of the Credit Economy. Mediating Value in Eighteenth- and Nineteenth-Century Britain*. U of Chicago P, 2008.

Scott, Sir Walter. Rev. of *Emma*. *Jane Austen: The Critical Heritage*. Ed. Brian Southam. Vol. 1. Rev. ed. London: Routledge, 1986.

Tanner, Tony. *Jane Austen*. 1986. Reissued ed. Basingstoke: Palgrave McMillan, 2007.

Todd, Janet, ed. *Jane Austen in Context*. Cambridge UP, 2005.

Tomalin, Claire. *Jane Austen: A Life*. 1997. Penguin, 1998.

Trivedi, Harish, ed. *Jane Austen: An Anthology of Recent Criticism*. Delhi: Pencraft International, 1996.

Tuite, Clara. *Romantic Austen: Sexual Politics and the Literary Canon*. Cambridge UP, 2002.

Williams, Michael. *Jane Austen: Six Novels and Their Methods*. Basingstoke: MacMillan, 1986.

Wiltshire, John. *Recreating Jane Austen*. Cambridge UP, 2001.

_____. *Jane Austen: Introductions and Interventions*. 2003. Basingstoke: Palgrave McMillan, 2006.

7

William Thackeray

『虚栄の市』の人びと

海老根 宏

ワーグナーにとって彼の「楽劇」が一つの総合芸術であったように、近代、特に一九世紀になってはじめて本格的な発達をとげた「小説」というものも、また一つの総合芸術である。叙事詩や伝統的な悲劇・喜劇が衰えた後になって現れた近代小説は、貪欲に既存のさまざまなジャンルのプロットや約束事(コンヴェンション)、それらに現れるさまざまな人間タイプ、さらにはそれらの全体としての形式などを取り入れて自らを豊かにしていった。こうして、『トム・ジョーンズ』(フィールディング)は喜劇であり、『カスターブリッジの市長』(ハーディ)は悲劇であり、『ダロウェイ夫人』(ヴァージニア・ウルフ)は抒情詩であるということは、単なる印象批評としての「感じ」の問題ではなくて、それぞれの作品の基本的な構造に関して何かを述べていることになるのであり、それはいわゆる「シカゴ学派」の批評家たちが主張するとおり、立派な意味があることなのである。

しかしその一方、これらの作品はまた「小説」でもあるのは当然のことであって、どんな読者でも、『カスターブリッジの市長』と『高慢と偏見』はいかに世界の感じ方が違ってはいてもジャンルとしては同じ種類に属し、それは『カスターブリッジの市長』のなかに『リア王』の一場面が転用されている（知恵遅れのウィットルが主人公ヘンチャードの最後の荒野放浪に従う）からといって、決して揺らぐものではないということも、心得ているのである。この場合、その「小説らしさ」を決定しているものが何であるかを問うことは、とりもなおさず「小説とはなにか」という、文学史家の頭を悩ましてきた大問題をふたたび掘り起こすことになる。二〇世紀の「モダニズム」このかた、小説形式の可能性を拡大するような作品が次々と書かれてきていて、「こんな小説もありうるのか」と驚かされることも多いのだから、この問題を抽象的に決めようとするのは多分意味がないことかもしれない。個々の作品について地道な吟味を繰りして行かねばならないのではなかろうか。

『虚栄の市』は上に述べたような意味で風刺を原ジャンルとする小説である。この、彼としてははじめての大長編を書く以前のサッカレイは、雑誌『パンチ』に筆を振るい、『俗物列伝』で上流階級を気取る俗物（スノッブ：この単語を定着させたのはサッカレイである）たちの生態を活写し、『キャサリン』や『バリイ・リンドン』では、リットンやエインズワースら、犯罪者をロマンティックな反逆者として描く「犯罪小説（ニューゲイト小説）家」たちに反対して、彼らを卑劣で残忍な「真の」悪人としてグロテスクに描いた。また『ライン川の伝説』や、『アイヴァンホー』の続編と銘うった『レベッカとロウィーナ』は、スコットふうの中世騎士物語のパロディである。風刺文学の手法を用いて英国上流社会の大パノラマを描く資格は、十分に備えていたといえるだろう。題名そのものもサッカレイの意図するところを示していて、「虚栄の市」とはユウェナーリスの風刺詩における帝政ローマ、サミュエル・ジョンソンの詩『ロンドン』の一八世紀ロンドン、イヴリン・ウォーの現代カリフォルニア（『愛されたもの』）と同じ、人間の愚行と悪行に満ち満ちた象徴的な都会であり、かなりの程度写実的に描かれた英国社会の図（この小説の副題は「英国社会文画スケッチ帳」Pen and Pencil Sketches of English Society という）をこのように呼ぶことは、作者が風刺家の目をもって現実社会に向かっていることを示すものに他ならない。

風刺 satura のもともとの意味は、「雑多」「ごった煮」であると言われている。つまり叙事詩、悲劇、喜劇、さらにはロマンスなどの他のジャンルに比べて、風刺はプロットや典型登場人物において、著しく不定形なのである。風刺家の敵である世間の堕落や愚劣には際限がなく、彼の攻撃はグロテスクな群像の単なる羅列に終わってしまうようにも思われる。実際、風刺がそれと分かるのはその形式の設定や構造においてではなく、まずその性格描写の仕方なのである。

虚栄の市の人びとはまったく自然に金持ちにたかって行くのである。どんな……恬淡な人でも大金持に対しては随分とやさしい目を向けたがるとすれば（お金があると聞いても一向尊敬も好意も持たないとか、また隣に坐っている人が五十万ポンドも持っていると教えられても、その人の方をある種の興味を以て見るようなこともしないとかいうような人が英国にいたらお目にかかりたい）――つまり無欲な人達でも、お金を見るとうれしそうな顔になるとすれば、この欲の深い俗物連は尚更のことではないか。お金を見ると、彼等の愛情は途端に湧き出して来て、それを歓迎する。お金を持っている人には興味を感じて、自然に好きになってしまうのである。……十五年かかっても、アミーリア・セドリィを心から尊敬する迄に至らなかったオズボーン家の大多数の人達が、友情は最初の一目からと主張する最もロマンティックな論者の註文通りに、ただの一晩のうちにスウォーツ嬢（カリブ植民地富豪の混血の娘。「スウォーツ」はドイツ語で「黒い」が好きになってしまったというのは、正にそれを証拠立てるものではないか。（第二一章——三宅幾三郎氏の岩波文庫版訳を使用させていただいた。以下同じ）

この一節の風刺は「自然に」（spontaneously）という言葉にかかっている。金持ちを欺いて、その金を搾取ろうとする目的で彼にへつらう人間は風刺の対象には不向きである。風刺はその対象を「悪」としてだけではなく、むしろ主として「愚」なるものとして捉える。この俗物たちは自分が金持ちに媚びているなどとは決して思わず、金持ちの人柄に惚れこんだ、と本気で思いこんでいるのだ。『虚栄の市』の巨大なキャンバスの中には、人間たちの際限ない思い込みの力が、滑稽で奇怪な群像として活写されている。フランスの革命思想にかぶれて、「私は身分なんて大嫌い」が口癖なのに、可愛い甥のロードンが女家庭教師と駆け落ちしたことを聞いて発作を起こす上流婦人クローリイ老嬢、ケチで小心者の癖に、政界に打って出ようと野心満々のクローリイ卿、商人階級の出なのに貴族の放蕩青年たちと付き合って得意になり、通ぶった口をききながらトランプで賭金を巻き上げられるジョージ・オズボーンなどの中心人物たちから、相手構わず健康食品と宗教書を押し付ける信心深いサウスダウン伯爵未亡人や、年俸千二百ポンドで大貴族なみの豪勢な生活を送っているジェンキンズ（第三六章）など、ほんのすこしだけしか出てこない群小人物たちにいたるまで、すべてが人間の盲目的な思い込み、思いあがりのグロテスクな現れである。そして彼らの虚栄をいち早く見抜き、それを利用してのし上がってゆくベッキイでさえ、国王陛下に謁見を許された時にはすっかりのぼせ上がり、そのとってつけた貴婦人ぶりに、純真で善良な義姉のジェイン令夫人でさえ笑い出すのである（第四八章）。

溢れんばかりに混雑するこの大画面を統一する主題は何であろうか。風刺の一つの形として、人間の特定の悪徳をテーマとしてそれを批判するタイプのものがあるが、その意味では『虚栄の市』の風刺の主たる対象は「社会的な地位、身分（rank）」であると言えよう。ベッキイの生涯の目的は‘respectable woman’（市民社会でひとかどの地位を認められた女性）になり、さらには‘fine lady’（貴族夫人）となることであった。金銭への風刺は、特にオズボーン家とセドリイ家を中心とするロンドン商業区（City）にかかわるプロットで強く見られるけれども、全体としては貴族を頂点とする封建的身分（rank）のテーマに従属している。商人の金力を代表する老オズボーン自身、息子のジョージを一文無しで勘当すると脅かしながら、「息子は息子ですが、ぼくは紳士ですからね」（この時代には、「紳士」の観念は、準貴族たる地方地主階級とまだ結びついていた）と言い返されてたじろぐのである（第二二章）。ロードン・クローリイとベッキイの夫婦に借金を踏み倒されて破滅する哀れなラッグルズの挿話は、この点で『虚栄の市』の縮図であると言ってよかろう。長年のあいだ田舎のクローリイ家の執事として勤め上げ、ロンドンの屋敷町に食料品店を開いたラッグルズは、お屋敷の料理人上がりの妻といっしょに商売に励んだおかげで金もたまり、カーゾン街の豪邸の家主となるまでに成功する。そしてベッキイ夫婦にその屋敷を貸し、ミルクやクリームまで納めていたところが、彼らはすべてを未払いのまま立ち去ってしまったのである。地主貴族（ジェントルマン）であるクローリイ家への盲目的な崇拝が彼の破滅となったのだった。

風刺ジャンルとの比較をもう少し進めてみよう。前に述べたように、風刺は無定形の文学様式ではあるけれど、その中には歴史的に成立したいくつかの形態も認められる。中でも一番明確なのは「本格風刺詩（formal verse satire)」と呼ばれるもので、ホラーティウスやユウェナーリスの風刺詩、そしてそれを「模倣」(すなわち翻案)したポープやサミュエル・ジョンソンの風刺詩がそれである。その基本的な設定は、風刺家(Satiricus)が多く人の集まる場所、例えば広場や四辻などに立ち、対話者(Adversarius)を相手に、世間の悪徳と愚行を糾弾し、通りかかるさまざまな人間のタイプを指さしながら烈しい毒舌を浴びせかける。後段に入ると風刺家は対話者の問いに答えて自らのよって立つ道徳的規範を明らかにするが、それはたいていの場合、理性的で質素な、単純な生活の理想なのである(Mary C. Randolph, "The Structural Design of the Formal Verse Satire" *Philological Quarterly* XXI)。風刺のこのタイプでは、風刺家が道徳的視野の中心となっているので、『ガリヴァー旅行記』のように語り手そのものが風刺の対象になったり、あるいはポープの『髪の毛盗み』のように叙事詩の英雄的世界と卑近な現実の世界との落差を笑う、いわゆる「擬英雄体」(mock heroic)の形式よりは、風刺の構造が明確になっている。ではこの構造は、『虚栄の市』にあてはまるだろうか。

風刺家としての第一の候補者は、この小説の語り手であり、あちらこちらに挿まれる長大な「作者の論評」(authorial commentary)の主体である「私」であろう。この語り手は、小説の序章である「幕前口上(Before the Curtain)」においては、「アミーリア人形」「ベッキイ人形」「悪徳貴族人形」などを観客に紹介して見せている見世物師、人形使いであるが、第八章になると、「表紙でご覧の通り滔々と道を説いている男(斯く申す作者の偽りない肖像ですが)」とあって、どのくらい本気かは分からないながら、モラリスト、説教者として登場している。ここでいう表紙とは、この小説が毎月の分冊として刊行された時のもので、サッカレイ自筆のその表紙絵には、ハイドパーク・コーナーらしい(背後にウェリントン騎馬像が見える)公園の一角に、道化の服装をし、耳の長い(すなわちロバ=馬鹿を示す)帽子をかぶったモラリスト=道化が樽の上に立ち、これまた同じように耳長帽姿の、雑多な群集に向かって説教している様子が描かれている。これは風刺家の伝統的な立ち位置であり、また風刺家はしばしば、世情に疎い野暮な男のふりをする。ここにサッカレイの風刺家宣言を読み取るのは、不可能なことではない。あまりにも有名な箇所ではあるが、やはり長々と引用しないわけにはいかない。

しかし、よく聞きたまえ、人は鈴のついた道化帽をかぶっていようと、僧帽を頂いていようと、真実を知っている限り、ありのまゝにそれを語る義務があるのだ。そしてその様な仕事をしている中には、いろいろと厭な事が飛出してくるのも又やむをえない。

……………………………………

尚、一個の人間として又同胞として、私は御諒解を得ておきたいのは、だんだんと作中人物が現れて来るにつれて、単に彼等を紹介するだけでなく、時には壇上から降り立って彼等のことを色々お話ししたいということである。つまり、もし善良で親切なら好意をもって握手する代わり、馬鹿者なら読者の蔭に隠れて内証で笑ってやろう。そして又、凶悪な冷血漢であるならば、礼儀の許す範囲において出来るだけ手ひどくやつけてやろうというのである。

さもないと、シャープ嬢が礼拝を馬鹿にしているのに、あなたがたが、まるで私が礼拝を嘲笑ったように考えたり、またあのシレノスのような足もとの怪しい老従男爵〔父のほうの、酔いどれのピット・クローリイ卿〕を上機嫌で笑っていると誤解される恐れがあるからだ。実はこの笑声は、富貴以外のものは尊敬せず、成功の外は眼中にない人間から出たものなのである。実際、信仰のないもの、希望のないもの、冷酷なもの等が世間でのさばり返っている。親愛なる読者諸賢よ、やつらには一つ力一杯打ってかかろうではないか。また単なる山師で大馬鹿のくせに大いに成功しているものもいる。思うに笑いというものは、かかる徒輩を懲らし、その面皮を剥いでやるために作られたものなのだろう。

『虚栄の市』の全体を読めば、ここで語られている「真実」とは、リアリズムの真実ではなく風刺家の真実であることは明らかである。またこの最後の一節は、風刺文学の目指す効果を非常に見事に伝えている。だが見逃せないのは、ここでサッカレイが風刺の笑いの一部をベッキイが笑っているとして、彼女に転嫁していることである。彼はベッキイその他「信仰のないもの、希望のないもの、冷酷なもの」たちのすることは笑い事ではなく、正面から厳正に糾弾せねばならない、と言っているのだが、このような区別は風刺家として本来は認められないことである。風刺家にとって、「悪」は常に「愚」であり、また「愚」から「悪」が生じる。この前提の上に立って、アイロニーによる絶対の優位を確保しながら、一言にして相手を笑殺するのが、彼のやり方なのである。

このことは、『虚栄の市』の語り手が、風刺家としては完全な存在ではないことを示している。この語り手は、悪徳貴族ステイン侯爵の贅沢な生活に恐れ入ったり（第五一章）、失敗した時には口先だけで謝っておけ、と息子にに教訓したり（第二二章）、金持ちで独身のおばさんがいたら、と白昼夢を描いたり（第九章）しているが、このような場合には、風刺家と風刺の対象との距離が消滅し、語り手は「本格風刺詩」の中心である風刺家から、それ自身が作者のアイロニーによって操られる存在へと転落してしまう。このように、一人称の語り手自身が、ウェイン・ブースが言う意味で「信用できない語り手（unreliable narrator）」となる。これもまた一つの風刺文学の形式であり、『ガリヴァー旅行記』や、おなじスウィフトの作品である『謙虚なる提言』などが、この形式を採用しているのだが、それは前に述べた「本格風刺詩」とは別の形式なのである。
　本格風刺詩の風刺家の典型的な姿として、ポープがホラーティウスの風刺詩を翻案した一編を見てみよう（*Imitations of Horace* の一篇）。風刺家はたしかにおずおずと、自信なさそうに語り始める――

Tim'rous by Nature, of the Rich in awe（七）
生来の臆病者で、富者の前では怯えてばかり

しかしさまざまな愚行と堕落の見本を見せつけられると、風刺家は仮面をかなぐり捨てて、堂々と宣言する――

Yes, while I live, no rich or noble knave
Shall walk the world, in credit, to his grave.（一一九―一二〇）
そう、私に生命があるかぎり、金持ちだろうと貴族だろうと、
悪人にえばったまま墓場への道を歩ませたりはしない

これは本格風刺詩（formal verse satire）の典型的な漸層法的進行であり、ポープの作品ではホラーティウスの翻案ではない「アーバスノット博士への書簡詩」のような有名な作品にも見られるものである。だがサッカレイの語り手にはこのような劇的効果を持つ進行と風刺家としての一貫性が見られないばかりか、その他の面

でも作中人物としての統一した人格が欠けていると思われる(このことは、別の機会に論じたことがある)。

私はここで、さきの引用の中で、風刺的な笑いの一部がベッキイに帰せられていることに注目したい。ベッキイこそがこの作品における風刺家であるというのは、一理も二理もある考え方である。たしかに息子のピット・クローリイが田舎紳士の父親の前で上品ぶって見せたり(「上流社会では、お父さん、これをポタアジュと言い習わしているようですが」)、キリスト教的良心をひけらかしてミシシッピ川一帯の「原住民」への宣教の話を妹たちに読ませている時には、ベッキイならずとも笑い出したくなるだろう。彼の偽善者の本性をすばやく看取するベッキイは、「クッシマプー救済協会での彼のスピーチにやたらと感心し、麦芽についての彼のパンフレットは大変面白かったと言い、昨夜の祈りでの彼の説教に感激して、しばしば涙を流し」たりしてみせる。その結果は、「家の者がみんなぽかんとしていても、私の言葉が彼女にぴんとくることはどうだ。私の云う事は家のものにはあまり立派すぎるんだ――あまり難しすぎるんだ。もう少し言い廻しを平易にしよう――しかし彼女にはそれがちゃんと分るんだ」(第一〇章)というピットの独白となる。

ベッキイは他人の虚栄心のありかを的確に見抜いてそれを引き出し、利用する。また彼女は天才的な演技者であり――彼女は思いのままに涙を流すことができるようである――ものまねの名人でもあって、その名演技がステイン侯爵やクローリイ老嬢のような社交界のすれっからしたちに腹を抱えさせるのである。金と地位を追い求めている点では、ベッキイも他の俗物たちと違いはないのだが、彼らが自分たちのその衝動に気がつかないのに対して、ベッキイは自分の欲望と目的とをはっきりと自覚している。この意味におけるベッキイの立場は『ヴォルポーニ』(ベン・ジョンソン)、『痴愚神礼賛』(エラスムス)、『ダンシアッド』(ポープ)などの風刺文学の系譜に現れる「愚者たちの王」のそれであり、金銭を崇拝することがもっとも異常であるヴォルポ

―二がもろもろの金銭亡者たちに君臨するがごとく、徹底的に俗物であり愚物であることによって、かえってあらゆる俗物たちを支配するのである。ベッキイはこうして、風刺家と同様に、世間の虚栄と愚劣ぶりを見抜くことができるのだが、それは男の世界で彼女の共犯者であり好敵手でもあるステイン侯爵も同じことである。この小説の中心テーマが、この明敏で堕落した悪徳貴族の口から発せられるのは偶然ではない。

あんたは金もないのに、金持と競争したがっている。小さな瀬戸の土瓶のくせに、大きな銅の茶釜どもと一緒に流れを下りたがっている。女はみなそうだ。誰もが手に入れる価値がないものを手に入れようと焦っている！　いや全く！（第四八章）

語り手の言うところでは、ベッキイもまた、後年上流生活というものはすべてが空しい（vanity）と述懐したそうである（第五一章）。

以前にも述べたように、ベッキイ自身も作者のアイロニーから免れていないし、ステイン侯爵の言葉は、彼女がこの虚栄の市の王者に正体を見抜かれていることを示している。だが一方、ベッキイには（おそらく愚直なドビンを除いて）『虚栄の市』の人びとが誰も持ちえない強さがあり、そのために彼女はその世界に属しながら一面ではそれを超越しているのである。その力とは、自己を客観視し、自己の失敗を笑うことができる能力である。信心屋のサウスダウン伯爵未亡人に取り入ろうとしたベッキイは、怪しげな薬を大量に飲まされ、山というほどの信仰書責めにあうが、「おかしい事は隠せないたちだったので」夫や知人たちの前でその滑稽な場面を再現してみせる。「サウスダウン令夫人が何かの形で人を楽しませたのは、生まれてからこれが初めてだった」(第四一章)。また物語の終わり近く、落ちぶれた彼女がアミーリアの下宿に転がり込み、ドビンが露骨にいやな顔をする時にも、彼女は彼に対して何の悪意も持たず、かえってアミーリアへのこれほどの献身のために彼を尊敬するのである。「『あの男はなんという気高い心をしているんだろう』と彼女は思った、『それをまたあの女が、なんという恥ずべき弄《もてあそ》び方をしているんだろう』」(第六六章)

アミーリアについてはこれほど慧眼な彼女も、自分のことになると「あたしだって年に五千ポンドもあれば善良な女になれるわ」(第四一章)と本気で考えて、読者の苦笑を誘うのであるが、もちろん彼女はそんなことで落ち着いていられるような女ではない。彼女は才気と美貌の魅力を振りまきながら、巧みに侯爵や伯爵たちのあいだを泳ぎまわることもできるし、またドイツの安宿に落ちぶれて、貧乏学生相手にいかがわしい暮らしをしていても、結構生き生きと生活を楽しむことができる。彼女は「生まれながらにして放埓な、放浪的な性質(a wild and roving disposition)」(第六五章)なのである。イギリス上流社会では手段構わず金と地位を求めて画策するが、一度それに失敗すればボヘミアン相手でもうまくやってゆく。このようにベッキイは「虚栄の市で名誉の地位を占める資格がある」(第三四章)とともに、そこにうごめく大小さまざまの俗物たちを嘲笑することができる。相対的に見るかぎり、ベッキイは『虚栄の市』最大の風刺家と言えるだろう。

「相対的に見るかぎり」というのは、正規の風刺文学においては風刺が一定の道徳的基準からなされているのに対して、ベッキイの風刺が無責任でアナーキーな人物の言葉として描かれているからである。サッカレイがスウィフトの風刺を理解できず、それを何か病的な状態の表れと考えたことは有名だが(『十八世紀英国ヒューモリストたち』)、ここにはヴィクトリア時代英国一般の風刺に対する偏見、それは何か価値観を喪失した、病的な精神の産物と見るような考え方、が反映している。サッカレイの語り手が、世間の悪徳と愚行を糾弾するかと思えば、次には虚栄の市にうごめく小物たちの一員として登場し、決して一貫した「風刺家」の性格（あるいは風格）を達成しないのも、またベッキイの内に、いわば風刺家そのもののパロディを描いたのも、サッカレイにとっては風刺という文学の営みもまたアイロニーの対象となったことの証拠である。この点でサッカレイは、古典風刺文学の安定と攻撃力を失いはしたが、一方でこのように風刺の方法そのものを自らの文学の一部、あるいは材料として取り入れることによって、『虚栄の市』という小説を創造することができたこともまた事実である。古典風刺の性格描写の力がいかに冴えわたっているとは言え、それはあくまでも「風刺家」の独り舞台であり、風刺の対象は彼によって打倒されるべき射的のまとにすぎない。サッカレイは風刺文学の約束事（コンヴェンション）の多くを保存しながらも、同時にそれをそれぞれの人間の物語の一部とすることによって、一編の小説を書いた。彼の口調がこれほど風刺的でありながら、そこに風刺的ヴィジョンの中心が見当たらないのは、そのことの反面である。

『虚栄の市』で、当時流行の通俗小説のパロディが重要な役割を果たしているということは、すでにK・ティロットソンが指摘しているが、最近ではJ・ルーフボロウのように、この作品の全体が一つの巨大なパロディであり、ロマンスと現実との落差を象徴する「拡大されたメタファ（extended metaphor）」と考える批評家も出てきた。こういう読み方では当然のことながら、プロットはこの比喩的構造を支えるための「痕跡として残ったコンヴェンション（vestigial conventions）」にすぎず、それ自体としては独立性を持たないものと考えられている。もとよりすべての文学作品は、そこに描き出された特定の人間の運命だけでなく、広く人間一般の運命への思いへと波紋を広げるという意味で、メタファ（比喩）的な構造を持つだろうが、そのような一般論を別とすれば、『虚栄の市』のような、堅固な現実感覚を備えた小説をメタファと呼ぶのは無理であろう。

しかしルーフボロウの研究は（特に『ヘンリ・エズモンド』の分析において）サッカレイの小説にはいかに多くの先行ジャンルの方法や約束事（コンヴェンション）が用いられているかを明らかにした、画期的なものである。

アミーリアとジョージ・オズボーンの恋物語については、これらの批評家たちの分析が大変によく当てはまる。通俗恋愛小説のパロディであることが、あまりにも明らかだからである。第一二章で、語り手はアミーリアが恋人のジョージに送った手紙について、わざと大げさに閉口して見せている。ともかく長いうえに、当時の習慣として横書きにした便箋のうえに十文字に重ねて縦に書く（本来は紙と郵送料を節約するためだったのだが）。詩集から手当たり次第に名文句を盗用し、やたらと下線を引いて強調し、あげく「恋の虜囚となっている娘のお決まりの印」たるキスマークの×を連発する、といった具合である。アミーリアにとってジョージは「彼女の欧州〔次と同様ナポレオンへの言及〕であり、彼女の皇帝であり……太陽であり、月であった」（同）。ジョージの方はこれほどの愛を受ける価値のある男ではなく、破産した商人の娘と結婚する自分はなんと立派な男だろうと自己満足している（「可哀そうなエミイ――可愛いエミイ。ほんとに僕が好きでたまらないんだなあ」）のだが、アミーリアはそんなことは目に入らない。ウオータールーの戦いで戦死する前の夜、彼はベッキイと密会しようとしていたのだが、彼の裏切りを漠然と感づいたアミーリアは強いてその疑いを心から払いのけ、彼の肖像を部屋に掲げて、亡き夫の記憶と、遺児ジョージイのために生きようと決心するのである。

このようなアミーリアの描き方はセンティメンタルであるとして非難されてきたが、これは彼女がセンティメンタルな小説の描く通りに行動するからである。ジョージが彼女にとって太陽であり月であり、神にさえなるのは、作者がそのような純な性格として描こうとしているのではなく、彼女が自分の感情を表現するためには、手近な通俗小説の表現法しか知らないからである。アミーリアの言動は、通俗ロマンスのパロディであると同時に、完全に彼女の性格の表現ともなっている。表面の愚かしさの背後には、真剣な情熱が隠れていると言えるだろう。しかもアミーリアは、ただ感傷的なだけの女性ではない。彼女の盲目的な愛の力は、薄っぺらな気取り屋であるジョージ・オズボーンを、少なくとも彼女の眼には、光り輝く若き神に変えることができるのである。

彼女は幼いジョージイの養育にくちばしを挟みたがる母親を猛然と撃退し、ジョージイを甘やかして、手の付けられないわがままな子供にしてしまう。そして夫の死後献身的に自分たち一家の世話をしてきたドビンに対して、亡き夫への変わらぬ愛情を楯にとって、いつまでも無償の奉仕をさせたままにする。ドイツの旅行先で落ちぶれたベッキイに再会したアミーリアは、ドビンの反対を押し切ってこのいかがわしい友人を迎え入れるが、サッカレイはこのいきさつを、もっとも素晴らしいアイロニーを発揮してこう描いている。

彼女は自分では本当の悪事などは考えたこともなし、したこともない、だから、もっといろいろの事を知っている道学者ほどには悪に対する嫌悪の情をもっていないのである。……だから、昔の友達が不幸であると思うと、もうすぐほろりとしてしまって、あんなのが不幸になるのは当たり前などとは決して考えないのである。もしも彼女の様な人がこの世を支配したなら、世間は治まりがつかないかも知れないが、女の人や、殊に上に立つ人達には、あまりそういった馬鹿やさしい人はないようだから、まず心配無用である。きっとアミーリアなら、この世から刑務所も刑罰も手錠も笞刑も貧乏も病気も飢餓もな

くしてしまうかもしれない……。(第六五章)

アミーリアの盲目的な愛が、基本的には善悪の彼岸にある力であることが、ここにはっきりと語られている。一見弱々しくセンティメンタルに見える彼女の心の奥底には、社会の規範や常識を無視するエネルギーが宿っているのだ。淑やかな家庭教師を装ったベッキイが実は奸智にたけた出世主義者であり、さらにその底では気ままで無責任な放浪者の魂をもっていることが明らかになっていったように、アミーリアの本質もこの大小説の最後になってようやく現れてくる。フィールディングの『ジョゼフ・アンドルーズ』が最初リチャードソンの『パミラ』のパロディから始まり、次第に本格的な喜劇小説へと移行していったように、この『虚栄の市』も、前半の風刺とパロディから出発して、一九世紀中ごろの社会と、そこに生きる人間たちの姿を活写する社会小説へと発展してゆく。

クローリイ家の紋章を両側から支えている動物は蛇と鳩である。これがそれぞれベッキイとアミーリアを現していることはすぐに分かる。ジョージに抱きつく若いアミーリアも、ドビンへの愛に目覚めた中年のアミーリアも、ともに鳩に喩えられ、「頬ずりしたり、くうくう鳴いたり (bill and coo)」する。一方ベッキイはなんとかしてのし上がろうと「くねくねと蠢く (writhe and twist)」するし、有名な第六四章の描写では女面蛇身の怪物となって現れ、美しい声で歌を歌いながら、水面下で死人の骨に尾をからませている。サッカレイの世界ではイエスの教え(『マタイ伝』一〇:一六)は決して実現されることはなく、人は蛇のように敏いか、鳩のように柔和であるかのどちらかなのである。「女のうちには、たくらみをめぐらすように生まれついているものと、愛するために生まれついているものとがある」(第一二章) これは女性に限ったことではないだろう。

『虚栄の市』において、たくらみをめぐらす者たちは多種多様であるが、愛する人たちはみな似ていて、みな愚かである。ジェイン令夫人やロードン・クローリイやブリッグズはみな愛情深く、だまされやすい。そしてこの俗世間においてたくらみをめぐらし、金と地位を求めて狂奔する者たちは、最後には愛がない、という判決が下る。すべての人間の愚かさを見抜いているかのようなベッキイも、世間の裏表を知り尽くしているステイン侯爵もそうである。アミーリアの愚かさを笑おうとする読者には、語り手のアイロニーがひらめく―「人の上に立つ人達には、こういった馬鹿やさしい人はないようだから、まず心配無用である」亡きジョージに対するアミーリアの愚かな貞節ぶり（なぜなら彼女はジョージが本当は自分を愛していなかったことを直感しているからである）に一度は愛想をつかしたドビンも、結局は彼女と結婚する。『虚栄の市』の結末は、大変アイロニックな「愛の勝利」である。

この論のはじめで、私はこの小説は風刺を原ジャンルとしていると述べた。ベッキイを中心とするプロットにおいては、古典的な風刺の人間群像を展開しつつ、それをベッキイの性格に集約してゆき、そのことによって相対的な価値しか存在しない小説の世界に変えている。一方アミーリアのプロットでは、本来なら『虚栄の市』を裁く基準となるべき愛の世界を通俗ロマンスのパロディとして逆転する。愛もまたアイロニーを免れないとするならば、この大作には何か積極的な意味が存在するのだろうか、という疑問が当然起こってくる。そして結論を言えば、そのようなメッセージは見当たらない、そしてそれがサッカレイの限界であるということになる。世間には結局蛇と鳩しかいないということは、換言すれば自らの本心を隠している者と、自らの本心を認識できない者しかいないことを意味する。そこから生じる外見と真実の悲喜劇は、サッカレイの才能を十二分に発揮させている。しかし作者の分身であるドビンは半分あきらめの気持ちで、愚かで愛情深いアミーリアを胸に抱くのである。「彼の顔は悲しみと優しい愛と憐れみに満ちていた」（第六七章）これが『虚栄の市』の結論なのである。

しかしこの小説に取り入れられたさまざまなジャンルや方法の多彩さは目を見張らせるものがある。そしてそれらのすべてが、現実的でアイロニックな小説世界の創造に用いられている。この作品は風刺とパロディの精神に支配されているのだが、サッカレイは風刺そのものというよりも、むしろ風刺を作り出すような人間性格に注目し、またロマンスを風刺するだけでなく、ロマンスを表現とするような人間性格を描き出した。こうして風刺とパロディは現実的な性格描写に結びつけられる。そしてこれらの性格（特にベッキイとアミーリア）が完全な展開をとげ、もはやパロディではなく二つの原型的な人間タイプにまで深まった時に、この小説の幕が降りるのである。私たちはこの小説を読みながら、先行ジャンルのさまざまな手法の中から一編の小説が誕生するさまを見ることになる。

□引用・参考文献

Booth, Wayne C. *The Rhetoric of Fiction*, University of Chicago Press, 1961.
Butt, John, ed. *The Poems of Alexander Pope*, Yale University Press, 1963.
Crane, R. S., ed. *Critics and Criticism: Essays in Method*, University of Chicago Press, 1957.
Kernan, Alvin. *The Plot of Satire*, Yale University Press, 1965.
Loofbourow, John. *Thackeray and the Form of Fiction*, Princeton University Press, 1964.
Randolph, Mary C. "The Structure of the Formal Verse Satire," *Philological Quarterly*, XXXI-4 (Oct.1942), pp.

368-84.

Tillotson, Kathleen. *Novels of the Eighteen-Forties*, Clarendon Press, 1954.

8 Charlotte Brontë

"Strange extravagance with wondrous excellence"

『ジェイン・エア』と『歌姫コンシュエロ』の間テクスト性

大田美和

1 序論

フランスの小説家ジョルジュ・サンド（一八〇四―七六）がほとんどすべてのヴィクトリア朝作家に与えた影響力の強さは、今日十分には理解、認識されていない。一九七〇年代にパトリシア・トムソンは、ジョルジュ・サンドを一九世紀初めのスコットやオースティンと、ヴィクトリア朝の作家をつなぐミッシング・リンクとみなす立場から、サンドがヴィクトリア朝作家に与えた影響を論じている（Thomson 八―九）。サンドをイギリス小説史のミッシング・リンクとする見方は、ゴシック・ロマンス研究や埋もれた女性作家たちの発掘が進んだ現在、必ずしも有効ではない(1)。たとえば、ヘザー・グレンは『ジェイン・エア』がアラビアン・ナイトやバイロンやスタールやサンドに同時代人同様に影響を受けていることを認めた上で、それ以上に一八二〇年代から四〇年代にクリスマスプレゼント用の美装本として少女たちの間で流行した小冊子「アニュアル」のほうが中心的な役割を果たしていると主張している（Glen 一〇九）。

しかしながら、サンドの小説を読む環境が一時失われたあとに再び整備された二一世紀に、一九世紀の読者にとっては自明であった、サンドの小説と一九世紀イギリス小説の間テクスト性を回復させることは、「文学受難」の時代のささやかな抵抗行為となりえるだろう[2]。

トムソンの研究によれば、サンドの小説は一八三三年二月に『アシニーアム』（*The Athenaeum*）誌上で初めて紹介されて以来、一八三九年にはすっかりイギリス読者のなじみのものになった。トムソンが、サンドを称賛しその影響を受けた文人として名前をあげているのは生年順に、ジェイン・カーライル、エリザベス・バレット・ブラウニング、ジョン・スチュアート・ミル、ジェラルディン・ジューズベリー、ブロンテ姉妹、G・H・ルイス、アーサー・ヒュー・クラフ、ジョン・ラスキン、ジョージ・エリオット、イライザ・リン・リントン、マシュー・アーノルド、トム・アーノルド、A・C・スウィンバーン、トマス・ハーディ、ヘンリー・ジェイムズ、オスカー・ワイルドなどである。

この後サンドの人気と高い評価は長い沈滞期を迎えることになる。二〇世紀の読者にはサンドのテクストはきわめて入手しにくかった。この間の変化は、フランス文学史の教科書に次のようにまとめられている。

作者の理想主義ゆえに子供向けの小説と見なされてきたサンドの作品には、同時代の多様な思想の潮流が見られることが明らかになり、今日〔一九九〇年代〕では、ピエール・ルルーやフリー・メーソンなどの神秘主義的思想が色濃く表れている作品『スピリディオン』、とりわけ『〔歌姫〕コンシュエロ』とその続編『リュドルスタット〔ルードルシュタット〕伯爵夫人』が彼女の傑作と認められている。（田村・塩川 二〇五）

世界に冠たる翻訳大国であった日本でも、このような事情によりもっとも入手しやすい邦訳は、岩波文庫の『アンヂアナ』、『愛の妖精』、『魔の沼』、『彼女と彼』、『笛師のむれ』といった短い作品のみという状況が長く続いた。常識的に考えれば、長編小説を得意とした作家をその長編小説を考慮せずに評価することが不可能であることは自明であるように思われるが、長編小説は読まれないまま、サンドは再読・再評価されることなく、ショパンの恋人や男装の麗人といった、規範から逸脱した女性としての姿のみが興味本位で喧伝された(3)。しかし、二〇〇四年から藤原書店が出版しているジョルジュ・サンド・セレクションによって、この状況は変わりつつある。この選集は『モープラ』、『スピリディオン』、『歌姫コンシュエロ』（上）（下）、『ジャンヌ』、『魔の沼』、『黒い町』、『ちいさな愛の物語』（原題に忠実な訳は『祖母の物語』）と、書簡と別巻『ジョルジュ・サンド　ハンドブック』（未刊）の全九巻別巻一から成る。

『モープラ』は劣悪な環境で成育した、山賊の若者が愛に目覚めて刻苦勉励し幸せになる物語であり、エミリー・ブロンテの『嵐が丘』との興味深い対照性が同時代のエリザベス・ギャスケルによって指摘され（Gaskell 一二七）、またトムソンによって論じられてもいる（Thomson, Ch.5, “*Wuthering Heights* and *Mauprat*”）。『スピリディオン』は男子修道院を舞台とした神秘主義的哲学小説で、女性登場人物は皆無だが、この作家の関心が〈女〉を含む人類の救済の問題であったことを教えてくれる。ドストエフスキーの愛読者であれば、サンドがドストエフスキーに多大な影響を与えたことは、彼の作品と『スピリディオン』『歌姫コンシュエロ』『ルードルシュタット伯爵夫人』に通底する、社会改革の強い意志と、権威に拠らない信仰の役割から見て取ることは容易である。たとえば、『カラマーゾフの兄弟』のアリョーシャとゾシマ司教の対話の源流がここに見て取れる（大野一道　解題、『スピリディオン』三三二）。

『歌姫コンシュエロ』（一八四二－四三）は標題のヒロインの教養小説である。サンドの友人の画家ドラクロワが一八四二年五月三〇日付のサンドへの手紙で、「それから『コンシュエロ』ですが、私がこの小説をどれほど素晴らしいものと思っているか、まだあなたにお伝えしていませんでしたね。あれがあなたの作品の中でも、最も純粋なものです」と感想を述べている（日本ジョルジュ・サンド協会 一一〇）。スイス、イギリス、フランスで亡命生活を送ったイタリアの革命家ジュゼッペ・マッツィーニも一八四四年一月一九日付の母への手紙で「これほど影響を受けた本はほとんどありません」と述べている（持田 二四二－四三）。また、サンドとは芸術観も創作態度も異なるが、双方で四百通以上の文通を交わしたギュスターヴ・フローベールも、一八六六年一二月二七日付のサンド宛の手紙で、「私の近くにあなたがいらっしゃらないので、私はあなたの作品を読んでいます。……『コンシュエロ』を手に取りました。私は再び、夢中になりました。……あなたをなぞらえるのにアメリカの大きな河より適切なものを見つけることが私にはできません。「巨大さ」と「優しさ」です」と述べた（二四四－四五）。

『ルードルシュタット伯爵夫人』（一八四三－四四）は『歌姫コンシュエロ』に引き続き発表された続編でさらに教養小説としての深みを増し、神秘主義的傾向が強まったものである。(4) ヒロインが恋愛の成就のためではなく自らの意志で、ほとんどの男が到達しえないような精神的成長を遂げ、自由な意志によって対等な関係で結婚するという点で、「ヨーロッパ文学において最初に女性を中心に置いたイニシエーションの小説といってよいかもしれない」(Introduction, Sand, xxvi) という点でフェミニズム批評以後、再評価された。このようなサンドの小説に親しく接していたシャーロット・ブロンテは、サンドをどのように受容したのか。本論は、テクストの精読もせずに世間に流通しやすい作家像に惑わされたために、後世の読者が奪われた作家たちの豊かな交響という遺産を、テクストの精読によって回復する試みである。

2 ブロンテのサンドへの称賛と批判

G・H・ルイスが『ヴィレット』の書評でサンドを引き合いに出して、ブロンテの天才的な情熱と力を称賛したのは有名である。

天才の高貴なる双子である情熱と力という点で、カラー・ベルはジョルジュ・サンドの他に生けるライバルを持たない。ベルは、感じることができる情熱的な心と、感情に形を与えることのできる力強い頭脳を持っている。それゆえに彼女はかくも独創的であり、魅力的なのである。(Lewes 一八四)

ブロンテに対するサンドの影響について、『シャーロット・ブロンテ書簡集』の編者であるマーガレット・スミスは、G・H・ルイス宛の一八四八年一月十二日付の書簡につけた注で、サンドの小説のブロンテへの影響について、「かんしゃく持ちの先生のもとで学ぶ、才能豊かで修道女のような生徒(作曲家で教師のポルポロと生徒コンシュエロ」についてのサンドの描写は、『教授』のフランシス・アンリの姿にこだましているかもしれない」（Note 二二、Smith II 二三）としているが、これは表面的な類似についての印象を述べたものにすぎない。同じ注で、スミスは、「サンドの初期小説はおそらく〔友人の〕エレン・ナッシー宛の一八四〇年にゴマソールのテイラー家からブロンテが借りた「たくさんのフランス語の本」の中に入っていたものだろう」と述べている。これは、ブロンテがエレン宛の一八四〇年八月二〇日付の手紙で述べている、友人のメアリ・テイラーから貸してもらった本のことである。ブロンテは、「ゴマソールからまたたくさんのフランス語の本が届きました。四十冊以上あります。すでに半分ぐらい読みました」と記している（Smith I 二二六）。

しかし、このテイラー家の蔵書に『歌姫コンシュエロ』は入っていなかったことが、メアリ・テイラー本人の一八四三年冬のエレン・ナッシー宛ての日付のない手紙からわかる。これはメアリが教師として勤務していたドイツのハーゲンからエレンに送った手紙であり、スミス編の『シャーロット・ブロンテ書簡集』には収録されておらず、注によってその存在が示されているだけである（Note 五、Smith I 三三五）。

私はコンシュエロというフランスの小説を読んでものすごく気に入ったのだけど（I admire exceedingly）、あれはあなたが話していた小説だったかしら？　もしそうなら、それを急いで読むという目的のためにフランス語を習ったとしてもそんなに苦労しないだろうと思うわ。あなたの批判は厳しすぎよ。この話を最初にしたのは、それが先月私に一番興味のあることだったからなの。（Stevens 四九）(5)

『歌姫コンシュエロ』は一八四二年二月から一八四三年三月に『独立評論』（*La Revue Independente*）に連

載され、一八四二年九月から一八四三年一一月に八巻本として出版された(Beaumarchais 一七一八)。メアリにこの本の話をしたのは、エレンではなく、シャーロットだったかもしれないが、この時期のメアリとブロンテの文通は双方ともに一通も残っていない。ブロンテは一八四三年に単身滞在したブリュッセルでこの小説を入手し、読んだものと思われるが、雑誌か単行本か、いつどこで入手したのかは特定できない。(6)

ブロンテは、G・H・ルイス宛の一八四八年一月一二日付の書簡の中で、ルイスに勧められて読んだオースティンを批判したあとで、次のように述べている。

> これで私はジョルジュ・サンドを称賛する意味がわかりました。というのは、彼女のどの作品にしても始めから終わりまで敬服する作品には出会ったことがないのです。サンドの最高の作品である「コンシュエロ」――私が読んだサンドの作品のうちで最高の作品という意味ですが、あの「コンシュエロ」でさえ、驚嘆すべき素晴らしさ(wondrous excellence)と、エキセントリックな放埒さ(strange extravagance)が結合しているように私には見えるのですが、彼女は、私が完全に理解できないにしても深く尊敬できる、精神を把握する力があります。彼女は賢明で深遠です。それに比べると、ミス・オースティンは狡猾で観察力があるだけにすぎません。私は間違っているでしょうか。それともあなた様があわてておっしゃっただけなのでしょうか。(Smith, III 四八五)(傍点引用者)

ブロンテは『歌姫コンシュエロ』を最高の作品と認めて、それを「驚嘆すべき素晴らしさ」という言葉で称賛している。注目すべきことにブロンテは"wonderful"ではなく、詩語・古語である"wondrous"を使用している。ブロンテの意味するところをこの言葉の引用元と思われる、有名なシェイクスピアのソネット一〇五番に遡って考えてみたい。

私の愛する人は今日も優しく、明日も優しく
驚嘆すべき素晴らしさはいつも変わらないから（still constant in a wondrous excellence）
私の詩も変わることなく
ただ一つのことだけを表現しよう、他のことは省くことにして
美と優しさと真実こそ私が詩で論じるすべてであり
美と優しさと真実が他のさまざまな言葉に言い換えられる。
そのことにこそ私の想像力は使われて
これら三つの主題は一つとなって驚嘆すべき広がり（wondrous scope）を持つ。
美と優しさと真実は別々に存在することが多く、
これまでにこの三つが一人の中に存在したことなどなかったのだ。

（Shakespeare 七九、五―一四）（傍点引用者）

こうしてみると、wondrous は、美と優しさと真実という人格あるいは芸術の三大要素を一つに兼ね備えた稀に見る資質に対する称賛の言葉であり、ブロンテが異国の先輩作家にイギリス随一の作家による最上級の称賛の言葉を与えていることがわかる。

それでは、“strange extravagance”とは何だろうか。“extravagance”はOEDによれば、「逸脱」（一六三〇年から六九年にのみ用例あり。廃語）、「馬鹿げた言動」、「浪費」という意味がある。語源は「放浪する」という意味のラテン語である。形容詞のextravagantは、「逸脱した」（廃語）、「普通あるいは正しいものから大きく離れている」（unusual, abnormal, strangeと同義）、「理性を越えた」、「抑制のない」「馬鹿らしいほど過剰の、過美の」、「境界からさまよい出た」、「浪費の」などの意味がある。したがって、イギリスと外国という文脈で考えると、イギリスという正常の基準から外れているということになり、“wondrous excellence”がイギリス的美徳であるとすれば、“strange extravagance”はイギリスにはない奇妙な欠点ということになるだろう。

一八五〇年一〇月一七日付のルイス宛の手紙にも、サンドについての記述がある。この手紙によってブロンテがサンドの自伝を読んでいたことがわかる。ここでは、イギリス人から見れば「度を超えている」というサンドの欠点が“excess”という語を使って指摘されている。

> 本当に、私はジョルジュ・サンドのほうが好きです。しばしば空想的で、狂信的で、非実用的な熱狂家で、その人生観の多くは真実らしさからは程遠く、感情によって道を誤りがちではありますが、ジョルジュ・サンドのほうがバルザック氏よりも優れた性質に恵まれています。彼女の頭脳のほうが大きく、彼女の心のほうが温かいのです。「航海者の手紙」はこの作家自身のことが詰まった作品ですが、この作品を読んだときほどこの作家のまさに欠点が、彼女の良い資質の過剰（excess）から生まれていることを感じたことはありませんでした。この過剰（excess）こそ彼女をしばしば困難に駆り立てて、長く続く後悔をもたらしたものなのです。しかし、私が思うに、彼女の精神は危険な経験をしても弱まるこ

とも損なわれることもなしに、その経験から教わるという秩序を持っているのだと思います。ですから、長生きすればするほどますます良い作家になるでしょう。幸い彼女の書いたものにはフランスの誤ったセンチメントが不足しています。そのようなものが皆無だと言えればいいのですが、「手紙」の中にさえそのような雑草があちこちに繁茂しています。(Smith II 一〇)

以上のように、ブロンテからサンドに向けられた「放埒」や「過剰」という批判と、それでも自国のオーステインよりも敬意を捧げる姿勢は、ブロンテ自身のテクストにどのような形で表れているのだろうか。次に『ジェイン・エア』(一八四七)と『コンシュエロ』(一八四三)を比較対照しながら論じていくことにする。

3　『ジェイン・エア』と『歌姫コンシュエロ』の「電気ショックのようなもの」

ここでは、ブロンテと同時代人であれば、容易に並べて読み味わうことのできたはずであった『歌姫コンシュエロ』と『ジェイン・エア』を並べて読んでみたい。

具体的に取り上げたいのは、この二つの小説のヒロインとヒーローが互いに遠く離れた場所でお互いの存在を感じ取るというエピソードである。『ジェイン・エア』では、妻の存在の発覚によって結婚できなくなりロチェスターの元を去ったジェインがロチェスターの呼び声を聞く。このロチェスターの「不思議な呼び声」("mysterious summons")は同時代や後年の批評でロマン主義的な自然観に帰せられてきたが、この呼び声の起源をサンドの長編小説『歌姫コンシュエロ』に見出すことができるかもしれないというのが本論の主張である。(7)

『ジェイン・エア』のロチェスターの不思議な呼び声と並べて読んでみたい『歌姫コンシュエロ』の場面は、次のとおりである。ヒロインのコンシュエロはオペラ歌手として将来を嘱望されるが、かつての恋人でオペラ歌手のアンゾレートの打算に基づく誘惑から逃れるために、名前を変えて音楽教師としてボヘミアの山中の城に住む伯爵家に仕えることになる。当主のクリスチャン伯爵の妻はすでに他界しており、息子のアルベルト伯爵は、鋭すぎる感受性ゆえに、過去及び現在の不正や宗教弾圧に苦しむ人々の苦難を現実に感じて抑鬱状態に陥っていたが、コンシュエロの純粋な心と歌声に慰めを感じるようになっていた。しかし、コンシュエロはアンゾレートに居場所を突き止められて、男装して出奔し、未来の大作曲家ハイドン少年と旅の道連れになる。楽しい旅の途中、コンシュエロは後に残してきたアルベルトの苦しみを想像する。

アルベルトのことを考えながら彼女は、彼がしばしば遠く離れたところのものを見たり聞いたりしたという、あの半ば超自然的な能力のことを思っていたのだ。まさにこの時刻にもわたしのことを思い、たぶん姿も思い浮かべてくれていると強烈に想像したのだ。そして、夜の闇と空間的な隔たりを越えて、共感の思いのこもった歌で彼に話しかけることで、彼の苦痛を軽減できると信じ、十字架の足もとを固定していた石の上に登ったのだ。(『歌姫コンシュエロ』下巻 七八六–八七)

彼女は自分の名前の由来にもなっている、〈おお、わが魂のコンスエロ（慰め）よ……〉で始まるスペイン語の讃美歌を歌う。彼女の歌いぶりは連れのハイドンの心を打ち、彼は真の芸術の力を教えられる。

コンシュエロは石から降りた。そして聖母像のように、夜の透明な青の中に優雅なシルエットを浮かび上らせていた。今度は彼女のほうがアルベルトと同じように霊感を受け、静かにあきらめながら聖なる希望に満たされてシュレッケンシュタインの石に座っている彼の、その姿が、森や山や谷を横切って見えてくるように想像した。「あの方にわたしの声が聞こえたのだ」と彼女は思った。「私の声も、自分の好きな歌だということもわかってくれた。わたしのことを理解してくれたし、今や城に戻り父上に口づけして、たぶん心穏やかに眠るでしょう」(『歌姫コンシュエロ』下巻 七八七)(傍点引用者)

声については女の声が男に届くという一方通行であるが、姿は物理的な距離を越えて双方で感知されていて、男女ともに霊的なものを疑いも抵抗もなく受け入れる姿勢がある。これは『ジェイン・エア』のジェインにはあてはまらない姿勢である。さらに、『歌姫コンシュエロ』ではこのような声と姿の交流について、口づけという刺激による電気ショックのような衝撃が物理的な距離を越えて、女から男へ届く。

それから後もどりして、十字架のごつごつした木に口づけをした。たぶんこの瞬間に、奇妙な接近作用で、アルベルトは電気ショックのようなものを感じたのだ。彼の陰うつな意志の原動力をゆるめてしまうようなショックであり、その魂の最も窺い知れない深みにまで、神の平安の喜びを伝えてよこしたショックだった。おそらくそれは彼が恵み溢れた深い眠りに陥った瞬間だったのだろう。早起きの彼の父親は不安に襲われたが、翌朝、明るくなり始めたころ、そうした眠りに陥っている彼を見出して満足した。(『歌姫コンシュエロ』下巻 七八八)(傍点引用者)

注意しておきたいことは、『歌姫コンシュエロ』の男女はまだ相思相愛の関係になっていないことである。この場面は、貞淑で清らかな心と稀有壮大な理想を持つヒロインが、まだ尊敬と同情しか感じることのできない悩める男性アルベルトの魂のために祈るというものであって、天涯孤独の身を律するキリスト教的倫理観によって引き裂かれたものの、熱烈な性愛で深く結びついているジェインとロチェスターの関係とは異なる。コンシュエロはこのような声と姿と感触の交流があった後も、アルベルトの元へは帰らずに旅を続ける。一方、『ジェイン・エア』では声の交流と電気ショックのような衝撃は、シン・ジョンの巧妙な説得（これもロチェスターの呼び声と同様に summons と呼ばれる。）に屈する寸前でジェインをロチェスターとの愛に呼び戻すという、プロットの大転換に使われている。

一本だけ灯されたろうそくが消えようとしていて、部屋は月明かりで満たされていた。心臓の鼓動が激しくなり、その音が聞こえた。突然、心臓が早鐘を打ち、頭と手足の末端にまで一度に届いた説明しがたい感情に、心臓が止まった。その感情は電気ショックのようなものではなかったが、電気ショックと同じように鋭く、未知の驚くべきものだった。（The feeling was not like an electric shock, but it was quite as sharp, as strange, as startling….）まるでこれまでの私の感覚の最高の活動が無感覚にすぎなかったかのように、その感情は私の感覚に作用した。今感覚が無感覚から呼び覚まされて目覚めさせられたかのように。感覚は待ち構えていた。肉体が骨の上で震えていたのに対して、目と耳は待ち構えていた。

「何が聞こえたんだ？　何を見ているんだ？」とシン・ジョンが尋ねた。私は何も見なかったが、どこかで叫ぶ声を聞いた。「ジェイン！　ジェイン！　ジェイン！」とだけ。

……「どこにいらっしゃるの？」と私は叫んだ。

マーシュ峡谷《グレン》の向こうの丘がその答えをかすかに送って寄越した。「どこにいらっしゃるの！」と。風が樅の林で低くため息のような音をたてて、あたり一面荒野の寂寥と真夜中の静寂があるのみだった。

「迷信よ、伏せ！」あの亡霊（that spectre）が門の黒い櫟の木のそばに黒い犬のような姿で立ち上がったので、私は言った。「これはおまえの惑わしでもおまえの魔術でもない。これは自然の技なのだ。自然が目覚めさせられて、奇蹟ではなく、最善のことをしたのだ」（Brontë 五三五―三六）（傍点引用者）

ジェインの待ち構えていた耳にロチェスターの苦悩に満ちた声が届く。しかし、彼女の待ち構えていた目に映ったのは、『歌姫コンシュエロ』の場合とは異なり、恋人の姿ではなく、妖精ガイトラッシュのような獣の亡霊である。このガイトラッシュの出現は、ロチェスターとの最初の出会い、彼の負傷をジェインに想起させ、彼の生命の危機を予感させる。それと同時に、墓場に植えられることの多いイチイの木は死の不安をかきたて、ジェインにロチェスターの生死を確かめたいという動機付けを与え、プロットを大団円に向かって前進させる。(8) 聞こえた声（音）に対するジェインの反応は、『歌姫コンシュエロ』で述べられているような「電気ショックのようなもの」ではなかったが、「電気ショックと同じように鋭く、未知の驚くべきもの」であった。同じ時刻のロチェスターの反応は、彼自身によって語られ、絶望の中で神にジェインとの再会を嘆願して、思わずジェインの名を大声で呼んだことが語られる。

「……ファーンディーンは深い森の中にあるから音の響きは鈍く、反響せずに消えてしまう。『どこにいらっしゃるの?』という声は山々の中で発せられたようだった。丘にぶつかった木霊がその言葉を繰り返すのを聞いたから。その瞬間、つむじ風が吹きつけて私の額を冷やし生き返らせてくれたようだった。どこか人気のない場所で私とジェインが出会ったような気がした。魂が出会ったのにちがいない。君はその頃何も知らずに眠っていただろうがね、ジェイン。眠っている君の魂が身体からさまよい出て、私の魂を慰めに(to comfort)来てくれたのだろう。あれは君の口調だったから。間違いない」(傍点引用者)

ロチェスターの解釈は、アルベルトの心を慰めようとしたコンシュエロの心境に近いが、これに対してジェインは慰めるというような穏やかな心境にはなかった。この述懐を聞いた後ジェインは沈黙する。悩み疲れたロチェスターにこれ以上理性的に説明しがたい話をしてショックを与えることは危険だと判断したから、とジェインは読者に言い訳する。この部分で“the mysterious summons”という表現が出てくる。

読者よ、あれは月曜日の夜、真夜中近くのことだった。私も不思議な呼び声(the mysterious summons)を聞いたのは。ロチェスター氏が聞いたのは、私がその声に応えたのと同じ言葉だった。私はロチェスター氏の話に耳を傾けたが、お返しに自分の体験を打ち明けることをしなかった。あまりにも怖ろしく説明しがたい偶然の一致に衝撃を受けたので、伝えることも議論もできなかったのだ。もし何か話したら、聞き手の精神に必ずや重大な印象を与えたことだろう。そしてその精神はこれまでの苦しみによってあまりにも沈みがちになっていたので、それ以上に暗い超自然の影は必要ではなかった。そこで私はこれらのことを心にしまって、あれこれと考えた。
「これでわかっただろうね」と主人は続けた。「夕べあんなに思いがけず君が現れたときに、君がただの声と幻以外のものだと信じるのは大変だったということが。前に真夜中のささやきと山のこだまが溶けて消えたのと同じように、消えて静かに消滅するものだと思ったのだよ。ああ、神に感謝するよ。こうならなかったかもしれないのだから。そうとも、神に感謝する」（Brontë 五七三）（傍点引用者）
これまで何もかも言葉にして論じ合い語り合うことで絆を深めてきたカップルが、この問題に関してだけは完全に語り尽くすということをせずに終わる。しかしながら、この説明しがたい現象に対するロチェスターの理解も「消えて静かに消滅するもの」ととらえている点で、ジェインのそれとさほど変わらない。それは一時的なもの、すぐに消え去るものであって、現実の人生を支配するものではないのだ。ここに『ジェイン・エア』と『歌姫コンシュエロ』の聖と俗、超自然と自然の関係の大きな差異がある。
ジェインは迷信や亡霊に退散するように命じ、この出来事をジェインの逃避行を導いた「自然」の導きと解釈し、自ら禁じていたロチェスターとの再会の方便として利用する。超自然の得体の知れない力は一時的に封じ込められ、世俗的な幸せの追求のもっともな理由付けに使われるのだが、ロチェスターの告白によって、再び人智では制御しがたい超自然が顔を出す。しかし、ロチェスターに真相を語らないことで超自然の力は退散させられ、ジェインはシン・ジョンに対してだけではなく、超自然に対しても上位のパワーを獲得する。

一方、『歌姫コンシュエロ』では、ヒロインが歌う場所は「伝説上の何かの奇蹟か、何かの犯罪の舞台」だったかもしれない神秘的で不吉な場所であり、忍び寄る夜の闇は、殺戮の過去の亡霊が跳梁する闇である。しかし、コンシュエロは超自然と共存できる力を持っている。それは、たとえば、トマス・ハーディのヒーローやヒロインが過去の陰惨な事件の痕跡である十字架などが与える不気味な影響力の支配から逃れられないのとは対照的である。コンシュエロは不気味な力に畏怖と敬意を感じているためにその悪い影響力からは免れる。これは、ジェイン・エアの、人間が犬を従えるような制御のしかたとは異なる。ジェインはロチェスターとの再会時に彼の愛犬のパイロット、最初に登場したときにはガイトラッシュにたとえられた黒犬に「伏せ」と命じたのと同じ語調で、迷信に「伏せ」と命じている。理性による不気味なものの強引な封じ込めである。

これに対して、コンシュエロは超自然に対しても人間界においてもけっしてパワーを握ることがない。『ルードルシュタット伯爵夫人』の終わりでは、コンシュエロの美声の喪失と引退、アルベルトの無実の罪による収監、発狂、追放という試練のあと、彼女が彼をいたわりながら、家族で各地を放浪するという貧しいが愛に満ちた生活が後日談として語られる。ジェインの得る幸せも、妻が身体障碍のある夫を介護するという点に注目すればささやかな幸せではあるが、彼女はその一方で長男の誕生という家父長制社会の存続に関わる世俗的な幸せも獲得している。ジェインはすでに幼少期に、悪業の報いとしての地獄に対する備えをブロックルハーストに問われたとき、「健康に気をつけて死なないようにする」という現実的な対処法を答えていたように、結末では妖精物語《フェアリー・テイル》の大団円ではなく、現実のイギリス社会での幸せを手に入れるのである。

すでに述べたように、『歌姫コンシュエロ』ではコンシュエロはまだ本当の恋を知らない。彼女が結末で臨終のアルベルトとの結婚に同意したのは同情心からである。彼女が電流の走るような、愛し愛される性愛の喜びを体験するのは、続編『ルードルシュタット伯爵夫人』である。[9]『歌姫コンシュエロ』ではドストエフスキーの『白痴』のムイシュキン公爵のように純粋無垢だがつねに鬱気味で官能的な魅力に欠けたアルベルトが、母の愛とコンシュエロへの愛によって『ルードルシュタット伯爵夫人』では知恵と勇気と実行力のある逞しいヒーローに変身する。[10] そして王侯貴族の陰謀と宗教的秘密結社の暗躍というロマンスのプロットと、塔や地下の大広間といったゴシック的な建造物の中で、ロマンスの夢が現実の出来事として展開する。コンシュエロは正体不明の覆面の騎士に幽閉先から拉致され、どことも知れない場所に連れて行かれて、力強いとともに限りない優しさで愛を表明するこの男と激しい恋に陥る。この恋は死んだはずの夫アルベルトの生存の可能性によってコンシュエロにとって禁断の恋となり、コンシュエロが受ける謎めいたイニシエーションの儀式（寡婦の喪服か花嫁の衣装かの選択を初めとする『魔笛』のような夢幻世界）を通じて、プロットを牽引する力となる。[11]

その瞬間コンシュエロは驚いて、その黒服の亡霊のような男を見たところから逃げようとした。しかし二度めの不気味な花火の閃光によって彼女は自分が彼から二歩離れたところにいることを知った。三度めに花火が上がるまでに彼女は番小屋の階段までたどり着いたが、彼は目の前に現れて行く手を塞いだ。克服できない恐怖にとらえられて、彼女は甲高い叫び声をあげてバランスを崩したので、その不思議な訪問者が彼女を腕に抱きとめなかったら階段の下へ転げ落ちたことだろう。彼の唇が優しく彼女の額に触れるやいなや、彼女はそれがあのシュヴァリエ、あの見知らぬ男であることに気づいた。彼女が愛し愛されていると知っているあの男であることが。（Sand 二二〇）

これに対して『ジェイン・エア』では、ロチェスターとの出会いと求婚までのジェインとロチェスターの恋の駆け引きと、妻バーサの謎が解き明かされ煩悶の末にジェインが出奔するまでは別として、ロチェスターとの別れと再会まで、そして再会の後も、めくるめくようなロマンスは現実のロチェスターとの関係では起こらない。『ジェイン・エア』の後半ではロマンスは、モートンの村の学校で慎ましく規律正しい学校教師をつとめるジェインの夜の夢の中でのみ展開する。

しかし読者よ、すべてをお話すれば、この平穏で有益な生活……のただ中にあっても、夜にはよく奇妙な夢の世界（strange dream）に飛び込んだものだった。それは極彩色でどきどきさせられる空想に満ちた夢、胸をかき立てられる嵐のような夢で、冒険とぞくぞくするような危険とロマンティックな偶然に満ちた異常な場面の中で、何かわくわくするような山場でいつも私は今でも繰り返しロチェスター氏に出会った。そして彼に抱かれ、彼の声を聞き、彼の目を見て、彼の手と頬に触れ、彼を愛し、彼に愛され、一生彼のそばで過ごすという希望が最初の熱を帯びてよみがえるのだった。そして目が覚めた。（Brontë 四六八）

以上のように、ブロンテはサンドから十分に栄養を得ながら、サンドのフランス的な「エキセントリックな放埒さ」に対する批判は失うことなく、イギリス的なロマンスを書いたのである。しかしながら、今日「名作」として世俗的な読者の脳裏に残る『ジェイン・エア』のイメージは、ここでジェイン自身が奇妙な夢として退けているような常軌を逸した、過剰な熱狂やメロドラマである。サンドの長所と短所を指摘し、イギリス的な良識《コモンセンス》に基盤を置きながら、サンドに匹敵するストーリー・テリングの才能を駆使して情熱あふれる小説を書いたブロンテは、このような現代の読者の反応に苦笑いしているのではないだろうか。

□注

(1) 現在では、ジョルジュ・サンドがイギリスのアン・ラドクリフのゴシック小説の影響を受けたことがわかっている。Introduction, George Sand, *The Countess von Rudolstadt*. Translated by Gretchen van Slyke. Philadelphia: University of Pennsylvania Press, v.

(2) サンドとイギリス小説の関係についての研究書は、Patricia Thomson の他に Paul Groves Blout, *George Sand and the Victorian World*. University of Georgia Press, 1979. Daniel Vitaglione, *George Eliot and George Sand*. New York: Peter Lang, 1993. Linda M. Lewis, *Germaine de Staël, George Sand, and the Victorian Woman Artist*. Columbia and London: University of Missouri Press, 2003. これらはいずれもジョージ・エリオットに多くのページを割いている。

ブロンテとサンドの関係については、Pam Hirsch, "Charlotte Brontë and George Sand: the Influence of Female Romanticism." *BST* 1996; 21(6): 二〇九–一八参照。ただし、この論文で『歌姫コンシュエロ』は取り上げられていない。

(3) 日本でもサンドの長編小説が読みにくかった時代に、サンドの真価を詩人の直感とフェミニズムによって感知した作家は存在した。たとえば、『短歌のジェンダー』(本阿弥書店、二〇〇三)や『二十世紀短歌と女の歌』（学藝書林、二〇一一）など優れたフェミニズム批評を行っている歌人の阿木津英は〈さながらにジョルジュ・サンド氏大根を抱きて涼しく店より出で来〉という短歌を作っている。この歌には「かく女が新しい権利を獲得し、『……氏』となろうと努め、女性の『進歩』をその旗幟に記している間に――ニーチェ」という詞書きがついている。阿木津英歌集『紫木蓮まで・風舌』（短歌研究社、一九八〇）、一七九。

（4）『歌姫コンシュエロ』に比べて神秘主義色を増した『ルードルシュタット伯爵夫人』はW・B・イエーツに強い印象を残した。Thompson 二〇八–〇九。

（5）エレン・モアズはこの手紙をドイツではなくニュージーランドからの手紙と誤って記している。エレン・モアズ『女性と文学』研究社、一九七八年、三一九。Moers, Ellen. *Literary Women*. Garden City, N.Y.: Doubleday, 1976, 190.

（6）中岡洋と芦澤久江もスミス同様に『歌姫コンシュエロ』はゴマソールのテイラー家から借用したと推測しているが、これは同書の出版時期とメアリの海外生活の時期についての思い違い、およびメアリ・テイラーのエレン・ナッシー宛の手紙の記述を見落としたためと思われる。中岡洋・芦澤久江編『シャーロット・ブロンテ書簡全集／註解』中巻、彩流社、二〇〇九年、注一一、七五一。

（7）この「不思議な呼び声」についてYeazellは、ジェインの内的準備ができたことを示す外的しるしであると読み（二四一）、『ジェイン・エア』の最後の魔法は、ゴシックの仕掛けや超自然の結果ではなく、内的リアリティと外的リアリティの一致にある（二五二）とする。Ruth Bernard Yeazell, "More True than Real: Jane Eyre's 'Mysterious Summons'". *Nineteenth-Century Fiction*, 29.2. September 1974, 127-43. また、ジョン・サザーランドはメスメリズムの影響と見ている。John Sutherland, "Rochester's Celestial Telegram: Charlotte

Brontë, *Jane Eyre* (1847)," *The Literary Detective: 100 Puzzles in Classic Fiction*. Oxford: Oxford UP, 2000, 59-65.

（8）筆者は、ジェインの内なる力であるrestlessnessが幽霊や幻影（ヴィジョン）を出現させ、プロポーズの場面の「墓を通り抜けて神の前に立つ」というたとえを成就してしまうことに、ジェインは怯えて沈黙したと論じたことがあるが、そのときはこの亡霊をガイトラッシュに限定していなかった。「*Jane Eyre* の結末——restlessnessのゆくえ」『帝京大学文学部紀要　英語英文学／外国語外国文学』一九九三、三四三―五五。

（9）『ルードルシュタット伯爵夫人』をブロンテが読んでいたかは確認できないが、『歌姫コンシュエロ』の『独立評論』連載終了の三カ月後の一八四三年六月から一八四四年二月に同誌に連載され、一八四三年から四四年にかけて五巻本として出版されたことから、ブロンテとメアリ・テイラーが続編も含めて「コンシュエロ」と呼んでいた可能性はある。*La Revue*, vol. 9-12. Beaumarchais, 1718.

（10）この影響関係はもちろん、時系列から言えば、サンドからドストエフスキーへという順である。ドストエフスキーはサンドの訃報に接して長文の弔辞を書いた。「ジョルジュ・サンドは思想家ではない。が、彼女は人類を待っている、より幸福な将来を、最も明瞭に洞察していた予感者（もしこういう変にひねった言葉で表現することを許されるなら）の一人で、生涯を通じて勇ましく、博い心をもって、人類の理想の達成を信じていた。それはほかでもない、彼女自身その魂の中に理想を打ちたてる力を持っていたからである。この信念を最後まで維持することは、一般に崇高な魂を持ち、真に人類を愛するすべての人に共通した宿命である」。ドストエーフスキイ『作家の日記』上巻、三五六。

（11）ヒーローが褒美として花嫁を得る『魔笛』とは異なり、『ルードルシュタット伯爵夫人』では二人の人間に分かれていた一つの魂、両性具有の再結合が行われるし、ヒロインは自由で対等な結婚をする。Introduction, Sand, xxvi.

□引用文献

Beaumarchais, Jean-Pierre de, Daniel Couty, Alain Rey. *Dictionnaire des écrivains de langue français*. Paris: Larousse, 2001.

Brontë, Charlotte. *Jane Eyre*. Ed. Jane Jack and Margaret Smith. Oxford: Clarendon Press, 1969.

Gaskell, Elizabeth. *Further Letters of Mrs Gaskell*. Ed. John Chapple & Alan Shelston. Manchester: Manchester UP, 2003. 127.

Glen, Heather. *Charlotte Brontë: The Imagination in History*. Oxford: Oxford UP, 2002.

La Revue indépendante, vol. 2-12. Paris: Au Bureau de la Revue indépendante, 1842-44.

Lewes, G. H. from an unsigned review, *Leader* 12 February 1853. Miriam Allott, ed., *The Brontës: The Critical Heritage*. London: Routledge & Kegan Paul, 1974, 184-86.

Sand, George. *The Countess von Rudolstadt*. Translated by Gretchen van Slyke. Philadelphia: University of Pennsylvania Press, 2008.

Shakespeare, William. *The Sonnets*. Updated edition. Ed. G. Blakemore Evans. Cambridge: Cambridge UP, 2006.

Stevens, Joan, ed. *Mary Taylor Friend of Charlotte Brontë: Letters from New Zealand and Elsewhere*. Auckland UP, Oxford UP, 1972.

Thomson, Patricia. *George Sand and the Victorians: Her Influence and Reputation in Nineteenth-century England*. London and Basingstoke: Macmillan, 1977.

サンド、ジョルジュ『歌姫コンシュエロ』（上）（下）持田明子、大野一道監訳、藤原書店、二〇〇八年。

――『黒い町』石井啓子訳　藤原書店、二〇〇六年。

――『ジャンヌ――無垢の魂をもつ野の少女』持田明子訳、藤原書店、二〇〇六年。

――『スピリディオン』大野一道訳、藤原書店、二〇〇五年。

――『ちいさな愛の物語』小椋順子訳、藤原書店、二〇〇五年。

――『魔の沼ほか』持田明子訳、藤原書店、二〇〇五年。

――『モープラ――男を変えた至上の愛』小倉和子訳、二〇〇五年。

田村毅／塩川哲也編『フランス文学史』東京大学出版会、一九九五年。

ドストエーフスキイ、ヒョードル『作家の日記』米川正夫訳、河出書房新社、一九八〇年。

日本ジョルジュ・サンド協会編『二〇〇年目のジョルジュ・サンド――解釈の最先端と受容史』新評論、二〇一二年。

持田明子『ジョルジュ・サンド一八〇四-七六――自由、愛、そして自然』藤原書店、二〇〇四年。

9 声に出して読むディケンズ
Charles Dickens

斎藤兆史

序

本論文集の趣旨からして、多少個人的なことを書いてもお許しいただけるのではないかと思う。まずは話の枕として、私がどのようにディケンズと出会い、その小説を研究するに至ったかを記しておきたい。

私は一九七九（昭和五四）年、大学三年のときに英文科に進学し、海老根宏先生のご指導の下で英文学研究の手ほどきを受けた。当時はまだ英文学の正典（canon）が研究対象として明確な形を有しており、学部学生の正統的な卒論研究の対象となるのは、「ベオウルフからヴァージニア・ウルフまで」（from *Beowulf* to Virginia Woolf）の洒落で括られる範囲に正典として収まっている作家もしくは作品であった。私は、当時興味を持って読んでいたディケンズの『デイヴィッド・コパーフィールド』を研究テーマに選び、高校時代の愛読書たるサマセット・モームの『人間の絆』が同書を下敷きにして書かれたのではないかとの仮説を提示した。

その後大学院に進学して文体論の勉強をし、修士論文では『大いなる遺産』の中で用いられている語りの文体を論じた。私が文体論を研究手法として選んだのは、英語好きとして英語に即した研究をしたいと思ったからであり、研究対象がディケンズになったのは、彼の小説の語り口や言語表現など文体に関わる部分に興味を持ったからにほかならない。当時の私は、生意気にも「ディケンズは文体で読ませる作家である」（斎藤、一九八三）と書いているが、逆に考えればほかの文学的要素が目に入らなかっただけである。ただし、現時点でたどり着いた自分なりの結論から言うと、この直感は正しかった。

1　文体研究への回帰

文学理論などを勉強して多少知恵がついてくると、さまざまな視点から学術的にディケンズを眺め回したいとの欲が出てくる。Forster（一八七六）、Chesterton（一九〇六）、Straus（一九二八）、Johnson（一九七七）、Mackenzie（一九七九）、Ackroyd（一九九二）などの伝記を読めば、精神分析などの気の利いた概念を用いて、ディケンズの幼少時のトラウマがどのように物語に投影されているかを論じたくなるし（最近も、Bodenheimer［二〇〇七］とSlater［二〇一一］を読んだときにその衝動に駆られた）、登場人物のモデル探しも魅力的な作業に見えてくる。Leavis（一九三二）やButt and Tillotson（一九五七）からは、出版事情や出版形態に応じたディケンズの仕事ぶりを学び、なるほど、小さな盛り上がりを見せつつ、幾本もの小川となり伏流となるエピソードの流れがやがて一本の大河となる物語構成はこのような文脈から生まれてくるものかと納得する。文学史的な位置づけや、影響関係の解明も試みた。ディケンズがトバイアス・スモレットを愛読したことは広く知られているから、たとえば川本（一九七三）の知恵を借りつつ、『デイヴィッド・コパーフィールド』や『大いなる遺産』をピカレスク小説から教養小説につながる流れのなかに位置づけて読み、ごく最近もその読み方を得々と披露したばかりである（斎藤・野崎、二〇一〇、九三―九五）。Carey（一九七三）に刺激されて、イメジャリー分析を試みたこともある。また、Leavis and Leavis（一九七〇）のテクストに即した読みを一つの基本として学びつつ、八〇年代以降、フェミニズム批評やポストコロニアル批評が盛んになると、一応その流行に乗って、特定の事象を作品中に探すようなこともした。実際、『デイヴィッド・コパーフィールド』、『大いなる遺産』、『われら共通の友』のなかで語られる植民地は、作品のメイン・プロットのなかで救いきれない登場人物をサブ・プロットにおいて都合よく救うための仕掛けであると学会で発表したこともあるが（日本英文学会関東支部例会シンポジウム「英国小説のキャノンと帝国」、二〇〇八年）、その結論部において、現代の価値観を作品の読みに反映させる読み方はその価値を不当におとしめることになるのではないかとの問題提起をすることは忘れなかった。Ledger and Furneaux（二〇一一）などを読むと、現在、学術的なディケンズ解読の可能性がどこまで広がっているのか想像もつかない。

しかしながら、これまた個人的な印象を述べることを許してもらえば、小難しい理論を用いて解読を試みれば試みるほどディケンズ文学の本質（と私が考えるもの）から遠ざかってしまうような気がしてならない。では、ディケンズ文学の本質（と私が考えるもの）はどのようなものか。長らく言語化できなかったのだが、最近、同僚の山本史郎氏の口から出た比喩があまりにそれをうまく言い当てているので、その評言を借用すれば、ディケンズの小説は「講談」である。語り手がその場その場で聴衆の反応を見ながら、「哀れこの子をお助け下さいと声を震わせ、涙ながらにすがる母親を、パン（張り扇の音）、一度は心を鬼にして振り払った弥吉の頬を伝う一筋の涙、パパンパン」と語る芸である。その話芸を独自の語り口で名人芸にまで高めてしまったのがディケンズである。このようなディケンズ文学の特質を、山本（二〇一二）は翻訳との関連で次のように語っている。

ディケンズの翻訳というと、問題になるのがユーモアである。しかも、この問題が厄介なのは、ユーモアが文体そのものから生み出されているということである。原作を読むとおもしろい。だが、翻訳で読むとがっかりする。これはディケンズではない、と感じてしまう。そこにディケンズという作家の偉大さと哀しさがある。

ここでようやく話が「文体」に戻った。三十年の時を経て改めて書くが、ディケンズは文体で読ませる作家である。そして、その文体とは物語の語り口である。彼が公開朗読を好んで行なった歴史的な事実からも窺えるとおり、その小説の文体は、いかにも声に出すことを前提としているかのように読める。本稿においては、ディケンズ自身が声に出して読むように書いた文章を声に出して味読し、その追体験によって見えてくる文体的特徴を記述してみたい。

2 ディケンズの文体の研究

もちろん、わざわざ私が書かずとも、ディケンズ小説における文体の重要性はかなり昔から指摘されてきたことである。そして、ディケンズの研究書のなかには彼の文体を論じたものがかなりの割合を占めている。Quirk（一九五七）は、ディケンズが動詞の時制、（英語から見た）外国語の語彙の使用、（とくに発話の）表記法などを工夫することによって、その独自の小説世界を作り上げるのに相応しい文体を作り上げていると論じている。クワークは、とくにディケンズが書き言葉の慣例に従いつつ、それを最大限に活用して話し言葉の音声的な要素を作品に盛り込んだことを重視しているが（Quirk 一四）、これは後で述べることにも関連する指摘である。ほかにディケンズの文体を扱ったものとしては、彼のレトリック、方言、個人語、非標準的言語使用に焦点を当てたBrook（一九七〇）、ディケンズの直筆原稿を手掛りにして、作品のさまざまな要素と創作過程における彼の意図との関係を論じたSucksmith（一九七〇）、読者の反応という観点から文体を分析したHorton（一九八一）、登場人物たちの特異な「個人語」を論じたGolding（一九八五）などの研究が代表的である。

日本人の手になる注目すべき文体研究としては、山本他（一九六〇）とHori（二〇〇四）がある。前者は、『オリヴァー・トゥイスト』、『ドンビー父子商会』、『デイヴィッド・コパーフィールド』、『荒涼館』、『二都物語』の文体を、描写法、イメージ、修辞法、話法などさまざまな視点から記述したもの、後者は、ディケンズが使用する連語（collocation）の特徴を計量的に分析したものである。このうち前者は、とくに日本における文体論創成期独特の関心事を前面に出している部分があって興味深いのだが、それをめぐる論考には、少なくとも現在の文体論の常識から見て疑問に思われる箇所がある。そこには、ディケンズが多彩な文体を操る作家であるとの先入観に加え、前項で述べたこととの関連で言えば、その文体の研究をおそらくは必要以上に学問として高めようとした野心ゆえの、テクスト上の事実とその記述との間に生じたひずみが見られるのだ。その関心事とは、「描出話法」(represented speech)と呼ばれる文体、現在の文体論において「自由間接話法/文体/談話」(free indirect speech/style/discourse)と呼ばれることの多い文体であり、同書に収められた五編の論文中、三編にそれについての記述が見られる。そのうち重要と思われる箇所を引用しておく。

(一) 4. But perhaps she would recoil from a plot to take the life of Sikes, and that was one of the chief ends to be attained. “How,” thought Fagin, as he crept homeward, “can I increase my influence with her? what new power can I acquire?”

　Such brains are fertile in expedients. If, without extracting a confession from herself, he laid a watch, discovered the object of her altered regard, and threatened to reveal the whole history to Sikes (of whom she stood in no common fear) unless she entered into his designs, could he not secure her compliance?

(中略)〔右の〕第四例は、フェイギンが、ナンシーを利用して、サイクスを亡き者にしようとする企みを考案している所。この文体で目立っているのは、心理を描写するのに、direct speech(前半の引用符内の部分)や、いわゆる‘represented speech’(後半の“If”以下の文章。“But”で始まる第一文も恐らく、その中に入る)を使用していることである。(吉田安雄『Oliver Twist』)(傍点筆者)

(二) Dora would not allow me, for a long time, to remove the handkerchief. She sat sobbing and murmuring behind it, that, if I was uneasy, why had I ever been married? Why hadn't I said, even the day before we went to church, that I knew I should be uneasy, and I would rather not? If I couldn't bear her, why didn't I send her away to her aunts at Putney, or to Julia Mills in India? Julia would be glad to see her, and would not call her a transported page; Julia never had called her anything of the sort. In short, Dora was so afflicted, and so afflicted me by being in that condition, that I felt it was of no use repeating this kind of effort, though never so mildly, and I must take some other course.（III p. 863）

この引用では 'she said' という部分を省略して、彼女〔ドーラ〕の述べた言葉を間接に写してある。この語法は「体験話法」（erlebte Rede）又は「描出話法」（represented speech）と呼ばれ、英文学では一八世紀の終にはじめて現われたもので、Jane Austen に次いで Dickens が多く用いている。（中略）活潑な会話をこの形式の話法に使いこなしている点では、Dickens は独創的であって、恐らくこの作家にまさる者はないであろう。（山本忠雄『David Copperfield』）

(三)『二都物語』第二巻第二章のダーネーの反逆罪公判における裁判官の次の論述は、地の文か描出話法かの区別は困難である（中略）。

Silence in the court! Charles Darnay had yesterday pleaded Not Guilty to an indictment denouncing him (with infinite jingle and jangle) for that he was a false traitor to our serene, illustrious, excellent, and so forth, prince, our Lord the king, by reason of his having, on divers occasions, and by divers means and ways, assisted Lewis, the French King, in his wars against our said serene, illustrious, excellent, and so forth; that was to say, by coming and going, between the dominions of our said serene, illustrious, excellent, and so forth, and those of the said French Lewis, and wickedly, falsely, traitorously, and otherwise evil-adverbiously, revealing to the said French Lewis what forces our said serene, illustrious, excellent, and so forth, had in preparation to send to Canada and North America. (II. ii. 66)

(中略)

次の引用文がそれで、民衆の敵フーロンにたいする聖アントワヌ街の女達の宿怨の爆発を描いた一節である。

The men were terrible, in the bloody-minded anger with which they looked from windows, caught up what arms they had, and came pouring down into the streets; but, the women were a sight to chill the boldest. From such household occupations as their bare poverty yielded, from their children, from their aged and their sick crouching on the bare ground famished and naked, they ran out with streaming hair, urging one another, and themselves, to madness with the wildest cries and actions. Villain Foulon taken, my sister! Old Foulon taken, my mother! Miscreant Foulon taken, my daughter! Then, a score of others ran into the midst of these, beating their breasts, tearing their hair,

and screaming, Foulon alive! Foulon who told the starving people they might eat grass! Foulon who told my father old father that he might eat grass, when I had no bread to give him! Foulon who told my baby it might suck grass, when these breasts were dry with want! O mother of God, this Foulon! O Heaven, our suffering! Hear me, my dead baby and my withered father: I swear on my knees, on these stones, to avenge you on Foulon! Husbands, and brothers, and young men, Give us the blood of Foulon, Give us the head of Foulon, Give us the heart of Foulon, Give us the body and soul of Foulon, Rend Foulon to pieces, and dig him into the ground, that grass may grow from him!（中略）
(II. xxii. 235)

　描出話法の用いられているのは、'Villain Foulon taken, ...my daughter!' と、かなり長く 'Foulon who told ... that grass may grow from him!' の二つである。

　さて、これらの分析は正しいのだろうか。

3　声に出して言えない文

　「描出話法」あるいは「自由間接話法（文体／談話）」の分析に関心を持って取り組んできたのは、日本における文体論だけではない。それどころかこの文体は、世界の英語文体論が中心的な研究課題として取り組んできたものの一つである（斎藤、二〇〇九を参照のこと）。逆に言えば、文学的なテクストを主たる研究対象とする文体論の枠組みでしか捉えきれない文体だと言ってもいい。なぜなら、それは基本的に文学作品にしか現われないからである。話法全体の枠組みにおけるこの文体の位置づけを、Leech and Short（一九八一）の枠組みを借りて簡単に復習しておこう（斎藤、二〇〇〇、一一九–一二六も参照のこと）。便宜的に「自由間接話法」という呼び方で説明する。

〈発話の伝達〉

（1）He said that he liked it there in Tokyo.（Indirect Speech）
（2）He said, 'I like it here in Tokyo!'（Direct Speech）
（3）I like it here in Tokyo!（Free Direct Speech）
（4）He liked it there（語り手の視点によっては here）in Tokyo!（Free Indirect Speech）
（5）He expressed his pleasure at being in Tokyo.（Narrative Report of Speech Act）

〈思考の伝達〉

（1）He thought that he liked it there in Tokyo.（Indirect Thought）
（2）He thought, I like it here in Tokyo!（Direct Thought）
（3）I like it here in Tokyo!（Free Direct Thought）
（4）He liked it there（語り手の視点によっては here）in Tokyo!（Free Indirect Thought）
（5）He thought of his pleasure at being in Tokyo.（Narrative Report of Thought Act）

このうち、発話と思考のいずれを伝達する文においても、四番目のものが「自由間接話法」と呼ばれるものである。ただしこの文体は、ほとんどの場合、心理描写において思考内容を伝達するときに用いられる。人称と時制は語り手の語りの文法に従いながら、登場人物の視点や意識が反映される中間的な伝達文体で、語り手と登場人物の両方の視点を持つ文体として説明されることもある。そして、語り手が登場人物の内面を語るときにはじめて発生する文体であることから、語り手は全知の視点を持つことが絶対条件となる。

この文体をイギリス小説ではじめて本格的に用いたのがジェイン・オースティンであることはよく知られている。たとえば、『高慢と偏見』の第三四章で、ダーシーの求婚を断った後のエリザベスの心理的動揺が次のように描かれている。二文目から最後までが、オースティンが用いる典型的な自由間接話法である。

Her astonishment, as she reflected on what had passed, was increased by every review of it. That she should receive an offer of marriage from Mr Darcy! that he should have been in love with her for so many months! so much in love as to wish to marry her in spite of all the objections which had made him prevent his friend's marrying her sister, and which must appear at least with equal force in his own case, was almost incredible! it was gratifying to have inspired unconsciously so strong an affection.

二〇世紀の作家のなかで自由間接話法の使い手として有名なのはヴァージニア・ウルフで、彼女はこの話法をほかの話法と巧みに組み合わせることで登場人物の意識の流れを描き出した（斎藤、同書、一二一—一二五参照）。たしかに一九世紀後期以降、小説において心理描写が重視されるようになって以来、この文体は多く用いられるようになってきた。しかしながら、前項の（二）の引用文中にある「Jane Austen に次いで Dickens が多く用いている」との山本忠雄の指摘は正しいのだろうか。オースティンが自由間接話法を用いていることは間違いない。ただし、この話法に印をつけながら『高慢と偏見』を細かく読んだ経験から言えば、思ったほどオースティンはこの文体を多用していない（斎藤・野崎、二〇一〇、四三—四四頁）。それでは、ディケンズはどうか。もちろん、一八世紀末以降の英文学に現われる文を話法に即して分類したコーパスのようなものがないかぎり、この件に関して学理的に正確な判断を下すことは難しい。そこで私は別の手法によって山本忠雄らの論考を精査することにするが、けっして彼らの研究をおとしめることが目的ではない。「描出話法」あるいは「自由間接話法」を目玉とする一見魅力的な話法研究の枠組みにディケンズの文体をはめ込んでしまうと、彼の声が聞こえづらくなる、あるいはもう一人の山本（史郎）氏の言葉を借りれば「これはディケンズではない」と感じるような声が聞こえてしまう、と言いたいのである。

まず、前項の（一）と（三）の引用文のなかで注目すべきは、「描出話法」を中心的に論じていながら、「恐らく、その中に入る」、「地の文か描出話法かの区別は困難である」といった表現が用いられていることである。「描出話法」、「自由間接話法」の定義も研究者によって微妙に異なるから、文によっては話法の判定が難しいこともたしかにあるが、もしディケンズがこの話法を効果的に用いているというなら、誰が見ても納得するような典型的な例を探してくるのはたやすいことのように思われる。ところが現実にはそうではない。引用文に即して言えば、たしかに（一）の If 以下は典型的な「自由間接話法」である。だが、残りの例はすべて怪しい。

（三）の最後のFoulonが登場する文に至っては、述語動詞が省略されているから、単に語り手が（あえて文体論の用語を用いれば、「自由直接話法」を使って）民衆の声を模しているだけとも読める。むしろ語り手が声色を使って民衆の叫びを再現しているほうがディケンズの小説らしい。

（二）の『デイヴィッド・コパーフィールド』の英文はどうだろうか。文法的には、本項冒頭で説明した発話伝達文体の四番目に相当するが、自由間接話法としては例外的な文体である。すなわち、このように発話の伝達にも用いられることもあるとはいえ、これは基本的に心理描写に用いられる文体であり、その場合の語り手は全知の語り手（omniscient narrator）であることがほとんどである。たとえば、全知の語り手が女性の登場人物の心理を覗き込み、語りの基本たる過去時制を用いて彼女を三人称で指し示し、一方でその人物の視点と感情を持ち込みつつ発するNow she was happy!が典型的な自由間接話法である。そして、この典型的な自由間接話法の最大の特徴は、Banfield（一九八二）の言葉を借りれば、日常的な文脈において「声に出して言えない文」（unspeakable sentence）だということだ。（二）の英文では、山本忠雄が指摘するとおりshe saidが省略されているだけで、その伝達節があると考えれば、声に出して読んでも不自然ではない。ちなみに、Banfield（一九八二）は描出話法（著者の用語を使えばrepresented speech and thought）を中心とした語りの文体を言語学的に分析しているが、オースティンの小説からは本文を引用している一方で、ディケンズについては、描出話法に関する箇所以外で言及してはいるものの、描出話法の用例の出典としては用いていない。これも先の山本忠雄の指摘の正否を判断する際の参考資料となるだろう。

語り手と登場人物の声を複合的に響かせながら、しかし声に出して読むことができない。そのような禁欲的な文体をディケンズが語りの中心に据えるとはとても思えない。

4　何でも語る語り手

自由間接話法は潜在的な多声性を有する文体である。だから声に出すと不自然に響く。ディケンズの語り手の声は基本的に一声である。ところが、その語り手が見事な声色を操っていろいろな声を出し、ありとあらゆることを語るものだから、同時に多くの声が響いているかのように錯覚してしまうのだ。しかしながら、あくまで一声である以上、ディケンズが読んだように声に出して読むことができる。

『デイヴィッド・コパーフィールド』の文体を論じる際に問題になるのは、どこに自由間接話法が使われているかということよりも、本来この話法が現われるはずのない語りの構造のなかに、たとえ典型的な形ではないにせよそれが現われることであろう。すなわち、この文体が現われるのは、全知の語り手が登場人物の内面を覗いているときである。逆に言えば、人の心理状態を見抜けるはずもない登場人物（多くの場合主人公）が一人称で語るタイプの小説には現われない。『デイヴィッド・コパーフィールド』にそれが現われるのは、主人公デイヴィッドが語りの法則を無視し、『ライ麦畑の捕手』の語り手がその冒頭で「デイヴィッド・コパーフィールドみたいなダルい前置き」（David Copperfield kind of crap）とおちょくる自らの出自から、自分が生まれる直前の母親の心理状態まで、語れることは何でも語る全知の立場に立っているからである。ここに講談師の語りとの共通点がある。

たとえば、『オリヴァー・トゥイスト』の次の一節を声に出して読んでいただきたい。オリヴァーが救貧院で粥のおかわりをもらいに行く有名な場面を描いている。複雑な視点を有する文章でありながら、すんなりと読めることがわかるだろう。

The evening arrived; the boys took their places. The master, in his cook's uniform, stationed himself at the copper; his pauper assistants ranged themselves behind him; the gruel was served out; and a long grace was said over the short commons. The gruel disappeared; the boys whispered each other, and winked at Oliver; while his next neighbours nudged him. Child as he was, he was desperate with hunger, and reckless with misery. He rose from the table; and advancing to the master, basin and spoon in hand, said: somewhat alarmed at his own temerity:

'Please, sir, I want some more.'

The master was a fat, healthy man; but he turned very pale. He gazed in stupefied astonishment on the small rebel for some seconds, and then clung for support to the copper. The assistants were paralyzed with wonder; the boys with fear.

'What!' said the master at length, in a faint voice.

'Please, sir,' replied Oliver, 'I want some more.'

場面描写に続いてオリヴァーが語りの中心になる。he was desperate with hunger, and reckless with misery あたりでぐっとオリヴァーの心理に肉薄するが、まだ語り手の声だ。オリヴァーが自分の temerity に驚いたといっても、幼い彼がそんな単語を知っているはずもない。そこから語り手は子供の声色で「おかわりをください」の名台詞を発する。次にまた状況の描写に移るが、stupefied astonishment, wonder, fear などはそれぞれ別の登場人物の心理を描いている語彙である。次に院長の声、そしてまたオリヴァーの台詞。息つく間もなくさまざまな視点が交錯し、さまざまな声が響く。

そこに椀と箸を持った捨吉がさっと歩み出る。この小僧は何をする気かと賄い方は目を見開いたが、捨吉も必死だ、肚に力を込め、パン、「おら、もう一杯粥が欲しい」と言ってのけた、パパンパン。驚いた賄い方は真っ青になってよろめき、かまどに寄りかかって、やっとの思いで「何だと」と声を絞り出す。捨吉はもう一度言った。「おら、もう一杯粥が欲しい」、パン。おなじみ「織部捨吉、涙の粥茶碗」の一席でした。

□注

本稿最後でもちいた「織部捨吉」の名は、もともと松本泰・松本恵子訳『ヂッケンズ物語全集　第1巻　漂白の孤児』（中央公論社、一九三六年）で用いられた翻案名である。

□参考文献

Ackroyd, Peter. *Dickens*, New York: Harper Perennial, 1992.

Banfield, Ann. *Unspeakable Sentences: Narration and representation in the language of fiction*, Boston: Routledge & Kegan Paul, 1982.

Bodenheimer, Rosemarie. *Knowing Dickens*, Ithaca: Cornell University Press, 2007.

Brook, G. L. *The Language of Dickens*, London: Andre Deutsch, 1970.

Butt, John and Kathleen Tillotson. *Dickens at Work*, London: Methuen & Co. Ltd, 1957.

Carey, John. *The Violent Effigy*, London: Faber and Faber, 1973.

Chesterton, G. K. *Charles Dickens*, London: Methuen & Co. Ltd, 1906.

Forster, John. *The Life of Charles Dickens*, Rev. ed. 2 vols, London: Chapman and Hall, 1876.

Golding, Robert. *Idiolects in Dickens*, Basingstoke: The Macmillan Press Ltd, 1985.

Hori, Masahiro. *Investigating Dickens's Style: A Collocational Analysis*, Basingstoke: Palgrave Macmillan, 2004.

Horton, Susan R. *The Reader in the Dickens World*, London: The Macmillan Press Ltd, 1981.

Johnson, Edgar. *Charles Dickens: His Tragedy and Triumph*, Revised and Abridged, New York: The Viking Press, 1977.

Leavis, F. R. and Q.D. *Dickens the Novelist*, London: Chatto & Windus, 1970.

Leavis, Q. D. *Fiction and the Reading Public*, London: Chatto and Windus, 1932.

Ledger, Sally and Holly Furneaux. *Charles Dickens in Context*, Cambridge: Cambridge University Press, 2011.

Leech, Geoffrey N. and Michael Short. *Style in Fiction: A Linguistic Introduction to English Fictional Prose*, London: Longman, 1981.

Mackenzie, Norman and Jeanne. *Dickens: A Life*, Oxford: Oxford University Press, 1979.

Quirk, Radolph. *Charles Dickens and Appropriate Language*, Inaugural Lecture of the Professor of English Language delivered in the Applebey Lecture Theatre on 26 May 1959, Durham: University of Durham, 1959.

Straus, Ralph. *Dickens: A Portrait in Pencil*, London: Victor Gollancz Ltd, 1928.

Sucksmith, Harvey Peter. *The Narrative Art of Charles Dickens*, Oxford: Oxford University Press, 1970.

川本静子『イギリス教養小説の系譜――「紳士」から「芸術家」へ』研究社、一九七三年。

斎藤兆史「ディケンズの文体研究序説」、東京大学大学院英文学研究会編『リーディング』第四号、一九八三年、一六三―八〇。

斎藤兆史『英語の作法』東京大学出版会、二〇〇〇年。

斎藤兆史「文体論の歴史と展望」、斎藤兆史編集『言語と文学』、シリーズ朝倉〈言語の可能性〉第一〇巻、二〇〇〇年、二〇一―二三五。

斎藤兆史・野崎歓『英仏文学戦記』東京大学出版会、二〇一〇年。

山本史郎「佐々木徹訳『大いなる遺産』」、『ディケンズ・フェロウシップ日本支部年報』第三五号、二〇一二年。

山本忠雄他『チャールズ・ディケンズの文体』南雲堂、一九六〇年。

10

Charles Dickens『デイヴィッド・コパーフィールド』における記憶と家族

永富友海

自伝というジャンルが抱える命題のひとつに語りの問題がある。ひとは自己を客体として見ることができないという事実を自らの存在論的矛盾として内包する自伝は、多くの場合、〈語り手としての自己〉が自己反映的に〈語られる自己〉に言及するという語りの装置を通して、両者の間の客観的距離を維持することに腐心する。だがチャールズ・ディケンズの自伝的作品『デイヴィッド・コパーフィールド』は、その種の困難にあたかも無頓着であるかに見える。語り手デイヴィッドは、自らが語る思い出に、ときに胸を震わせ、ときに嘆息し、過去の記憶に没入しては、記憶のなかのデイヴィッドと同化して、過去と現在の自制を混濁させる。ナルシシズムに満ち満ちたこの記憶の洪水のなかで、〈語り手デイヴィッド〉と〈語られるデイヴィッド〉の区別は、あらかじめ放棄されているかのように読者の目には映る。

客観性というスタンスを手放してしまったと思しきこのテクストの冒頭は、よって自伝としては異色の宣言で始まる。「果たして僕は、僕自身の人生の物語の主人公となりうるのか、それともその場所は誰か他の人物によって占められることになるのか、それは以下の物語が明らかにするだろう」（Dickens［一九九六］一三）[1]。他者を経由して、他ならぬ自己像を明らかにすべき自伝で、前景化されるのは他者のほうかもしれないという主客転倒の可能性を匂わせてしまうのは、このテクストが実はきわめて危ういバランスのうえに成立していることの表れではないか。不安定な波の間に間に漂うデイヴィッドの自己形成の航路は、果たしてどれほど十全な自己をデイヴィッドに実感させたのちに、「上方を指さす」（八八二）その手のしぐさが天使を連想させるアグネスとの結婚へ、彼を漂着させることになるのだろう。本稿では、もはや我を失うほどの強烈な感情に突き動かされた語りが、いかにしてヴィクトリア朝小説が理想とする安定したハッピー・エンディング――結婚と、子供の誕生（による相続の可能性）――へとつながっていくのか、この変則的な自伝を成立させているロジックのあり方を解明してみたい。それは必然的に、デイヴィッドと「誰か他の人物」が取り結ぶ関係性の構造を見極めることを前提とする。

＊　＊　＊

母の再婚後、実家に居場所をなくしたデイヴィッドが預けられたセイレム学園で彼の身を助けたのは、「すぐれた記憶力」と「物語り」の才（一〇三）である。当初からスティアフォースの愛顧を受けていたデイヴィッドが、彼の特命を受け、千一夜物語の流儀でこれまでに読み覚えた物語を毎夜寝室で彼に語り聞かせるようになったとき、この出来事はふたりの間の「親密さを一層強固にす」る（一〇三）。ここで語り手デイヴィッドは、「暗闇の中で物語る」という習慣によって、自分のなかの「夢見がちでロマンティックな」（dreamy and romantic）性質が「助長された」（一〇五）と回想するが、彼とスティアフォースの関係性を規定するのは、まさに彼のこの「夢見がちでロマンティックな」性格である。デイヴィッドにとって物語を語ることは、「尊敬し、愛する」（一〇四）スティアフォースを喜ばせることである。と同時に、スティアフォースにとっても、デイヴィッドのこの性質はきわめて好都合である。なぜならデイヴィッドが描き出すスティアフォース像は常に善と英雄としてのそれであり、逆に言えば、スティアフォースの英雄像を保証してくれるのは、まさにデイヴィッドの夢見がちでロマンティックな性質以外の何物でもないからだ。

彼のこの性質は、デイヴィッドが現実世界における自分の卑小さを過剰に意識していることと同一線上にある。あらゆる点で彼に勝っているスティアフォースの、押し出しが立派で大人びた態度を羨望するデイヴィッドは、「幼さ」という恥辱に「苛まれ」続ける（三六四）。事あるごとに羞恥で顔を赤らめ、雇人に対しても自信のあるふるまいができない。滞在先で女中や召使が髭剃りの湯を運んでくると、「そうしたものが必要でないことを痛感し、ベッドのなかで赤面する」（二九八）。セイレム学園では語り部としての能力を評価され、友人たちから「まるで玩具のように大事にされ」、「大した注目を浴びる」（一〇五）ようになるが、内気なデイヴィッドのなかに潜む「子供じみた虚栄心」（一〇五）は、スティアフォースのように「庇護者」（二九九）的な態度に発展することなく、単に「玩具のように扱われる」（三〇九）ことで宥められてしまう。夢見がちでロマンティックというデイヴィッドの特徴は、彼とスティアフォースの力関係を、自ずとジェンダー化する。

デイヴィッドの女性化は、スティアフォースが彼に妹の有無を尋ねたとき——「残念だな。君に妹がいたなら、可愛らしくて、内気で、純情なタイプの女の子だったろうに。知り合いになりたかったよ」（九九）——、またデイヴィッドを「デイジー」と名付けたとき——「君のことデイジーって呼んでもいいかい」（三〇〇）——、はっきりと分節化される。デイヴィッドとスティアフォースの間には、デイジーというデイヴィッドの影、あるいはデイヴィッドの架空の妹を介在させたホモエロティックな空間がたしかに形成されている。一方で、現実に起こった出来事が夢の世界に程なく移行し、連想によってずらされたり変形されたりするデイヴィッドの語りの特性を考えるとき、表面に浮上しているシニフィアンを特定するだけでは、彼のなかで分節化されず、曖昧に沈殿しているものを十分に掬い取ることができないように思われる。ジェンダーの揺らぎをめぐるデイヴィッドの不安は、このテクストにもっと深く構造化されているのではないだろうか。

デイヴィッドの抱える不安が、彼の語りの奇妙な曖昧さとなって表れている箇所に着目してみたい。まずはスティアフォースがメル先生を侮辱する場面である。教室での騒ぎを先導した張本人として、メル先生から叱責されたスティアフォースは、常日頃から軽んじていた先生のことを、傲然たる態度で「恥知らずの乞食」と痛罵する。

あのとき彼がメル先生を殴ろうとしたのか、メル先生のほうが彼を殴ろうとしたのか、それとも両者とも相手を殴るつもりだったのか僕にはわからない（I am not clear）。ただ教室にいる全員が石になったかのように硬直してしまい、気がつくと、クリークル先生がタンゲイを傍らに連れて、僕たちの真ん中に立っていた。（一〇七─〇九）（傍点筆者）

このあとメル先生が「非常に興奮して両手をこすりながら」「我を忘れていたわけではありません」（一〇九）とクリークル校長に答弁していることから、おそらくメル先生はスティアフォースを殴ったのだろうと推測できる。スティアフォースがメル先生を「乞食」と罵ったのは、先生の母親が「救貧院の慈善によって暮らしている」からであり、そのことをうっかりスティアフォースに漏らしてしまったのは実はデイヴィッドであるという事情がこの事件の背景にある。メル先生はスティアフォースと緊迫した応酬を繰り広げながら、「目をじっとスティアフォースに据えたまま、手は僕の肩をやさしくたたき」続ける（一一〇）。結局その場でメル先生は首になり、デイヴィッドは「この件で自分が果たした役割を思って、激しい自責と後悔の念にかられ」るが、スティアフォースが「何度も僕の方を見ていた」ので、デイヴィッドは必死で「涙をこらえた」。その夜、トラドルズだけがメル先生を気の毒がるが、スティアフォースが「あんなことをしたのは僕たちのため」であり、まったくの「利他的な」行為であったと語ったので、皆一斉に「彼をほめたたえ」（一一二）て、この事件は終わる。スティアフォースの期待を裏切ることなく、デイヴィッドは、彼を英雄とするストーリーを作り出すことに、とりあえず成功する。

この場面では、重要な情報がきちんと分節化されず、曖昧なままに留められている。デイヴィッドはなぜメル先生がスティアフォースを殴ったことを記憶していない／記録できないのか。「ハンサムな」スティアフォースを、「田舎じみた」（一一〇）メル先生が殴ったと記憶することは、スティアフォースに対する侮辱だと思ったのか。それともこの件についての詳細を語ることをデイヴィッドに禁じるような他の理由があるのだろうか。問題は、〈語られるデイヴィッド〉がメル先生の殴る瞬間を見ていなかったのか、あるいは〈語り手デイヴィッド〉の記憶が曖昧であるのかが宙づりにされているという点である。だが語り手デイヴィッドが「僕にはわからない（I am not clear）」とわざわざ現在形で介入したということは、何事もなかったかのように語り続けることを彼にためらわせる何かがあったからだと考えるなら、そのためらいの理由を、「手」に関する連想から導き出すことができるかもしれない。

成長したデイヴィッドには、殴ることに関する忌まわしい記憶が追加される。それは、デイヴィッドの劣等感を異常なまでにデフォルメして体現した人物、ユライア・ヒープにまつわる記憶である。ユライアは、ウィックフィールド氏を精神的に破壊していく過程でデイヴィッドを利用するが、そのことを知ったデイヴィッドは、ユライアに「思い切り平手打ちをくらわせ、彼を殴った手は、やけどをしたかのようにひりひりと痛んだ」(六二六)。このユライアが、最終的にデイヴィッドとその友人たちによって悪事を暴かれたとき、彼は対峙したデイヴィッドに向けて次のように言い放つ。

「こんなことが許されると思うのか、コパーフィールド? 名誉だの何だのをご自慢にしてるお前が、俺のまわりを嗅ぎまわって、うちの事務員ごときと一緒に立ち聞きなんかしやがって。これがお前じゃなくて俺だったら別に不思議はないだろうよ。俺は紳士のふりなんかしないからな──だからといって、乞食に成り下がったこともないがね (I never was in the streets)。お前はあるんだろ、ミコーバーから聞いたよ」(七五四)

母の死後、義父のマードストンの事務所でこき使われ、ひもじさに苦しむ日々に始まり、ついに職場を逃げ出して飲まず食わずの六日間をしのぎ、「靴はぼろぼろ、埃にまみれ、日焼けした身体には衣服らしい衣服もまとっていない」「物乞い」(一九八―九九) 同然の状態になり果てて大伯母のもとに辿り着くまでのみじめな日々は、デイヴィッドにとっての耐え難い屈辱的な記憶である。先の事件の場面で何度も反復される、先生が「デイヴィッドの肩をやさしくたたいていた」というくだりは、先生の母親の救貧院暮らしをスティアフォースに話すことで、取り返しのつかない結末を招いてしまった自分を許してほしいという当時のデイヴィッドの願望を、語り手デイヴィッドが翻訳したものである。一方で、「乞食」という侮蔑の言葉を、自らの汚点に向けられたものとして内面化せずにはいられない語り手デイヴィッドがいる。デイヴィッドによる「書かれた記憶」(八一三)のなかでは、過去の事件が未来に影響すると同時に、過去はすべて、先取りされた未来の影のもとにある。よって、メル先生に対する罪の意識はデイヴィッドのなかで抑圧され、ユライア・ヒープの平手打ちという形で、のちに回帰する。と同時に、このとき幼いデイヴィッドが先生に対して感じた罪の意識は、この先成長したデイヴィッドがユライアから「乞食」という侮蔑の言葉を投げつけられるときに感じる痛烈な恥辱と、常に共鳴し合っているのである。

語りの曖昧さがデイヴィッドの罪の意識と結びついているもうひとつの大きな事件がある。それはスティアフォースによるエミリーの誘惑である。スティアフォースを、乳母のペゴティー一家に引き合わせたのはデイヴィッドである。彼はスティアフォースという「お気に入りの話題」(一五三)を持ち出すのが嬉しくてたまらず、ペゴティー一家が熱心に耳を傾け、相槌をうってくれるのをいいことに、スティアフォースを英雄とする物語を延々と語り続け、ついにエミリーは、まだ会ったこともないスティアフォースにすっかり心を奪われてしまう。たしかにミスター・ペゴティと甥のハムはスティアフォースの人当たりのよさに夢中になるし、乳母のペゴティも「五分間で完全に彼のとりこになる」(三一七)。だが乳母のペゴティが、デイヴィッドに「親切にしてくれる友人」であれば「自分の恩人」(三一七)も同然とみなすほど彼に対する愛情と忠誠心にあふれていることと、ミスター・ペゴティとハムが、身内の奉公先の坊ちゃんであるデイヴィッドを無条件で愛してくれる誠実で純朴な人物であることを差し引いたうえで、彼らは個人的にスティアフォースに魅了されていたのだと殊更に強調するデイヴィッドの口吻は、どこか弁解めいている。

そして再びメル先生のときと同様、デイヴィッドの認識と記憶の関係性が曖昧なままに留め置かれる出来事が語られる。デイヴィッドと一緒にヤーマスにあるペゴティ一家を訪問中、船遊びに興じていたスティアフォースが、あるとき船を購入する。「船が一艘売りに出てたんでね、買ったんだ。ミスター・ペゴティによると、クリッパー（clipper）らしい。そうなんだろうな。僕がいないときには彼が自由に使えばいい」（三三一―三三二）。これに対しデイヴィッドは、スティアフォースが自分用に購入したと言いつつも、実はペゴティのために入手したのだろうと考え、彼の配慮に大感激する。しかし、「いかした女の子」の俗称でもある「クリッパー」という言葉がエミリーの婉曲語として用いられていることに、デイヴィッドはいつの時点で気づいたのか。というのも、このあとすぐスティアフォースはデイヴィッドに、船の名前を変えることをわざわざ告げているからである。


「何て名前にするんですか?」と僕は尋ねた。

「リトル・エミリー号だよ」

彼は先ほどから僕のことをじっと見つめているので、それは僕が彼の思いやりを褒めちぎったことに異をとなえているせいだろうと考えた。ペゴティ一家に対する彼の心遣いがどれほど嬉しかったかを顔に出さずにいるのは難しかったが、口には出さないようにしたので、彼もいつもの笑顔を取り戻して安堵したように見えた。（三三二）

メル先生の時もそうであったが、スティアフォースはあたかもデイヴィッドの忠誠心を確かめるかのように彼を「じっと見る」。結果、今回もまたデイヴィッドは、スティアフォースをペゴティ一家に恩恵を施す英雄とする物語を紡ぎ出してしまうのである。

しかし、メル先生の解雇をスティアフォース礼賛の言説へと巧みにすり替えたときとは異なり、スティアフォースとエミリーの逐電が発覚したとき、デイヴィッドは煮え切らない態度のうちにもスティアフォースを英雄とする物語を諦めなければならなくなる。エミリーの従兄で婚約者のハムは、「坊ちゃんのせいなんかじゃねえから、坊ちゃんを責める気なんかまったくないんで」（四六〇）とデイヴィッドをかばうが、デイヴィッドのなかに許してほしいという願望が巣食っていることは間違いなく、その願望はデイヴィッドのある行為によって半ば実現されることになる。彼は、エミリーが出奔する前から彼女のまわりに「影」（三三三）のようにつきまとっていた幼馴染の娼婦マーサに、エミリーを探す手助けを要請する。そのマーサの活躍でエミリーの居場所がわかり、自分のもとに連れ戻すことができたとき、ミスター・ペゴティは「力強い手で」デイヴィッドの手を「ぎゅっと握りながら」「あの娘のことを最初に言ってくれなさったのは、坊ちゃん、あんたでしたよ。ありがとうごぜえます！」と、「迸るような感謝の言葉」（七三四）を口にするのである。

売春婦であるマーサと、道を踏み外すエミリーの間に見られるような姉妹の絆は、ディケンズのお気に入りのテーマであり、またこの作品の執筆時には、ディケンズは〈堕ちた女たち（fallen women）〉のための更生施設、ユレニア・コテッジの運営に関わっている(2)。しかしディケンズが並々ならぬ熱意で取り組んだこの社会事業についての言説は、小説に興味深い素材を提供したというだけに留まらない浸透度で、このテクストにおけるデイヴィッドの主体形成に関わっているように思われる。ユレニア・コテッジの設立によってディケンズが企図したのは、不運な諸事情によって道を外れることを余儀なくされた若い女性たちを救うため、病院や施設（asylum）ではなく「ホーム」（Home）を設立し、そこで一流の召使教育を行ってオーストラリアに移民させ、就職と結婚の可能性まで視野に入れた新しい人生を彼女たちに提供する、というものである。更生を願う女性たちをユレニア・コテッジに入居させるために彼が手掛けたパンフレットのなかで、ディケンズは彼女たちが自分の「姉妹であるかのようなつもりで」呼びかける――「わかっていますよね、街（streets）がどういったものかを。そこにいる仲間たちがどんなに残酷かを。そこでは悪習がはびこり、まだ若いあなたたちを、どれほどみじめな結果に導くかということを」（Dickens［一九九〇］六九八）。「ホーム」設立から十五年間で、オーストラリア移住を果たした女性たちは百名近くに上り、なかには結婚にこぎつけた者もいる。マーサは、〈堕ちた女〉の更生と未来についてディケンズが思い描いた理想図を生きた登場人物である。

「ホーム」設立の約五年半後に、ディケンズはその実情と成果を『ハウスホールド・ワーズ』誌上で発表するが、そこで症例として列挙される女性たちは、いくつかの共通点を備えている。まず正確な生年月日が不明である。加えて家庭環境に恵まれず、幼少期に両親が死亡して施設に預けられる。あるいは親が再婚して、新しい家庭でお荷物となり、お針子や洋裁の手伝いをして自活の道を探るが、糊口に窮して道を踏み外す。ろくな教育を受けていないせいで無知ながら、知識習得への強い意欲を持っている。忍耐や勤勉といった美徳、善なる心を失っていない（Dickens［一八五三］一七三―七四）。こうした特性は、ディケンズの小説に登場する〈堕ちた女性〉たちのなかにステレオタイプとして見出される。だが今注目したいのは、女性たちではなくデイヴィッドである。彼は「親が再婚して、新しい家庭でお荷物となり」、やがて奉公に出されるが、「食べていけず」、乞食同然となって大伯母のもとに転がり込む。デイヴィッドの背景を構成している言説は、まさに転落する若い女性たちのそれと同じではないか。「街娼になる（go to the street）」ことと「乞食をする（be in the street）」ことの差異は、このテクストではジェンダーの交錯によって無効化されている。

デイヴィッドの転落の兆しは、実は乞食同然の暮らしを強いられるもっと以前の幼児期にすでに始まっている。母親とマードストンの再婚にあたり、幼いデイヴィッドは一時的に乳母のペゴティの実家である船の家に避難させられる。このテクストで描かれる家族の大半が、父親か母親、あるいは夫か妻のどちらかが不在の家族であるなか、ペゴティ一家の船の家は、乳母のペゴティと兄のミスター・ペゴティという兄妹を中心として、甥のハムと姪のエミリーという子供たち、ミセス・ガミッジという「おかみさん（old Mawther）」（五一）から成る家庭――ディケンズが理想として描く、他人あるいは本来の親子関係ではないメンバーから構成される大文字の家庭（Home）である。しかしエミリーの出奔を知ったミスター・ペゴティは、「わしの可愛い子供、お前に対する愛は変わらねえ、わしはお前を許してやるからな！」（四七九、四八〇）という言葉とともに、温かい家を後にし、エミリー探しの旅に出ることを決意する。その間、船の家では

「毎日、夜がくりゃあ忘れずにあの窓のあたりにロウソクを立てておいてやらんといかんので。あの娘がそれを見たときに、『お帰り、さあ戻っといで』って言われとる気になるようにな」（四六三）

理想の「家庭」であり、幼いデイヴィッドにとっての避難所であった船の家は、かくして〈堕ちた娘〉を許して受け入れる「ホーム」へと変貌を遂げる。〈堕ちた女〉の男性版として読み替えられることで速やかな確立を阻まれていたデイヴィッドのジェンダー・アイデンティティは、この「ホーム」の置換によって、不安定さ

をいや増していく。

このように、デイヴィッドがジェンダーの揺らぎに怯えるのは、彼の語りの深層に埋め込まれた〈堕ちた女〉の言説のためである。彼はある意味、〈堕ちた女〉の生をも引き受けている。だがそれだけではない。ここで想起されるのは、スティアフォースとデイヴィッドの間に見えない存在として定位する、デイヴィッドの誕生しなかった妹の存在である。スティアフォースに「デイジー」と呼ばれるようになったとき、デイヴィッドは自分の人生と並行して、存在しない妹の生をも生き始めるのである。ただし忘れてはならないのは、彼が架空の妹によって存在論的な不安を覚えるようになるのは、スティアフォースのせいだけによるものではないという点である。そもそもデイヴィッドのジェンダーをめぐる混乱は彼の誕生時から始まっており、それは大伯母のベッツィの到来がもたらしたものである。女の子の誕生を信じていたベッツィは、男の子が生まれたと聞いて、「不機嫌な妖精」のようにぷいと立ち去ると、「夢と影の国へ永遠に立ち去ってしまう」(二四)。その後、母が再婚相手との間に男の子を生むが、その赤ん坊と母は幾ばくもなく世を去る。デイヴィッドがこの大伯母に再会したとき、彼女は乞食同然で救いを求めてきた彼を風呂に入れ、着替えさせ、ショールでくるんで寝かせてくれる。この出会いは、「彼の再生」(Sadrin 一二)のときでもある。しかしデイヴィッドのいわば二度目の誕生にあたっても、大伯母は彼をジェンダーの呪縛から解き放ってはくれない。彼の最初の誕生時に、医者が「駒鳥のように『男の子です』と告げた」という逸話や、デイヴィッドが「成長する前のカインのよう」(二〇七─〇八)であるという彼女の台詞には、デイヴィッドがひっそりと抱える不安を刺激する響きがある。しかも大伯母は以降、誕生しなかったディヴィッドの妹があたかも存在するかのように、日常の会話に平然と紛れ込ませるようになる。ロマンティックで夢見がちなデイヴィッドの特徴を共有する語り手デイヴィッドは、自己についての物語におとぎ話の枠組を与える。その枠組のなかでは、生まれなかった妹や死亡した弟、弟を殺す兄、そして森の中で生き倒れとなり、駒鳥が落ち葉をかけてやったという幼い兄妹などがたゆたい、夢の中にいるようなそこはかとないデイヴィッドの不安が、語られる記憶の隙間を埋めていく。

デイヴィッドの意識の隙間にちらつく子供の影は、ドーラとの結婚後も持ち越される。たわいない「子供のような奥さん（Child-wife）」（六五二）の「人格を形作る」（七〇〇）ことに失敗した頼りない「少年のような夫（boyish husband）」（六五三）は、「自分の手よりももっとふんわりとした軽い手であれば、彼女の性格を形成できるのではないか、彼女の胸で赤ん坊が微笑んだら、ドーラも子供のような奥さんから一人前の女性に変わるのではないか」と期待するが、「天使は一瞬、自分の牢獄となる場所の入り口で羽ばたいたものの、囚われの状態を知ることのないまま、飛び去ってしまった（took wing）」（七〇四）。子宮を「牢獄」（prison）の比喩で語るデイヴィッドの暗い心性は、この結婚によって充足感を得られず、「常に何かが欠けている」という「影」（七〇三）が胸に巣くうようになってしまったことへの罪の意識と無縁ではないだろう。

「子供」と「牢獄から逃げる」という比喩は、デイヴィッドの語りのなかで、別の挿話に持ち越される。その挿話、つまりスティアフォースに誘惑されたエミリーのその後の物語は、語り手デイヴィッドがあたかも解釈を避けるかのように後景に退き、ミスター・ペゴティの直接話法で語られる。スティアフォースに捨てられ自暴自棄になったエミリーは、召使のリティマーに「監禁されるが（she was made a pris'ner）」、その家から「逃げ出し（took flight）」、海辺で行き倒れになる。そこで出会った貧しい漁師のおかみさんは、以前エミリーが子供たちに話しかけていたとき傍にいた女性で、今は子供を宿しており、エミリーを家に泊めてくれる。「旦那は海に出とるもんだから内緒にしてくれて、近所のもんたちにも（たんとおるわけじゃないが）内緒にしてくれたそうで。エムリーはそこで熱病にかかってしまったんじゃ」。その結果、器用に操っていた外国語をすべて忘れてしまい、幻覚を見たり、譫言を言ったり、「歌ったり笑ったりしとって」「ちいちゃな子供みたいにへたってしもうたそうな」。快方に向かったある日、エミリーは浜辺で遊ぶ少女に「漁師の娘さん、ほら貝殻よ」と英語で呼び掛けられ、「そいでエムリーの奴も、その子の言っとることがわかってな、返事をしたんじゃが、わっと泣き出しちまって、そいで全部思い出したってわけじゃ」（七三〇―三一）。この一連の語りで問題とすべきは、エミリーの「熱病」が指すシニフィエの実体ではなく、ミスター・ペゴティに語りを委ねてしまうデイヴィッドの不安が、不気味なまでにエミリーと子供を連結させてしまうという点である。「熱病」で正気を失ったエミリーは、漁師のおかみさんに、ヤーマスの船の家で「許す」という言葉をもらってきてくれと泣いて懇願するが、彼女の心を苛むそれほどまでに根深い罪の意識を、デイヴィッドもまた密かに共有している。

従って、デイヴィッドが最終的にアグネスとの結婚という形でハッピー・エンディングを迎えることができるのは、彼のアイデンティティを脅かしてきた生まれなかった妹の存在が、デイヴィッドにとってそれまでとは異なる様相を帯びるようになったからである。それは別言すれば、デイヴィッドの語りのなかで、彼が生まれた夜には「ドラゴン」であった大伯母が、「もっとも心優しく、すばらしい女性のひとり」（八四〇）に変貌するときである。大伯母ベッツイーが不在の妹を引き合いに出し、「妹にふさわしい人間になるんだよ」（一八三）とデイヴィッドに言い聞かせるという行為――この大伯母の奇矯な性格を示す一例としか見えなかった不可思議な行為が、実はヴィクトリア朝における中流階級の家庭の「要」（Sanders 一一）としての「兄妹」の言説を踏まえていることに気づくとき、デイヴィッドに存在論的不安を与え続けてきた妹の不在が、彼をアグネスという正しい女性とのモラルに適った結婚に導くために必要な装置であったことが明らかになる。[3] ドーラに恋をしたときには、自分の心は「節操がなかった（undisciplined）」（七〇四）と回顧するデイヴィッドは、常にアグネスを「姉／妹」とみなし、彼女に対する愛を見誤ってきたことを激しく後悔する。しかしアグネスがデイヴィッドにとっての真の愛情の対象となるには、兄弟を道徳的に支える姉妹という立場を経由することが必要だったのであり、[4] それによってようやくデイヴィッドは彼女に、「きみのことを姉妹以上のひと、姉妹とはまったく違うひと（something more than Sister, widely different from Sister）と呼びたいんだ」（八六七）と告白することが可能になるのである。

* * *

この自伝を構成するのは、デイヴィッドにとって忘れがたい特化された記憶の数々である。なかでもひとつ、傑出した記憶がある。それは語り手デイヴィッドが、「幼少時代のさまざまな出来事にまで、その前兆としての影を投げかけている」（七九〇）と注釈をつける記憶である。その記憶の検証抜きに、この自伝をハッピー・エンディングと結論づけるわけにはいかないだろう。それはこのテクストの中でもっとも緊迫した一章、すなわちスティアフォースが亡くなった嵐の夜の記憶である。その日、デイヴィッドはエミリーの手紙をハムに届けにヤーマスにやってくるが、空前の暴風雨のなか、彼を発見できない。海辺からは、激しい波にもまれている難破船上で奮闘している人々にまじって、「長い縮れ髪をした」ひとりの男が立ち働く様子が見える。そのとき大波で船がさらわれ、マストにしがみついている男がふたりに減るが、そのうちのひとりは「縮れ髪」（七九八）の男である。そこへハムが現れる。デイヴィッドは駆け寄って、あのふたりの男たちを助けてやってくれと言おうとするが、ハムの顔に浮かんでいる決意を見て、息を呑む。

海のほうを向いた彼の顔と表情に浮かんだ決意、それはエミリーが出奔した翌朝、彼の顔に浮かんでいた表情とまったく同じであったので、それで僕は彼の危険に思い至った（the determination...awoke me to a knowledge of his danger）。僕は両腕で彼を引き留めようとし、それまで僕と話をしていた周囲の男たちにも、彼の言うことを聞かないでくれ、人殺しをしないでほしい（not to do murder）、この砂浜から彼を行かせないでほしいと必死で頼んだ。（七九九）（傍点筆者）

とそのとき、マストにひとり生き残っている男が赤い帽子を振っているのが見え、その動作が「かつての親友の記憶を僕の胸によみがえらせて、僕は気も狂わんばかりになった」（八〇〇）。ハムは海に飛び込み、波にもまれながら船に近づこうとするが、あと一息というところで彼も船も大波にさらわれて、直後にハムの遺体が浜に打ち上げられる。

緊迫感と混沌が同居するこの場面は、一義的な読みを頑に拒絶する。まずデイヴィッドは最初から「縮れ髪の男」に注目しているが、それはなぜか。この男をハムだと読者に思わせたかったのだろうか。ここではスティアフォースもハムも「縮れ髪」だという事実が重要な意味を持つのだろうか。そしてこの男が赤い帽子を振るまで、彼がスティアフォースだということに、デイヴィッドは気づかなかったのか。気づいているかいないかで、デイヴィッドがハムを行かせまいとした理由が変わってくるのではないか。問題は傍点の箇所の解釈であるが、それを考えるためには「エミリーが出奔した翌朝、彼の顔に浮かんでいた表情」がいかなるものであったかを確認しておく必要がある。それは「今後スティアフォースに出会うことがあれば、彼を殺してやる」

（四六二）という決意の表情であったはずだ。とすると、傍点を付した「彼の危険」とは、ハムの身が危ないという意味ではなく、スティアフォースがハムに殺される危険性があると読むべきではないか。もしそうなら、その次の傍点の「人殺しをしないでほしい」というくだりは、危険な海にハムを行かせて見殺しにしないでほしいという意味ではなく、ハムにスティアフォースを殺させないでほしいと読むのが自然である。しかしその場合、この時点ですでにデイヴィッドは、マストの上にいる男がスティアフォースであると認識していなければならない。語りの順序に従えば、実際にその男がスティアフォースであるとデイヴィッドが気づくのは、そのあとである。だがこの点についても語り手のデイヴィッドは予防線を張っている。前述の事件が起こる直前に、彼はこの日の自分の記憶の不確かさを告白しているのである。

最近起こった出来事によって、思いもしないほど深刻な影響を受けていた。それに猛烈な風に長く晒されていたことも手伝って、頭が混乱してしまっていた。思考と記憶がごちゃごちゃに乱れ、時間と距離の感覚が狂ってしまっていた。（七九五）

デイヴィッドの自伝のクライマックスとでもいうべきこの日、記憶が曖昧だという断りのもとで彼の語りが浮かび上がらせるのは、スティアフォースを決してあきらめられないデイヴィッドの姿である。

デイヴィッドがこれほどスティアフォースに固着する理由は、那辺に求められるのか。出会いの瞬間からふたりを結びつけた絆の性質が垣間見える場面がある。セイレム学園時代、デイヴィッドが初めてスティアフォースを伴って、ヤーマスのペゴティ一家を訪れたときのことである。夜の浜辺を歩いて船の家に到着すると、中から人の声と拍手が聞こえる。扉の内側では、ハムとエミリーの婚約を祝い、一家の人々が歓喜に沸いている。「このちょっとした光景は、僕たちが中に入っていったことで一瞬にして消え去ってしまい、まるで初めからそんなものなどなかったかのようであった」（三一九）。扉をはさんだこの一瞬、内側のペゴティ一家は光のなかに、外のふたりは影のなかにいる。家族の物語を成立させているのが「廃除のメカニズム」（Corbett 八八）であるなら、この場面でスティアフォースとデイヴィッドは、理想の家族を支える他者としての位置に甘んじている。

すでに確認したように、兄弟姉妹の関係がデイヴィッドの自己形成の航路を導く羅針盤の役目を果たしているとすれば、デイヴィッドにとっての「良き天使」であるアグネスから、彼の「悪い天使」（三七四）であると指摘されてしまうスティアフォースは、兄妹の絆に次々とひびを入れていく。デイヴィッドの架空の妹を喚起して彼の主体を揺るがせるのみならず、同じ屋根の下で育ち、結婚によって、従兄のハムが「兄のように面倒をみる」（三二三）はずだったエミリーを誘惑する。それによってミスター・ペゴティと妹のペゴティは、離散生活を余儀なくされる。スティアフォースの遠縁にあたり、彼と一緒に育ったミス・ダートルは、彼女の愛情をあざ笑うかのようなスティアフォースの冷淡な扱いのせいで、彼に対する激しい愛憎の感情に苦しむ。兄妹間の絆をずたずたに裂くスティアフォースの悪癖は、家族の絆や愛情に容赦なく向けられる。

スティアフォースが、ペゴティ一家という「実直な家庭を汚した（pollution）ことに、無意識のうちに加担していた」（四六一）ことを自覚するデイヴィッドは、スティアフォースを内から蝕む悪徳――家族や家庭への強烈な憎悪の気配を察知している。身内の名のもとに彼に異常な愛を注ぐミス・ダートルの顔にハンマーを投げつけて傷痕を残し、その傷を見るたびに自分が犯した罪をつきつけられるスティアフォースの苛立ちに、デイヴィッドは深く感応しているのではないか。なんとなれば、彼もまた、義父マードストンが与える懲罰に抵抗して彼の手に噛みつき、その結果、「真っ赤に醜く腫れ上がる」まで顔を打ち据えられ、「どんな凶悪犯罪よりも重く胸にのしかかる」（六九）ほどの罪の意識を植え付けられた過去の記憶があるからだ。「こんなにも似ている！」（八〇四）とデイヴィッドを感嘆させるほど「強烈な似姿」「同じ性質」（四四〇）の母親に「誤った方向付けをされた」（四七七）スティアフォースのなかに燻る近親憎悪を、デイヴィッドはどうして愛しく思わずにいられようか。自分を守ってくれることなく死んでいった赤ん坊のように無力な母、そんな母と同種の妻を娶ってしまう自分。ままごとのような結婚生活のなかで、デイヴィッドは思わずドーラに向かって「僕たちはまわりのみんなをだめにしている（infect）」（六九九）と口走ってしまう。このテクストでは、夫婦の関係が「堕落」や「感染」と結びつき、子に対する親の感情は「病んだ愛」（八四七）と描出される。兄弟はカインとアベルの連想で語られる。だからデイヴィッドは、あれほど愛したスティアフォースのことを決して兄とは呼ばない。彼がスティアフォースに与えた呼び名は「友」、「誰よりも愛しい友（my dearest friend）」（三六八）である。[5]

その「友」を——スティアフォースが言い遺したように「一番いい」彼を——記憶する（四四三）ことこそが、この自伝の最大の目的ではなかったか。身内への嫌悪を抱えて、人知れず罪の意識に悩まされるデイヴィッドが、すべてをかけて自己を投企しようとした相手、それがスティアフォースである。浜に打ち上げられた彼の遺体は、「学校時代によく目にしたように、頭を腕の上にのせた格好で横たわっていた」（八〇一）。月光のなか、この姿勢で眠るスティアフォースの姿は、彼が後に犯すいかなる裏切りの影響をも受けず、純化され、結晶化した記憶として、デイヴィッドの語りのなかで燦然と輝く。ハムにスティアフォースを殺さないでくれと懇願することが、そしてもっとも愛しいこの寝姿でスティアフォースの思い出を記憶することが、ペゴティ一家に対するいかなる裏切りになろうとも、その行為によって、また新たなる罪の意識に苛まれることになろうとも、ミスター・ペゴティとエミリーをオーストラリアに追いやってまでなお[(6)]、デイヴィッドはそれを記さずにはいられない。ここに至ってようやく、「喜びと後悔に引き裂かれながら」、ディケンズは「ペンを置く」（一一）ことができるのである。

周知のように、このテクストにはチャールズ・ディケンズの名前と彼の影が散見される。頭文字を逆さにしたデイヴィッドは言わずもがな、ミスター・ディックや、彼が執筆中の回想録のテーマがチャールズ一世であるといった細部にも、彼の名前は見出せる。義理の父によって愛する母との仲を裂かれ、セイレム学園へと追いやられる道中、ひもじさを訴えたデイヴィッドに食事を与えようとメル先生が立ち寄った救貧院――そこに先生は、自分の母親を偽名でこっそり預けているのだが――で、扉を開けた先生の顔を見るなり、中にいたひとりの老婆が発した言葉は、「おや、チャーリーじゃないかい」（My Charley!）であった（八五）。名前は違うけれど、エミリーを探して暗闇のロンドンを倦むことなく歩き回るミスター・ペゴティにも、ディケンズの影を見ないわけにはいかない。彼らは一様にデイヴィッドを慈しむ。しかしエミリーにとっての父親的存在、彼女を「可愛い子供」と呼び、そのすべてを受け入れ、無条件で彼女の罪を許してやったミスター・ペゴティのような人物が、デイヴィッドにもひとりいる。一八六七年版の序文で、ディケンズは『デイヴィッド・コパーフィールド』についてこう語ってはいなかったか――「愛情におぼれた多くの親同様、実は私にもお気に入りの子供がいるのです」（Dickens［一九八三］七一八）。

□注

（1）本文中の *David Copperfield* からの引用は、Charles Dickens, *David Copperfield* (London: Penguin, 1996) に拠るものとし、以下頁数のみ記す。

（2）ディケンズとユレニア・コテッジの関わりについては、Hartley 参照。

（3）ディケンズの小説を兄弟姉妹の観点から分析した論としては、Furneaux 参照。

（4）一般に姉妹の方が兄弟よりも高い道徳性を備えていると考えられていた。Sanders 一一二。

（5）友情という概念の意味するところは広く多様である。Davidoff 一〇八。

（6）エミリーの追放は、デイヴィッドのアイデンティティ確立という観点からも必至である。

□引用文献

Corbett, Mary Jean. *Family Likeness: Sex, Marriage, and Incest from Jane Austen to Virginia Woolf.* Ithaca: Cornell UP, 2008.

Davidoff, Leonore. *Worlds Between: Historical Perspectives on Gender and Class.* Cambridge: Polity P, 1995.

Dickens, Charles. 'An Appeal to Fallen Women'. *The Letters of Charles Dickens.* Vol. 5. Ed. Graham Storey and K. J. Fielding. Oxford: Clarendon, 1990. 698-99.

———. *David Copperfield.* London: Penguin, 1996.

———. 'Home for Homeless Women'. *Household Words* 23 Apr. 1853: 169-75.

______. 'Preface to the Charles Dickens Edition'. *David Copperfield*. Ed. Nina Burgis. Oxford: Oxford UP, 1983.

Furneaux, Holly. 'Charles Dickens's Families of Choice: Elective Affinities, Sibling Substitution, and Homoerotic Desire'. *Nineteenth-Century Literature* 62 (2007): 153-192.

Hartley, Jenny. *Charles Dickens and the House of Fallen Women*. London: Methuen, 2009.

Sadrin, Anny. *Parentage and Inheritance in the Novels of Charles Dickens*. Cambridge: Cambridge UP, 1994.

Sanders, Valerie. *The Brother-Sister Culture in Nineteenth-Century Literature: From Austen to Woolf*. Basingstoke: Palgrave, 2002.

11

始まりも終わりもない物語

ジョージ・マクドナルド『ファンタステス』における光と闇

George MacDonald

鵜飼信光

『リリス』（一八九五）と並んで、『ファンタステス——成年男女のための妖精物語』（一八五八）は、スコットランド出身の詩人・小説家ジョージ・マクドナルド（一八二四—一九〇五）の代表作である。その夢幻的な作品は、二十一歳になったばかりの青年アノドスが、誕生日の翌朝に妖精の国へ歩み出すいきさつの説明から始まる。アノドスは古くから伝わる城の相続者で、母は彼が幼い頃に亡くなり、父も数年前に亡くなっている。父は再婚したが、アノドスの継母が今も存命中かは言及されない。数ヶ月と思われる旅の後、妹たちが心配して待っていた城へ戻るが、現実界では彼は二十一日間、行方不明になっていたことが分かる。妹たちは彼がいなくなった朝、彼の部屋の床が洪水になっていて、「その日一日中、城と地面に不思議な、ほとんど見透かすことのできない霧が立ちこめていた」（二五章、二七二）ことを告げる。(1)

旅立ちの前夜に妖精が出現することも、その朝、床に水があふれ、寝室が森の端に変化することも不可思議だが、森の奥へ進むアノドスが、すれ違った田舎娘にいきなり与えられる警告も理解不能なものである。「カシワとニレと大きなブナを信用すること。カバノキには用心して。彼女は正直だけど、若すぎて気まぐれなの。けれど、トネリコとハンノキは避けて。トネリコは人食い鬼なの――彼の太い指を見れば彼だと分かるわ。ハンノキは、もしも夜に彼女を近寄らせたら、髪の網であなたを窒息させるわ」（三章、五二）。さらに一人で進むアノドスは昼頃、娘の母の田舎家に着き、再びトネリコの恐ろしさを告げられる。その後、昼間は熟睡しているトネリコが夕方に目覚めて出かけたのとは反対の方向へアノドスは向かうが、夜の森でトネリコの襲撃を受け、逃げ惑うところをブナの木に抱き留められて救われる。

トネリコとの恐ろしい遭遇の少し前、アノドスはアザミの茂みに隠れた地の精か小鬼妖精（gnomes or goblin-fairies）が次のように言い合っているのを耳にする。

「彼を見ろ！　彼を見ろ！　彼は始まりのない物語を始めているぞ。その物語は決して終わりを持たないだろう。ヒッ、ヒッ、ヒッ！　彼を見ろ！」（四章、六六）

森の中を歩いているこの瞬間、アノドスは何かの「物語」を語りつつあるわけでも、書き記しつつあるわけでもない。また、アノドスの妖精の国をめぐる旅には確かに始まりがあったし、彼はやがて現実界へ帰還もする。アノドスが耳にするこの不可解な揶揄には、作品の理解を助けるような手がかりはないだろうか。

始まりもなく終わりもない、ということについては、トネリコとの遭遇の少し後で語られる、人食い鬼（ogre）の家のエピソードに、関連のある一節が見られる。その人食い鬼の家に着くまでのアノドスの旅も、不思議に満ちている。トネリコから救ってくれたブナと別れた後、アノドスは小山の麓の洞窟で、詩と歌の力で雪花石膏の中から大理石の女性を出現させる経験をする。その女性はすぐ森へ走り去り、アノドスは彼女を追うが、最初の田舎家にあったアーサー王物語を模した本の中の、パーシヴァル卿を彷彿とさせる騎士と出会う。騎士はアノドスがその本を読んだかを尋ね、本の中のパーシヴァル卿と同じように、自分自身もハンノキの乙女の誘惑に負けたことを告げてアノドスに警告するが、夜の森の中で、アノドスは大理石の女性と間違えたハンノキの乙女に籠絡される。トネリコもそこに現れアノドスは取り殺されそうになるが、彼方で騎士がトネリコの本体を斧で切り倒したため、一命を取り留める。アノドスはその後、農家で一晩泊めてもらい、農夫の妻から人食い鬼の家がこの先にあるので気をつけるよう警告される。しかし、アノドスは結局それと知らずにそこへ行き着いてしまう。

その家にいた老婆はアノドスを捕らえて食べたりはしないが、彼は家の壁に一つだけあった扉に抗いがたい好奇心を感じ、老婆の警告にもかかわらず扉を開け、不思議にもその扉の向こうにあった闇の彼方から走ってきた黒い影のようなものに取り憑かれてしまう。老婆はそれが彼を見つけた彼自身の影なのだと説明する。影はその持ち主を探してさまよっていて、その扉を開ける者は、特に森でハンノキに出会った後では、たいていはその影に見つけられてしまうのだと、老婆は言う。そう言って初めて顔を上げた老婆の口には長い歯がたくさんあり、アノドスは彼女が人食い鬼だったと知り、呆然としてその家を去るのだが、彼がその家にやってきた時、その老婆は顔も上げずに、大きな本から次のような一節を朗読したのだった。

「そしてそれ故、闇は、始まりを持たなかったのと同じように、決して終わりを持たないだろう。そしてそれ故、闇は永遠である。他のあらゆることの否定は、闇の肯定となる。光が来ることができない場所に、闇は棲む。闇は無限に広がり、光はその中に坑道のような空洞を作るのみである。闇は、光が踏み出す一足一足に付き従う。そうだとも、闇はその巨大な海の密かな水路から泉となって噴き出し、光のただ中に湧き出るのだ。まことに、人は、くまなく取り囲む夜の中を不安げに動く、つかの間の炎に過ぎない。人は夜の闇なしには存在することはできず、人の一部は、闇から成る。」（八章、一〇九）

ここで言われる、始まりも終わりも持たない闇と、小鬼妖精たちに、始まりも終わりもないと揶揄されるアノドスの旅には、何かの関連性を見ることはできるだろうか。物語の終わりのなさについては、ずっと後、石の正方形の塔に影とともに閉じこめられていたアノドスが解放された時、その解放の喜びが新たな自己の誕生のイメージで言われる一節に、関連を思わせる語句がある。

死者から白い魂が立ちのぼるように、過去の物言わぬ踏みつけられた自己から、もう一つの自己が立ちのぼるように思われた。疑いもなく、この自己は再び死んで埋められなければならず、そして再び、その墓から翼を持った子供が飛び出すに違いない。しかし、このことの記録を私の歴史はまだ持っていない。自己を殺すことにおいてすら、自己は生命を得るだろう。しかし、それよりもさらに深く強い何かが常にあり、それは魂の未知の深淵からついに現れ出るだろう。それは、目を輝かせた厳かな薄闇としてであろうか、あるいは、雨上がりの澄んだ朝としてであろうか、あるいはまた、どこにもそれ自身を見出さず、しかも、あらゆる場所に自身を見出す、ほほえむ子供としてであろうか？（二三章、二四七）

アノドスは、非常に深く強い何かが魂の深淵からついに現れることへの希望を表明する。しかし、そのことの記録をアノドスの歴史はまだ持っていない。記録（history）は物語（story）と通じ合い、最高の善きものの到来が希望されつつ、その到来の物語は未完である、という思いは、作品の次のような結末とも共通する。

> けれども私は善が私の方へやってきつつあることを知っている――善が常にやってきつつあることを。しかし、ほとんどの人はそれを信じるための素朴さと勇気をいつも持てないでいる。私たちが悪と呼ぶものは、人とその時点での状況にとって、最善のものが帯びることのできる唯一の、そして最善の形なのである。だから、さようなら（*Farewell*）！（二五章、二七三）

悪が最善のものが帯びることのできる唯一の、最善の形である、という考えは、作品のこの結末で、初めて、一見、唐突に出てくるものである。善の到来への確信が表明されているものの、悪すらも最善が帯び得る唯一の形であるという、この絶望とほとんど隣り合わせであるようにすら思われる結末は、一体何なのだろうか。ここまでに提示したいくつかの問題に答えを見出し、一つの解釈を提示することを目指しながら、『ファンタステス』の考察を進めていきたい。

1　影と所有欲的な愛、アノドスの織る物語の織物

人食い鬼の家でアノドスに取り憑いた影は、時には黒い太陽からの放射のように伸びてゆき、その一つの先端が本物の太陽を打つと、太陽はしおれたようなって暗くなる。その影がさすと花々は枯れ、妖精の子供も味気ない平凡な姿となる。アノドスはパーシヴァル卿に似た騎士と再会するが、武勲を立てて鎧が輝かしくなっていた騎士も、影が差すと幻滅を感じさせ、アノドスは騎士と別れる。その後アノドスは、触れると美しい音のする球を持ち、楽しげに歌って踊る少女と出会う。彼女は二日連続、正午に現れ、アノドスと一緒に歩いて夕方になると去った。その少女は三日目も現れ一緒に歩いたが、影が自ら急に動いて彼女を覆うと、彼女の愛らしい外見は変化しなかったものの、アノドスは彼女の球について知りたいという欲求に抗えなくなる。アノドスがつかんだ球は大きな音を立てて震え始め、やがて割れて黒煙を発する。少女はアノドスが球を割ったことをなじって泣きながら去る。

アノドスの影について、人食い鬼の老婆は「私はお前たちがそれを、お前たちの世界では違った名で呼んでいると信じている」（八章、一一二）と言っていた。これは、マクドナルドの子供向けの物語『北風の後ろの国』（一八七一）で、北風が人間たちは彼女を違う名で呼んでいる、と少年ダイヤモンドに言うのと似通っている。「人々は私をさまざまな恐ろしい名前で呼び、私についてすべてを知っていると思うの。けれど、人々は知ってなどいないわ。人々は時々私を悪運と呼んだり、悪い偶然と呼んだり、破滅と呼んだりするの。そして、人々は私を呼ぶのに、もう一つの、人々があらゆるものの中で最も恐ろしいと思う名前を持っているわ」（三六章、三五四）と北風は言う。しかし、人間たちが北風を呼ぶ最も恐ろしい名が「死」であることが、その物語で

は比較的明瞭に分かるのに比べ、アノドスの影が現実界の何に相当するかは、漠然としていて限定するのが難しい。

アノドスの影は彼のさまざまの負の側面を漠然と表していると考えられるが、彼の負の側面の重要なものとして、所有欲と結びついた愛、がある。アノドスは球を持っていた少女と別れた後、接近すると姿が醜くゆがむ人々の住む村に滞在したり、小鬼妖精のいる砂漠地帯を通ったりした後、大きな川で見つけたボートに乗って眠るうちに、広壮な妖精の女王の宮殿にたどり着くが、その宮殿の図書室で彼が読むコスモ・フォン・ヴェールシュタール（ヴェールは「武器」、シュタールは「鋼、剣」の意）とフォン・ホーエンヴァイス公女（ホーエンは「高さ」、ヴァイスは「白い」の意）の物語は、所有欲と結びついた愛を主題としている。コスモは魔法で鏡に閉じこめられている公女を解放するために鏡を割らなければならなかったが、鏡と一緒に彼女を失うことを恐れてそれができず、その後、自分は死ぬ覚悟で、公女のためをのみ思う無私の愛から鏡を割り、死の直前に、解放された公女と現実の世界で会うことができる。

アノドスはコスモの物語から教訓を学ぶべきだったが、宮殿で二度目に大理石の女性を詩と歌の力で出現させた時、所有欲的な愛のせいで彼女を失う。詩を歌っている間、再び現れた女性は、像とも生身の女性とも見分けがつかなかったが、歌い終わり、詩の高揚感が去ると、女性は像でしかないのが分かり、アノドスは希望からの反動で、「触れてはいけない」と台座に記されていた掟を破って、彼女に飛びつきかき抱こうとする。すると、彼女はもがいて身をほどき、「あなたは私に触ってはいけなかったのに」（一六章、一八六）と非難するように叫びながら走り去ってしまう。大理石の女性は白さが強調されていたが、アノドスは、高い台座に現れたその白い女性を、武器や鋼が象徴するような男性性に特有の、所有欲的な愛のせいで失い、妖精の女王の宮

殿もかき消え、女性が消えていった地下への大きな穴へ降りてゆくことになる。(2)

作品のちょうど半ばほどに、二十数ページにわたって挿入されているコスモの物語は、作品の統一感を損ないかねない面はありながらも、フェルナンド・ソトなどの研究者が特に指摘しているように（Gunther 五五―五七；Soto "Mirrors" 三八―四〇）、所有欲的な愛という主題によって、アノドスの物語と密接に結びついている。ソトはさらに、『ファンタステス』の中のさまざまなエピソードの鏡像的な対応関係という点から、コスモの物語の鏡の主題に注目しているが、ここではソトが言及してない、コスモが鏡を購入する以前の、次の箇所を見てみたい。

彼はあらゆるものを、まるで薔薇色のガラスを通して見るかのように、見るのだった。彼が下の通りを見下ろす時、一人の乙女が通りかかれば、必ず、その乙女はまるで物語の中にいるかのように動き、その姿が見えなくなるまで、彼は思考を引きつけられるのだった。通りを歩く時にはいつも、彼は物語を読みつつあるように感じ、興味深い顔にすれ違うたび、それをその物語の中に織り込もうとした。甘い声が聞こえると、それはいつも通り過ぎる天使の翼のように、彼の魂をなでるのだった。実に、彼は言葉を持たない詩人だった。（一三章、一五一―一五二）

コスモは現実を物語のように見るのだが、この傾向は宮殿の図書館にある書物が持つ特別な力との関連で重要である。アノドスがそこで書物を読むと、哲学書であれば、言葉という媒体なしに、その思想体系そのものが、頭の中に構築され、物語であれば、主人公にまさになり代わって、物語を生きたような感覚を覚えるのである。

アノドスはコスモの物語を読みながら、コスモになったかのように生きるのだが、その物語の中でコスモは現実を物語のように見る。アノドスは物語を現実のように生き、コスモは現実を物語のように見るという、鏡像のように対称的な関係がそこにはある。

妖精の出現に端を発するアノドスの旅の始まりも、「物語」と大きく関わっている。成人となった二十一歳の誕生日、城の相続者としての法的権限を与えるいくつもの儀式の中で、アノドスは父の私的文書が保管された書き物机の鍵を渡される。その日の夜、一人になるとすぐ、アノドスは父の部屋で、「畏敬の念と好奇心が奇妙に混じり合った心情とともに」、暗いカシワ材のタンスに近づいて思う。「ひょっとすると私は、情熱で黒焦げにされ、涙で石化された化石を伴った、人間世界の埋もれた地層のいくつかを、地質学者のように、明るみに出そうとしているのかもしれない。ひょっとすると私は、個人的な来歴を全く知らない私の父が、どのように彼の物語の織物を織り、世界をどのように見出し、世界の中で彼が最後にどのようになったのかを、知ろうとしているのかもしれない」(二章、四二)。そして何重もの複雑な棚を開いていくと、奥まったところにリボンで結ばれた一束の書類が現れる。アノドスがその書類に触れるのを恐れ、椅子にもたれてそれを眺めていると、小さな妖精が書類のある空間の敷居に出現する。

アノドスの父の書類は、単に金銭の出納を記したものに過ぎなかったかもしれないが、アノドスはそれが物語かもしれないと思い、非常に苦心してそれを見つけ出す。彼が父の書類をその後読んだかどうかは、述べられないままだが、重要なのは、物語であるかもしれない父の書類を見つけ、読もうとしていたまさにその時、妖精が出現し、アノドスの妖精の国へ至る物語が始まるということである。父の物語に非常に強く引きつけられ近づいていったアノドスは、彼自身の物語の中へ入り込み、その物語を生きていくことになるのである。そして、その物語の果てに、父と同じようにアノドスも、彼が生きた物語を書き記した一束の書類を後に残す。大理石の女性を追ってかなわなかった彼の物語はまさに「情熱で黒焦げにされ、涙で石化された化石を伴った」ものだとも言える。アノドスは父が「どのように彼の物語の織物を」織ったかを思うが、彼自身も自分の物語の織物を織っていくことになる。アノドスは小鬼妖精たちに「彼は始まりのない物語を始めているぞ」と揶揄されるが、アノドスにとって、妖精の国を旅していくこと自体が、物語の織物を織り、それを作っていくことなのである。(3)

2 妖精の国の理想が及ぼす力

父の部屋で、アノドスの前に現れた小さな妖精は、普通の大きさになり、やがて彼に「あなたには、明日、妖精の国への道を見つけさせてあげましょう。さあ、私の目をのぞき込むのです」と言う。(4) そしてアノドスは記す。「熱心に（eagerly）私はのぞき込んだ。二つの目は私を、未知の切望で満たした。どういうわけか私は、母が私が赤子の時に死んだことを思い出した。私ががさらに深く、深く見つめると、目は私のまわりに海のように広がり、私はその水に沈んだ。私は他のすべてのことを忘れ、やがて、自分が窓辺にいるのに気づいた」（一章、四五）。その時、妖精の姿はなく、「妖精の国で、アノドス」という声だけが傍らでし、翌朝、妖精の予言どおり、彼は妖精の国への道を見出す。

アノドスは父が残したかもしれない物語を読もうと熱望して、父のものではないが、自分自身の物語の中へ入り込む。彼はまた、妖精に目をのぞき込むよう言われて熱心にのぞき込み、その目の中へ入り込んだようになる。彼が妖精の目を熱心にのぞき込んだのは、「妖精の国への道を見つけさせてあげましょう」と言われたからである。アノドスは、自らが熱望するものの中へ入っていく性質があるが、彼が妖精の国へ入っていったのも、彼が熱望していたからだと考えられる。旅立ちの朝、寝室の水盤から水が床へ流れ出て、絨毯の模様の草花が、本物のように水にそよぎ始めるが、草とヒナギクの野を模した絨毯をデザインしたのはアノドス自身である。彼は、引き出しに凝った葉の模様が彫刻してある化粧卓を寝室に置いていて、その彫刻が本物の植物へ変化する。彼の寝室は壁がなくなり、森の端になるのだが、アノドス自身が、寝室を植物に囲まれたもののようにしようとしていたのである。

トネリコから救ってくれたブナに、アノドスは「私は妖精の国へ行きたいと、しばしば切望していた」（四章、七四）と語っている。最終章でアノドスは、「自分の理想を求めて出発した私は、自分の影を失ったのを喜びながら帰還した」（二七二）と述べている。アノドスは、旅立ちの前から、理想を求めて、妖精の国へ行くことをずっと切望していたことが分かる。アノドスは妖精の国で、影に取り憑かれて苦悩するが、旅の間、彼は決して理想や至福の瞬間と無縁だったわけではない。大理石の女性を最初に出現させる直前、アノドスは洞窟の様子を「そのコケやシダの形、群がり、陰影の多様性は、私の中で詩のように作用した。何か一つの目的にそれらすべてが同意したのでなければ、そのような調和はあり得なかったからだ」と描く。「ここで私はしばらく、甘美な夢想に浸りながら横たわっていた。その間、すべての美しい形、色、音が私の脳を、それらが命令も許可なしに出入りできる、共通のホールとして使っているように思えた。形と霊的な感覚のこの集合によって今目覚めさせられたほどに、単純な幸福を感じる能力が私の中にあるとは、想像したこともなかった」（五章、八二）。

アノドスはその洞窟で、ピグマリオンの伝説を描く浅浮き彫りを壁に見つけ、「彫刻家の脳の見えないホールで、思考が既に形態をまとわせた可視的な身体」（五章、八二）へとピグマリオンが大理石の塊を整形することを思う。その直後、アノドスは雪花石膏の中に、大理石の理想の女性像を見出す。アノドスの「脳のホール」を精妙な調和が満たし、それが理想の女性像を生んだのだと考えられる。音楽好きではあっても詩や歌を作る才能がそれまでなかったアノドスが、急にその時、詩と歌で女性を雪花石膏から出現させることができるようになったのも、彼の脳を浸した美と調和の影響であるだろう。妖精の女王の宮殿でも、あるホールの端にある大きな深紅の椅子に座りながら、アノドスは、「内面の目の前を、長く、時には混み合った列になって通り過ぎる、当惑させるような美しさのイメージの連続」（一四章、一七四）に身を委ね、このような経験は、大理石の女性を出現させる前に洞窟で経験したことがあるだけだと思う。そして、この美の至福の経験は、アノドスが宮殿で二度目に、大理石の女性を、今度は虚空から出現させるのに成功したことにつながっているだろう。

アノドスは二度目に出現させた女性を、ただ詩と歌の力によってだけ、生身の女性へと変化させようとしなければならなかった。しかし、詩的な高揚感が冷めたアノドスは、彼女を手で我が物にしようとし、彼女を失う。アノドスを以前襲ったトネリコが獣の手の形をしていたのも、手で我が物にしようとする所有欲と対応しているだろう。アノドスを襲うトネリコは、アノドスの内面にあるものに他ならない。アノドスを籠絡するハンノキの乙女も、トネリコと同じ所有的な愛と一体だと考えられるだろう。アノドスが女性を我が物としようとするように、ハンノキの乙女もアノドスを我が物にしようとする。ハンノキのアノドスに対する籠絡は、さまざまな物語を聞かせるという特徴がある。ハンノキの膝に頭を置いて見上げながら物語を聞かされているアノドスは、母からのような慰めをハンノキから得ているが、彼は所有的な愛という求めるべきでない欲望に、慰めと喜びを得てしまっている。[5] そうであるからこそ、人食い鬼の老婆が言うように、森でハンノキに会った者はとりわけ影に見つけられやすい。

アノドスの影は、あらゆるものを蝕むが、球を持った少女だけは影によって変化させられない。[6] 影にも蝕まれない少女の力の源は、彼女が妖精の女王からもらった球にあるだろう。少女はアノドスに球を壊されるが、少女が泣いて女王のもとに行くと、今度は詩を生み出し歌う力を与えられる。彼女はその力で、影によって塔に閉じこめられていたアノドスを解放する。アノドスを助けたブナは、トネリコは心に空いている穴を埋めようとしていると言い、農家の妻はハンノキの乙女の美が自己破壊的で、内部を蝕むものだと言う。所有欲はそうした内部の空虚さに起因するのであり、対照的に、妖精の国でアノドスが時折感じる美と調和の至福は、内部を充実させ、詩と歌を外部に発露させる。妖精の女王は一度も登場しないが、女王はそのような充実を生み出す、美の力を象徴しており、時折ではあるが、妖精の国でアノドスは「影」とは対極的な、そうした「理想」の力に触れ、その作用を受けるのである。

3 繰り返される自己の死と再生

そのようにアノドスは妖精の国が及ぼす力の作用を受けるが、それは永続的ではなく、彼は二度目に去った大理石の女性を求めて、彼女が降りていった地下を旅する。地下では小鬼たちに揶揄され、ハンノキの乙女に似た美女に変身する老婆に誘惑されるが、今度は惑わされない。アノドスは産道のように狭くなった地下の道から地上へ出、死を求めて岬から海に飛び込むが、母に慰められるような感覚を得、近くへ漂ってきたボートに乗り、やがて平たい半島にある、目だけが若い、老いた賢女が住む田舎家へ着く。アノドスは地下の旅を経て地上へ出たことや、死を求めて海に飛び込んだことで、象徴的に二度の再生を経験してはいるが、彼はまだ絶望にうちひしがれていて、賢女に幼児のように慰められなければならない。

賢女の田舎家の中には四つの扉があり、アノドスは第一の扉を出て子供時代の世界に一時戻り、弟の死の原因になったのかもしれないという罪悪感を新たにする。第二の扉の向こうでは、大理石の女性が生身の女性となってパーシヴァル卿に似た騎士の妻となっていることを知り苦悩を深める。第三の扉は町の通りへ通じていて、そこでアノドスは過去の恋人を見かけ、心苦しさから脇にあった扉に入るとそれは恋人の家で、アノドスは彼女の部屋へ入ることにする。しかし入ると、そこは深夜の大きな教会で、恋人と思われる女性が白い衣装で歩いていて、やがて寝台のような墓に上って横たわり、アノドスが近寄って触れると大理石になっている。教会はいつの間にかアノドスの一族のチャペルになり、アノドスは先祖の一人の高貴な騎士の彫像を見出す。彼が見知らぬ死者の国にいる自分への哀れみを求めて訴えると、闇の中で暖かなキスが唇に与えられ、闇から現れた手が彼の手を一時、力強く、温かく握る。アノドスは死者と自分を隔てているヴェイルの薄さを思い、さらに手探りで進んで見つけた地下納体堂の入り口の扉を開け、賢女の田舎家へ戻る。

トネリコから救ってくれたブナにアノドスは、「幸福ではなかった一人の女性を私は知っている」（四章、七四）と語っていて、ニック・ペイジが指摘するように（Page 七四、注一〇）、これはアノドスのかつての恋人を指していると考えられる。アノドスは何らかの事情でこの恋人を不幸にしてしまい、それが心の傷となっているようである。その恋人はこの時点で、白い大理石の女性といくらか重なり合い、また、死者の世界と結びつけられている。アノドスは賢女の田舎家の扉を出ては過去の苦痛と対面して戻り、賢女の慰めを受けるが、自暴自棄の心情は抑えられないようで、賢女の制止を振り切り、第四の「無時間」の扉の向こうへ飛び込んでしまう。その向こうで何があったかをアノドスはまったく覚えていず、賢女は彼をそこから助け出すのと引き替えに、一年間、家を洪水に包まれることになる。賢女はアノドスの悩みの最悪の瞬間にも、それについて彼を完全に満足させる何かを彼女が知っていることを信じるよう言い聞かせながら、彼を送り出す。

アノドスはその後、ある塔に住んでいた二人の兄弟と協力して三人の邪悪な巨人と戦う。兄弟たちは巨人と相打ちになり死んでしまうが、アノドスは傷を負うことなく、巨人を一人倒す。兄弟の父である国王の歓待を受け、騎士の称号も授けられ、アノドスはいくらかおごり高ぶって森を進んでいたところ、自身の影が変身した騎士に戦いを挑まれてすくんでしまい、影とともに小さな塔に幽閉される。やがて、かつてアノドスが球を壊した少女が、大人の女性になってやってきて詩と歌の力で彼を塔から解放する。女性は他の人々を助けるために去り、アノドスは謙虚な心持ちになって、影が消滅していることを喜びながら旅を続ける。彼はパーシヴァル卿に似た騎士に再会し、大理石の女性のことでわだかまりはありながらも、互いにそれは話題にせず、その騎士の従者になる。そして、森のある場所で行われていた邪悪な宗教の儀式で、人身の生け贄を受けていた巨大なオオカミの姿の神と対決し、その神を絞め殺しながら、自らも命を失う。

影との塔の中での幽閉から解放された時、アノドスは自己の新たな再生を思うが、本論の導入部で引用した一節で見たように、彼は自己がそうした死と再生を繰り返さなければならないと捉えている。影の消滅の後にも、大理石の女性を失った苦悩は心の奥底で持続しているようで、邪悪な宗教の儀式で、大勢の信者の中で一人で祭壇に向かっていくアノドスの行動の背後には、自己破壊的な衝動があると考えられる。邪悪な神の喉を絞めている時、神に死の様子が現れてくるのと同時にアノドスの意識が遠のいており、その神はアノドスの内部の悪の外在化した姿であり、それを殺しつつ、アノドスは再び一つの死を経験するのだと言える。死んだアノドスは騎士の館の庭に葬られ、サクラソウの花に宿って大理石の女性からキスを一度受けた後、空に上り、所有欲を超えた、無私の愛の価値を知り、人々への愛と心の平安を覚える。しかしその時、死のような苦悶が訪れ、やがてアノドスは自分の城の近くにある小山の頂上にいる自分を見出す。

4　善の到来への希望

アノドスは現実界で最初、影に再び見つけられて、苦悩がまた始まるのではないかと恐れるが、一方、妖精の国で最後に心の平安を覚え、無私の愛の思想を抱いた経験のおかげで、それまで感じたことのない、静かな持続の力を身の内に感じる。影は自然なものに戻っていて、時々アノドスはおびえるものの、妖精の国で取り憑いた影が戻ってくることはない。しかし、妖精の国で学んだことを現実の世界に翻訳して生かすことができるのか、妖精の国と経験が平行関係にあるこの世界で、再びすべてを体験し直し、学び直さなければならないのか、未だにどちらか分からず、アノドスは学び直さなければならないのではと恐れている。妖精の国でアノドスは、幾度か理想の力に触れ、最後には深い心の平安をも得るが、学び直す必要を恐れるように、アノドスの旅の経験は苦悩に満ちたものだった。

本稿の導入部で見た小鬼妖精たちの「彼は始まりのない物語を始めているぞ。その物語は決して終わりを持たないだろう」というアノドスへの揶揄のとおり、妖精の国で歩を進めながら、アノドスは自身の物語を生き、その物語の織物を織っていた。導入部では、人食い鬼の老婆が書物から朗読する、始まりも終わりもない闇という考えを表す一節を見たが、「闇は、光が踏み出す一足一足に付き従う。そうだとも、闇はその巨大な海の密かな水路から泉となって噴き出し、光のただ中に湧き出るのだ」とあるように、アノドスの影は彼の旅に付き従い、ところどころで噴き出すように湧き出て、彼の旅を悲痛なものにする。アノドスは旅の途中で影に取り憑かれるが、それは影が持ち主であるアノドスを見つけたということで、影はそのずっと以前から存在していたのだとされる。アノドスの影は彼が塔から歌の力で解放された後は姿を見せないが、彼の影をめぐる苦悩は深いところで持続し、時には自己破壊の衝動となって表れ、現実界での不安の背景になっているのだと考えられる。

アノドスの生は、始まりがなく永遠に続く闇や影を基盤としているようである。「まことに、人は、くまなく取り囲む夜の中を不安げに動く、つかの間の炎に過ぎない」という人食い鬼の老婆の言葉は、妖精の国と現実界における、アノドスの苦悩と、不安に満ちた生をよく言い表している。そして、生の基盤が闇と影であるために、悪の存在は不可避で、作品の結末のとおり、「私たちが悪と呼ぶものは、人とその時点での状況にとって、最善のものが帯びることのできる唯一の、そして最善の形」であるということになる。トネリコからアノドスを救うブナも、平たい半島の賢女も、苦悩するアノドスを慰め、善への希望を与えるが、人食い鬼の老婆すら、あたかも最善のものが一時的にとった姿であるかのように、生の真のありようをアノドスに告げる。

生は闇を基盤とするため、闇に蝕まれた自己が死んで再び生まれ変わっても、さらに死と再生を繰り返さなければならない。アノドスは塔から解放されて再生した後も、邪悪な宗教の儀式で再び死に、魂となって空に上った後にもさらに死を経験し、現実界で再生しなければならなかった。「死者から白い魂が立ちのぼるように、過去の物言わぬ踏みつけられた自己から、もう一つの自己が立ちのぼる」としても、「この自己は再び死んで埋められなければならず」、人は闇の中の弱々しい光のように、頼りなく歩いていくだろう。しかし作品は、人の足取りが弱々しくあらざるを得ないからこそ、大いなる善の到来を勇敢に信じることを訴える。「魂の未知の深淵からついに現れ出る」「ほほえむ子供」への希望の光を、作品は広汎な闇の中へ、投げかけようとするのである。

□注

（1）アノドス（Anodos）の名について、フェルナンド・ソトは、anodos というギリシャ語が歴史的には、「大地の女神の定期的な蘇り」（Soto "Chthonic" 二一）を意味していたことに着目し、冥界の神ハーデースによるペルセポネーの誘拐と、母である大地・豊穣の女神デーメーテールによる娘の捜索とゼウスによる仲介でよく知られる、植物が毎年春に蘇ることについての神話の『ファンタステス』との対応を詳細に分析している。ソトが指摘する、冥界という闇と明るい地上との往還の主題は、アノドスの自己の何度もの死と再生という主題と関わっていると考えられる。アノドスの名については、「道がない」、「戻りの道」、「上への旅」の三つの意味がしばしば指摘される。ファラデーが陽極から陰極への電流の経路をギリシャ語の anodos から anode と名付けていることとの関連では、これもソトが注目している、最初の田舎家で猫が妖精たちに放電させられるエピソードと、地下でアノドスが小鬼妖精たちに煩わされ、放電の火花のように、高貴な感情を言葉にするエピソードの対応が興味深い（Soto "Mirrors" 三五―三八）。

（2）ロデリック・マクギリスはアノドスの所有欲と結びついた愛を、男性性と結びつけ、女性性と対比させる。「女性的な思考は私たちを自己から外へ連れ出し、あらゆるものに加わることの喜びへと導く。この女性原理がアノドスの人生で決定的に重要な時にやってくることは、彼が二十一歳でちょうど成人したところである事実から明らかである。彼は男性の世界、財政の世界にまさに入ろうとしているのである」(McGillis 四〇)。マクギリスは、このように男性性と女性性を対比させながらも、『ファンタステス』が、男性性／女性性を含め、さまざまな二項対立を想定する思考を超越することを目指しているとする。本稿の問題である始まりと終わりについても、マクギリスは『ファンタステス』がコスモの物語という中心を持っていて、作品がこの中心から妖精の国の入り口と出口へ「放射状に伸びている」(McGillis 三四)点に、物語の始まりと終わりという二項対立の超越を見ている。

(3) エイドリアン・ガンサーは、アノドスがブナのもとを去る時のことを、「私は行く気がせず、長い間座っていた。しかし、私の終わっていない物語が、私を先へ駆り立てた。私は行動し、さまよわなければならない」(四章、七七)と述べている点に注目し、「物語がそれ自体の生命を持っていて、アノドスはその支配下に置かれている」(Gunther 四七)と捉えている。ガンサーが注目する箇所は、生きることが自発的な行動ばかりから成るものでないことと、あるいは、そもそもアノドスが妖精の国へ、切望に駆り立てられてやってきたことと、関わっているとも考えられるだろう。

(4) アノドスが父の書類を読むことを熱望すること、妖精の目を熱心にのぞき込むことへの着目は、田中優子氏の指摘に負っている。

(5) 木原翠氏は、ハンノキの乙女を、「アノドスを成熟させ教育するための試練を彼に与える女性的な神の暗いもう一つの側面」(Kihara 三三)と捉えている。木原氏は、『ファンタステス』ではキリスト教の神が女性として表現されていて、アノドスを母のように慰めるブナや平たい半島の賢女も、ハンノキや人食い鬼の老婆、地下で美女に変身する老婆も、ともに神の姿であるとし、作品の結末で述べられる、悪も最善が取る形であるという考えをそのことと結びつけている。

（6）球を持った少女が唯一、影によって変化させられないことへの着目は、隈部歩氏の指摘に負っている。

□引用・参考文献

Gunther, Adrian. "The Structure of George MacDonald's *Phantastes*." *North Wind* 12 (1993): 43-59.

Kihara, Midori. "Women Multiplied: A Divine Iconography in George MacDonald's *Phantastes*." *Reading* 33 (2012): 16-30.

MacDonald, George. *At the Back of the North Wind*. 1871. *The Fantastic Imagination of George MacDonald*. Vol. I. Landisville: Coachwhip, 2008, 143-362.

_____. *Phantastes: A Faerie Romance for Men and Women*. 1858. Ed. and annot. Nick Page. London: Paternoster, 2008.

McGillis, Roderick F. "*Phantastes* and *Lilith*: Femininity and Freedom." Ed. William Raeper. *The Gold Thread: Essays on George MacDonald*. Edinburgh: Edinburgh UP, 1990. 31-55.

Soto, Fernando. "Chthonic Aspects of MacDonald's *Phantastes*: From the Rising of the Goddess to the Anodos of Anodos." *North Wind* 19 (2000): 19-49.

_____. "Mirrors in MacDonald's *Phantastes*: A Reflexive Structure." *North Wind* 23 (2004): 27-47.

Sheridan Le Fanu

死者と亡霊の間

シェリダン・レ・ファニュ “The Familiar” を読む

桃尾美佳

12

はじめに

ジョウゼフ・シェリダン・レ・ファニュは、一九世紀アイルランド文学史を彩る多くの作家の中でも、その活動時期の長さとスタイルの幅広さにおいて特異な存在といえる。同じ一九世紀のアイリッシュ・ゴシックを代表するチャールズ・ロバート・マチューリンと比べても、レ・ファニュの執筆活動は遥かに長期に渡っている。誕生は一八一四年、青年期に一八三〇年代の併合法撤廃運動を経験し、大飢饉や「青年アイルランド党蜂起」、アイルランド教会撤廃などの歴史的大事件を経て一八七三年に没するまで、アイルランド近代史に関わる主要事件をことごとく目の当たりにしたといっても過言ではない。彼の最晩年にはやがてアイルランドを独立に導く自治運動も始まっているから、文字通り激動の一九世紀アイルランドを生き抜いたことになる

(Moynahan 一二七)。

1　アングロ・アイリッシュ文学における位置づけ

こうした背景を踏まえて彼の作品をアングロ・アイリッシュ文学の系譜の中に位置づけ、その一角を形成する重要な作家と看做すようになったのは、比較的最近のことである。近年のレ・ファニュ研究の多くは、彼の作品のうち必ずしもアイルランドを舞台にしてはいないものについても、アングロ・アイリッシュ文学特有の問題意識が見て取れることを指摘している。たびたび引き合いに出されるのは、彼のもっとも名高い長編『アンクル・サイラス』だろう。この小説の舞台は英国内に設定されているが、エリザベス・ボウエンは一九四七年の版に寄せた序文で、この長編が元々はアイルランドを舞台とした短編小説として執筆されたことに触れ、この作品はイギリスに舞台を移されたアイルランドの物語であり、アイルランド特有の主題を包含していると指摘している (Bowen 三三一—三四)[1]。

アイルランド作家としてのレ・ファニュを検証する際、ほとんどの批評家が、植民地におけるアセンダンシーの罪悪感という概念を軸にして、彼の描き出す恐怖の要因を分析してきた (McCormack 五二)。一九世紀アイルランドの社会は階級間の峻烈な対立構造と緊張関係を特徴とする。一方にプロテスタントのアングロ・アイリッシュがアセンダンシーと呼ばれる支配階級として君臨し、絶対的少数者でありながら、土地所有層として経済的・政治的実効力を握っている。他方、数に置いてはるかにこれを凌駕するアイリッシュ・カトリックの小作民が、前者の領地に居住している。後者は前者の専有する土地の本来の所有者であり、両者は政治的・

経済的・宗教的に対立しつつ、同じ領地の中で軒を接して生活していたことになる。一八〇〇年に可決された併合法によってアイルランド議会が廃止されてからは、それまで確保されていたアセンダンシーの優位性が次第に失われたことも手伝って、アングロ・アイリッシュの地主層は、自らの祖先がかつて土地を簒奪したという罪悪感と、その土地をやがて再び奪い返されるのではないかという強迫観念に苛まれるようになる。モイナハンの主張によれば、こうした土地所有にまつわる自らの正統性に関する絶え間ない不安こそが、アングロ・アイリッシュ文学の基盤である。レ・ファニュの恐怖小説もまたこうしたプロテスタント・アセンダンシーの不安を背景としているがゆえに、彼の描く悪魔的あるいは超自然的な possession（所有／憑依）の問題は、アイルランドの土地にまつわる dispossession（簒奪）の問題へと収斂してゆく（Moynahan 一二七―二八）。

2　“The Familiar” における亡霊と復讐の物語

モイナハンを嚆矢とするアングロ・アイリッシュ文学研究は、このようなポストコロニアル批評の視点を通じて、多様な作品群に共通する特色を浮き彫りにしつつ、マライア・エッジワースからボウエンに至るアングロ・アイリッシュ作家の伝統の中にレ・ファニュを位置づける。それ自体にむろん異論はないが、レ・ファニュのようなある意味異色の作家を読むにあたっては、アングロ・アイリッシュ文学というジャンルを俯瞰するような巨視的視点に立つだけでなく、虫眼鏡でページの隅を覗きこむような微視的視点に拠ることも、あるいは必要ではなかろうかと思われる。同時代においてさえ、彼の作品はそれほど多くの読者に支持されたわけではなかった。当時ですら彼の手法や素材はいささか前時代的で、どちらかといえばマニアックな少数の読者しか楽しませることはなかったようである。ほとんど似たり寄ったりのプロットを何度も反復しながら、あくまで人間の極限的恐怖を主題にしつづけた彼は、晩年に至っては実生活でも狂人のような夜行性の隠遁生活に引きこもってしまったという（Punter 二〇六―〇七）。彼のような作家が生み出した奇妙な物語を読むにあたっては、特定ジャンルの普遍性の中に位置づけるよりも、むしろ個別の特異性に耽溺してゆくほうが、礼儀にかなっているように思われる。

そこで本稿では、彼の最高傑作と呼ばれる後期の作品集、『鏡の中に仄暗く』に収められている短編 "The Familiar"[(2)] をとりあげる。『鏡の中に仄暗く』の中で最も有名な作品はおそらく「カーミラ」であろうが、本作も人気が高く、怪奇小説のアンソロジーなどにはしばしば収録されている。プロットはレ・ファニュ十八番の、過去の忌まわしい出来事による恨みを抱いた死者が亡霊として出現し怨敵を祟り殺すという、古典的な幽霊物語のそれである。舞台は一八世紀末のダブリン、引退して故郷に戻ってきたバートン船長は、ある夜更け、人通りのない道を歩いて家路を辿っているときに、自分のすぐ後に不自然な足音が響き渡るのを耳にする。気になって後ろを見てもそこには誰もおらず、しかし彼が歩き出すとふたたび、背後を足音が追いかけてくる。これを皮切りに怪異が始まる。The Watcher と署名した手紙が届き、詳細には触れぬままに、自分がバートンと因縁のある人物であることを主張する。やがて「監視者」はその姿を現す。毛皮の帽子をかぶり赤い上着を身に付けた小柄の男の姿が、バートンのゆく先々に出現し、ついには彼を狙撃する。気に病んだバートンは医師や牧師に相談するが、彼らの助言は何ら解決に結びつかない。憔悴してゆく彼を心配して、婚約者の家族が大陸旅行を進めるが、「監視者」はカレーの港にまで出現し、バートンを絶望させる。生きる気力を失った彼は郊外の屋敷に匿われ、厳重な警戒措置が取られるが、そのわずかな隙をついて「監視者」が再び出現し、ついにバートンの命を奪う。

あらすじを紹介しただけでも見て取れる特徴は、ここに登場する亡霊のなまなましいまでの身体性である。これはレ・ファニュの描く亡霊にしばしば見られる特徴で、彼の作品においてはひんぱんに、「過去が現在そのものよりなまなましく現前し、亡霊も手で触れそうな実体を備えて」(Sage 八九) 登場するのである。なにしろこの短編に登場する復讐者は、不可視の足音によってバートンを翻弄する一方で、襲撃の際には実弾を利用するという、きわめて即物的な亡霊なのである。モイナハンも本編の亡霊の肉体的・物質的存在感に言及した上で、彼が毛皮の帽子と赤い上着を身につけている点に注目している。モイナハンによれば、この服装は当時の過激な共和主義者やユナイテッド・アイリッシュマンの一般的な風采を彷彿させるものであり、この物語の背後には「一八世紀末アイルランドのアセンダンシーと土着のアイルランド人の緊張関係から生ずる政治的不安」が見て取れるらしい (一二八)。物語の末尾では、作中で何度か暗示されたバートンの過去の因縁の経緯が簡単に記されているので、モイナハンもそれを元に、「監視者」はバートンがかつて関係を持った若い女の父親で、バートンと対立した挙句無残に死に至らしめられた船員の亡霊であった、と結論づける (一二九)。うら若い娘の強奪 dispossession というバートンの過去の罪業の結果が、亡霊による憑依 possession として現在の彼に祟ってきたわけであって、こうした解釈は確かに、アングロ・アイリッシュ・アセンダンシーが抱えていた土地所有に纏わる罪の意識と恐怖の文脈にぴたりと呼応する。手紙の中で「おれからは逃げられないぞ、おまえ自身の影から逃げられないようにな」(Le Fanu 四九) とバートンに呼びかけることからも、「監視者」がバートンのダブルであり、彼の意識下で抑圧された罪悪感であることは、十分に予測可能である。(3)

しかしここで確認しておきたいのは、この作品が意外に複雑な語りの構造を持っており、「監視者」が件の船員の亡霊であったということを、語り手は必ずしも断言していない点である。『鏡の中に仄暗く』は、Dr Hesselius という医師の収集した超自然的な現象に関する証言を収集したという体裁をとっている。本編については、バートンの知人である実直な牧師による事件の記録がヘッセリウス博士の元によせられ、さらにその弟子の手によって編集された、という形であるため、バートンの外部に三重の語り手が配備されていることになる。ヘッセリウス博士は精神医学とスウェーデンボリの神秘思想を融合した独自の理論に基づき、バートンという「症例」に対して診断を下しており、本編の冒頭ではその診断の一部が、弟子の語り手によって紹介されている。(4) その後に牧師を語り手とする本編が始まる。彼はバートンの死までを語り終えた後に、実際に何が起こったのかはっきりしたことは皆目わからないけれども、と前置きをした上で、過去の船員との因縁を簡潔に一段落で説明した上で、次のような心もとない総括を試みている。

こうした過去の出来事が、後のバートンに起きた事件に実際に何らかの影響を及ぼしていたのかどうか、それはむろんわかりようもありません。しかしながら、少なくともバートン自身の心の中では、このふたつは強く結び付いていたらしく思われます。とはいえ、真実のところがどうであろうと、この不可思議な迫害の根源と動機については、それを成し遂げた力を考えてみましても、最後の審判の日に至るまで、決して明らかになることのない神秘に包まれているということに、疑いはございません。（八二）

素朴に読む限り、不気味な復讐者がすなわち因縁のある船員の亡霊であったことを、掛け値なしの「真実」として受け入れることは難しい。それは語り手によってあくまで可能性として示された解釈にすぎないのである。とはいえ、他に妥当な説明が一切提供されない以上、こうした解釈が読者に提示された唯一のもっともらしい可能性であることも確かである。おそらくそのために、この作品をめぐる批評の多くが、過去にバートンに敵対して死んだ者があり、その亡霊が現在によみがえって彼に復讐を果たしたのだという経緯を虚構的前提とした上で、歴史的あるいは文化的解釈を展開している。つまりは「過去の因縁のある死者 the familiar」イコール「現在出現した監視者である亡霊 the watcer」という構図である。モイナハンの示すようなポストコロニアル的解釈はこの前提のもとにのみ成立する。しかし、実はこの作品の内部にそうした前提を脅かす仕掛けが隠されてはいないか、というのが、本稿の問いである。

3　「小ささ」をめぐる謎――縮んだ男

「監視者」が姿を現した際、その容貌が、毛皮の帽子をかぶり、赤い上着を着た「小柄な」男、と表現されていることは、前述のとおりである。バートンは、「監視者」が旧知の者ではないかと勘づいてから、医者を訪ねていくつか質問をする。彼はまず、破傷風にかかって死んだとされた者が、その後仮死状態から持ち直した例や、誤診のため結局生き延びたという例はあるかと尋ね、医者は頬笑んでこれを否定する。バートンは次いで、外国の病院で不手際によって患者の名簿に間違いが生ずるようなことないかと尋ね、医者はそれには答えようがないと返事をする。問題はその次の質問である。

「それでは先生、これが最後の質問です。おそらくお笑いになるかもしれませんが、それでもお尋ねせずにはおれません。人間のさまざまな病気の中に、人の体格、体全体の形を、それと見てわかるほどに縮めてしまうようなものはありますかしら――体全体が、どこもかしこも均等に縮まって、それでいて元の姿のあらゆる特徴を備えたまま、ただ高さと幅だけが変わってしまう、というような病気が――どんなに珍しくとも、一般には信じられないようなものでもかまいません、今言ったような症状を生ずるかもしれない病気というものが、なにかございますまいか」(五四)

医者は再び笑みを浮かべ、そのような病気はあり得ないと断言する。

これらの質問が、「監視者」の正体を旧知の船員と同定するために発されていることは明らかであり、読者はここではじめて、バートンの過去の因縁についての部分的情報に接することになる。この一連の質問から読者が論理的に導きだせるのは、次のような推論のはずである。すなわち、(1)バートンは「監視者」の正体を旧知の人物と考えている。(2)この人物は、おそらく破傷風で死んだことになっている。(3)「監視者」は、この人物とあらゆる点でそっくりだが、ただ「高さと幅だけ」が、はるかに小さい。

つまり、「小さい」ということは、現在表れている「監視者」を特徴づける印象ではあるが、死んだはずの旧知の船員の生前の特徴ではなかったということになる。「小さい」ということは、旧知の死者の人物証明となる要素ではないのである。

ヘッセリウス博士という「オカルト探偵」を添える以上は、この「監視者」が「小さい」という新たな特徴を帯びた経緯について、何らかの合理的な(科学的でなくとも、少なくとも疑似科学的、あるいはオカルト的に合理的な）説明が必要となるはずだ。オカルト的合理性とはそれ自体矛盾を含んだ表現だが、たとえば、「亡霊の正体は過去に恨みを抱いて死んだ男であった」という説明自体は、非科学的ではあるが心霊主義の道理には則っており、その限りにおいて合理的な因果関係の証明といえる。ところがこの作品は、亡霊の正体が過去の死者であったという可能性を再三暗示しながらも、詳細については末尾の一段落でわずかに触れるだけで、しかも「小ささ」が監視者の新たな特徴として加わったことに関しては、いっさい言及がないままなのだ。

「小さい」という特性によって強調されるのは、旧知の死者が、元の姿からなんらかの変容を遂げて「縮まり」、別の姿になりかわっているという可能性である。第一の語り手が「監視者」＝「旧知の死者」であるという、復讐の物語の可能性を読者に提示する一方で、「小さい」という特性は、両者が同一人物であることを示す証拠にはなりえず、むしろ「監視者」≠「旧知の死者」である可能性を、わずかながら示唆してしまう。「旧知の死者」がなぜ「小さく」縮んだのか、という点に関する説明は物語内に完全に欠落しており、得体の知れぬ後味の悪さを読者に残す。文学研究の方法論としては、矮小化という問題を、文化的・社会的・政治的局面から、あるいは病理学的に、あるいはオリエンタリズムを援用して論じることは当然可能であろう。しかしここで問題にしたいのは、体が縮むという身体的恐怖を読者に喚起しておきながら、その説明をテクスト自体は全く放棄しているという、瑕疵とも見える語りの空白部そのものである。亡霊物語のカタルシスを支える伏線回収の手続きが、この件に関してはなぜ完全に回避されてしまったのか。作品の中に書かれなかったことについてその理由を揣摩することには限界があるかもしれない。しかし「小ささ」をめぐる伏線が回収されないことによって、この作品に何が起きているのかを検証することには意味があるだろう。「小ささ」を巡る謎が生み出すのは、テクストが一次的なレベルで読者に要請する解釈（「監視者」＝「旧知の死者」）が、二次的にはテクスト自体によって否定されているという、パラドキシカルな状況なのである。バートン自身も、第一の語り手も、留保つきながらヘッセリウス博士も、彼らの記録を編集する博士の弟子も、「監視者」が「旧知の死者」であるという復讐の物語を、いかに不確実であろうとも、亡霊出現についての唯一の説明として提示していることにかわりはない。しかしながら「監視者」が小さくなった経緯が言及されない限り、「監視者」を「旧知の死者」と同定することを阻む要素が、テクストの中に異物として取り残されてしまう。この異物は復讐の物語に相反する別の物語の可能性を提示し、前者の妥当性を著しく損なっている。

4　亡霊の署名性と匿名性

このパラドックスは、語りの構造の複雑さと連動して大きな効果を上げている。一人称の語り手が制限された視点から物語を紡ぐスタイルは、レ・ファニュの作品の多くに見られる手法である。『アンクル・サイラス』の語り手は、「危険なほど限られた視野」を持つ少女モードであり、彼女一人の覚束ない視点を通じて全編が語られるために、彼女が経験する事態の不可解さと先行きの知れない恐怖を読者も追体験せざるをえない(Punter and Byron 二三二)。

そのように制限された視野による語りは、ゴシックのみならず、アングロ・アイリッシュ小説の中にもたびたび見受けられる。アングロ・アイリッシュ小説を代表するサブ・ジャンルの一つに、アセンダンシーの住居である領主屋敷を舞台とするビッグ・ハウス小説というものがあるが、その特色の一つは小窓から世界を覗き見るような狭い視野による一人称の語りである。この手法はボウエンを経由してジョン・バンヴィルのような現代アイルランド作家にも受け継がれている。ヘッセリウス博士とその弟子を編集者とする『鏡の中に仄暗く』の場合、語り手が一人でなく複数になり、より複雑な入れ子構造が採用されている。(5) 本編については、複数の語りが入れ子構造になることで、物語全体の客観性が保証される一方、個々の語りの信憑性や妥当性は疑わしいものとなり、読者とバートンの心理的距離感が（おそらく『アンクル・サイラス』におけるモードと読者の場合とは正反対に）開いてゆく。(6)

そしてこの距離感は、物語の進行とともに加速度的に広がってゆく。物語内でバートンが経験する恐怖は、「監視者」の正体が実は自らが死に追いやった「旧知の死者」であると気づき始めることによって増大する。医者や牧師にたてつづけに相談し、自らをビッグ・ハウスを思わせる閉鎖的な屋敷の内部に閉じ込めていく過程で、バートンは「監視者」の正体に対する確信を徐々に深め、比例的に生きる気力を失ってやつれ果ててゆく。刻一刻と彼に迫る亡霊は、いわば、自らが何ものであるかをこれみよがしにバートンに誇示することで彼を追い詰めるのである。「監視者」が正体不明の不気味な亡霊であったのは物語の初期の段階までの話である。後段のバートンにとって、「監視者」は自らがその死に責任を負うている旧知の死者にほかならない。

ところが読者にとっては、旧知の者の正体は末尾の段落に至る直前まで、明瞭には明かされないままである。バートンと医師の問答から、「監視者」の正体がバートンに因縁のある人物であるらしいことは、読者にも容易に推測されうるが、その因縁の詳細は、既に指摘したように、バートンが死を迎えて全てが終わった後の結末の一段落で、急ぎ足に語られるにすぎない。バートンが経験している、「抑圧した罪悪感」とそれが引き起こす恐怖を読者が追体験するためには、こうした構成はいちじるしく不向きである。バートンは亡霊が何ものかを理解することによって恐怖を感じているのに対し、読者が味わうのはむしろ、正体が何者なのか皆目わからないという不気味さ、なぜかはわからないが「小さく」変容した姿で死者の間から蘇ってきた亡霊という、不可解な存在の不気味さの方である。

本編における亡霊は、以上のような点で、ある種の二重性を帯びた存在といえる。バートンが対峙する亡霊は自筆の手紙まで用いて、自らが何ものかを彼にアピールする。だがこの同じ亡霊は、読者に対しては、自らが何ものかを最後まで明かそうとしない秘密主義者を貫き通す。後者の特徴がその匿名性であるならば、前者の特徴を便宜的に、署名性と呼んでおく。一見、古典的な幽霊の復讐譚をなぞりかえしただけのように見えるこの短編は、こうした亡霊の二重性によって、突然きわめて近代的な色合いを帯びてくる。

バートンの対峙する亡霊が自己の存在証明として掲げるのは、復讐の物語である。自分はバートンにとって「旧知の死者」であり、彼の過去の罪業の犠牲者であるという亡霊の自己主張こそが、バートンにとっての恐怖の根源なのだ。しかし、こうした署名的亡霊の自己主張の物語は、同じ亡霊が読者に対して帯びている匿名的性質によって、その信頼性を激しく毀損されてしまう。復讐の物語は過去と現在の関係性を一元的に説明するが、亡霊の匿名的性質は反対に、そうした一元的な物語の妥当性に対して、疑義をつきつけてしまうのである。復讐を巡る物語はなるほど恐ろしいものであるが、同時にそれは現在の恐るべき事件を、過去の罪業とわかりやすく結びつけ、隔たった二つの時に連続性をもたらすことで、理不尽で不可解な生の在り様に意味とかたちを与えてもくれる。この短編の恐怖の真髄は、むしろ、不条理な「小ささ」を刻印された匿名の亡霊が、復讐の物語が保証したはずの過去と現在の連続性を、あたかも分厚い刃を振り下ろすがごとく断ち切ってみせるところにあるのではないだろうか。

おわりに

パンターは *The Literature of Terror* において、レ・ファニュの人間心理に対する鋭い洞察力を高く評価し、特に『アンクル・サイラス』については、ナイーヴで不安定な少女モードという語り手を配した点も含めて、やがてヘンリー・ジェイムズによって完成される文学的特質の萌芽を先駆的に宿していると絶賛している（二〇二一〇六）。確かにレ・ファニュの作品は現代的心理小説の濫觴として読むことが可能であり、そこにはジェイムズに接近する「奇妙なモダニティ」が認められる。しかしレ・ファニュの近代性を保証するのは、人間心理の闇についての卓見ばかりではないだろう。レ・ファニュは亡霊を巡る重層的な語りの構造を通じて、『ねじの回転』におけるあの不可思議な霊魂と同族の不気味な亡霊、単一の解釈を嘲笑し互いに矛盾するあらゆる読みの可能性を開くような匿名的亡霊を、読者の面前に現出させているのである。

レ・ファニュ自身が亡霊のそうした二重性についてどこまで自覚的であったのかに関しては、更なる検証が必要であろう。しかし少なくとも、一八五一年に一度発表した作品を一八七二年の『鏡の中に仄暗く』出版に際して改稿するに当たり、タイトルを “The Watcher” から “The Familiar” に変更したという事実（Tracy 一五）は、少なくとも意識下のレベルでは、本編の亡霊が帯びている二重性に、レ・ファニュが気づいていたことを示すのではなかろうか。

□注

（1）晩年に生活が困窮すると、レ・ファニュはかつて書いた作品をイギリスの読者向けにセンセーションノヴェルとして書き直した。イギリスの出版社リチャード・ベントリーと一八六三年に契約を結んだ際にアイルランドを舞台にすることを禁じられるが、過去の作品の設定をイングランドやウェールズに置き換えて再利用を図っている。『アンクル・サイラス』もその一つであり、舞台こそ英国に設定されてはいるが、大きな古い木々の生い茂る庭をめぐらした田舎の屋敷は、アイルランドの領主屋敷（ビッグ・ハウス）に特有のメランコリーに満ちた孤絶感をたたえているとされる（Sage 九〇）。

（2）平井貞一は本編のタイトルを「仇魔」と訳出している（レ・ファニュ 一三九）。familiar には旧知の者という一般的な意味に加え、familiar spirit、すなわち使い魔や霊媒の呼びだす死者の霊魂を指す場合がある。「仇魔」は原題の持つ様々なニュアンスと物語の内容を考慮した上での適切な邦題と思われるが、本稿においては、かつて見知っていた者としての意味を特に重要視して論を進めるため、邦題を「旧知の者」と訳出する。

（3）過去の簒奪に対する罪悪感という主題はレ・ファニュの代表的作品（“Madame Crowl's Ghost”、“Squire Toby's Will”、“Mr. Justice Harbottle”、あるいは “The Haunted Baronet” など）において繰り返されている。ピーター・ペンゾルトは、罪の意識に関するレ・ファニュの洞察力をシェークスピア以上と評価し、一見罪業とは無関係な些細な出来事が、罪の意識にさいなまれている魂にとって恐ろしい象徴的な意味を帯びてしまう極限状況を、自然現象が超自然に反転する瞬間として見事に描き出していると指摘する（Penzoldt 一一五）。

（4）ロバート・トレイシーは『鏡の中に仄暗く』序文において、ヘッセリウス博士を「現在でいう精神分析医の先駆けのような人物」と呼ぶ。博士は心霊の存在や超自然的現象を肯定するが、神秘的なできごとを無条件に受け入れているわけではなく、スウェーデンボリの神秘主義と脳神経医学を混ぜ合わせたような独自の医学理論によって科学的検証を試みる。彼の理論によれば、通常は心霊の世界は人間の世界から隔てられているものだが、ある種の条件が揃うとその超自然的な力が日常生活に侵食する可能性があるのだという（Tracy xi）。このように（疑似）科学的合理主義の立場から神秘的な現象を解き明かそうとするヘッセリウス博士を、Srdjan Smajic は、「文学における最初のオカルト探偵」と呼び、「旧知の者」を亡霊物語というよりは探偵小説に近接した作品と位置付けている（一五〇）。

（5）こうした語りの重層性は、レ・ファニュの先駆者であるマチューリンの作品にも見ることができるし、一九世紀末にはブラム・ストーカーによるアイリッシュ・ゴシックの傑作『ドラキュラ』において最大限に活用されている。

（6）セージはレ・ファニュとその読者層との関係を踏まえ、こうした語りの構造が両者の間に想定される政治的緊張感を緩和する役割を果たしていた可能性を指摘している（八七―八八）。

□引用文献

Bowen, Elizabeth. “Introduction to *Uncle Silas*”. *Reflections in a Glass Darkly: Essays on J. Sheridan Le Fanu*. Eds. Crowford, Rockhill and Showers. New York: Hippocampus Press, 2011. 333-45.

Le Fanu, Sheridan. “The Familiar” *In a Glass Darkly*. Ed. Robert Tracy. Oxford: Oxford University Press, 1993. 41-82.

McCormack, W. J. "Le Fanu, J. Sheridan". *The Handbook of the Gothic*. Ed. Marie Mulvey-Roberts. Houndmills: Palgrave Macmillan, 2009. 51-2.

Moynahan, Julian. *Anglo-Irish: The Literary Imagination in a Hyphenated Culture*. Princeton, N. J.: Princeton University Press, 1995.

Penzoldt, Peter. "From *The Supernatural in Fiction*". *Reflections in a Glass Darkly: Essays on J. Sheridan Le Fanu*. Eds. Crowford, Rockhill and Showers. New York: Hippocampus Press, 2011. 108-26.

Punter, David. *The Litearture of Terror: A History of Gothic Fiction from 1765 to the Present Day, Vol.1: The Gothic Tradition*. London; New York: Longman, 1996.

Punter, David and Glennis Byron, ed. *The Gothic*. Malden: Blackwell Publishing, 2004.

Sage, Victor. "Irish Gothic: C. R. Maturin and J. S. LeFanu". *A Companion to the Gothic*. David Punter ed. Malden, Oxford, Carlton: Blackwell Publishing, 2000. 81-93.

Smajic, Srdjan. *Ghost-seers, Detectives, and Spiritualists: Theories of Vision in Victorian Literature and Science*. Cambridge: Cambridge University Press, 2010.

Tracy, Robert. "Introduction". *In a Glass Darkly*. Ed. Robert Tracy. Oxford: Oxford University Press, 1993. vii-xxviii.

レ・ファニュ「仇魔」、『吸血鬼カーミラ』平井呈一訳、東京創元社、一九九四年。

13 ジョージ・エリオットにおける現実と非現実
「これらは一つの比喩である」

George Eliot

海老根 宏

1 リアリズム

ジョージ・エリオットが英国小説史上、最高のリアリズム小説家であることは、現在でも揺らがない評価であると言えるだろう。文壇デビュー作『牧師生活情景』（一八五七）から最後の大作『ダニエル・デロンダ』（一八七四―七六）にいたるまで、彼女はいつも、深く良心の葛藤を抱えた人間たちをその属する社会的、歴史的環境の中に埋め込んだ形で描いてきた。そのリアリズムの基本的な方向は、最初の長編小説『アダム・ビード』（一八五九）の第一七章で、詳しく述べられている。この物語に登場する田舎牧師が何の宗教的な霊感を感じさせない、しごく世俗的な良識人であることに、読者は不満かもしれないが、物語の舞台である六十年前、すなわち一九世紀初めの社会では、それが普通だったのだと語り手は述べ、こう続ける。「それゆえ私は物事を現実より美化せず、偽り以外は何も恐れず、私の単純な物語を語ることで満足している」（一七章、一六〇）。真実は難しく、偽りは容易である、グリフィンを描くよりも、現実のライオンを描く方がはるかに困難なのだ、と言うのである。

ここからエリオットは有名なオランダ風俗画への賛辞に入ってゆく。そこには天使も預言者も巫女も英雄もおらず、かわりに花の植木鉢に身をかがめたり、一人でものを食べたりしている老婆の像や、田舎臭い花婿と顔の大きい花嫁が、ビールのコップを持った友人親戚に囲まれている結婚式の情景がある。それが英雄的でもロマンティックでもない、大多数の人間の姿なのだ。決して美しくはないけれども、そこに人間の愛情が籠もっている。それが古典主義の理想的な形体の美とはちがう「もう一つの美」、すなわち「深い人間的な共感＝同情（deep human sympathy）」に裏打ちされた美（一六二）を生み出す。

この世界には絵画的でセンティメンタルな不幸とは縁のない、平凡で卑俗な人間が大勢いるのだ！　彼らの存在を忘れずにいることが必要である。さもないと私たちはこれらの人々を私たちの宗教や哲学から締め出してしまい、その結果極端なものだけからなる世界にしか当てはまらない、高尚な理論を作り上げるかもしれない。だからこそ「芸術」はいつも彼らの存在を思い出させなければならない。（一六二）

エリオットのこのリアリズム論はさまざまな要素から出来ているが、大きく見れば「真実」と「倫理」という二つの支柱に支えられている。リアリズムは理想化を斥けて真実を目指すが、この場合「真実」ということには「より普通」「より身近」という意味が含まれている。こういう主張自体には、もちろん反論の余地が大いにあるけれども、「真実」の意味の一つである「より身近」が架橋となって、エリオットの人道的リアリズムのもう一つの支柱である「倫理」へとつながる点が重要である。私たちの負う倫理的義務は、見たこともない天使や悪魔、ほとんど見ることがないであろう英雄や聖人、またその反対物の極悪人などよりは、私たちの身近にいる平凡で欠点も多い人々に向けられるべきではないのか。それゆえ、「平凡で卑俗（common, coarse）な人間」「平凡（commonplace）な事物」の「誠実な（faithful）描写」が必要とされるのである。また、「真実」と「倫理」の結合には、もう一つの側面がある。口やかましい読者の反感を誘ったこののんきな昔の牧師は、その後二十年を経て彼の後任者となった、キリスト教の教義を振りかざし、狭く偏った道徳を村人たちに押しつけようとした新時代の牧師よりも、はるかに村人たちに愛されていた、と語り手は言う（一六三―六四）。それは「平凡で卑俗」な人間性を無視した「高尚な理論」の偏狭さの一例であるが、この人間的だが世俗的な牧師がいかに村人たちの生活と親しく交流していたかをも示している。この意味での「真実」とは「社会的文脈の一部となっている」という意味であり、したがってエリオットの人道的リアリズムは社会的リアリズムとして展開することになる。「私の想像力の癖として、人物自体と同じくらい濃密に、その人物が動く環境（medium）を思い描くことに努めるのです」（R・H・ハットン宛書簡、一八六三年八月八日、*Letters* 四巻、九七）と彼女は語っている。

社会的文脈や背景を「真実」と同一視する、また平凡なもの、身近なものがより「真実」であると考える、このような考え方は、エリオットが作家となる直前に『ウェストミンスター評論』のために書かれた長編の書評論文「ドイツ民族の自然史」（一八五六）において、すでに十分に展開されていた。ドイツの民俗学者ヴィルヘルム・リールの大著『民衆の自然史』（*Die Naturgeschichte des Volks*）（四巻）の、それまでに出版されていた最初の二巻の内容を紹介しながら、エリオットは彼がいかに政治的、道徳的、文学的先入見にとらわれない目を持って、実地調査によってドイツ民衆の心性と慣習を明らかにしているかを賞賛する。リールはドイツの貴族や中産階級《ブルジョア》など、上層の階級についても記述しているけれども、エリオットの関心は主にリールの、ドイツ農民階級（エリオットは伝統的小農民を指すpeasantという語を使う）に向けられている。慣習に固執するドイツ農民の保守性や、それと似ているようで対照的な歴史への無関心、結婚や年老いた親への態度に見られる、利己性や非情さ（前に述べた「平凡で卑俗な人間」である）、彼らの訴訟好きや政府や官庁への不信感などは、それが自然的条件と歴史によって形成されたものであるだけに、容易に変化するものではない。リールはヨーロッパ社会のうちに「歴史の肉化した姿（incarnate history）」を認めるのだ、とエリオットは述べる（Pinney 二八七）。郷里ウォリックシャー州での少女時代の記憶に根ざした彼女の初期の作品、『アダム・ビード』『フロス河畔の水車場』（一八六〇）『サイラス・マーナー』（一八六一）は、まさにこの精神によって書かれた作品であり、エリオットの『評論と書評』を編訳された故川本静子氏はこれらの小説を「英国生活の自然史」と呼んでもよい、と述べておられる（『評論と書評』一一〇）。そしてこの場合にも、芸術家に求められるのはリールが模範を示したような、民衆の生活の実態に対する具体的で詳細な知識であり、それをあるがままの姿で描き出すのが、芸術家の義務であるとされる。画家にせよ、詩人にせよ、小説家にせよ、芸術家はそのような具体的で直接的な描写によって私たちの「共感の拡大」（extension of our sympathies）をもたらすのである（Pinney 二七〇）。したがって、芸術家にとっても読者・鑑賞者にとっても、「真実」と「倫理」は、平凡なもの、身近なものへの同情、共感（sympathy）の働きを通して同じ一つの義務として統合される。そのためには芸術家は、どんなに道徳的な目的を表現しようとするときでも、安易な理想化やセンティメンタリズムの誘惑を退けなければならない。「私たちは英雄的な職人、センティメンタルな農夫にではなく、野卑まるだしの鈍重さに陥った農夫や、猜疑心と利己心でいっぱいの職人に共感を寄せられるように、教育されたいのだ」（Pinney 二七二）。この関連で、エリオットは当時最大の小説家として認められていたディケンズを批判する。

エリオットはディケンズを「偉大な小説家」と認めている。しかし彼は都会の庶民たちの言葉やしぐさを活写することにかけては天才的であるけれども、「ただユーモラスな外面的なものを描くだけで、そこから感情的で悲劇的なものに眼を向けようとすると、その直前まで驚くべき芸術的真実性を発揮していたというのに、たちまち同じくらい驚くべき非現実性に転落してしまう（Pinney 二七一）。もっと具体的に言えば「不自然なほど高徳な貧しい子供や職人たち、メロドラマ的な船乗りや高級娼婦たち」（二七一―七二）を登場させて、道徳的感動をむりやり作り出そうとするのである。これは現実を見るわれわれの認識をゆがめるという意味で、芸術的な誤りであり、倫理的な悪でもあると、エリオットは糾弾する。これはもちろん、ディケンズの大衆性に対して公平でない批判と言えよう。善と悪の図式的対立の上に立つ彼のメロドラマ的な筋立てには、それ固有の現実性とエネルギーがあり、それが彼の後期の大小説群における、単なる表面的なリアリズムを越えた象徴的世界を創造する契機となったからである。そして後に見るように、後期のエリオットは独自のやり方でディケンズに接近して行くことになる。しかし初期のエリオットにとって、リアリズムの「真実」の基準は「普通」「平凡」「身近」などの言葉で表されるような、日常的、事実的なものであった。彼女はさらに民衆の日常の生を「卑俗」「鈍重」「猜疑心」「利己性」というような、外見上マイナスの特性を持つものとして捉え、ほとんど強引と言えるような情熱をもって、そのなかに「同情」「共感」という感情の力を注ぎこもうとするのである。

初期のエリオットはこのように、日常的、事実的な現実に定位するリアリズムの理念に立つことによって、ディケンズに対する自らの作家としてのアイデンティティを確立した。しかし自らの少女時代の記憶に残る英国中部の農村を舞台とした初期作品（『サイラス・マーナー』まで）を書き終え、外国を舞台とする歴史小説『ロモラ』（一八六三）という冒険を経て、次の長編『急進主義者フィーリクス・ホルト』（一八六六）で、ふたたび一八三〇年代の英国中部の生活に戻ってきたとき、そのリアリズムにはかなり重要な変化が起こっていたのである。その変化はさまざまな面から確かめることができるが、ここでは彼女のリアリズムの二重化、つまり日常的、事実的な現実の背後に隠れているもう一つの現実、あるいは超現実の出現という観点から、この新しいリアリズムのあり方を考察してみよう。その際、エリオットが語りの中に組み込んでいる「これらは一つの比喩である」(these things are a parable) という言葉を手がかりとすることにする。

2　背後世界のヴィジョン

この文句は、『フィーリクス・ホルト』の序章と、それに続くエリオットの代表作『ミドルマーチ』（一八七一―七二）の第二七章に、まったく同一の形で出てくるのだが、その内容はかなりの程度まで対照的なものであり、そのことも興味深い。まず『フィーリクス』から考察を始めるが、この作品ではこの文は長い序章の最後に置かれ、語りの方向を逆転させることによって、後に来る筋の逆転を予告するという、重要な機能を果たしている。それゆえ、それに先行する序章の特性を見定めることで、はじめてその意味が完全な形で現れてくる。

『フィーリクス』序章は、一八三〇年代初頭の英国中部地方を馬車で行く旅人の目から見た、当時の社会の見事なパノラマである。語り手はまず広々とした農村地域を進む。みすぼらしく薄暗い田舎屋が建ち並ぶ貧しい村もあれば、風情のある教会の尖塔とこぎれいな牧師館を取り巻く、豊かな村もある。馬車はやがて炭塵にまみれた坑夫たちが酒場にたむろする炭鉱町、蒼白い顔をした織物職人やその妻たちが行き交い、夜も織機が喧しく鳴り響いている織物業の町から、昼は煙突の煙で暗く、夜は炎で空を赤く染める工業地帯へと入ってゆく。軽快に走る乗合馬車の御者である陽気なサンプソンは、こういった村々町々のすべてを隅々まで知っており、得意顔でその一つ一つについて説明してくれるのだが、最後ににぎやかな田舎町トリビー（モデルは幼いエリオットが学校に通ったウォリックシャー州ナニートン）を通り過ぎたのち、広大な庭園と深い森に囲まれたトランサム・コート屋敷の前まで来ると、珍しく口を濁して、この屋敷にはいろいろと因縁話があったのだと、口ごもる。序章はもう終わろうとしており、語り手が話を引き取って、このような古い屋敷にまつわる血縁の悲劇というものは、世間にはまったく知られずに終わることが多いのだと言う。こうした悲劇の主人公は自分の苦悩を決して口外せず、深夜にひそかな苦痛のうめきを洩らすだけで、一生のあいだ沈黙を守り通すのだ。語り手はさらに言葉を継いで、次のように序章を結ぶ――

詩人たちは地下の国にあるというあの悲しみの魔法の森について語ってきた。その国に生える茨の茂みや、分厚い樹皮に覆われた木の幹には、人間の物語が潜んでいる。一見感情も何もないように見える木の枝に、口には出さぬ叫びの力が宿っている。そして熱い紅の血潮が、どんな夢の中でも目を見開いている、眠りを知らぬあの記憶の震える神経を、暗闇の中で濡らしているのだ。これらのことは一つの比喩である（these things are a parable）。（序章、一二）（傍点筆者）

当時の英国の社会とその生活を、農業、炭鉱業、手工業、重工業というような広やかな展望のパノラマとして描いた後、エリオットはこの序章の最後の局面になって、このような社会的現実の下に隠れたもう一つの現実を、地下の世界、死者の国という異世界の形で出現させる。この一節の典拠はウェルギリウス『アエネーイド』第三巻と、（それを典拠とする）ダンテ『地獄篇』第一三歌である。『アエネーイド』の物語の舞台は地下の国ではなくトラキアの淋しい海岸で、上陸したアエネーアス一行が祭壇を作るためにあたりの木の枝を折り取ろうとすると、枝が「なぜ私を痛めつけるのか」と声をあげる。その木はトロイの王子の墓に生えた木で、彼はトロイアの滅亡を予知した父王によって、多額の養育料を付けてトラキアの王に託されたのだったが、母国の滅亡後、金に目のくらんだトラキア王に殺害され、ここに埋められたのだ。

ダンテがウェルギリウスを地獄と煉獄の旅の案内人として登場させ、彼を「先生」（maestro）と呼んで尊敬しているのは周知の事実であるが、彼はその敬意の一環として『アエネーイド』のこの挿話を『地獄篇』において受け継ぎ、語り直している。地獄の森を過ぎながら、ウェルギリウスはダンテに、木の枝を折ってみよと命じる。すると「なぜ私を折る」という叫びがして、折った枝から黒い血が噴き出る。この木に宿っていたのはかつて神聖ローマ帝国皇帝の側近だった男で、その出世を嫉まれたため無実の罪を着せられて投獄され、憤りのあまり自殺したのである。二つの挿話はともに、何も知らない他人の行動によって解き放たれる、抑圧された苦悩の叫び声をテーマとしている。社会的な現実の平穏な展望の中に、一般人の目の届かない地下の世界から現われたもう一つの現実が立ち上がるのである。

駅馬車の御者サンプソンは、リアリズムの社会小説家ジョージ・エリオットの分身である。その一方、彼はそういう人々や場所について、「もっと有名な旅に登場するかのウェルギリウスの霊のごとくにそのいわれを説明する」（九）とも言われている。ダンテのウェルギリウスは地獄、煉獄という異世界への案内者である。一方サンプソンは過去に実在した英国地方社会の案内者であり、その点では『アダム・ビード』の語り手につながる存在であるが、その語りは『アダム』の、読者の郷愁を誘う温和な田園描写では無視されていた多くのこと、すなわちみすぼらしい小屋が並ぶ貧しい農村や、青白い顔の織工たちや、炭塵にまみれた坑夫たちなどの厳しい社会的現実も取りいれている。つまりこの社会描写は初期の作品に比べてより「リアリスティック」である。しかしサンプソンは、このように厳しく惨めな面にも目を向けるリアリストである一方、単なる外部の社会的現実の案内者にとどまらない存在でもある。彼は現実社会の案内人であるとともに、ダンテのウェルギリウスのような、異世界への案内人でもあるのだ。その萌芽はすでに『アダム・ビード』に見られる。第三五章、「隠れた恐れ」で、アーサーの子を宿した村娘ヘティーがひそかに村を出奔する場面で、語り手はヨーロッパの田舎で目にしたキリストの磔刑像を思い出す。満開のリンゴの花の下に、陽光を浴びた麦畑の傍らに、小川のせせらぎの聞こえる森の道の曲がり角に、場違いとも見えるこの苦悶の像が立っているが、それはどんな豊かで明るい自然の風景のなかでも、「苦しみに重く脈打つ人間の心臓」が隠れているかもしれないことを思い出させる、というのである（三三七）。のどかな田園の風光とそれが隠している人間の心の苦悶[1]、ここに『フィーリクス』以降の作品でもっと鋭く表現される現実の二重化、現実と超現実の対置の原型を見ることができよう。しかし「このようなことが……隠れている」(Such things are sometimes hidden) と「これらのことは比喩である」(These things are a parable) という語法の違いが、二つの現実の同一次元での並置から、非連続な異世界の対照という力点の移動を物語っている。この点でサンプソンは、穏やかな回想に浸る『アダム・ビード』の語り手に比べれば、はるかに謎めいた、ある意味で不気味な人物となっている。

『フィーリクス』の序章が語る、折れば血を噴き、苦痛の叫びを挙げる木の枝の比喩が指しているのは、この作品の悲劇的登場人物、トランサム夫人である。地方名家トランサム・コートの若妻だった彼女は、屋敷に出入りの新進の弁護士ジャーミンと不倫の仲になり、彼の息子を産んだ。息子は自らの出自をまったく疑わず、外国貿易で成功した有能な青年紳士ハロルド・トランサムとして、急進派 (radical) を名乗って議会に立候補する。そればかりでなく、ジャーミンが屋敷の財産を食い物にしてきたことを見破り、改革の手はじめとして彼の不正を暴こうとする。トランサム夫人は、彼が自分の真の父親を成り上がり者として忌み嫌い、軽蔑するのを黙って見守らなければならない。やがて選挙に落選した彼は、腹立ちまぎれに実の父親ジャーミンを鞭で打ち据え、ジャーミンは満座の人々の面前で、おれがおまえの父親なんだ、と叫ぶことになる。打ちひしがれて帰宅した息子の言葉からトランサム夫人はすべてが暴露されたことを知り、自室に閉じこもる。トランサム・コート邸に滞在していた女主人公エスターは、その夜、苦悩のあまり一睡もできず、廊下をさまよう夫人の姿を目にする (四九章、三八九)。決して世間の目には触れない隠された苦悶の姿が、ここに劇的な形で具現されるのである。

しかし暗い廊下をさまよう、苦悩にさいなまれた老女の像は、ウェルギリウスやダンテではなく、ディケンズが『大いなる遺産』三八章で描いた、ローソクを手に「満足荘」の真っ暗な廊下をすすり泣きながらさまよう、ミス・ハヴィシャムの姿から取られている。先に初期のエリオットのディケンズ批判を紹介したが、『フィーリクス・ホルト』を書くころのエリオットは、黄色に朽ちた花嫁衣裳やクモの巣だらけのウェディング・ケーキなどのセンセーショナルな細部は描かなくても、自らの過去に取り憑かれて幽鬼と化した老女という、本質的な人物像を取り入れるくらい、ディケンズに接近したと言える。さらに『ダニエル・デロンダ』の病み衰えたダニエルの母ハルム・エーベルシュタイン公爵夫人、かつてのオペラ界の名花アルカリシが、「暗い炎の色のガウンに身を包み、夢に現れる死者の世界からの訪問者」(五三章、五七一)のようにホテルの部屋に現れる場面では、一方でダンテの地獄との、他方でミス・ハヴィシャムとの類似はもっと大きいかもしれない。

3　科学と非現実

『フィーリクス』における二つの現実の対照は以上のように、神秘と不気味さの雰囲気に包まれている。これに対して現実描写の二重性に対するエリオットの比喩のもう一つの例、『ミドルマーチ』二七章の文章は、かなり異なった内容を持っている。

私の知人の一人に、どんなに平凡な家具のような物も、そこに科学の透明な光を向けることによって、一つの驚くべき対象に変化させる術を心得ている人物がいるが、その彼が次のような意味深い事実を見せてくれたことがある。あなたの等身大の姿見、あるいは広い鋼鉄板の表面を、召使の手を借りて磨き上げてもらうとする。そこには無数の引っかき傷が、あらゆる方向に無差別に走っているだろう。しかしその正面に一本の燃えるローソクを置いてみるがよい。するとこれら無数の引っかき傷は、たちまち何重もの微細な同心円を描いて、この小さな太陽を取り巻くように見えるだろう。傷があらゆる方向に無差別に走っているのは間違いないことなので、整然と重なる同心円という、この目に快い錯覚は、ただローソクの光のみが生み出したものであり、それが偏った光の選択を行っているのである。これらのことは一つの比喩である。引っかき傷は個々の出来事である。そしてローソクはここにいない誰かさんのエゴイズム――例えばミス・ヴィンシーのエゴイズムにあたる。(二四八)(傍点筆者)

前後関係を少し説明すると、ミドルマーチの町長の娘ロザモンド・ヴィンシーは、かねて好もしい独身男性として目を付けていた青年医師リドゲイトに近づこうとする。田舎町の野暮ったい若者たちとは家柄も容姿も知性も格段の差がある彼は、上流志向のロザモンドにとって、理想の相手であった。小説はこののちリドゲイトがロザモンドの手管によって次第に望んでいなかった結婚へと引き込まれてゆく過程を追うことになるが、彼女はこの引用文の前で、すでに自分とリドゲイトを主人公とする恋愛ロマンスを、頭の中で作り上げていたのである(一六章、一五五—五六)。

肉眼では見えないものが見えてくるというこの構造は『フィーリクス』の例と同じであるが、『ミドルマーチ』のこの文章では、比喩は古典文学という典拠に基づいた神話的魔術的なものでなく、科学実験から取られ、社会の中に生きる人間の行動を理解するための、もう一つのモデルを提示している。現実とは無数の微細な要素や運動の集合体であり、人間はそれを自己にひきつけて、ということはすなわち大なり小なりエゴイスティックな視点からそれを解釈するほかはない。この分析的な現実モデルは『ミドルマーチ』の全体を貫くものであって、事実上の序章と言うべき第一一章（導入部でドロシアとシーリアの日常生活を語っていたためにここまで保留されていた）の、ミドルマーチの町と人々の生活を、「網の目」「織物」「糸」などのイメージを用いて詳しく描く場面で全面的に展開されている。これがダイアナ・ポースルスウェイトが「ヴィクトリア朝小説のなかでもっとも科学的」（Levine 一一四）と呼んだ『ミドルマーチ』における、リアリティの基準であり、この作品全体の基盤である。だが小説の展開につれて、ほとんど社会学のテキストのように読めるこの科学的な現実モデルも、今の引用にあるように、次第に新しい面を見せ始めるのである。カソーボンと結婚して、ローマに新婚旅行に出かけたドロシアが、宿の一室で一人涙に暮れる、有名な場面を見てみよう。新婚の花嫁が涙を流すなどさほど珍しいことではない、と人は思うだろう、と語り手は言う。しかしこのような平凡な現象の中にも真の悲劇性が潜んでいることもあるのだ。もし人がそれを感じることができたならば、それは「草の伸びる音や、リスの心臓の鼓動が聞こえるようなものであろう。そして沈黙の向こう側のその轟音のために、私たちは死んでしまうのではないだろうか」（二〇章、一八二）。

この印象的で記憶に残る一節は、「微細なものの累積」というこの作品の基本的な現実モデルの延長上にあるとも言える。ローソクの光が見えない同心円を浮かび上がらせるように、鋭敏な感覚による認識能力の拡大を、視覚の領域から聴覚の領域に移しただけ、とも考えられるからだ。しかしエリオットは、このような鋭い聴覚の持ち主はたぶんそれに耐えられず、命を落とすことになるかもしれない、とも言っている。「科学の透明な光」によって隠れた真実を明るみに出す科学者の余裕ある態度とは違って、「沈黙の向こう側の轟音」はそれを聞く者の心を圧倒する。そこにあるのはすでに科学的真実ではなく、人間の住む現世を超えた異世界ではないだろうか。それとも科学そのものの究極の姿は、このような異世界へと導くものなのか。この一節は

『フィーリクス』からの引用に現れる魔術的異世界と、『ミドルマーチ』の科学的手段による現実認識の拡大の中間にあるように見える。そしてエリオットは一八五九年（『アダム・ビード』出版の年）に書いた怪奇短編「とばりの彼方」の中ですでに、他の人間の心の中を覗く力に呪われた主人公ラティマーに、自分の「顕微鏡的な視覚」（一章、一四）、「超自然的に鋭敏な感覚」について語らせ、「他人が完全な沈黙しかないと思うところに、ごうごうと鳴る音の流れが聞こえる」と言わせているのである（一八）。このラティマーは詩人気質の気難しい青年だが、俗物の父親に強いられて科学教育を受けるために、ジュネーヴに来ている。ジュネーヴが『フランケンシュタイン』の舞台であることは、偶然の一致とは思われない[(2)]。エリオットは穏やかな日常的、事実的な現実モデルによる初期のリアリズム小説を書きながらも、一方で科学と超自然との出会いという『フランケンシュタイン』の極限的な着想に惹かれていたことになる。

このような眼で見れば、「ヴィクトリア朝小説のなかでもっとも科学的」であるはずの『ミドルマーチ』のあちこちに、暗い異世界が口を開いていることが分かる。それはエゴイズムがもたらす孤独地獄に落ちた登場人物たちがさまよう、地下の世界である。その代表がドロシアが結婚する初老の学者牧師、カソーボンである。彼は最初、英国に伝統的な風俗小説（novel of manners）にはおなじみの、世間知らずの学者先生という喜劇的タイプとして登場する。第五章で彼がドロシアに送る求婚の手紙は、もったいぶった鈍感な修辞性という点で、『高慢と偏見』のコリンズ牧師のセリフにそっくりである（五章、三九–四〇）。だがやがて物語の進行につれて、彼は急速に不気味な変身をとげてゆく。研究の目的を見失い、いたずらに無益なノートの山を築いている彼は、「一本のローソクだけを頼りに、いつも地下の穴倉を歩き回っている」（一〇章、七八）と形容され、やがて彼を大学者と思いこんで仰いでいたドロシアにも、その正体がはっきり見えてくる。

彼はたくさんの小さな納戸部屋や、ラセン階段という、出口のない迷路に迷いこんでいた。……目の前にローソクの灯を掲げて、彼はそこに窓がないことを忘れてしまった。そして太陽神についての他の学者たちの説を批判して、本の欄外に手厳しい書き込みを重ねているうちに、太陽の光に無関心になってしまったのだ。(二〇章、一八五)

彼は地下の世界に住む怪物である。ドロシアに同情するラディスローはカソーボンを、若い娘を誘拐して人身御供にし、洞窟の奥でその骨を噛み砕く食人鬼のように考える(三七章、三三八；Wiesenfarth 一〇六)。こうしてオースティン流の地方生活の風俗喜劇の典型的登場人物のように見えたこの初老の田舎牧師は、平穏無事な田舎生活の描写の表面下で、一人のモンスターと化してしまう。

怪物になるのはカソーボンだけではない。飲んだくれの小悪人ラッフルズに脅迫された町の銀行家バルストロードは、アルコール中毒で倒れたこの脅迫者を郊外の別荘に引き取って看病し、彼の口から秘密が洩れないように徹夜で見張る。そのときの彼の姿は、「生命を吹き込まれた死体が温かさを失ったまま、もう一度動き始めたように」(七〇章、六六一)と、一種のゾンビのように描かれ、錯乱状態のラッフルズは彼に迷信的な恐怖を抱く。また首尾よくリドゲイトと結婚したロザモンドも、やがて医学研究に没頭して家庭を顧みない夫を、「吸血鬼みたいに悪趣味な人」(六四章、六二三)と疎むようになるし、最後には彼女の無理解と涙に負けて科学者としての理想を諦め、上流階級相手の開業医として金儲けに専念するようになるリドゲイトもまた、妻を「死んだ男の脳みそを栄養にして繁るバジル草」に喩えて(終章、七八二)、夫婦が互いに相手を怪物扱いするという、救いのない結婚生活を送るようになる。

ジョーゼフ・ウィーゼンファースは『ゴシック風俗と英国古典小説』（一九八八）において、一九世紀英国小説史に関する一つの包括的な理論的観点を提起している。彼は小説が既成の社会を批判的に描く方法として、オースティン的な「風俗」（manners：すなわち社会的タイプの描写）、ブロンテ姉妹が代表する「新ゴシック」（new Gothic：現代英国社会の描写のなかに超自然を持ちこむ）、そしてその両者を総合するものとしてジョージ・エリオットの「ゴシック風俗」（Gothic manners）の三段階を区別している。彼のこのような見方は、ピーター・ブルックスの『メロドラマ的想像力』（一九七六）や、先に「とばりの彼方」に関連して言及したジョージ・レヴァインの『リアリズムの想像力』（一九八一）などと並んで、一九世紀のリアリズム小説が、そのなかにメロドラマやゴシックなどの非合理的な要素を貪欲に取り込んでいることを強調する、近年の動向を代表するものである。私のこれまでの分析もその流れに沿うものだが、その際に私が特に注目したいのは、リアリズムの表面とその底にある異世界というこの構造が何らかの意味で連続しており、リアリズムの微細な描写の極限として、地下の異世界が出現してくる、ということである。一九世紀小説の歴史において『フランケンシュタイン』の重要性を強調するジョージ・レヴァインは、「普通は超自然的な道具立てを必要とする伝統的ゴシックの枠組みのなかに世俗的科学を挿入することによって、メアリー・シェリーは恐怖と神秘の源泉を変化させ、その迫真性（credibility）を増した」と言っている（Levine 二六）。科学と合理性は、想像力と手を組むことによって、まったく新しい超現実の世界を創造することを可能にしたのである。前に述べたように、「とばりの彼方」は、この点で『フランケンシュタイン』のアップデート版とも言える作品であり、特にその最後の場面で（当時はまだめったに行われない危険な療法であった）輸血によって死者が蘇り、語り手の妻の悪行を暴露するのは、物語の統一性からすれば余計なグロテスクな出来事としか言いようがないにしても、非常に『フランケンシュタイン』と近い着想である。(3)「とばりの彼方」の主人公は自分は「二重意識」(double consciousness)(一章、二二)に苦しんでいる、と言うのだが、エリオットの作家的成長は、当初は怪奇小説の道具立てであったこの「二重意識」が、『フィーリクス』と『ミドルマーチ』において、先に述べた現実の二重化という形をとって、見事にリアリズムと接合されたことに現れている。

4 リアリズムと神秘

最後に、このようなリアリズムと反リアリズムのせめぎあいが、エリオット最後の長編『ダニエル・デロンダ』でどのような展開を見せるか、簡単に触れておこう。この小説の舞台は彼女のそれまでの作品とは異なり、作者の少女時代の記憶につながる過去の英国の地方社会ではなく、ほぼ同時代の一八六〇年代に置かれ、(4)ドイツの(架空の)鉱泉地ロイブロン、女主人公グウェンドレン一家が移り住む田舎の屋敷オッフェンディーン、パリ、ロンドン、さらにはフランクフルトやジェノアへと、コスモポリタンな空間を転々とする。グウェンドレンが結婚するサディスティックな英国貴族グランドコートが、ホイッグ党の政治家サー・ヒューゴー・マリンジャーの甥で相続人であるにもかかわらず、議会に立候補する気がまったくないことは、この小説が描く同時代の英国社会が、もはや伝統的な絆を失ってしまっていることを、明示している。『フィーリクス』のハロルド・トランサムもトルコで財を成したコスモポリタン的な英国人ではあるが、議会に立候補して、それが個人的な虚栄心の表れではあるにせよ少なくとも建前の上では、国家に奉仕するという上流階級の義務を果たそうとしていた。『ダニエル』はこの意味で、社会の重みがますます薄れてゆき、その半面で個人の心の暗闇にそれだけ強い関心を向ける、そのような小説である。

『ミドルマーチ』のカソーボン、バルストロード、ロザモンドらは、怪物になりかけている人物たちではあるが、どこかに人間的な苦悩を残していた。これに比べると『ダニエル』のグランドコートは徹底的に人間性を失った存在である。彼は表面から見ればすべてに倦怠しか感じない世紀末的人間として、歴史的背景をもって描かれているが、しかしその無感動、無関心があまりに徹底しているために、ほとんど苦しむこともできなくなっている。彼は「美しい新種のトカゲ」（一一五）、「華麗にトグロを巻いた危険なヘビ」（五七五）に喩えられ、「シビレエイのように麻痺させる力があり、カニや錦ヘビのような意志を備えた、恐ろしい生物」（三六三）として、グウェンドレンを支配する。彼が捨てた愛人グラッシャー夫人は、ハイドパークで馬を走らせるグウェンドレンの前に、「メデューサのように姿を現す」が、その悪意は「垣根の外に投げ出されたマムシのように」無力である（五一七；Beer［一九八六］二二〇）。そのグウェンドレン自身も、冒頭のロイブロンの場面では「レイミアの美しさ」と呼ばれており、これは（『ミドルマーチ』のバジルの木とはまた別の）キーツの詩から取られた、美女に変身したヘビのことである。しかしこのように相当に怪物的ではあっても、彼女はまだ人間の女であり、恐怖と苦悩にさいなまれる能力を保っている。オッフェンディーンの屋敷の羽目板の背後に隠されていた死人の絵を前に彼女が陥ったヒステリー状態は、やがてグラッシャー夫人のダイヤモンドとともに送られてきた呪いの手紙を読んだ彼女が狂乱する場面でさらに激しい形で戻ってくる。またこの死人の顔は、海に沈んでゆくグランドコートのいまわの顔という形で彼女に憑きまとい、彼女はその恐ろしさを繰り返しデロンダに訴えることになる。これらの幻影は単なる道徳レベルの罪意識というよりは、もっと根源的な人間の実存的不安につながっているようだ。

グランドコートとグウェンドレンの地獄的世界とは対照的に、自らの出自を知らぬまま英国貴族として育ち、やがて自分のユダヤ人としての血脈と、それによって課せられる歴史的な使命を自覚する主人公ダニエル・デロンダの描写には、ロマンスや予言的ヴィジョンという、反リアリズム的様式が大きく働いており、そのことは多くの批評家が認めている。ユダヤ民族の指導者を捜し求めている神秘思想家モルデカイは、自らが夢見る理想の指導者は黄金の光に包まれて自分の前に現れであろうと信じているのだが、デロンダはそのヴィジョンにたがわず、夕映えのブラックフライアー橋の下のテムズ川にボートを漕いでくる。しかしその場合にもエリオットは、このような神秘的ロマンスの世界をリアリズムと連続したもの、その延長線上にあるものとして、描き出そうと努めている。ブラックフライアー橋での不思議な出会いの場面にしても、その時のモルデカイの心境は、「熱烈に思考を凝らした末に、予想に合致する反応が現れるのを、前にかがみこんで見つめている化学者のそれと大差なかった」(四〇章、四一二)と語られている。また彼のヴィジョンは、性質こそ違えコロンブスやニュートンのそれになぞらえられてもいる(三八章、四〇七)。つまり一見すると非合理に思える人間の直感の働きも、もしかするといつか、科学的な根拠があると判明する日が来るかもしれない、と言うのである。これはジリアン・ビアが『ダーウィンのプロット』(*Darwin's Plots* 一九八三)のなかで「ロマン的唯物論」(romantic materialism)[(5)]と呼んだもの、すなわち人間の魂と科学的世界観を、想像力の働きのもとで統一しようとする、ダーウィンもまた無縁ではなかった挑戦の一つだったと言えるだろう。

モルデカイは自分からデロンダへの魂の転生(リアリズム的に言えば彼の思想がデロンダに継承されること)について、ユダヤ神秘主義の教義カバラを引きながら、こう説明している──

カバラの教えによると、魂は何度も新しい肉体に生まれ変わって、最後に完全なものとなって浄化される。そして使い果たされた肉体から解放された魂は、それを求める兄弟であるもう一つの魂に合体することができるのです。……彼らはそれから有限の世界を離れ、永遠なるものの懐から生まれてくる新たな魂のために場所を空けてやる。……このようにして精神は隠れたもののために、既知の現実の影である一つの形を与え、たとえ比喩でしかないとしても（only in parable）、真実を語ったのです。（四三章、四六二）

エリオットの「比喩」は、こうして、古い詩歌の伝説的魔術的世界、科学的実験、さらにユダヤ神秘主義と、その内容を変化させてきた。同じ「比喩」（parable）の手法を用いても、それを神秘主義へむかって拡張させる『ダニエル・デロンダ』の方向は、リアリズムの極限に地獄的世界を現出させるエリオットのもう一つの方向と比較するなら、やはりかなりの無理があることは否定できない。しかし『ダニエル・デロンダ』が、エリオットのそれまでの作品をはるかに越えて、リアリズムと反リアリズムの統合、現実と非現実あるいは超現実の世界の連続を描こうとし、科学と魂の融合を目指す、壮大な野心の産物であることは認めなければならないだろう。

□注

※エリオットの作品からの引用は、すべてOxford World's Classics Paperback版から行い、（章番号、ページ番号）の形で示した。

（1）エリオットのリアリズムに大きな影響を与えたラスキンは、『近代画家論』第四巻（一八五六、エリオットはこれを書評している）の一六章「山の暗黒」（The Mountain Gloom）において、美しい自然の中で暮らすアルプスの農民たちが、必然的に高貴な人々だと考えてはならないと述べている。現実のアルプスの農民には、「希望も情熱もない、進歩も歓喜もない、黒いパン、粗末な屋根、灯りのない夜、重労働の昼、夕暮れの疲れきった腕、こうして人生を擦り減らしてゆく」。彼らの暗い魂は、この地方に見られる血みどろの磔刑像に表現されている、と言う。

ヒュー・ワイトメイヤーは『ジョージ・エリオットと視覚芸術』（一九七九）で、ラスキンの議論と『アダム』のこの一節のつながりを指摘して、「偉大な芸術は自然の美とともに自然の欠点をも描き出す。悪の存在を否定する芸術はすべて偽りである」と説明している（Witemeyer 一四四）。

（2）レヴァインは『リアリズムの想像力』（一九八一）第二章で、一九世紀小説の源流として『フランケンシュタイン』を挙げている。またローズマリー・アシュトンは、「とばりの彼方」を『フランケンシュタイン』と『ジキル博士とハイド氏』を結ぶ作品と位置づける（Ashton 二二九）。新野緑氏の『〈私〉語りの文学──イギリス十九世紀小説と自己』（二〇一二）には、この怪奇小説とディケンズのクリスマス怪談「憑かれた男」（一八四七）、および長編『リトル・ドリット』（一八五七）に挿入された物語である「ある自虐者の物語」の関係についての、優れた分析がある（第八章「知ることの不幸」）。

（3）輸血は一八二八年（一説には一八一九年）、ロンドンの産科医ジェイムズ・ブランデルによって、出産時の大量出血への治療として行われた。ブランデルはその後、少なくとも十回の輸血を行い、半数近い例で成功を収めたようである。しかしこの時期の輸血は失敗が多く、一九〇一年に血液型が発見されるまでは、危険な実験であった（Institute of Biomedical Science: A Brief History of Blood Transfusion. www.ibms.org/go/nm:history-blood-transfusion）。

（4）この小説にはアメリカ南北戦争の終結（一八六五年六月）、ジャマイカの黒人暴動（同年一〇月）、プロシア・オーストリア戦争（一八六六）などの年代記的指標が目立たぬ形で書き込まれており、執筆時（一八七四年初〜一八七六年六月）よりきっちり十年前に設定されていることが分かる（Appendix: Chronology 七二五—二七）。

（5）ジリアン・ビア『ダーウィンのプロット』の中心概念。ビアは、「彼〔ダーウィン〕の唯物論は偏狭でも純粋に抽象的でもなく、形態と生命の世界への、感覚に根ざした反応である」（三七）と、彼の科学の感覚性、具体性、多様性、生命性を強調している。

□引用・参考文献

Ashton, Rosemary. *George Eliot: A Life*, Hamish Hamilton, 1996.

Beer, Gillian. *Darwin's Plots: Evolutionary Narrative in Darwin, George Eliot and Ninettenth-Century Fiction*, Cambridge UP, 1983.

———. *George Eliot*, Indiana UP, 1986.

Brooks, Peter. *The Melodramatic Imagination: Balzac, Henry James, Melodrama and the Mode of Excess*, Yale UP,1976.
Haight, Gordon S., ed. *The George Eliot Letters*, 9vols., Yale UP, 1954-78.
Levine, George. *The Realistic Imagination: English Fiction from Frankenstein to Lady Chatterley*, Chicago UP, 1981.
Pinney, Thomas, ed. *Essays of George Eliot*, Routledge and Kegan Paul, 1963.
Postlethwaite, Diana. "George Eliot and Science" in George Levine, ed., *The Cambridge Companion to George Eliot*, Cambridge UP, 2001.
Ruskin, John. *Works* (Library edition), 39 vols., G. Allen, 1903-12.
Wiesenfarth, Joseph. *Gothic Manners and the Classic English Novel*, Wisconsin UP, 1988.
Witemeyer, Hugh. *George Eliot and the Visual Arts*, Yale UP, 1979.
エリオット、ジョージ『論文と書評』川本静子／原公章訳、彩流社、二〇一〇年。
新野緑『〈私〉語りの文学——イギリス十九世紀小説と自己』英宝社、二〇一一年。

14

George Meredith『リチャード・フェヴレルの試練』における仮面の衰亡

丹治竜郎

レイナム・アビーの準男爵サー・オースティン・フェヴレルは、手塩にかけて育てた息子のリチャードが巧みな計略によって父親を欺き結婚してしまったことを知らされたあと、「教育体系」(the System)と呼ばれるみずからの教育方針を人間に適用することは無益だったのだと悟り、人間不信に陥ってしまう。そのとき親しい関係にあるレイディ・ブランディッシュが彼を慰めようとするのだが、彼が話し相手としてそばにいてほしいと望むのは、甥のエイドリアン・ハーリーなのである。

彼はエイドリアンが来てくれたらよかったのにと思った。エイドリアンにいっしょにいてほしいという異常なほど強い願望が彼の中にはあった。あの賢い若者なら今の彼をどう扱ったらいいのかを見抜いてくれることが彼にはわかっていて、どのような対処を求めているのかが相手にわかるようにするには自分の弱みをどの程度告白したらいいのかという算段もできていた。そのうえ、エイドリアンなら彼が世間に見せたいと思っている姿をそのまま受けいれ、心の鍵を開けようとして彼を悩ませることはないだろうと、彼は確信していたのである。しかるに女性はこんなときあまりにも女性らしくなり、涙を流しながら哀願して一騒動起こすことになるものなのだ。それは何よりも彼が嫌悪していたことであった。（三三六）

サー・オースティンは、息子に裏切られたという幻滅感からくる深い悲しみを仮面によって隠し、みずからの自尊心をなんとか保っているのである。そんな彼には、仮面の下に隠された内面をのぞきこもうとする女たちの視線は危険なものであり、仮面をそのまま受けいれてくれるエイドリアンの視線を歓迎するのである。

サー・オースティンが仮面をつける必要に強く迫られたのは、これが二度目だ。一度目は、サー・オースティンの妻が彼の大学時代からの友人である詩人のダイアパー・サンドウと駆け落ちしたときである。『リチャード・フェヴレルの試練』（*The Ordeal of Richard Feverel*）の冒頭で語られるこの過去の事件は、作者ジョージ・メレディスの実体験を反映している。『リチャード・フェヴレルの試練』が出版された一八五九年の直前に、メレディスの友人である画家のヘンリー・ウォリスとメレディスの妻メアリー・エレン・メレディスの姦通事件が起きているのだ。ウォリスは、メレディスをモデルにして一八世紀の詩人トマス・チャタトンの死の様子を描いた画家として知られる。二人の姦通は一八五六年ごろに始まり、一八五八年に二人はとうとう駆け落ちしてしまうのである。この事件は、ウォリスの絵のコピーが流布するとともに人々の口の端にのぼり、その絵の付加価値を高め、それと同時に絵を見る者に象徴的な解釈を促すことになったのだ。妻を寝取った画家の前で死んだ詩人に扮して、伸ばしていた髭を剃り、去勢されたかのように無力に横たわるメレディスの姿が特定の解釈を生むことは必然であった。ここには、仮面をつけてチャタトンになりきろうとしたメレディスの意図とは無関係に、仮面を剥がして、その下に隠されているものを読み取ろうとするおぞましい観察者・読者の姿がある。アロン・ホワイトが指摘していることだが、このときメレディスは、世間の好奇の目と訳知り顔にさらされたことによる根源的な恥辱体験を味わったにちがいない。ホワイトによれば、一九世紀中頃以降、無意識（前意識）的なものに対する関心と結びついた形で、芸術作品に対する「徴候的読解」（symptomatic reading）がなされるようになり、その結果、人々は、作品の表層下に隠され、明言されなかったことの徴候を読み取って、芸術家の秘められた（前意識的な）生を暴き出そうとし始めるのである（White 四三）。カルロ・ギンズブルグは、美術史家ジョヴァンニ・モレッリ、小説家アーサー・コナン・ドイル、そして精神分析家ジグムント・フロイトがそれぞれの分野で駆使した方法の共通点に着目し、それを「医学的症候学」（medical semiotics）に基礎をおいたパラダイムと呼んでいる。この症候学的なパラダイムが人間科学の分野で出現したのは一八七〇年から八〇年にかけてのことであるというのが、ギンズブルクの想定だ（Ginsburg 一〇二）。『リチャード・フェヴレルの試練』が書かれた一八五〇年代後半よりは少しあとになるが、些細な表面的な徴候からその背後にあるスキャンダラスな真実を探ろうとする傾向は、その当時すでに社会の中に見られたと考えていいだろう。そうでなければ、メレディスがモデルとなった絵画から彼の私生活が探られることもなかったはずだ。

『リチャード・フェヴレルの試練』において、妻に逃げられたサー・オースティンがさらされたのは周囲の者たちの探るようなまなざしだった。表面的な徴候から内面を探ろうとする世間の視線から身を守るために、彼はどんな状況においても内面を隠してくれる「柔軟な仮面」㈥を身につけるようになる。小説の冒頭で挿話的に語られるこの視線と仮面の対立は、小説全体をつらぬくテーマになっていくのである。

妻が駆け落ちした一年後にメレディスが発表した小説『リチャード・フェヴレルの試練』は、両親がきちんとそろったいわゆる幸せな家庭というものが一組も存在しない小説である。大人たちはみな何らかの理由で妻や夫と別離しているか、そうでなければ独身者なのだ。その中にあって、もっとも大きな傷を心に負いながら、それを仮面で隠してレイナム・アビーの当主に収まっているのが、サー・オースティンなのである。サー・オースティンは、残された一粒種のリチャードを学校にもいかせず、レイナム・アビー内に隔離し、独善的な「教育体系」を個人教育という形で押しつけるのである。注意すべきことは、仮面とこの「教育体系」が、分ちがたく結びついていることである。サー・オースティンにとって仮面とは世の中から自分を守る手立てであり、「教育体系」とは世の中の腐敗から子供を守る手立てなのである。両者はサー・オースティンの世の中に対する不信感から生まれたもので、連動しているのだ。

サー・オースティンは、まず何よりも自己の内面の弱さをのぞき見られることを恐れている。彼は、仮面の下に隠している惨めな自分、柔弱な自分を見られることに耐えられないのだ。それは彼の根源的な恥辱体験を呼び起こしてしまうからである。妻を友人に寝取られた際に彼がさらされた世間の射抜くような視線が、彼の中では強い恥辱感と結びついているのだ。それゆえサー・オースティンは、たとえどんな視線であっても、仮面の裏側をのぞきこもうとする視線に対しては彼が長年培ってきた巧みな仮面術によって抵抗するのである。しかし、どんなにすぐれた仮面であってもときにはぼろを出すものだ。たとえば、ある夜、一人の乳母が、リチャードの眠っている小児用ベッドの横に立ちつくしてすすり泣いているサー・オースティンの姿を目撃する。彼女は「仮面の下の準男爵」(三〇七)を見てしまったのである。彼はもはや、彼女を即刻解雇するよりしかたなかった。サー・オースティンにとって、みずからが意識的にコントロールできないものはみな敵なのである。世間、本能、偶然、運命などがすべてそこに含まれる。たとえば、彼のすすり泣きは、意志的な抑制のきかなかった衝動の噴出だったのだ。彼は衝動や本能を仮面の下に抑圧し、世間や運命や偶然から仮面によって自己を防御するのである。重要なことは、仮面が深層を読み取ろうとする世間の視線を欺く手段であると同時に、仮面をつける者自身の自己抑圧、自己欺瞞をも可能にしてくれることだ。人は仮面をつけ、仮面自体に同一化することで、自分というものを忘れ去り、仮面が表しているような人間になったかのように錯覚することができるのである。

だが、彼にとって仮面の効用はそれだけではない。それは、彼に見られずに見ることを可能にするのである。世の中の動きに巻きこまれることなく、世の中を超越した視点から眺めることを可能にするのである。たとえば、サー・オースティンは夜中に屋敷内を巡回していて、農夫のブレイズの納屋に放火したことについてリチャードが仲間のリプトンと声をひそめて話し合っているのを聞きつけるのだが、彼はあえてその場で二人を捕まえようとしないのだ。

　彼は陰謀を企てた二人をその場で捕まえ、罪を告白させ赦免を請わせようという気になりかけていたのだが、息子に対して気づかれないように監視を続けるほうがよいだろうと考えて行動を控えた。サー・オースティンのいつもの教育体系が勝利を収めたのである。

　サー・オースティンは息子に対して神の摂理となることを望んでいるのだとエイドリアンは評した

が、その言葉はこの教育体系の特徴を見事に表現していた。(三六)

サー・オースティンの甥であるエイドリアンは、「賢い若者」と呼ばれるだけあって、的確にサー・オースティンを捉えている。他人の知らないところで他人の秘密を握り、彼らの行動を背後からコントロールすること、つまり自分を取り巻く他者の世界に対して「神の摂理」のごとき存在になること、これがサー・オースティンの望むことなのだ。この願望は、みなが寝静まったあとに屋敷内を衛兵よろしく見回ったりする行動になって現れている。エイドリアンの言葉を借りれば、サー・オースティンは、「自由に歩き回っている偏執狂で、眠っている正気の人々を見張っている」(三二)ということになる。サー・オースティン自身は、自分がこうした行動をとったことについて、そのわけをあとで次のように説明している。

私は、人々が成功や失敗の原因としている幸運や不運というものをほとんど信じていません。それらは小説家が演じる役としては有用です。しかし、私は人間を相当に高く評価しており、人間はいかなる干渉も受けずに自分自身の歴史を作り出すと信じているほどなのです。(三三二)

仮面とは、だから、世の中を支配している運命や偶然を逆に個人の支配下に置くための一つの手段として、サー・オースティンの役に立ってくれるものなのである。それは、少なくとも運命や偶然から超越した態度を保つことを可能にして、内面の自立性を守ってくれるものなのだ。こうして確保した超越した立場から、サー・オースティンはみずからの内面をのぞき見られることなく世界を眺め、世界に対して意識的なコントロールを働かせようとするのである。サー・オースティンが出版した箴言集『巡礼の頭陀袋』（*Pilgrim's Scrip*）の中には次のような言葉がある。

　精神が幸福をつかむことができるとしたら、この世界がうまく作られていることを見てとれるような知恵の最上の高みに立つしかない。（八一）

オリュンポス山にもたとえられる理性の高みから、「神の摂理」と化したサー・オースティンが眺める世界は、運命や偶然をも含めてすべてが彼の意のままになる「うまく作られている」世界なのである。こうした高みの上でしかサー・オースティンは幸福を味わえないのである。

　サー・オースティンはこのような仮面のもつ二つの効用のおかげで世界に対峙することができるのだが、仮面はあくまでも受動的な手段でしかない。それは自己を世界から守り隠す手段にすぎないのだ。もちろん、自分一人のことなら仮面のみで解決可能だ。しかし、サー・オースティンには守らねばならないものがもう一つあるのである。息子のリチャードだ。そのために編み出されたものが、サー・オースティンの「教育体系」なのである。仮面と同様に、「教育体系」の敵もまた世間であり、運命であり、偶然である。サー・オースティンの頭の中には、「この愛しい息子の中で運命と戦っているという考え」（三六）がつねにあるのだ。サー・オースティンにとっては学校も腐敗したものであり、リチャードを運命のいたずらから守るには不十分なところであると思われるがゆえに、彼はレイナム・アビー内でリチャードに徹底した個人教育をほどこすのである。こうした彼の教育方針は次のような人間観に根ざしたものだ。

人間は自動で動く機械なのだ。人間は機械であることをやめることはできない。ただ、自動で動くとしても、人間が自己制御の力を失う可能性はあり、誤った方向に進むとみずからの生命力によって人間は破滅へと駆り立てられるものなのである。若いときの人間は、決められた機械的な日周運動を繰り返す段階に達する前の成熟の途上にある。そしてそのような状態にあるあいだ、正直かつ健康に成長し、はたさなければならないいかなる機械的な義務にも適した成人になるように見守ってくれるあらゆる天使の存在が、人間には必要なのだ。（一三〇—三一）

サー・オースティンは別の場面で息子の教育を木の育成にたとえている（九八）。木をまっすぐ成長させるためには、無駄な枝は刈りこまなければならないというのである。そこで、詩作のようなリチャードの心に有害であるとサー・オースティンが判断したことは、ことごとくリチャードには禁じられてしまう。それでは、その教育の具体的な内容はどんなものなのかというと、実ははっきりとは述べられていないのだが、目的はリチャードを敬虔なクリスチャンかつ熱心な愛国者に育て上げることだと、サー・オースティン自身は言っている（九〇）。しかし、「教育体系」の本当の目的はリチャードを一定の時期が来るまで女性の誘惑から守ることなのである。サー・オースティンの言葉を借りれば、女たちこそ男たちの試練なのだ（一七八）。サー・オースティンがレイディ・ブランディッシュに語ったところによれば、リチャードは二十五歳で結婚し、その伴侶は「教育、本能、血統があらゆる点で彼にふさわしい年齢が数歳下の若い女性」（一〇八）でなければならないのである。そして、その時期が来るまでリチャードがいかなる形の恋愛感情もいだかないように、リチャードのまわりからすべての若い女性が排除されることになる。女性の磁力こそリチャードの成長にとってもっとも有害なものであるとサー・オースティンは考えているのだ。ここでも仮面と「教育体系」のつながりは明らかだろう。つまり、仮面にとっても、「教育体系」にとっても、もっとも警戒すべき真の敵は女性なのである。

とにかくリチャードは「教育体系」にのっとって育てられる。放火事件という試練はあったものの、リチャードはだれの目から見ても理想的な若者に成長する。「教育体系」はここまでは成功したのである。だが、それは失敗の萌芽を含んだ成功だったのだ。「そのとき教育体系は失墜する直前に本当の意味での勝利を収めたのである」(二一九)と、語り手は予言している。リチャードの最大の弱点は、「教育体系」によって世間から隔絶した状況で育てられたがゆえの彼の無垢さである。リチャードはその無垢さゆえに、いともたやすくルーシー・デズバラ(Lucy Desborough)に対する情熱の虜になってしまうのである。ここでもサー・オースティンは、リチャードに気づかれないところで巧妙に立ち回って、彼とルーシーとを引き離し、「教育体系」を維持しようとする。しかし、この事件がきっかけになって、リチャードはとうとうサー・オースティンの監視する視線に完全に気づいてしまう。それまでもときどき頭をもたげることがあった父親に対する反抗心が、ここにきてリチャードの中で抑えきれないほど膨れあがる。こうした反抗心は、例の放火事件の際にも、父親が背後ですべてを把握していることを知ったときにリチャードが感じたものだ。

「そうか、彼はすべてを知っているんだ」

少年は困惑のあまりいらだちを忘れた。いったいだれが父に話したんだろう。昔ながらの父に対する恐怖に襲われたが、同時に昔ながらの反抗心もいくらかよみがえった。(七二)

反抗心と表裏一体の関係にある父親に対する恐怖のために、リチャードは反抗心を父親に気づかれることを恐れる。そこで彼は仮面によってそれを隠すのだ。それと同時に、仮面はリチャードをサー・オースティンの監視する視線からも守ってくれるのである。サー・オースティンが世間の視線から身を守るために仮面をつけたのと同じように、リチャードもつねに自分を監視しているサー・オースティンの存在から自己を防御するために仮面をつけるようになったのだ。ここにこの小説の最大の皮肉がある。親子が互いに仮面をつけた時点で、「教育体系」はすでに死にかけている。サー・オースティンは仮面をつけることにはたけてはいても、仮面を見破ることにはなれていないのだ。彼はリチャードの仮面を見抜けず、彼の「教育体系」もリチャードの内面にまで影響を及ぼすことができなくなってしまうのである。こうして二人が仮面をつけてしまったのだから、物語はここからは必然的に二人の仮面を剥ぐという方向に進んでいくことになる。そこで重要な役割をはたすのが女性たちである。

『リチャード・フェヴレルの試練』における女性は、最初、ヴァージニア・ウルフが言うような男を二倍の大きさに映す鏡としてしか存在していない（Woolf 三二）。だが、女性は両刃の剣なのだ。仮面が効を奏しているときは、サー・オースティンは女性の目に映る自分の実物以上の姿に満足できる。リチャードとルーシーのことを知らせるレイディ・ブランディッシュの手紙を読んで、サー・オースティンが鏡をのぞきこみながら、手紙に書かれているユーモアに欠けた自分自身の姿について考える場面がある。自分自身の外見には年齢的な衰えはあるが、まだまだ満足できるものだと思いつつも、彼は仮面の下に隠されている自己の本質を見てしまったかのような動揺を覚えるのである。

おそらく彼は鏡を見ながら、レイディ・ブランディッシュの鋭敏な視線には自分がどのように見えているのかについて考えていたのだ。彼女が何を感じているかについてはいかなる疑問もいだいていなかった。しかし彼は、女たちがその気になれば、感情がそれほど高ぶっていないかぎりは、一人の人物のあらゆる側面をどれほど明断に把握し、その弱点を指摘できるかを知っていた。（一八八）

サー・オースティンは、仮面をつらぬく女性の眼力を恐れているのである。物語が進み、サー・オースティンの仮面がリチャードの反抗によってぐらつき始めるにつれて、女を排除しようという彼の意図に反して、女が強い影響力をもち始める。レイナム・アビーが「女による皆既食」（三四九）に入ってしまったと、エイドリアンが嘆くほどである。女は日常生活の中で「徴候的読解」を実行する者として登場する。女は人の仮面の下に潜む隠された素顔を探り出そうとつねに目を光らせているのだ。女は「生まれつきの悪さの共犯者」（二六三）であり、「現実的な生き物」（三二七）であると断言する『巡礼の頭陀袋』の中の言葉には、男が仮面によって作り上げる象徴的な秩序、言い換えれば建前の世界を破壊しようとする女への怨嗟がこめられているのである。

サー・オースティンの仮面による支配が崩れ、彼はだんだんと他者の（特に女性の）視線に対して無防備になっていく。彼の仮面の最大の危機は、リチャードがルーシーと父親の目を逃れて無断で結婚したときに訪れる。そのときサー・オースティンは、ミセス・ドリア・フォリーとレイディ・ブランディッシュという二人の女たちの鋭い視線にさらされるのである。たとえば、リチャードとルーシーが結婚したあと、レイディ・ブランディッシュがはたしてサー・オースティンは二人を受けいれるだろうかと自問する場面を見てみよう。

レイディ・ブランディッシュは絶望していた。彼女は準男爵が息子に会うつもりでいるとはっきり確信できなかったのである。仮面のためにだれもが何もわからない状態だった。しかし彼女は、サー・オースティンの中に、罪を犯した者がここに来て和解を申し出る可能性は少なくともあるように思えるにもかかわらず、彼が行動を先延ばしにしていることに対するいらだちを見たように思った。サー・オースティンが息子夫婦を受けいれることは今のところ望めないということがわかるくらいには、レイディ・ブランディッシュは仮面を見抜くことができた。彼女は彼の平静さが見かけだけのものだと確信していたが、それ以上のことは見抜けなかった。さもなければ彼女は驚いて、こう自問したかもしれない。この人の心は女の心なのではないかと。（三六六）

少なくともここでレイディ・ブランディッシュはサー・オースティンの仮面には気づいている。ところが、仮面というものは仮面であることがわかってしまってはなんの役にも立たないものなのである。仮面であることが見破られた瞬間に、その背後に隠された素顔の存在を怪しまれてしまうからだ。これに追い撃ちをかけるように、ミセス・ドリアが「やわらかくてもろい」（三六八）状態になってしまったサー・オースティンの仮面を打ち破ろうとする。彼女は「教育体系」を罵倒し、「あなたは軟弱よ、オースティン。まったくの軟弱者よ」（三六八）と激しく彼を非難するのである。彼の仮面は風前の灯だ。父親に会うために、新婦を一人ワイト島に残してロンドンにやってきたリチャードを避けるように、サー・オースティンは雲隠れしてしまう。この行動の真相は、仮面がぼろぼろになってしまったので、サー・オースティンは他者の視線を避けることを望んだということだろう。ミセス・ドリアは、彼は女みたいに取り扱い方が難しいとリチャードに語る。最後に、かつて「仮面の下の準男爵」を見てしまったミセス・ベリーが登場し、レイディ・ブランディッシュに向かって次のように語るのだ。

あの方の心は女のそれのように感じやすいんですよ。わけがあって私にはわかっているんです。問題はまさにそこなんです。みんなそこで彼にだまされてしまいますし、私もそうでした。あの方は顔の表情を変えないので、みんな冷酷な人間を相手にしていると思ってしまいますが、そのあいだもずっと下には女が隠れているんです。女みたいな男なんて人生の謎ですよ。私たちは自分自身のことなら見抜けますし、ふつうの男であれば正体を見抜くこともできます。ですけど、あのような人はちょっと不自然です。そこで、お許しいただけることを願って言わせてもらいますが、あの方を女性として扱い、自分のしたいようにさせせないことが必要なんです。彼自身が自分で何をしたいのかわからないのですから、ほかのだれにもわかるわけがないんです。(四一九)

ミセス・ベリーは、ぎこちない言葉ではあるが、サー・オースティンを丸裸にしてしまっている。レイナム・アビーで偶像に祭り上げられていたサー・オースティンは、ここにいたってその座から失墜してしまうのである。彼は、「女みたいな男」として「女による皆既食」に入ってしまう。「私たちが本当の自分とは異なる人間であるかのようなふりをすると、女たちはそれを見破って、私たちを罰するのだ。女たちを喜ばせるには格好の喜劇になるわけだ」（三三〇）という語り手の言葉が、実現されてしまったのだ。女のような内面を隠すために父権主義的な仮面をつけるサー・オースティンが、女の視線を特に恐れるのは当然だろう。

また、ロンドンに出て来ても父親に会うことができないリチャードは、不幸な女性たちを救うことに、「教育体系」によって植えつけられた時代錯誤的な騎士道精神への憧れの発露を求めるようになる。彼は、今や「教育体系」が排除しようとした本能や運命の虜になっている。父親との断絶は母親への愛情を呼び起こし、彼はレイディ・フェヴレルをサンドウとの不遇な生活から救い出す。そして、不幸な結婚を経たあとで堕落した生活を送るミセス・マウントを改心させ救おうという考えをいだく。リチャードは、「英雄的な仮面」（二六二）を維持することに固執しているのである。サー・オースティンが、仮面に対して（完全ではないが）意識的なコントロールを働かせていたのに対し、リチャードは仮面によって逆に内面を支配されてしまっていると言ってもいいだろう。彼は、仮面に自己同一化することで自由意志を失い、周囲の状況にただ動かされるだけの存在になってしまっている。とうとう父親との再会をはたしたときでさえも、リチャードの仮面は揺らぐことはない。二人の再会は、老朽化してすっかり下が透けて見えるようになってしまった仮面と、それとは性質を異にする新しい仮面との出会いでもある。だが、古い仮面は新たな仮面の出現に気づかないのだ。「科学を信奉する男でも、リチャードもまた仮面をつけることを学んだかもしれないとは考えていなかったのである」（四六八）と、語り手は説明している。

リチャードは仮面をつけることを学んだというよりも、サー・オースティンの視線によってそれを強要されたのである。かつて彼に仮面をつけることを余儀なくさせた女たち（の視線）の役割を、サー・オースティンは我知らずリチャードに対してはたしてしまったのだ。それでいて、サー・オースティン自身はそのことに気づいていない。ここに、先ほども述べたこの小説の皮肉があるのである。象徴的な場面がある。ミセス・ベリーが、ひそかにワイト島から連れ帰ったルーシーとケンジントン・ガーデンを散歩しているとき、サー・オースティン、エイドリアン、リチャードの三人に出会う。だが、ルーシーが気づかないのをいいことに、リチャードは、サー・オースティンをルーシーに会わせたくないために、彼女を無視して通り過ぎてしまうのだ。ミセス・ベリーもエイドリアンも困惑する。そして、このことをあとで知らされたサー・オースティンは、リチャードの行動をどう解釈していいのかわからないのである。

しかし、結局仮面というものは、人間の心の弱さに根ざすものであるかぎり脆いものなのだ。ミセス・ドリアの意向で年老いたジョン・トッドハンターと結婚させられたいとこのクレアの死に直面したこと、そして彼女のリチャードへの想いを綴った日記を読んだことで、リチャードはルーシーのもとを訪れることもなくヨーロッパ放浪の旅に出てしまう。彼の心理は計りがたいが、彼自身の言葉を借りれば、自分は「彼女の手に触れる価値がない」のであり、「自己蔑視」を静めなければならないというのである（四八四）。「自己蔑視」、結局はリチャード自身の自尊心の問題なのだ。親しいレイディ・ジュディスの影響を受けて、彼は革命という夢を追いかけてヨーロッパをさまよう。「自分は卑しい人間だと感じていながら、他方で何かもっとよいことを成し遂げるべく生まれついている存在だとも感じていること、それだけで人を何か茫漠としたものにすがりつかせるのに十分なのだ」（五〇一）と、語り手はリチャードの行動を説明している。やがて、いとこのオースティン・ウェントワースが、リチャードを連れ戻しに来る。そのときリチャードは、彼から初めて自分の子供のことを聞かされるのだ。

彼はみずからの罪を目の前に突きつけられた。動揺した彼には、クレアが、ありのままの彼を見ていたクレアが、彼を軽蔑しているように思われた。そして、彼が家に戻って自分の子供にキスをすることは彼女の目には破廉恥な行為と映るだろうとも思われたのだ。そこで彼は、惨めな気持ちを抑えつけ、鉄面皮を保とうと断固努めることにしたのである。(五〇五)

罪の意識はもはや仮面によって隠しきれないほど強くなっている。それでも彼はまだ鉄面皮を保とうとするのだ。しかし、このあとリチャードは嵐の中一晩中森をさまよい、自然の力(子ウサギとのふれあい)によって浄化され、ルーシーと子供への愛という自然な感情に目覚めるのだ。だが、それでも彼は完全に仮面から解放されたわけではなかった。ニール・ロバーツも指摘しているように、リチャードに加えられてきた歪みはもはや自然との接触によって完全に矯正できないものになっていたのである(Roberts 四六)。ロンドンに戻って、ミセス・マウントの手紙を手にした彼は、その中でルーシーがロード・マウントファルコンの誘惑にさらされたことを知り、すぐさま彼に決闘を申し込む。時代錯誤的な騎士道精神にふたたびとらわれてしまうのだ。オースティン・ウェントワースの取り計らいで今ではレイナム・アビーに迎え入れられたルーシーのもとにいったんは戻ってきたリチャードは、彼女とのつかの間の再会と眠っている子供との対面をはたしたあとに、決闘に向かう。彼は重傷を負い、彼が療養しているあいだに、今度はルーシーが脳炎で死んでしまう。ルーシーの死を知ったあとのリチャードの様子について、レイディ・ブランディッシュはオースティン・ウェントワースに宛てた手紙の中でこう語る。

盲目の人の目の表情に気づいたことはあるかしら。ベッドに静かに横たわっているリチャードの目の表情がまさにそれ。彼女の面影を頭に描こうと努めているんだわ。(五四二)

クレアの死、およびそれに続くルーシーの死が、ようやく彼から仮面を剥ぎ取ったのだ。だが、その下に現れた彼の素顔は生気を失った彼の内面を反映した盲人のような無表情でしかなかった。あまりにも仮面に没入しすぎたために、仮面を剥がれるとともに自分自身をも失うことになったのだ。仮面こそリチャードのすべてだったのである。

サー・オースティンの仮面は、女たちの視線によって剥ぎ取られ、リチャードの仮面は死というむき出しの暴力によって剥ぎ取られる。前者は喜劇であり、後者は悲劇であると言えなくもない。しかし、それらは間然するところがない喜劇でもなければ悲劇でもない。サー・オースティンの仮面を剥いでいく女たちの視線には、喜劇的なユーモアがまったくない。仮面の下をのぞき見ることに汲々としていて、仮面と素顔のギャップを笑い飛ばす余裕がない。神を気取るサー・オースティンにしても、英雄を気取るリチャードにしても、またしめざとい観察者である女たちにしても、だれもが「笑いの能力」(一八九)に欠けている。唯一喜劇を作り出す能力をもった人物にエイドリアンがいるが、「知性の卓越性」(三一〇)に依拠する部外者的で冷笑的な彼の態度は、喜劇の雰囲気を醸し出すには程遠い。あるのは皮肉な視線と冷笑ばかりで、どこにも解放感に満ちた哄笑が存在しないのだ。そうかといって、悲劇的なカタルシスが味わえるわけでもない。サー・オースティンが否定した本能、運命、「盲目的な偶然性」(五〇九)に身を任せ、英雄的な仮面をつけることによって、英雄そのものになったかのような錯覚に陥ったリチャードは、悲劇によるカタルシスを生むほどの高みに達することはできなかった。彼がレイディ・ジュディスとともにとる革命をめざした行動は、不毛な放浪でしかなかったのである。彼の行動は英雄のパロディにすぎない。結局、彼の時代錯誤的な英雄願望は機会に恵まれることなく、早過ぎる挫折をむかえる。小説の最後でルーシーのベッドの傍らに座っている彼の姿は、「行為に対する莫大な責務を負うことなく楽しむ」(二二三) センチメンタリストにしか見えない。ジリアン・ビアが指摘しているように、リチャードの英雄気取りの行動の犠牲になって死んだのはルーシーであり、彼自身は行動に対する責務を負うことはなかったのである (Beer 一四)。

物語の最後で男たちが作り上げた仮面の帝国は崩壊してしまったように見える。だが、本当にそうなのか。ビアが注目していることだが、小説を締めくくるのはレイディ・ブランディッシュの手紙である。メレディスが語り手ではなくレイディ・ブランディッシュに最後の言葉をゆだねたのは、彼が自分自身と作品との関係をあいまいにしておきたいと望んだからだというのがビアの見方である。メレディスは語り手を通じて物語に対する明確な評価を最後に下すことを避けたのである (Beer 一四―一五)。レイディ・ブランディッシュの目は、リチャードが決闘で負傷してレイナム・アビーに戻ってきたあと起きた事態を冷静に観察している。彼女は、ルーシーの死を目の当たりにしても態度を変えることがなかったサー・オースティンに対する失望を表明し、それとは対照的に変わりはててしまったリチャードに関しては、彼が期待された人間になることは決してないだろうと予言する。男の仮面に対して女の視線が勝利したとだれだって解釈したくなるだろう。すでに引用したリチャードの目を盲人の目にたとえる手紙の最後の言葉は、男の盲目性を暗示しながら、その言葉を語るレイディ・ブランディッシュの観察力を印象づけることは確かだ。男の仮面に従順だったクレアとルーシーの唐突な死も、仮面の専制の崩壊を暗示している。仮面を支える従順な視線は失われ、今では仮面にだまされることがないレイディ・ブランディッシュの視線だけが残されているというわけである。

だが、その一方でレイディ・ブランディッシュはあくまでもレイナム・アビーにとって部外者である。リチャードの盲人のような目の表情は彼がルーシーの面影を想像していることを示しているとレイディ・ブランディッシュは解釈するのだが、そこには根拠は存在しない。変わらないサー・オースティンと変わりはてたリチャードという彼女が描くイメージがレイナム・アビーの陰鬱な未来を読者に想像させるものの、実際はサー・オースティン、リチャード、そしてリチャードの息子という直系のラインは安泰なのである。レイディ・ブランディッシュは手紙の中で、オースティン・ウェントワースにレイナム・アビーに来るように促す。ルーシーが埋葬される前に別れのあいさつをしてもらいたいからだと、レイディ・ブランディッシュは言う。オースティン・ウェントワースは、リチャードが放火事件を起こしたときには被害者に謝罪するように忠告し、ルーシーがレイナム・アビーに住めるように取り計らい、ヨーロッパ大陸を放浪していたリチャードに帰国を促すなど、物語の節目で重要な役割をはたしてきた男であり、女中と関係をもち結婚したという経歴のわりにはつまらないほどきまじめな男だ（きまじめだからこそ責任を感じたと考えるべきか）。手紙の文面は、フェヴレル一族の中で唯一信頼できるオースティン・ウェントワースがレイナム・アビーに定住し、彼を中心にしてレイナム・アビーが再編成されることをレイディ・ブランディッシュが願っていると読めなくもない。それはまたメレディスが望んだことだったはずだ。メレディスは妻の駆け落ちというトラウマ的な体験にもとづいて『リチャード・フェヴレルの試練』を書いたものの、作品がみずからの人生と結びつけられて徴候的に読まれることを避けるために、物語の最後にレイディ・ブランディッシュの手紙を配置したというのがビアの見方である。

だが、レイディ・ブランディッシュという仮面をかぶりながら、メレディスはみずからの願望を表明していたと解釈することもできる。徴候とはそもそも意識的なコントロールができないものであり、隠そうとしてもかならず表面に現れてしまうのである。徴候的読解から逃れるすべはない。

『リチャード・フェヴレルの試練』の語り手は新しい聴衆の出現について以下のように述べる。

この世界を動かしている基本的な仕組みを理解できる聴衆がやがて現れるだろう。彼らは、いわば麦わらのほんのかすかな動きからでも、まだ吹いていない三月の風のそよぎを感じるだろう。彼らにとってはとるに足らないものは何もないだろう。私たちの周囲で繰り広げられている目に見えないいささかいも彼らの目には見えていて、私たちのうなずき、笑顔、笑い声によって彼らの表情は刻々と変化し続けることになるだろう。（二二六）

こうした聴衆＝読者の前では、仮面をつけて喜劇や悲劇を演じることは不可能に近い。仮面はすぐに見破られ、演技はそれが演技であることがすぐにわかってしまうからだ。人はすぐに丸裸にされ、素顔でいることを強要される。そうかといって、本人が素顔だと思っているものが、そのまま他者によって受けいれられるわけでもない。オスカー・ワイルドの『ドリアン・グレイの肖像』の中でヘンリー卿が言うように、素顔でいることも一つのポーズであるとみなされ、しかももっとも人をいらだたせるポーズだと考えられてしまうのである（Wilde 八）。人は表層の奥に隠されたものこそ真実なるものだと考え、その結果、あらゆるポーズは否定され、とにかく仮面と考えられるものはすべて剥ぎ取られなければならなくなる。『リチャード・フェヴレルの試練』は仮面が無力化したこのような世界の息苦しさを慨嘆しつつ予言しているのである。

□注

『リチャード・フェヴレルの試練』からの引用はすべて、George Meredith, *The Ordeal of Richard Feverel*, The World's Classics (Oxford: Oxford University Press, 1984) にもとづいた拙訳であり、括弧内に原書の頁数を示した。

□引用・参考文献

Beer, Gillian. *Meredith: A Change of Masks*. London: The Athlone Press, 1970.

Ginsburg, Carlo. *Clues, Myths, and the Historical Method*. Trans. John and Anne Tedeschi. Baltimore: The Johns Hopkins University Press, 1989.

Roberts, Neil. *Meredith and the Novel*. Basingstoke: Macmillan, 1997.

White, Allon. *The Uses of Obscurity: The Fiction of Early Modernism*. London: Routledge & Kegan Paul, 1981.

Wilde, Oscar. *The Picture of Dorian Gray*. Ed. Joseph Bristow. 1890; Oxford: Oxford University Press, 2006.

Woolf, Virginia. *A Room of One's Own and Three Guineas*. Ed. Michèle Barrett. London: Penguin, 1993.

15
ハーディ小説にみる動物の痛み
Thomas Hardy

吉田朱美

人間以外の動物に対する注意深いまなざしはトマス・ハーディ（一八四〇―一九二八）の小説の多くに共通してみられる特徴となっている。『日蔭者ジュード』（一八九五）には、主人公ジュードとアラベラ夫妻が育ててきた豚が彼ら自身の手によって屠殺される印象的な場面がある。豚を受ける代名詞が通常動物に対して用いられる「それ」“which”ではなく、「その子」“who”や「彼」“he”となっているのは、あたかも語り手が豚に一個の人間としての人格をみとめているかのようである。

その時にはアラベラも夫のところにきていたので、ジュードはロープを手に豚小屋へ入り、おびえた動物の首に縄をかけたが、その子は最初は驚きの悲鳴を上げ、それが高まっていって憤怒の叫びとなり、繰り返された。……動物の鳴き声はその音色を変え、今や怒りではなく、絶望の叫びとなった。……瀕死の動物の鳴き声は三つめの、すなわち最終段階の音色、苦悶の金切り声となった。彼の輝く目はアラベラの上に据えられたが、そのまなざしには、彼の唯一の友と思われていた者たちの裏切りをついに悟った生き物の痛切な非難が込められていた（五三―五四）。

語り手は人間の視点を離れて豚の内面にまで踏み込み、苦しむ豚の心理に寄り添い、自分を養ってきた人間に対してこれまで純粋な信頼を寄せていた豚の驚きと絶望とを描き出している。またそれと同時に、そのような豚の苦しみに対する夫妻間での反応の違いにも注意が向けられている。養豚家の娘として育ってきたアラベラにとっては豚はあくまで生活の糧、大切な商品であるので、その肉の価値を最大限に高くするため、ゆっくり時間をかけて殺すことをジュードに命じる。しかし豚の苦痛の時間を引き延ばすことに耐えられない夫はその商品価値を下げるという犠牲を払ってでも、豚の命を一息に止めることを選択し、その結果妻に罵倒されることになるのである。

ハーディは上記の場面の掲載権を動物保護協会（the Society for the Protection of Animals）発行の機関誌『動物の友』（*The Animals' Friend*）に譲渡し、この場面が「食肉市場向けの動物の屠殺における情け深さ（mercy）の教育」の役に立てばとの希望を述べた（Morrison 六七）。ハーディが小説家として活動していた一八七〇年代から一八九〇年代は、この動物保護協会をはじめとする動物愛護の諸団体が英国の各地に設立され、動物の生体解剖に反対する運動が盛んに繰り広げられた時期と一致することからも、動物に対する思いやりの態度は必ずしもハーディ個人の問題にとどまらず、その小説世界には同時代の一般的な関心が相当程度に反映されているということは確かであろう。二〇〇三年から二〇〇四年にかけて『英語青年』に連載された論文

『モロー博士の島』と生体解剖論争」で丹治愛氏は、「動物の痛みに対する感受性は……一般的に時代的な傾向ではなかったかと思われる節がある」と指摘し、一八七七年に刊行された当時のベストセラーであるシューエルの『黒馬物語』を以下のように分析している。「この小説において、人間は、動物に対する態度によって、基本的に三種類のタイプに分類される……第一のタイプは『善良で思慮深い人間』、第二は『たちが悪く残虐な人間』、第三は『不注意な人間』である。そしてこれらのタイプを分けるキーワードは『苦痛／痛み』にほかならない」（丹治 四九九）。

このように動物に対する態度の違いによって人間のタイプを分析しようという傾向はハーディ小説の中にも明確に見て取ることができる。動物の苦しみや動物を傷つけることに対して登場人物がどのように感じ、どう行動するかということにはつねに大きな関心が払われ、意識的に焦点を当てられている。登場人物が動物の苦痛に対して何らかの対応や反応を示すような場面を積極的に取り入れることによって、その人物の人となりに対する判断の手がかりを読者側に示すことが意図されているように思われる。さらに、ある人物の人間以外の動物に対する態度は、さらにその人物の他の人間に対する態度や人間観とも切り離せない密接な関係をもつものとしてとらえられ、描き出される。それはこの時代の文学に特徴的にみられる語りともいえるが、同時に、ハーディ自身の実感に基づいたものでもあったはずだ。虫や鳥に対しても惜しみなく寄せられるハーディの共感は当時の生体解剖反対論者たちの通常の関心の範囲を超えているということが、スザンヌ・キーンによって指摘されている（Keen 三七七）。

『日蔭者ジュード』第二章でジュードは、カラス追いの少年として雇われている身でありながら「魔法のような仲間意識の糸」（一四）でカラスと自分とが結ばれるのを感じ、トウモロコシ畑の穀物をカラスにやってしまう。その結果、もちろん首になるわけだが、この「何物をも傷つけることは耐えられない」(一五)心やさしき少年ジュードの人物造形には、おそらく若い頃のハーディ自身が反映されている部分も多くあることであろう(Keen 三七八)。自伝(*The Life and Work of Thomas Hardy*)の一八四八年の項の、ハーディが八歳か九歳の頃、母親に連れられての初めての旅についての思い出が語られているセクションでは、母子二人でロンドンに短期滞在したことがふれられている。「短い滞在ではあったが、いくつかの通りや、地獄のようなスミスフィールドと、そこの汚泥、罵り声、虐待された動物の叫び声とを記憶に刻むには十分な長さだった」(二二)。当時のスミスフィールド地区は残虐で衛生状態の悪い家畜市場で有名であり、T・J・マスレンによって一八四三年に出された『街および家々の状況改善のための提案』に全ロンドン中で最も呪われたる場所としてその名があげられた(Maslen 一六)ところだ。そこで幼いハーディの心が得た強烈な印象は、晩年にいたるまでその影を薄めることなく彼の心にとどまり続け、自伝の中で言及されることになったのだ。また生涯にわたりハーディの心に残っていたというもう一つの幼時のエピソードには、牧草地で羊の仲間入りをしてみる実験を行ったというものもあり、当時から彼が動物に対し親近感、一体感を抱いていたことをうかがわせる。「子供の頃、羊牧場を通るとき、羊たちがどのような行動に出るかを見るため四つん這いになって行き、草を食むふりをしていた。そして見上げてみると、羊たちは近距離から円状に彼を取り囲み、驚いた顔をして見つめていた」(Hardy[一九八四]四七九)。

ハーディは自分の文学者としての使命は「人の男に対する、女に対する、そしてもっと下等な動物に対する残酷行為をやめさせるため訴えること」(Gibson 一四八)にほかならないと認識していた。人間とそれ以外との動物とを対等な存在として扱うハーディの態度に理論的根拠を与えたものの一つが、ダーウィンの『種の起源』であったことは確かなようだ（Campbell 六三）。また、ハーディ生来の、他者の苦しみにたいする人並み外れた感受性の強さも、その倫理意識の根幹を形作る要素となった。「自分自身はほとんどまったく、あるいはほんの短い時間しかそのような苦しみを被ることがなかったとしても、苦しみに耐えている者の立場に自分の身を置くということが彼の癖、というか奇妙な能力であった。このような利他主義がいつも彼に付きまとっていたため、ハーディ自身にとって何も問題がないときであっても彼は『すべて世はこともなし』と言ってはくれない、と読者が不平を言う結果になったのだ」というハーディ自身のメモが残っている（*The Personal Notebooks of Thomas Hardy* 二九一―九二）。この「利他主義」（altruism）はフランスのオーギュスト・コントの思想に由来し、ハーディの道徳観の核となる概念であるが、上記の引用部内では、「他者の苦しみへの共感」とほぼ同義に用いられていることが分かる。そのような共感能力を自らのうちに留めておくのではなく、作品を通じて読者に、そして世界に広めていくこと、それによって社会改善に貢献することをハーディは目指した。「彼の謳う『進化的改善論』とは、『口が利けるか利けないかにかかわらず、地上のあらゆる存在に加えられる痛みの量が、慈愛によって最小限度にまで抑えられるべき』とする考え方だったが、共感がその根本要素となっていた」（Keen 三六〇）とキーンは述べ、ハーディが読者を登場人物に感情移入させ、一体化させることでその共感能力を培おうと試みていたと指摘する。冒頭に引用した豚の屠殺シーンなどからはまさに、読者が豚の被害者心理を追体験することによってその身体的苦痛のみならず精神的苦痛をも認識・実感するようにとの意図を読み取ることができる。

ハーディの文学作品と動物との関わりを追った先行研究としてはこれまでに、マイケル・キャンベルやロナルド・モリソンによる論文があり、伝記的事実や詩、『ダーバヴィル家のテス』（一八九一）『日蔭者ジュード』

についてふれられてきている。本稿では最初の二節で、それらの研究によって扱われていない中期小説『はるか群衆を離れて』(一八七四)および『エセルバータの手』(一八七六)の中の動物―人間関係にそれぞれ注目し、その描写にどのようなメッセージがこめられているかを分析していく。第三節では、後期小説の複雑な自然観の中で、人間がそれ以外の動物とますます切り離せないものとなっていくさまを、とくに『ダーバヴィル家のテス』に焦点を当てて考察する。

1　『はるか群衆を離れて』にみられる犬の献身と羊の病気

『はるか群衆を離れて』には、女主人公バスシバの元女中ファニーという薄幸の女性が登場する。この乙女は美貌の軍人トロイと駆け落ちを計画するものの、待ち合わせ先の教会を勘違いして結婚予定の当日に別の教会に赴いたため、本来の教会の前でさんざん待ちぼうけを食らった婚約者のプライドを致命的に傷つける羽目になる。移り気なトロイはファニーを捨て、若く美しく有能な女農場主であるバスシバに走り、結婚へと至る。一方、トロイの子をはらんで職を解かれ、身寄りもなく食にも窮したファニーは救貧院を目指し、歩く。途中、バスシバとトロイの夫妻が乗った馬車に出会うが、この女とのかつての関係を妻に知られたくないトロイは「月曜日(=翌々日)になったら面倒をみてやる」(三〇〇)とファニーに約束しながらも、その場では弱った彼女をそのまま一人放置する。ファニーは体力の限界に達し、歩き続けることができなくなり、道に倒れこむ。人通りのない道で孤独に倒れ伏すファニーのもとへ現れるのが一頭の大型犬、野良犬である。「彼女(ファニー)は何かが手に触れるのに気付いた。それは柔らかく、温かいものだった。眼を開けるとそのものは彼女の顔に触れた。一匹の犬が頬をなめていた」（三〇六）。この「巨大で重々しく静かな生きもの」は「イヌ科動物の偉大さを体現した」が如き存在である。ファニーの「願望と無力さ」を完全に理解し（三〇七）、体重の半分をあずけてくる彼女を救貧院の前まで支えていくが、道中力尽きた彼女が崩れ落ちるたびに気が狂ったように大変に悲しむ。しかしこの犬の行動は必ずしも一方的で報われない博愛的な献身というわけではない。犬もまた住み家がなく（homeless）、頼る相手のない孤独な身の上だからである。ファニーに拒絶されなかったこと、背負って歩く相手に絶えず励まされることで、犬自身も力を得ているのだ（三〇七）。

朝、人々に発見されて意識を取り戻したファニーは「あの犬はどこ？　私を助けてくれたの」（三〇九）と問いかけるが、聞かれた男性は「自分が石で追っ払った」と答え、それで犬の出番はおしまいである。見ず知らずの女性のためにすすんで苦役を引き受けてくれた、そして朝まで離れず彼女に付き添っていた犬へのこの心ない仕打ちは、事情を知らない者の手によるものだとはいえ、読者の多くにやりきれない気持ちの余韻を残すであろう。また、この犬のエピソードは『はるか群衆を離れて』刊行の二年前の一八七二年に『リッピンコット・マガジン』誌に発表されたばかりだったウィーダの『フランダースの犬』を当時の読者に想起させることもあっただろう。『フランダースの犬』では祖父の死後、住む家も失ったネロが一人、大聖堂のルーベンスの絵の前で死に赴こうとしているところへ、愛犬パトラッシュが雪の中、駆けつける。石の上に横たわったネロのもとに這いより、その顔に触れるが、その無言の愛撫は「あなたは私があなたを裏切って見捨てるとでも思ったの？　犬の私が？」と語る。ネロがどれほどの苦境に陥り、死をも覚悟していたか正しく見抜いていたのはパトラッシュだけであった。周りの大人たちはその死後にようやく、ネロに対するそれまでの不当な評価やあしらいを悔いるが、手遅れである。『はるか群衆を離れて』においても、ファニーが死んだあとになって救貧院に到着したトロイは嘆き悲しみ、その墓に花を植えるなどの献身ぶりを示すが、それはこれまでの自分の彼女にたいする非道な扱いぶりを急に埋め合わせしたくなったからであるに過ぎず、語り手も「これまでの冷淡なふるまいから反動的に生じたこの浪漫的な行動の無益さ」のばかばかしさに本人は全く気付いていないと述べ、冷ややかに距離を置いている（三五八）。このトロイの自己満足的な熱情は、無条件かつ無批判的な犬の忠実な愛のありかたと対比されることにより、ますますその安っぽさが際立つのである。

ハーディ自身も『はるか群衆を離れて』執筆の際、『フランダースの犬』を参考にしていた可能性はある。しかし、一対一という形で両作品の影響関係を特定することは必ずしも容易ではないのかもしれない。この時代、人間以外の動物の知性や感情がどの程度のものであるのか、という議論は盛んであった。動物愛護の立場に立つ人々の多くが高等哺乳動物には人間と同様の知性・感情が備わっていると考えていたし、むしろ人間以外の動物のほうが純粋かつ無私である点において上回っているのだから、人間は道徳的・倫理的水準を向上させるため、自分たち以外の動物の美徳を範とするべきであるとの主張がなされることもあったのだ（Turner 七二）。『アンクル・トムの小屋』で有名なストウ夫人が一八七一年あるいは一八七二年に犬を定義した「愛が生き物の形をとったものにほかならない……それは物を言わないけれどあなたのため死をもいとわない愛である」というフレーズがターナーによって引用されている（Turner 七六）。このように忠実な犬の愛に関する記述は当時の文献に頻出するようになっていたため、格別に新奇なものと映ることは既になく、著者の動物に対する姿勢を表すメッセージの一種として受け止められるようになっていたかもしれない。

派手好きの浪費家であるトロイがファニーのみならず、結婚したばかりのバスシバをも不幸にしてしまうのは、物語が読者に予想させたとおりである。そして主人公バスシバに真にふさわしいパートナーとして最終的に脚光を浴びることになるのは、動物の近くにいて動物を深く理解する人物ゲイブリエル・オウクである。オウクの動物一般への思いやりと共感の能力は、自分が蹴ってしまったヒキガエルをつかみ上げ、「苦しませないためには殺してやった方がよくないか」と考えるが、観察した結果このカエルが無傷のようだと判明したのでまた草地に放してやる（二七八）といった場面において強調されている。

オウクは小説の冒頭付近においては牧羊犬の性格を十分に見抜くことができない未熟な羊飼いであったため、若い牧羊犬の浅慮によって結果的に多くの羊と犬自身の命を失うという失態を防ぐことができなかった。しかしその教訓を生かし、独学で獣医学を修め、食あたりに苦しむ羊を処置する高度な技術を手に入れる。オウクがバスシバにとってなくてはならない人物としてはっきり認識されるのは、羊を苦しみから救うこの彼の能力によってであったといってよい。自分の雇用下で働くようになっていたオウクを、癇癪を起こしたバスシバがお払い箱にしたすぐそのあとで、彼女の所有する羊たちがクローバーを食べて集団食中毒にかかる。羊を治せる者はオウクの他になく、バスシバは渋々ながらも彼に頼らざるを得ない。治療によって救われた羊は以下のように描写されている。「苦悶から解放されたというただそれだけのことでも、しばらくの間は歓喜となる、といわれている。この哀れな生きものたちの貌は今そのことを表していた。成功した手術の数は四十九、……このようにさまよい出て、こんなにも危険な目にあった羊の総数は五十七であった」（一六一）。行われた偉業の具体的な数を挙げるこうした文章には、イエスの奇蹟を語り伝える新約聖書の記述に似たところがある。ただし、すべての羊を完全に救うことはできず、一頭の手術には失敗したということによって、イエスのような超自然的な能力をもたない通常の人間であるオウクの限界も示されている。

バスシバが他の男性に目を向けているときであっても一貫して信義に厚く忠実なオウクは、利他主義者の典型である。ヴァージニア・ハイマンは、利己主義者のトロイの視野が狭い（Hyman 四八）のに対し、ゲイブリエル・オウクには利他主義者ゆえの客観性が付与されていると述べている（四七）。この利他主義こそは、キリスト教の教義が権威を失った時代に、新しい道徳の基準となり、世の中を改善していくためのよすがとしてハーディが依拠しようとしていた思想である。ハーディは「他者の痛みを自分たちのうちに感じ取る」ということが利他主義を成立させると考えた（Hyman 二五）。ヒキガエルが体に感じているかもしれない痛みを気にかけ、羊たちの苦しみを奇跡のようにすみやかに取り除くオウクは、神なき時代における世俗の聖人といってもよいのかもしれない。すぐれた羊飼いとしての彼の造型は、新約聖書のイエスが、世の中に果たす自分の役割を語る上でしばしば羊飼いのイメージを用いていたこととも重ねあわされる。また、オウクは羊飼いであると同時に、その無私の愛のありかたから、この時代の文学によく描かれていた忠実な犬の理想形のようでもある。

人間・非人間を問わずあらゆる他者への思いやりの能力を備え、自らの幸福は度外視してでも愛する雇用主バスシバに献身的に仕えたゲイブリエル・オウクが最終的には幸福をつかみ、性淘汰の勝者ともなる。美しい女主人公に心を寄せた残り二人のより利己的な男たちは命を失ったり正気を失ったりして滅んでいく。この作品内で見る限りにおいては、オウクの利他主義は他人のみならず本人にとっても良い形で作用し、彼らを取り巻く共同体や社会全体をも望ましい方向へと導く原動力になっているかのように思われる。

2　『エセルバータの手』におけるロバの哀しみと馬の苦しみ

『はるか群衆を離れて』の二年後の一八七六年に発表された『エセルバータの手』においても、動物の苦しみや哀しみ、およびそれに対する登場人物、とりわけ主人公の反応が、彼女の性格を読み取るうえで重要な手掛かりを与えるものとして丁寧に描きこまれている。社交的であり、物語の終わりで新興の成金男性といわゆる玉の輿結婚を果たす美しい女主人公エセルバータは一見、浅薄に見えがちであることから、あまり好意的な批評を受けてきていない。しかし苦しむ馬に対する、そして悲しむロバに対する彼女の共感の能力に目を向けることによって、エセルバータの性格についての新たな読みが可能になるということはないだろうか。

ヴァージニア・ハイマンはエセルバータを物質主義による「倫理的堕落」を体現する人物であるとみなし（Hyman 五二）、感情と理性とのバランスがとれた妹ピコティーと対置されていると論じる（五三）。しかし、そこまであしざまに言われてしまうほどエセルバータが人間らしい感情を欠いた人物であるとは、私には思われない。むしろ、ピコティーのほうが、自らの欲望のみに忠実に行動し、周囲の事情を客観的に考慮するための理性を欠いていはしないか。詩人エセルバータのもともとの恋人は作曲家のクリストファーであったが、経済的に豊かとはいえない相手であり、お互いの才能を高く評価していたからこそ築かれた関係であった。しかしピコティーも同じ相手に心を寄せていること、それゆえに家族にとっての不都合も考えずこの妹はクリストファーのいるロンドンまで姉を追ってきたのだということが露見したため、エセルバータは無理に自分の感情を押し殺すのだ。妹たちに寄せるエセルバータの母性愛の強さが、「自分の恋愛のための望み」ではなく「ピコティーの望み」を優先させることになる（一七二）。「彼を夫にしたいとは思わない」「彼は私が結婚するのに最もふさわしい人とはいえない」（一七四）とピコティーに向かって断言した直後、部屋の中で独りになったエセルバータはこっそりすすり泣く。自分の心がそれによってどれほど痛むことになろうとも、妹を苦しみから救うために彼女は自らすすんで犠牲になったのである。

エセルバータが他者の痛みを感じやすい心を持つ女性であることは、彼女が人間以外の動物の精神的・身体的苦痛に対しても敏感に反応していることによって裏付けられている。召使い階級の出自ながら、亡くなった元夫の実家で上流階級の夫人としての教養と洗練とを身に付けたエセルバータは、自作の詩の公開朗読で名声を得、社交界の仲間入りを果たす。身分の高い友人たちとの集まりに加わるため、海辺の城まで一人で向かうことになるのだが、その際、友人たちがしているように自分が馬車を借りたとすれば家計を圧迫し、幼い弟妹のために使ってあげるお金がなくなってしまうと頭の中で計算する。そこで、一家の稼ぎ頭である彼女は、道中で会った少年から「悲しげ」（rather sad-looking）な見かけのロバを安く借り、それに乗っていく。険しい山道ではロバに休息の時間を与えてやることも忘れない。しかし、ロバから離れて城の中を見て回っている間に、彼女に後れて到着した残りのメンバーたちがロバを取り囲み、このロバは紳士淑女の好奇の対象となってしまっていた。これに続く部分の記述からすると、馬車でなく、見すぼらしいロバに乗ってきたというのは、上品に見られたい若い女性にとって体面にかかわることのようである。他の人々がロバを勝手にどこかからさまよいこんできたものだと勘違いし、嘲笑しているという状況に直面したとき、エセルバータはこのロバの受けている嘲笑を自分の身に引き受けることに耐えられず、知らぬふりを決め込もうとするのだ。しかし、ロバのまなざしは「骨の折れる丘をはるばる無事に運んできてあげたのに、なぜあなたは自分のことを認めてくれないのか」と彼女にいっているようなのである（二六三）。

ここでのロバに対する主人公の態度には、彼女がレディとしての身分と今ある自己とを確立する際にとってきた手法が凝縮されている。すなわち、苦労して築きあげてきた地位と体裁とを守るため、世間に知られるようになる前の自分の経歴を隠し、自分を陰で支えてくれる家族も表向きは家族と認めず、あたかも他人同士であるかのように偽りの関係を演出し、その偽りの役柄に応じて振舞うということがエセルバータにとっては常習化している。そしてこの場面での行動にもそのような彼女の生き方が反映され、会合の場にたどり着くまでのロバでの旅を隠し、自分に仕えてきてくれた「忠実な」ロバに対し素知らぬ顔でしらばくれるという行動にエセルバータは出てしまう。しかし一方で、ロバの咎めるような視線とそこに込められた声にならない声を感じ取り、受け取り、「自分はいったい何という人間なんだろう！」（二六四）とひそかに自分を責めているのもまたエセルバータ本人なのだ。自分のロバとの関係を潔く認めるべきであると感じながら、「プライドと見栄」のためにそれができないのだが、しかし一方、そのような自分の内面の醜さから目をそらすこともしていない。自分が知らぬふりをすることにより傷つけられているであろう感情をロバの中に読み取る感性と、客観的な自己批判の能力とをきちんと持ち合わせ、持ち続けている人物なのである。このようなエセルバータであるから、上流社交界の仲間入りをするため世間に対しては出自を隠しながらも、自分の置かれた板挟みの立場を常に意識しつづけ、結婚相手の候補となる男性に対しては自分本来の出身階級をあらかじめ明かそうとするし、家族への思いやりを忘れることもない。

『黒馬物語』の前年に刊行されたこの『エセルバータの手』には、また、前述した実在のロンドンの家畜市場の光景を彷彿とさせるような、屠畜用の馬たちの悲惨な描写も出てくる。奇しくも「馬のいななき」という意味の姓を与えられたネイ（Neigh）氏が、自分と結婚するつもりだと公言していたことを聞き知った主人公は、この金持ちの男性の邸宅をこっそり偵察しに出かける。そして、ネイが廃馬解体業者として財を成した一族の出であることを知るのである。邸の周りには、食べるものも与えられず飢え苦しんでいる馬たちと、その馬が餌として自分たちに与えられるのを待ち構えている猟犬の群れとがいる。すでに解体された馬の残骸がつりさげられているのも見える。「エセルバータはその時、もし彼を愛していたとしても、ネイと結婚することなどできないと思った。彼の所有物はそれほどまでに恐ろしい（horrid）ものであると考えられたのである」（二〇〇）。後日、このネイ家への秘密の冒険がネイ本人に知られ、しかも笑い話としてそれがネイの口から知人たちへ語られていることがわかると、エセルバータは彼を完全に夫候補から外すことに決める。その際、ピコティーにエセルバータは次のように語る。彼は眼だけで恋をする恐ろしい（horrid）男性の一人であり、彼と結婚する女性は最終的には不幸にされるであろう、そして「私はネイ氏を嫌うためのちゃんとした理由をほしがっていたの、それが今手に入ったのよ」（二五二）と。この、ネイ氏に対するエセルバータの感情の一連の流れは興味深いものである。廃馬解体業の営まれる現場を目撃し、直感的に、そのような仕事に携わる男性とは結婚したくないものだとは思ったものの、自分自身、労働者階級出身の成りあがり者と見なされても仕方のない身の上であるエセルバータは、家業のみを理由に人格の是非を判断することが正当化できるものであるとはたして言えるのか、ためらっていたと思われる。そこへ、ネイ氏の思いやりを欠く性格を決定的に示す出来事が浮上したために、自分の直感が正しかったこと、その直感通りに行動してもよいことが客観的に証明され、喜ぶのである。では、そもそもなぜエセルバータはこういった嫌悪感をいだくにいたったのであろうか。ネイ氏がもともとは上流の出ではないことに関しては、彼女は自分自身との類似点として認識しているのであるが、その点ではなく、むしろ彼が日常的に動物の苦しみに接し、さらにいえば動物に苦しみを与える側にあり、またその苦しみを生活の糧としている人間であるということが引っかかっているものと考えられる。用済みの馬に対して苦痛を強いる立場に身を置くネイに対し、そのような環境にある彼の、他者にたいする共感能力が摩耗し、残虐さに対する抵抗がなくなってしまっている可能性をエセルバータは危惧したのだ。

廃馬解体業者のもとで行われる残虐行為から遠ざかるため四マイル離れた田舎へと転居した実在のヴィクトリア朝初期の家族の例が、ジェイムズ・ターナーの著書『動物への思いやり』(*Reckoning with the Beast*) の中に挙げられている。この本にはまた法律家サミュエル・ロミリー(一七五七―一八一八)の、「動物に対する残酷さは通常、われわれ自身の同類に対する残酷さへとつながっていくものである、ということはよく知られている」という言葉が引用されている(Turner 二三)。ヴィクトリア朝末期の「新しい女性」を代表する一人であるモナ・ケアド(一八五五―一九三二)は、女性や動物など、社会における弱者の地位を高めるべく尽力した人物であったが、彼女もまた、一八九六年に出した動物生体解剖反対論の中で、動物への残酷な行為は必ずや人間の側の精神や倫理意識に影響を及ぼし(Caird 三七)、国家的規模での良心の堕落や共感能力の低下をもたらす(二五)と述べていることから、このような考え方がヴィクトリア朝期の全体を通じて存在していたと分かる。ケアドはハーディとも親交があり、ハーディは彼女の作品を高く評価していたとされる。ケアドの「身分や高貴さの有無にかかわらず、すべて苦しむ能力を備えているものは不必要な苦しみから免除されるべきである」(三五)という発言は、この両作家の世界観・倫理観の共通性を示すものである。彼女の一八八九年の小説『アズラエルの翼』には、持ち馬に対して暴虐の限りを尽くしていた若者が、結婚後には家庭内で専制的な暴君となるさまが描かれている。妻となるヴァイオレット(Violet)は、婚約後、夫となる人が馬をひどく殴打する場面を目にし、婚約解消を強く望むが、果たせないまま結婚生活に突入してしまうのである。『エセルバータの手』のヒロインが予測した最悪の事態が実際に展開されているようでもあり、興味深い。

3　『ダーバヴィル家のテス』に描かれる、虫も殺さぬ女性の犯す人殺し

『ダーバヴィル家のテス』の主人公テスは、アレック殺害後、夫エンジェル・クレアに向かってこう語る。「なんて恐ろしく気が狂っていたのでしょう！　でも昔は私はハエやミミズを傷つけることにも耐えられなかったし、籠に入れられた鳥の姿を見てよく泣いたものだったんですよ」（三七七）。かつての心やさしい自分をこのように振り返る彼女は、一人の人間を殺すという最近の暴力的行為が本来の自分のあり方からはとても想像しがたい、逸脱したものであると認識し、夫クレアにもそう信じさせたいようである。「ハエに対して蛮行を働ける者は誰でも、最悪の行為を犯すこともためらわない」という詩行が存在する（Turner 一三）ことを考えれば、なるほど、ハエを殺せないのに人を殺してしまったテスの中には矛盾があるようにも思われる。しかし、他者の痛みに対するテスの強い共感能力と、相手を殺さずにはいられなくなるほどのアレックに対する彼女の憤激ぶりとの間には、実は深い正の相関関係があるのではなかろうか。

テスが「かごに入れられた鳥の姿を目にして涙する」のはすなわち、そのような鳥の立場に自分自身が身を置いたとき、かごに閉じ込められて自由を奪われた状態が、たとえ安楽であったとしてもつらく耐えがたいものであろうと感じるからである。動物愛と平等思想との間には深い結びつきがある。ターナーの本はフランス革命後、「人間の権利」が動物のための権利へと拡張されていった歴史的経緯をたどっている（Turner 一三）。動物は人間の必要を満たすためではなく、「動物自身のために存在しており、自分の命を楽しむ」（七三）べき

ものだと考えられるようになっていったのだが、これは、従来のキリスト教的な動物観からの大きな転回であったとターナーは指摘する。それまでは動物は人間のために神がお創りになったものだということがほとんど疑われもせず信じられてきていたのだ。

新しい平等主義的な動物観は、ハーディの同時代人すべてによって共有されていたわけではもちろんなかった。進化論の影響のもと、人間とそれ以外の動物との連続性が強く意識されるようになったが、それにより、かえって、粗野な人間は下等な動物により近いのだから苦痛を感じる能力が洗練された文明人に比べて低いはずであろうという発想をした人々も一方におり、主要誌上でさかんに議論がたたかわされた。例えば一八八一年の『一九世紀』(*The Nineteenth Century*)誌に掲載されたジェイムズ・パジェット氏の論文は、「痛みに対する感受性」は特に「詩的・芸術的な心性」の人々において高く、「下等な人種」とは感度に隔たりがあること、そして人間以外の動物との差はさらに大きいこと(Paget 九二二)を論じ、麻酔なしに動物生体解剖を行っても差し支えないのでは(九二三)との結論を導いている。しかしハーディはそのような差別的な考え方とは対立する立場をとっていたことは言うまでもない。そして他の動物たちにも人間と同等の、苦痛を感じる能力が備わっているという作家の考え方は、主人公テスにも共有されるものである。

クレアに対するテスの愛情は「あなた〔クレア〕のためになら命を投げ出したであろうほど」(二六九)といわれるように絶対的であり、本論の第一節で見てきた献身的な犬たちを思わせる。しかしアレックとの過去の関係について一部始終を語った結果、新婚の夫は彼女の元を立ち去ってしまうこととなる。その後、彼が残して行ってくれた手持ちの金も底をついたため、テスは新しい稼ぎ口を求めてフリントクーム＝アッシュの地に向かうのだが、道中、狩猟のえじきとなって瀕死状態にあるキジの群れに遭遇する。「仲間の苦しみを自分自身のことのように感じられる心の人ならではの衝動」(二七七)にかられた彼女は、その鳥たちを苦しみから救おうと一羽一羽、「優しく」首を折って殺してやることにする。涙しつつ「かわいそうな子たち」とキジに呼びかける彼女は、彼らの身体的な苦痛に比べれば、夫の愛を失って嘆いてきた自分の苦しみなどは取るに足らないものであると考えるにいたる。そして「自然界(Nature)には何の根拠ももたない気まぐれな社会のきまり(arbitrary law of society)によって糾弾されているという感覚」(二七七)によって苦しめられているというだけで死をも考えるほど絶望していた自分を恥じるのだ。

この、「自然」と「人為的な法」との対立は、小説全体の枠組みをなす軸の一つともいえるほど重要な要素となっている。第二部において、アレックによる婚外子を宿したテスは実家へとひきこもり、人目を避けて夕暮れ時にのみ、森を散歩するのであるが、その際、眠る鳥や跳ねるウサギを眺め、自分を「無垢な者の棲みかに侵入する罪ある者の姿」(一〇五)であるかのように見なす。それに対し語り手は次のように言う。周囲の自然界と対立しているかのように自分では感じているのだが、テスは完全に周囲と調和していた、「一般的に受け入れられている社会の法(an accepted social law)を破ることを強いられたが、周囲の自然環境にとってのいかなる法も犯してはいない」のだと(一〇五)。人間以外の動物を人間と対等な存在とみなす姿勢は、人間存在の絶対的な優位性に疑義を抱き、人間社会や文化を批判する相対的な視点をもつことを意味する。『ダーバヴィル家のテス』では人間も自然の一部であること、動物としての本能や衝動を備えた存在であることがさまざまなかたちで意識され、強調され、全面的にではないものの肯定されているといえよう。そのような相対的な価値観のもとで、エンジェル・クレアは語り手により「もう少し動物的なところがあればもっと高貴な人間になれたかもしれない」と、「矛盾した」形容をしたくなるような人物(二四六)と評される。貞潔に関する旧来の倫理観が彼を支配していたため、その行為に対するテス自身の責任の有無にかかわらず、彼女が婚前に他の男性と関係を持っていたという事実により、クレアは彼女に対する自然な共感の発露を一切封じ込めてしまったからだ。

ここで、テスが「かごに入れられた鳥の姿を目にして涙する」人間であるばかりではなく、またテス自身、語り手によって「罠にかかった小鳥」にたとえられていることに注目したい。「未熟だった頃、罠にかかった小鳥のように捕獲されてしまった」（二〇四）とはつまり、それが後々どのような影響を生むかについていかなる認識もないまま、ストーク＝ダーバヴィル家に派遣され、アレックと関係を持ち、婚外子を出産し、社会の規範から外れてしまったことをさしている。彼女を追い込んでいく「罠」をなすものとしてはもちろん、娘とアレックとの結婚をひそかに望んでいたテスの母親や、純潔さの規範から逸脱した女性を容認しない社会の在り方など、複数の要素がからんでいるのではあるが、テス本人が自分を「罠にかけた」（三七二）主犯格とみなしたのはアレック・ダーバヴィルであった。

アレックの盲目の母親は、テスと対照的に、かごや小屋に入れた鳥を愛でることを日々の喜びとする人物であった。彼女とお気に入りの鶏たちとの謁見の儀式は、一八八三年にウォーターハウスが描いたホノリウス帝の姿（*The Favourites of Emperor Honorius*）と重なる。テスが自分のことを親類であると思いこんで頼ってきたという事情に全く気付くこともなく、ひたすら鶏の健康状態に関心を向けているダーバヴィル夫人は、国政をおろそかにして鳥をめでているローマ皇帝とよく似ている。彼女は自分の死に際して、アレックがテスと結婚するように願ったということであるが、鳥のような生き物を過保護に囲い込み、所有することをすなわちかわいがることであると考える彼女には、アレックに庇護されることでなく、彼から逃れ、自由であることこそがテスにとっての幸せであるなどと想像することはとても不可能であったのだ。この母のもとで育った息子のアレックもまた、一度捕らえた女性を鳥と同じように所有物として保護下に囲い込み、支配しようとする行為に何らの疑念も感じていない。アレックの愛人にされかけていると気付いた時点でテスは、このようなことを続けていたら彼の「もの」(creature)にされてしまう、と言って彼のもとから去った(九七)わけだが、後日、夫と別居状態のテスのところへ再び姿を現したアレックは、「自分がかつて君の主人(master)だったんだ!また主人になってみせる!」(三二五)と宣言し、金銭と物品にものを言わせて執拗に言い寄り、テスを悩ませる。

アレック殺害に関してテスは、「若い頃彼が私に対して仕掛けた罠と、私を通じてあなた〔クレア〕にした仕打ちのため、こういうことを自分がやるのではと恐れていた」(三七二)と語る。あたかも理性の及ぶ範囲の外へ自分が行ってしまうことを予測していたかのようである。この作品では、クレアの夢遊病の描写などにあらわれているとおり、理性だけで統御しきれない無意識の衝動の部分が人間には存在することが強く意識されている。理性とは人間と他の動物とを隔てるものだと考えられてきたが、決定的な瞬間にテスはそれを手放したのだ。

『日蔭者ジュード』の主人公は少年時代の恩師フィロットソン先生の「動物や鳥たちには親切に」(一〇)との教えに一生忠実であり、「ジュードの性格描写において、仁愛は徹底化されている」(清宮 二一二)。しかしテス同様、ジュードも、小説世界の中では十分に幸せな人生を全うすることができない。それはテスやジュードのような人々が受け入れられるような社会を実現すべく、彼らの痛みを読者に共有してもらい、彼らを苦しめた因習に対する問題意識を読者側に提起するための必然的な仕掛けであったのかもしれない。悲観主義的だと批判されることも多かったハーディだが、本人は「自分は改善論者だ」と主張していたのだ（Keen 三六三）。

この世を去る前年の一九二七年三月五日付の『タイムズ』紙に、狩猟などの残酷なスポーツに対する彼の発言が掲載されていることからも、ハーディが生涯を通じ、動物に対して真摯な関心を寄せ続けたということ、そしてまた、言葉のもつ、人間や社会を変えていく力を信じ続けた人であったということがいえるであろう。

＊本稿は二〇〇九年一〇月三一日、立教大学での日本ハーディ協会第五二回大会における口頭発表「ハーディ小説にみる動物の痛み」に加筆したものである。

□参考文献

Caird, Mona. *Beyond the Pale. An Appeal on Behalf of the Victims of Vivisection*. 1897. Dodo Press.

——. *The Wing of Azrael*. Melbourne: E. A. Petherick & Co, 1889.

Campbell, Michael L. "Hardy's Attitude Toward Animals." *Victorian Institute Journal* 2 (1973): 61-71.

Gibson, James. *Thomas Hardy: A Literary Life*. London: MacMillan, 1996.

Hardy, Thomas. *Far From the Madding Crowd*. 1874. New York: MacMillan, 1965.

——. *The Hand of Ethelberta: A Comedy in Chapters*. 1876. New York: MacMillan, 1960.

——. *Tess of the D'Urbervilles*. 1891. Boston: Bedford and St. Martins, 1998.

——. *Jude the Obscure*. 1895. New York: Norton, 1978.

_____. *The Life and Work of Thomas Hardy by Thomas Hardy*. Edited by Michael Millgate. London: MacMillan, 1984.

_____. *The Personal Notebooks of Thomas Hardy*. Edited by Richard H. Taylor. London: MacMillan, 1978.

Hyman, Virginia R. *Ethical Perspectives in the Novels of Thomas Hardy*. New York: Kennikat Press, 1975.

Keen, Suzanne. "Empathetic Hardy: Bounded, Ambassadorial, and Broadcast Strategies of Narrative Empathy." *Poetics Today* 32:2 （Summer 2011） : 349-390

Maslen, T. J. *Suggestions for the Improvement of our Towns and Houses*. London: Smith, Elder and Co, 1843.

Morrison, Ronald D. "Humanity towards Man, Woman, and the Lower Animals: Thomas Hardy's *Jude the Obscure* and the Victorian Humane Movement." *Nineteenth Century Studies* 12 （1998): 65-82

Ouida, Louisa de la Ramee, and John Ruskin. *A Dog of Flanders; The Nurnberg Stove and the King of the Golden River*. Ohio: Saalfield Publishing Company. 1927.

Paget, James. "Vivisection: Its Pains and Its Uses." *The Nineteenth Century* 10 (December 1881): 920-930.

Turner, James. *Reckoning with the Beast: Animals, Pain, and Humanity in the Victorian Mind*. Baltimore: The Johns Hopkins University Press, 1980.

清宮倫子『進化論の文学――ハーディとダーウィン』南雲堂、二〇〇七年。

丹治愛「『モロー博士の島』と生体解剖論争（２）」『英語青年』一四九：八（二〇〇三年一一月）、四九七ー九九。

Joseph Conrad

16

「虎の如き威厳」と「ジョン・クリーディ牧師」

コンラッド『闇の奥』と一九世紀末イギリスの言説

西村　隆

ジョウゼフ・コンラッドが『闇の奥』（一八九九、一九〇二）を執筆し発表した当時、彼と直接に付き合いのあった人々がこれに関連して名前を挙げた二つのテクストがある。「コンラッドの友人であり、マラヤの行政官を務めたこともあり、アジアとアフリカに関して豊富な知識と経験を有していた」[(1)]文筆家ヒュー・クリフォードは『闇の奥』の内容を評して、グラント・アレンの短編小説「ジョン・クリーディ牧師」の流れを汲む作品だと言った。[(2)]また、コンラッドが『闇の奥』を寄稿した『ブラックウッド』誌の版元の経営者ウィリアム・ブラックウッドは、コンラッドとの付き合いが始まった頃、「あなたにはアーヴィング氏の「虎の如き威厳」のような物を書いてもらいたい」と述べた。[(3)]今では、これら二つのテクスト――「ジョン・クリーディ牧師」と「虎の如き威厳」――はどちらも文学史の中でほぼ忘れ去られているが、当時のイギリス人がコンラッドという作家をどう見ていたか、コンラッドがどのような読者層を意識しながら作品を執筆していたかを考える場合には重要な文献と言えるだろう。本稿の目的は、この二つのテクストを歴史の片隅から掘り起こし、『闇の奥』との関連を論じることにある。コンラッドがどのような言説に乗り、あるいは逆らって『闇の奥』を書いたのか、この二つのテクストを眺めながら考えてみたい。

1　「虎の如き威厳」と『闇の奥』

まずは「虎の如き威厳」の方から見ていこう。それにはまず、当時のイギリスにおいて著名な雑誌であった『ブラックウッド』誌とコンラッドの関係を押さえておく必要がある。

コンラッドは一八九七年、書き上げた短編小説「カレイン」（一八九七）の原稿を編集者エドワード・ガーネットの助言に従って『ブラックウッド』誌に送付し、採用された。ここからウィリアム・ブラックウッドとコンラッドの付き合いが始まり、コンラッドは高名な雑誌に自分の作品が掲載されることを非常に喜んだ。次にコンラッドは、この雑誌に掲載することを前提として書いた初めての作品「青春」（一八九八）において、イギリス人の船長マーロウが友人に思い出話をするという「マーロウの語りの技法」を案出したが、この語りの形式は『ブラックウッド』誌の主な読者層である中流階級以上の男性がよく出入りしていた、男性のみの排他的な社交クラブの雰囲気を意識したものと言える。[4] この後、コンラッドは『闇の奥』『ロード・ジム』など、現代では彼の代表作と評価されている傑作を次々と同誌に掲載するのだが、ブラックウッドとコンラッドの仲は次第に険悪なものになっていき、ついには喧嘩別れをしてしまう。

コンラッドについて優れた評伝を書いたジョセリン・ベインズは、ブラックウッドとコンラッドの関係についてこう述べている。

『ブラックウッド』誌は保守的・伝統主義的な雑誌で、読者に勇壮な物語（masculine story-telling）を提供するのが売りだった。ウィリアム・ブラックウッドはコンラッドに対しても、この目的に従わせようと躍起になっていた。ブラックウッドがそんなことを試みたのは、コンラッドの芸術を誤解していたからであり、そのことは彼らがやり取りした書簡からコミカルに浮かび上がってくる。ブラックウッドはコンラッドに「まぁ例えば、アーヴィング氏の「虎の如き威厳」（"Tiger Majesty"）のようなものを」書いてもらいたい、と書き送っている。（一八九七年一〇月二八日付の手紙(5)）（Baines 二八一）

ベインズはこのように、芸術家コンラッドと「勇壮な物語」を期待するブラックウッドの齟齬を「コミカル」とまで評している。しかし、ブラックウッドがコンラッドに対して「アーヴィング氏の"Tiger Majesty"」のようなものを書いて欲しいと要請したことが、「勇壮な物語」を期待したことになると即断してよいのだろうか。確かに"Tiger Majesty"というのはいかにも英雄譚を思わせるタイトルではあるが、まずはこの作品を探し出し、読んでみる必要があるだろう。

これがどこで発表された作品なのか、推測するのはそう難しくはない。ブラックウッドがコンラッドに宛てた書簡の中に名前が出てくるのだから、この当時の『ブラックウッド』誌に掲載された作品と考えるのが妥当だろう。そして実際『ブラックウッド』誌の一八九七年一一月号を繙いてみると、"Edward A. Irving"と署名のある"Tiger Majesty"という記事が見付かる。そしてこれを読んでみると、これがそもそも物語ではなくむしろ政治的な論説の類いであることが分かるのである。

つまりブラックウッドがコンラッドに対して“Tiger Majesty”のようなものを書いて欲しいと言ったのは、ベインズの言う“masculine story-telling”を要求したということとは少し違うのだ。では、ブラックウッドがコンラッドに期待したこととは何だろうか。この“Tiger Majesty”（内容を鑑みると、ここまで何回か書いたように「虎の如き威厳」と訳すのが適切だろう）という文章を見ながら、それを考えていくことにしよう。

この論説はまず、このタイトルの由来となっているエピソードの紹介から始まる。中国人の海賊がシンガポール沖で逮捕され、当時イギリス領であったシンガポールでイギリス人の判事による裁判にかけられた。学識豊かな判事は被告の人権に配慮し、英語やラテン語を用いて懇切丁寧な説明を加え、刑を言い渡した。しかし被告や傍聴人は中国語しか分からず、また判事は中国語が話せなかったので、判事は法廷付きの通訳である中国人に対し、今の判決を中国語に訳すように要請した。

しかし、その通訳はラテン語はおろか英語も碌にできず、判事の言ったことが全く理解できていなかった。そこで彼は自分で勝手に考えて喋ることにし、被告に向かって恫喝的な態度で（中国語で）こう叫んだ。「おい、極悪人ども！　この判事様は、明日お前たちを斬首刑に処すとおっしゃっているぞ！」

もちろんこれは判事が言い渡した刑とは全く違っていたのだが、傍聴席に居並ぶ華僑たちは通訳の言葉を真に受け、口々にこう呟いた。「素晴らしい判決、これこそ本当の正義だ！　虎の如き威厳（Tiger Majesty）だ！」と。

つまり頻発する犯罪に悩まされる華僑たちが欲していたのは、実際に判事が下した「加害者の人権に配慮する」温情的な判決ではなく、むしろ通訳が捏造したような「威圧的な厳罰」だったというわけである。

このエピソードを冒頭に掲げた上で、アーヴィングは植民地の「現地人」に対する偏見を剥き出しにしながら、イギリスの植民地経営はイギリス流の考え方を現地人にも適用しようとし過ぎるきらいがある、と仄めかす。

イギリスの民主主義が、真実を語ることが美徳と思っていない民族にも言論の自由を与えようとか、偽証は手柄だと考えている民族にも陪審員による裁判を適用しようなどという信条によって足元を掬われそうになっている今こそ、我々の植民地経営を現地人の視点から見直してみるのに適切なタイミングと言えるだろう。(Irving 六九九)

以下、アーヴィングは中国の貧しい農村に生まれた若者が東南アジアにあるイギリスの植民地に出稼ぎに行き、そこで法を破っては刑務所に入れられるような生活をしながら、「イギリス人が運営する刑務所は自分の生まれた村よりも快適だ」「イギリス人の司法は温情的だ」という印象を抱き、イギリス人を馬鹿にするようになる過程を、想像を交えながら描いていく。この辺りはいかにもこの時代らしい、物語と論説の区別があまり明確ではない書きぶりだが、アーヴィングの立場ははっきりしている。現在のイギリスの植民地経営は温情的すぎて、現地人から舐められているというわけである。

そしてアーヴィングは、イギリス式のやり方とは対照的な「強硬な」取り調べを行ったフランス人の神父の話を始める。中国のとある村にフランス人の神父が管理する教会があり、そこで盗難が相次いだ。時を同じくして、近くに住む一人の中国人の若者が、急に金回りの良さそうな様子を見せ始めた。神父は、十分な証拠がないにも拘わらずこの若者に窃盗の疑いを掛け、いきなり拷問を始める。

我々〔イギリス人〕の考え方からすれば、若者を拘留するには証拠が不十分だった。しかし神父は中国のやり方に慣れていたので、もっと強硬な手段に出ても構わないと考えていた。何やかやと口実を付けて若者を教会の庭に連れ込むと、神父はまず起訴手続きの手始めとして、彼をスリッパでびしびし叩き始めた。(Irving 七〇九)

叩かれてもなお若者が否認すると、神父は彼を一晩じゅう庭に繋いでおき、若者は蚊にたかられるなどしてすっかり憔悴する。神父はさらに凝った拷問具を作り上げ、「もう一晩さらし者にしてから、この器具で拷問してやる。それでも自白しないつもりか?」と若者を脅す。若者はようやく罪を自供する。

この話を紹介した後で、アーヴィングはこの神父のやり方を称賛し、「明らかに有罪である者が屁理屈によって無罪になる現状では、中国人が我々の正義を軽蔑するようになるだけだ」(Irving 七一〇)と言う。そしてこの論説の末尾で、アーヴィングはこう結論づける。

平和を公然と乱す行為を厳しく取り締まることが、現地人の理想を叶えてやるのに最も良い方法だろう。そこへさらに「虎の如き威厳」という飾りを付けてやれば、現地人の美的な欲求を満たしてやることもできるだろう。(Irving 七一〇)

厳格な「白人」が現地人を威圧して畏敬の念を抱かせる、それがアーヴィングの考える理想の植民地経営というわけである。

さて、ブラックウッドがコンラッドにこの記事のような物を書いて欲しいと言った意図は何だろうか。もちろん単純に考えれば、東洋やアフリカといった遠い異国の見聞があることを活かして、その見聞を披露する物を書いて欲しいという意味なのだろうが、おそらくはアーヴィングの保守的な論調も、ブラックウッドの好みに合っていたのではないだろうか。だがブラックウッドにそのような意図があったとすれば、コンラッドが同誌の一八九九年二月号から四月号にかけて連載した『闇の奥』は、ブラックウッドの期待を裏切ったと言えるだろう。というのも、『闇の奥』はアーヴィングの論説のパロディと言っていい内容を含んでいるからだ。

例えば語り手マーロウがアフリカに赴き、河を遡航する前にしばらく滞在する出張所で火事が起きた際、使用人のアフリカ人が火を出したとされ、鞭打ちの刑に処される。鞭で打たれるアフリカ人の悲鳴を聞いた西洋人の社員の一人はこう呟いて、この残虐な刑を正当化する。

「正しい裁きを与えてやれ。違反――刑罰――ドカン！だ。情け容赦なく、情け容赦なく。それが唯一の方法だ。こうしておけば将来、火事が起きることもないだろう。」(Conrad 一二八)

まさにアーヴィングの言う、厳刑によって植民地の秩序を保とうという思想である。そして、この思想をさらに明白に体現したのがカーツであった。カーツはアフリカに赴任する際、自らの理想を（パンフレットの原稿の中で）以下のように語っていた。

我々白人は、既に達している発達段階の高さから考えて、「彼ら〔蛮人〕から見て超自然的な存在に見えるように振る舞うべきだ（we...must necessarily appear to them [savages][sic.] in the nature of supernatural beings）――我々は神の如き力を以て、彼らに接するのである（we approach them with the might as of a deity）。」（Conrad 一五五）

『闇の奥』の日本語訳を手掛けた中野好夫はこのパッセージを「僕等白人が……彼等〔蛮人〕の眼に超自然的存在として映るのはやむをえない」と訳したが（中野 一三四）、アーヴィングの論説を読んで当時の言説への理解を深めた我々にとっては、この“must”は「やむをえない」という消極的な意味ではなく、むしろ「超自然的存在として映るように振る舞うべきである」という積極的な意味合いであることが想像できる。すなわちカーツは、いわば“Tiger Majesty”たらんとしたのだ。アフリカ人の前で、厳しく神々しい統治者という役割を演じようとしたのである。そのことは、カーツがアフリカ人の前に登場した時の様子を語る、ロシア人の青年の台詞からも明らかである。

「カーツさんは彼ら〔奥地のアフリカ人〕のところへ、雷と稲妻を伴って現れたのです。彼らはそれまでにそんなものを見たことがありませんでした――とても恐ろしかったのです。」（Conrad 一六二）

カーツが「雷と稲妻」と共にやって来たというのはどういうことか。この「雷と稲妻」の正体は、マーロウが後で「ショットガン二挺、重ライフル一挺、回転式カービン一挺――哀れなジュピターの稲妻だ」（Conrad 一六七）と説明している。「哀れなジュピター」とはもちろんカーツのことだ。ローマ神話の最高神であるジュピターは雷神である（そしてキリスト教の神も雷を操る）。カーツは西洋人としての想像力に則り、最高神を演じようとして、これらの重火器を携えて奥地に乗り込んだのである。"We approach them with the might as of a deity." という自らの言葉を、彼は文字通りに実践したのだ。デモンストレーションとしてこれらの重火器を発砲しながら現れたのかも知れない。想像すると何とも滑稽だし、マーロウが指揮する船の上からアフリカ人たちにマーティニ・ヘンリー銃を乱射する他の西洋人の社員たちとカーツの共通点をここに見出すこともできる。

つまり『闇の奥』は、アーヴィングの論説に見られるような「西洋人は厳格な存在として植民地の原住民の上に君臨すべきである」という言説のパロディとして読めるのである。上に引用したカーツのパンフレットに対し、マーロウは「最初の段落が…あとで得た情報に照らしてみると、不吉な感じだった」（Conrad 一五五）と語っている。すなわち、この思想こそがカーツの暴走の原因であったことが暗示されている。

そう考えるとウィリアム・ブラックウッドとコンラッドの仲違いも、ベインズが述べたような「コミカルな」齟齬によるものとは思えなくなってくる。ブラックウッドが「こういうものを書いて欲しい」と例示した保守的な論説に対して、コンラッドは暗に反発し、パロディ化したのだ。コンラッドとブラックウッドの意見の相違は、芸術家と売文業者の軋轢というよりは、むしろ思想上の対立だったのである。

2　「ジョン・クリーディ牧師」と『闇の奥』

では次に、『闇の奥』に関連して名前を挙げられたもう一つのテクスト「ジョン・クリーディ牧師」を見てみよう。ヒュー・クリフォードは一九〇二年一一月二九日付けの『スペクテイター』に、『闇の奥』について以下のような書評を載せている。

ヨーロッパ人が「非ヨーロッパ化」してしまうというテーマ、文明人が「アフリカ化（going Fantee）」してしまうというテーマは、グラント・アレン氏が「ジョン・クリーディ牧師」という作品を書いて以来、いやその前から、よく扱われてきた。しかし、それが「なぜ起きるのか」という点は、コンラッド氏がこの作品〔『闇の奥』〕で描いたほどには明らかにされてこなかった。（Tredell 一一）

どうやらクリフォードによれば、「文明人のアフリカ化」を扱った当時の代表的な作品はグラント・アレンの「ジョン・クリーディ牧師」であったらしい。この「ジョン・クリーディ牧師」という作品は一八九九年に出版された『十二編の物語』（*Twelve Tales*）という単行本に収められているが、雑誌上で発表されたのはそれより何年か前のことらしい。従って、コンラッドが『闇の奥』執筆に当たってこの作品を意識したということは十分に考えられる。以下、『十二編の物語』に収録された版を元に、この作品のあらましを見ていくことにしよう。

アフリカ人として生まれた、いわゆる「黒人」である主人公ジョン・クリーディは幼い頃にイギリス人に引き取られ、イギリスで高等教育を受け、オックスフォード大学で学位を得て牧師になる。彼はアフリカに戻って布教活動を行うことになり、教会の関係者たちは彼に（現地人に対する権威付けのためもあって）「白人」の女性を妻として同伴させようと考える。そこで信心深いエセル・ベリーという村娘に白羽の矢が立つ。エセルはジョンと会って話し、彼の学識や使命感に敬意を抱くものの、恋愛感情を持つことが出来ず、彼女を育てた伯父のジェイムズも結婚に反対する。この伯父は人種という点にこだわる人物であり（つまり現代から見ればレイシストであり）、「いくら高等教育を受けようと、アフリカ人がアフリカに帰れば元の状態に戻ってしまうだろう」とか「白人女性が黒人男性と結婚するのは不自然だ」などと言い放つ。

肝心なことは、こういった意見が単にジェイムズ伯父という一人の登場人物によって語られるだけではなく、外枠の三人称の語り手もこれを追認し、これが作品そのもののメッセージとなっている点だ。例えば語り手はエセルがジョンに対して恋愛感情を持てなかったことを、それが「人種的に」自然であると説明する。

> エセルは一瞬でも、ジョンに対して恋に落ちるなどということは考えなかった——ある名状しがたい人種的本能（race-instinct）が、越えることのできない壁として立ちはだかっていた。（Allen 一四）

もちろん現代の観点から見れば、ここで語り手が述べている「人種的本能」なるものが実際には本能ではなく、後天的・文化的な刷り込みに過ぎないことは明らかだ。しかしこの作品においては、このような本能なるものが存在することを前提に話が進んでいく（グラント・アレンは科学ジャーナリストでもあった）。

エセルは結局、村の牧師らの熱心な勧めもあり、ジョンと結婚して共にアフリカへと赴く。果たして、アフリカで暮らすようになったジョンは次第にアフリカの習俗へと「回帰」していく。現地の人々の太鼓のリズムに体が反応してしまう、という具合に。エセルは不安を抱いてそれを見詰める。そしてとうとう破局が訪れる。ジョンは牧師の服を破り捨てて、現地の人々の「狂ったような」踊りの輪に加わる。それを見たエセルはショックのあまり気絶し、そのまま重い病の床に就く。

ジョンはエセルへの愛から、我に帰って策を練る。まず遠く離れた牧師館へ行き、再び牧師の服を手に入れ、その服を着てエセルの元へ戻る。エセルが目を覚ますと、ジョンは昔のようにきちんと牧師の服を着て、穏やかな表情で佇んでいる。「私はあなたが服を破り捨てて踊っているところを見た」と言うエセルに、ジョンは「君は夢を見ていたんだよ」と答える。エセルはそれからしばらくして病で死ぬが、その直前にもう一度同じ質問をして真相を確かめようとする。ジョンはあくまでも「君が見たのは夢だった。僕はそんな事はしていない」と言い張り、エセルはその答えを聞いて微笑んで死んでいく。

エセルを失ったジョンは「僕を文明に縛り付ける唯一のものがなくなった。僕は自らの民族に戻る」と宣言し、再び服を破り捨てて、現地の群衆に混じっていく。

これが「ジョン・クリーディ牧師」の粗筋である。『十二編の物語』の版でおよそ二十ページほどの短編だが、その文章の大半が人種に関する擬《え》似《せ》科学的（pseudo-scientific）な言辞で塗り固められている。ジェイムズ伯父がジョンのアフリカ行きの前に言う、「私の意見では、黒人は何をしようと黒人さ。エチオピア人は自分の肌を変えることはできないし、豹は自分の斑点を変えることはできない。ジョン・クリーディは生涯の最後まで黒人だろうよ」（Allen 一一一二）という台詞がこの作品のテーマを表していると言っていい。そしてジョンがアフリカの習俗に染まり、現地の人々の踊りの輪に加わる場面で、三人称の語り手はジェイムズ伯父の言葉を追認するかのように「ジョン・クリーディの中の野蛮性が露出した」と宣言する。

そう、本能（instinct）が文明（civilisation）に勝ったのだ。ジョン・クリーディの中の野蛮性が発露した（the savage in John Greedy had broken out）。彼はイギリスの衣服を破り捨て、西アフリカの言い方で言えば「アフリカ化した」（gone Fantee）のである。（Allen 二四）

コンラッドが『闇の奥』執筆に当たってアレンのこの短編をどれだけ意識したかは分からないが、『闇の奥』にはひょっとしたら「ジョン・クリーディ牧師」からのエコーではないかと思われる場面がいくつかある。例えばジョンはアフリカ行きの前に自らの使命について熱く語り、聴衆を感心させるが、その描写は『闇の奥』におけるカーツの雄弁と似通っている。

ジョンはアフリカ西岸での布教について、熱烈に雄弁に（fervently, eloquently）語った。おそらく、彼が言ったことには特に独創的な点や、胸を打つような点はなかっただろう。しかし彼の話し方は印象的で精力的だった。……彼が布教活動に働き手（workers）と支援と同情が必要だと語った時、エミリー伯母〔エセルの保護者〕とエセルは、彼の雄弁さと熱心さ（eloquence and enthusiasm）によって心を揺さぶられた。（Allen 一五）

ここに見られるジョンの人物造形には、『闇の奥』のカーツと共通する点がある。『闇の奥』の中で、カーツの同僚と名乗るジャーナリストの男は「あの男〔カーツ〕の話しぶりときたら！彼は大勢の聴衆を、まるで電気をかけたみたいに魅了することができた——信念がありましたよ」（Conrad 一八二）と言い、マーロウはカーツの書いた文章を読んで「雄弁だ、雄弁の力で震えている。調子が高すぎるという気はしたが。……僕も熱狂のあまりうずうずした」（"It was eloquent, vibrating with eloquence, but too high-strung, I think. ... It made me tingle with enthusiasm."）（Conrad 一五五）と感じるが、このカーツの"eloquence"と"enthusiasm"は、アレンの短編におけるジョンの"eloquence and enthusiasm"のエコーなのかも知れない。

また、アレンの短編と『闇の奥』は、結末がいずれも「男性が女性を思いやって嘘をつく」という場面になっている点でも似通っている。上でまとめた粗筋の通り、エセルがジョンの「アフリカ化」を見てショックを受け、病に倒れると、ジョンは苦労して牧師の服をまた手に入れ、彼女に嘘をつき、何とか安心させようとする。『闇の奥』の結末でマーロウがカーツの婚約者を安心させるためにつく有名な「嘘」は、これと全く同じように、カーツの「変身」を婚約者に知らせまいとするものだ。どちらの作品でも、男性は女性に対して「醜悪な真実」を隠すことで、マーロウの言葉を借りれば「女性が自らの築いた美しい世界にとどまることができるように」配慮してやる、という結末になっている（"We [men] must help them [women] to stay in that beautiful world of their own, lest ours gets worse." [Conrad 一五三]）。

このように『闇の奥』に先行するテクストとして、アレンの短編にはコンラッドに影響を与えたと思われる要素がいくつか見られるが、決定的に違うのはジョン・クリーディ牧師の「アフリカ化」（going Fantee）と、『闇の奥』のカーツの「異常化」の淵源である。『闇の奥』において、マーロウはカーツの「異常化」を言い表すに当たり、適切な語句がないことに悩みながらも、以下のように表現している。ここは原文をそのまま引用するしかないだろう。

> ...his [Kurtz's] — let us say — nerves, went wrong[.]（Conrad 一五五）
>
> "You [Kurtz] will be lost," I said — "utterly lost." ...[I]ndeed he could not be more irretrievably lost than he was at this very moment[.]（Conrad 一七三）
>
> I had...to invoke him — himself — his own exalted and incredible degradation.（Conrad 一七四）
>
> But his soul was mad. Being alone in the wilderness, it had looked within itself, and, by heavens! I tell you, it had gone mad.（Conrad 一七四）

このようにマーロウは、カーツの「異常化」を表現するに当たり"go wrong"、"be lost"、"degradation"、"go mad"といった一般的な悪化・堕落・狂気を指す語句を使っている。"go Fantee"や"go native"といった、「アフリカ化する」という意味合いの語句は一度も使われていない。つまりマーロウの目から見て、カーツは「アフリカ化」したのではない。クリフォードはこのことの重要性を見落としているようだが、注意深く読めばこのことは予想できるはずなのだ。マーロウはカーツの行為と現地の風習を区別してこう述べているからである。

> 〔原住民がカーツに敬意を示す儀式の話を聞いて〕僕は……手の込んだ恐怖に満ちた、光のない領域に運ばれたような気がした。そこでは純粋な、単純な野蛮さというのはむしろ有難い救いであって——明

らかに——日の光の中に存在する権利があるものだった。(Conrad 一六五)

カーツの「手の込んだ恐怖」(subtle horrors) は、現地の風習とは違う何かなのである。では、その淵源はどこに求められるか? マーロウは、カーツが「反逆者」(rebels) を処刑してその首を屋敷の周囲に並べたとロシア人の青年に聞かされると、その「反逆者」という定義を一笑に付す。

反逆者だって! やれやれ、次にはどんな定義を聞かされることになるのやら。既に敵 (enemies) がいて、犯罪者 (criminals) がいて、働き手 (workers) がいた——そして今度は反逆者ときたもんだ。(Conrad 一六五)

マーロウがここで挙げている言葉のリスト——"enemies", "criminals", "workers"——はいずれもこの小説の中でそれまでに「欺瞞的な定義」として彼が槍玉に挙げてきたものである。"enemies" は、フランスの軍艦がアフリカの陸地に向けて大砲を撃っている時に「ここのアフリカ人は敵だ」と聞かされ、マーロウが大いに疑問を示した定義である ("he called them enemies!" [Conrad 一一五])。"criminals" というのは、アフリカ人が法に違反したと西洋人が言い立て、首を鎖で繋いで強制労働させているのを見た時に、マーロウが不条理な定義として疑問視していた言葉である ("They were called criminals, and the outraged law...had come to them, an insoluble mystery from over the sea." [Conrad 一一七])。そして "workers" というのは、そんな行為をしながら「自分たちはアフリカ人を教化する仕事をしているのだ」と称している西洋人たちが自らを定義した言葉である（"It appeared...I was also one of the Workers, with a capital — you know." [Conrad 一一三]）。いずれもマーロウが「西洋人たちが勝手に拵えてアフリカでの事業に適用している不条理な概念」と捉えていたものだ。マーロウはカーツが自分に逆らったアフリカ人を "rebels" と定義したことを、その延長線上にあるものと見なしている。つまりマーロウの目から見てカーツの蛮行は、アフリカの風習ではなく、西洋の帝国主義の延長線上にあるものなのだ。カーツの「異常化」が "go native," "go Fantee" と表現されないのは当然なのである。

そもそもアレンが「ジョン・クリーディ牧師」の中で強調したのは、人種的に「黒人」であればアフリカの習俗から脱却することはできないという、いわゆるエッセンシャリズム（essentialism）であった。ジョン・クリーディ牧師がアフリカ人たちを教化するどころか自らが感化されてしまったのは、オックスフォードで受けた教育とは何の関係もなく、彼が「黒人」であったからだと語り手は説明する。それは裏返せば、「白人」は世界のどこへ行っても文明人であり続けられるという「人種の神話」である。コンラッドの『闇の奥』は、そもそも「白人」であるカーツがアフリカで「異常化」したという物語を描くことで、アレンが強調していた「人種の神話」を打ち崩していると言える。カーツは「アフリカ化」したのではなく、アフリカ人を虐待する「帝国主義の権化」となったのである。そこが『闇の奥』の主要なテーマであるのだが、クリフォードの書評を見る限り、それは同時代のイギリス人にはなかなか追い付けない視点であったようである。

3 コンラッドの立脚点

ここまで「虎の如き威厳」と「ジョン・クリーディ牧師」という二つのテクストを通して、一九世紀末のイギリスにおける言説を眺め、コンラッドの『闇の奥』との関連について論じてみた。アーヴィングもアレンも、「白人」と「有色人種」との間に越え難い壁を設定（想定）し、「白人」が自らの優越を主張して「有色人種」を厳然と支配下に置くのを良しとする論調に与している。コンラッドはこういったイギリスの思潮の中にあって、「白人」が心の中に抱える不条理性に目を凝らし、アーヴィングが主張するような「威厳のある白人」としての芝居を否定し、そして「白人」カーツが暴走の末に堕落していく様を描いた。それは結果的に、アーヴィングの論説やアレンの短編に対するアンチテーゼになっていた。

もちろん一九〇二年にはJ・A・ホブスンによる本格的な帝国主義研究・批判の書である『帝国主義論』が出版されるわけであるし、植民地における西洋人の振る舞いや考え方について批判的な視点を持ち合わせていたのはコンラッドだけではない。しかしながら、当時の言説との比較を行うほど、カーツの行為の根底にある考え方、カーツの異常化を表す語彙の選び方についてのコンラッドの問題意識は鮮明に浮かび上がり、彼が同時代の言説といかに格闘し、帝国主義という大きな思考の枠組みの外に立脚点を探していたかが明らかになってくる――それがたとえ現代から見ればまだまだ帝国主義の言説の中にあり、コンラッドの限界を感じさせる立脚点であろうとも。二一世紀に生きる我々が現代の言説の中に潜む問題点を探し出し、そこから脱却する鍵を探すためにも、過去の人々のこのような苦闘を跡付ける地道な作業が今後も必要とされているのである。

□注

（1）“Clifford [was] a friend of Conrad's and a former governor of Malaya with much experience of Asia and Africa.”（Tredell 一一）

（2）Tredell 一一-一二。詳細については本稿を参照。

（3）Baines 二八一。詳細については本稿を参照。

（4）例えば、*Oxford Reader's Companion to Conrad* の *Blackwood's Magazine* の項目には以下のように書かれている。“[Conrad's] connection with the [*Blackwood's*] magazine coincides not only with the emergence of his English narrator Charles Marlow but also with a more direct contact with an English middle-class audience[.]”（Knowles 四四）

（5）Baines 四七九、注二四参照。

□引用文献

Allen, Grant. “The Reverend John Creedy.” *Twelve Tales*. London: Grant Richards, 1900; 1st edition published in 1899.

Baines, Jocelyn. *Joseph Conrad: A Critical Biography*. London: Weidenfeld, 1993; originally published in 1960.

Conrad, Joseph. *Heart of Darkness and Other Tales*. Oxford: Oxford UP, 2002. Edited by Cedric Watts.

Irving, Edward A. “Tiger Majesty.” *Blackwood's Edinburgh Magazine, July - December 1897*. Edinburgh: Blackwood & Sons, 1897. pp. 699-710.

Knowles, Owen, and Gene M. Moore. *Oxford Reader's Companion to Conrad*. Oxford: Oxford UP, 2000.
Tredell, Nicolas, Ed. *Joseph Conrad: Heart of Darkness*. New York: Columbia UP, 2000.
コンラッド、ジョウゼフ『闇の奥』中野好夫訳、岩波文庫、一九五八、改版二〇一〇年。

17

Joseph Conrad
共同体、社会、大衆
コンラッドと「わたしたち」の時代

中井亜佐子

〔芸術家が〕語りかける対象は、喜びや驚きを感じるわたしたちの能力、わたしたちの生を取り巻く神秘である。あるいは、哀れみ、美、痛みの感覚、すべての生けとし生けるものへ感じる密やかな同胞意識。数多の心の孤独をひとつに縫い合わせる連帯の意識への、微かではあるが不屈の信念。夢、歓喜、悲しみ、野心、幻想、希望、恐怖のなかの連帯意識に語りかけることによって、人間はお互いに結びつけられ、あるいはすべての人間が――死者は生者に、生者はいまだ生まれざる者へ――結びつけられるのである。（*Narcissus* viii）[(1)]

1　はじめに――一九八〇年のコンラッド

「フィリエーション」と「アフィリエーション」は、エドワード・サイードが八〇年代以降しばしば用いた対概念である。『世界、テクスト、批評家』（一九八三）の序文「世俗批評」で、サイードは二つの概念に詳細な説明を与えている。フィリエーションとは家族をモデルとする、生物学的な血縁関係に基づいて形成される共同体である。それに対して「養子縁組」という意味を持つアフィリエーションは、血縁関係にない個人と個人が契約によって結びつけられた関係と定義される。両者は、フェルディナント・テンニースの定義したゲマインシャフト（共同体）とゲゼルシャフト（社会）の概念（一八八七）にほぼ対応する。近代化のプロセスとは前者から後者への移行であり、それは「自然」から「文化」への移行とも等しい。だが、一九世紀の思想家以上にサイードが重視していたのは、共同体と社会のあいだの緊密な相互関係と往復だった。養子縁組は家族の構造を模倣し、家族の世代間の階層関係を温存する。近代的なアフィリエーションは、フィリエーションの権力構造を表象するとともに、再生産するのである。「アフィリエーションは公認された非生物学的な社会形式、文化形式をとるにもかかわらず、自然のうちに見出されるフィリエーションのプロセスを表象するひとつの形式となる」（Said, *The World* 二三）。

アフィリエーションの世界観を体現する文学テクストの例として、サイードはT・S・エリオットの『荒地』（一九二二）、ジェイムズ・ジョイスの『ユリシーズ』（一九二二）といったハイ・モダニズムの代表作とともに、ジョウゼフ・コンラッドの『ノストローモ』（一九〇四）にも言及している。確かにコンラッドがヴィクトリア朝小説からモダニズムへと移行する時期、すなわち一九〇〇年前後のテクスト――『ナーシサス号の黒ん坊』（一八九七）から『ノストローモ』まで――は、フィリエーションとアフィリエーションの関係をみごとに寓話化している。たとえば「世俗批評」の出版される少し前、イアン・ワットは『一九世紀のコンラッド』（一九七九）で、『ナーシサス号』がまさに共同体と社会の葛藤を描いた小説であると論じている。ワットはテンニース、デュルケム、ル・ボンなど一九世紀の社会思想の系譜のうちに、コンラッドの共同体と社会の関係をめぐる思想を位置づけた。『ナーシサス号』序文の鍵語である「連帯（solidarity）」という語自体が、『共産党宣言』（一八四八）の出版を契機に英語に導入された語である（Watt 一一〇）。しかし、ワットの議論をサイードを経由して読みなおすならば、むしろ次のような可能性が浮かび上がってくる。コンラッドの小説は「数多の心の孤独」を生んだ二〇世紀の荒地的な状況下での共同体への回帰のナラティヴ、つまりアフィリエーションによるフィリエーションの再生産を記述するテクストなのではないだろうか。

本論文の目的の一つは、ワットの議論のベクトルを逆向きにして、「一九世紀のコンラッド」が求めた連帯の理念が、二〇世紀の原子化された社会の状況を先取りして応答するものであったと論証することである。論証の手法としては、表象そのものの問題（階級や人種がいかに表象されているか）ではなく、表象を実現する形式の問題に注目する。『ナーシサス号』はヘンリー・ジェイムズの『メイジーが知ったこと』（一八九七）と同じ時期に『ニュー・レヴュー』誌に連載されていたが、ジェイムズが『メイジー』によって心理的リアリズムの表現形式としての視点の技法を完成させたのに比べると、コンラッドの中編小説の語りと視点の一貫性のなさは、奇妙に時代遅れなように見える。だが、ここでは、従来は技巧的な欠陥とみなされがちだったこの小説の形式的な特徴を、コンラッドが十分に近代的でなかったことの証拠としてではなく、むしろ「小説」という一九世紀的なメディアによって二〇世紀を表象する企図、あるいはその壮麗な失敗として読み直すことを提案する。結論を先取りして言えば、コンラッドの失敗とは映画という視覚メディアが誕生する前に、「映画の観客」をモデルとするきわめて二〇世紀的な社会の状況を描こうとした点にある。

形式の問題は、現代の歴史主義的批評ではしばしば軽視されている。しかし、そうした批評の先駆者とされるサイードのテクスト読解の基礎には、常に形式の問題があったことを忘れてはならない。『オリエンタリズム』（一九七八）はしばしば西洋によるオリエントの（誤）表象を告発する書として誤読されているが、サイードの眼目はむしろ表象を成立させる制度や形式の問題だったはずである。『世界、テクスト、批評家』収録のコンラッド論では語りの技法が精緻に分析されているし、『文化と帝国主義』（一九九三）の『闇の奥』をめぐる議論では、帝国主義の限界を徴しづける自意識の形式として、入れ子細工の複雑な語りの構造が指摘されている。コンラッドの反帝国主義思想は表象にではなく、表象システムをひそかに破綻させている形式のほうに宿ると、サイードは看破していた。そうした形式こそが「帝国主義には到達し得ず、その統御の限界をちょうど超えたところにある現実、一九二四年のコンラッドの死のずっと後になって初めて実体を持つようになった現実の潜在的可能性」（*Culture and Imperialism* 三二）をわたしたちに指し示すのである。

もう一点、序論で指摘しておくべき重要な点がある。八〇年代のサイードを通じてコンラッドを読み直すという本論文の試みは、たんなる作品論の枠組みを超える、文学研究にとってより根源的な問いから免れることはできない。「世俗批評」のもっとも重要な論点は、新批評から脱構築までを射程に入れた文学研究制度の批判である。サイードはこの論考で、文学が現実世界から切り離された自律的小宇宙を形成しているとみなす当時の米国の学界を徹底的に批判し、文学テクストを「世界の中にあるもの」として位置づけなおそうとした。無論、ある種の歴史実証主義者のように、テクストが単純に世界を反映していると考えたのではない。テクストが「世界内的（worldly）」であるとともに、世界はテクスト的である（*The World* 四）。つまり、世界とテクストは相互依存的で分別不能な状態にある。

「世俗批評」の冒頭でサイードは、ベトナム戦争の最中にロレンス・ダレルの『アレクサンドリア四重奏』（一九五七–六〇）を愛読する国防省長官の逸話を紹介している。この逸話は、「文学が殺人をカモフラージュする」状況を表わすだけでなく、「文学作品を読む」という行為そのものが世界の中にあるできごとであると示唆している。とすれば、サイードを経由してコンラッドを読みなおそうとするわたしたちは、まずは以下の問いを提起する必要がある。一九八〇年前後に「一九世紀のコンラッド」を読むという行為には、どのような社会的な意味があったのか。レーガノミクス、サッチャリズムの幕開けの時期に『ナーシサス号』の序文が褒め称える「数多の心の孤独をひとつに縫い合わせる連帯」（xl）について考えることには、いかなるアクチュアリティがあったのだろうか。さらには、次のように自問すべきだろう。二〇一〇年代の現代にコンラッドを読むことには、いかなるアクチュアリティがあるのか。一冊の古典的な小説についての作品論を書くこと自体、英文科という学問制度が変容しつつある現代の日本では、さまざまな意味で困難である。テクストを徹底的に「歴史化」し現代とは切り離して「客観的に」論じようとするたぐいの歴史主義は皮肉にも、文学研究を取り巻く現実の状況から目をそらし、文学を「過去」という名の自律的小宇宙に幽閉しようと目論む点において、かつての新批評と変わるところがない。

コンラッドは一九五〇年代から六〇年代にかけて英米の学界で再評価された作家のひとりであり、当時新批評の影響を色濃く受けていたサイードの博士論文の対象作家でもあった。七〇年代半ばにチヌア・アチェベによって「人種差別主義者」と酷評されたが、八〇年代にはコンラッドを初期モダニストとして——あるいはフレドリック・ジェイムソンが『政治的無意識』（一九八一）で主張したように、モダニズム以前にすでにポストモダンを先取りしていた作家として——読みなおす気運があった。『個人主義の再構築』（一九八六）収録の論文「民俗学的自己形成について」の中で、ジェイムズ・クリフォードは現代の文化理論の前提となる「構築された自己」というテーゼが意味を持ち始めたのが一九〇〇年頃であると指摘し（Clifford 一四〇）、二〇世紀社会人類学の祖マリノフスキに対するコンラッドの影響を論じている。近代的な個人と社会の関係性が崩壊し社会なき個人が跋扈する八〇年代は、個人の概念が文化的構築物として相対化されるとともに、文化的差異すらもグローバル市場において商品化される、いわゆるグローカリゼーション時代の幕開けでもあった。そうした時代にあって、「現代」はふたたび世紀転換期に遡行して思考され、コンラッドは「一九〇〇年」を象徴する人物の一人となった。

二〇一〇年代を生きるわたしたちは、わたしたちの時代、わたしたち自身にとっての現代が、一九八〇年頃に始まった世界の大きな地殻変動、すなわち新自由主義体制の成立とグローバリゼーションの帰結であるという感覚の下に生きている。筆者が今、八〇年代のサイードを読むときにも、現代がまさに一九八〇年頃に始まったのだと実感する。コンラッドを読むことが筆者にとっていまだアクチュアルでありうるのは、彼のテクストが近代と現代の橋渡しをしてくれるだけでなく、現代そのものの意味をあらためて問いなおす契機を与えてくれるからなのである。

2　一九〇〇年のコンラッド

「複製技術時代の芸術作品」（一九三五—三六）のヴァルター・ベンヤミンによれば、写真、映像、録音といった複製技術は一九〇〇年頃、すべての芸術作品をその対象にしうる水準に達し、従来の芸術の形態に逆影響を及ぼすこととなった。芸術作品の複製はとりわけ、芸術の受容形態を根本的に変容させた。芸術は複製されることによって、伝統的な芸術形態に特有の「一回性」というアウラを失ったが、大量生産される作品があらたに見出したのは「大衆」という受容者だった。大衆は芸術作品の礼拝的価値を斥け、作品を自分自身の日常に近づけること、複製の受容によって一回性を克服することを熱烈に要求する。この新しい芸術の受け手は、注意散漫というきわめてモダンな特性を持つイメージの消費者である。

「わたしが達成しようとしている仕事は、書き言葉の力によってあなたに聞かせること、感じさせることである——とりわけそれは、あなたに見させること（to make you see）である」（*Narcissus* x）。一九三九年に初期映画史『アメリカ映画の勃興』を著したルイス・ジェイコブズによれば、D・W・グリフィスが自身の映像芸術のマニフェストとして、コンラッドのこの『ナーシサス号』の序文の有名な一文をもじって、「わたしが達成しようとしている仕事は、あなたに見させることである」と述べたとされる（Jacobs 一一九）。グリフィスの発言は、映画を演劇と区別する（映画は聴覚よりも視覚が優先される芸術であると主張する）という文脈の下でなされたものだが、同時にこれは、初期映画が演劇よりもむしろ小説モデルとして発展してきたことを示す発言でもある。(2) 一八九五年にパリでリュミエール兄弟が初めて公開した映画ではあくまで視覚的に聴衆を惹きつけることに重点が置かれていたが、一九一〇年頃以降の映画は、小説をモデルとする物語的な統一性を重視する「制度」として確立した（Gaudreault）。グリフィスの開発したクローズ・アップやスイッチ・バックといった映像表現は、一九世紀小説の技法を映像によって模倣したものだった。実際にグリフィスは、一つの場面からまったく異なる場面へのカッティングを「気が散る」として批判されたことに対して、「ディケンズはこのように書かなかったか」と応酬したらしい（Jacobs 一〇三）。

しかし、こうも考えられないか。二〇世紀への転換期に書かれたコンラッドの文章そのものが、複製技術時代の到来を告げるマニフェストでもあったのではないか。[3] 映画が制度的に成立する以前にすでに映像的な手法を取り入れていたコンラッドの世紀末のテクストは、芸術の二〇世紀的な受容形態を胚胎していたのではないだろうか。『ナーシサス号』の序文は、数少ないコンラッドの芸術論である。コンラッド自身は当初からこの序文に執着していたが、初版出版時には出版社からはその価値を理解されず、イギリス版、アメリカ版ともに序文は掲載されなかった。時代を先取りしすぎたテクストが最終的に小説本文とともに出版されるには、一九一四年のアメリカ版（ダブルデイ社）を待たなくてはならなかった。[4] もちろん、コンラッドのテクストは映像そのものではない。オーソン・ウェルズは「すべてのコンラッドの物語は映画である」（Welles and Bogdanovich 三二）と語っているが、一九三九年にウェルズが試みた『闇の奥』の映画化は失敗に終わっている。ウェルズは『闇の奥』を「ファシズムの寓話」として再現しようとし、自らスクリプトを書いて「一人称カメラ」という技法を取り入れようとしたが、そうした実験的な技法は当時の製作会社には受け入れられなかった（三二、三五五―五六）。[5] コンラッドは「映像的」であることを宣言しながらも、言葉が過剰な作家でもある。サイードは『世界、テクスト、批評家』収録のコンラッド論の中で、コンラッドが「書き言葉を超越して、直接的な発話と視覚を表現するために、散文を否定的に用いようとした」と論じている（*World* 一〇九）。コンラッドのテクストの過剰さと破綻は、二〇世紀的な世界観を一九世紀的なメディアで表現することの限界点を指し示している。

『モダンを感じる』（二〇〇八）でジャスタス・ニーランドは、ベンヤミンの映画論を応用し、映画という新しいテクノロジーが媒介する感情の共有が、一九世紀的な理性的な市民社会とは異なる新たな公共性の概念を生み出すと指摘する。ディズニーに代表されるような大衆映画は、大衆の無意識のエネルギーを発散させるという「治療効果」を持っている（ベンヤミン 六二）。[6]『ナーシサス号』の序文は、大衆の感情への働きかけという点において、新しい時代の芸術はまさに「映画的」であることを目指すべきだと宣言しているかのようである。序文では何よりもまず、芸術家は思想家や科学者のように知性や常識に働きかけるのではなく、感性に訴えかける存在であることが強調されている。本論文の冒頭に引用した文章を、もう一度読みなおしてみよう。芸術家が語りかけるのは、喜びや驚き、哀れみ、美、痛みといった感覚、感情であり、そうした感情は、「すべての生きとし生けるもの」への同朋意識、「連帯」へと通じる。感性に語りかけることによって芸術家は、さまざまな人間のあいだの連帯を可能とする。「連帯」は労働運動を想起させる語であるが、序文の後半ではコンラッド自身、芸術家の仕事を労働の比喩（「遠くの農地にいる労働者の動き」[xi]）で語っている。注意しておきたいのは、農作業の比喩を使ってはいても、コンラッドが古きよき牧歌的な共同性を賛美しているのではないという点である。「連帯」が成立するためにはあくまで、芸術の受容者としての「数多の心の孤独」の存在が前提にある。孤独な個人は、芸術を通じて結びつくことによって、新しいかたちの社会を形成する。

しかし、この「序文」を書いた直後にコンラッドは、「見させる」という表現をまったく別の文脈で使用しており、「見させる」ことの意味が複雑で両義的であることをあきらかにしている。『闇の奥』（一八八九）の語り手マーロウは、アフリカ奥地の駐在所で、つぎはぎだらけの服をまとったロシア人の若者に出会う。クルツの崇拝者を自認する若者は、彼を賞賛して次のように言う。「彼のおかげでわたしは、いろんなことが見えるようになった（He made me see things）」（*Heart of Darkness* 一二七）。だが、クルツは他の誰よりも多くの象牙を生産する帝国主義の旗頭であるとともに、「蛮習抑制国際協会」への報告書に「蛮人をすべて抹殺せよ」（一二八）と走り書きをする姿は、ファシズムの指導者を連想させる。つまりこの場合、「見させる」ことは、大衆を扇動する行為なのである。一方、つぎはぎだらけのコラージュ作品のような外見をした若者は、自ら複製技術時代の芸術作品を体現しているかのようも見える。フランシス・コッポラは『地獄の黙示録』（一九七八）で小説の背景をベトナム戦争に移して映画化したとき、ロシア人の若者の代わりにアメリカ人の写真家を登場させたが、この人物につきまとう複製的なイメージをよりわかりやすく再現しようという意図があったのだろうか。

ベンヤミンによれば、芸術が大衆の娯楽として消費される時代には、芸術の受容はきわめて政治的なものとなる。たとえば映画は、ファシズムのプロパガンダと同じように、少数のエリートが大衆を煽動する目的に使用することができる。「一般にファシズムについて妥当することが、特殊には映画資本について妥当する。すなわち新しい社会構造に対する不可避の欲求が、ひそかに少数の有産階級の都合によって搾取されるのであり、それゆえ映画資本の接収は「プロレタリアートの急務」である（六一四）。ベンヤミンはかならずしも大衆と大衆運動に否定的なのではない。写真技術の発明が社会主義の勃興と時を同じくしたように、複製技術とその受容者は、新しい社会の形成と変容の担い手として期待される存在でもある。コンラッド自身は大衆に対しては、おそらくベンヤミンよりもずっと保守的な見解を持っていただろうが、少なくとも「序文」で高らかに謳われる芸術家の「一途な試み（single-minded attempt）」——「人間同士をお互いに結びつけ、すべての人間を目に見える世界に結びつける」連帯の感情を呼び起こす試み（x）——は、大衆社会の可能性への危険な賭けなのである。

3　シングルトンは何を読んでいたのか

しかし、『ナーシサス号の黒ん坊』の本文では、大衆社会における「連帯」は、よりアンビヴァレントな価値を持つものとして表象されている。その矛盾を体現するのは、暴動の煽動者ドンキンよりはむしろ、古きよき船員共同体の生き残りとされる老シングルトン（Old Singleton）のほうである。シングルトンの人物造型には——「一徹さ」を示唆するその名前と、その名前を文字通りに遂行する彼の仕事ぶりに反して——どことなく一貫性のないところがある。

「時の翁と同じくらい老いている」（二四）と形容されるシングルトンが、まず第一に、旧世代の船乗りの代表として描かれているのは確かである。シングルトンのような寡黙な荒くれ男たちは「神秘的な海の永遠の子供たち」だったが、「不満を抱えた陸地の成長した子供たち」によって取って代わられようとしている（二五）。船員の世界はゲマインシャフト的共同体からゲゼルシャフト的社会へと徐々に移行しつつある。だが、ナーシサス号は当時としてもすでに時代遅れになりつつあった帆船であり、船内は一九世紀的な価値観にいまだ支配されるヘテロトピアである。そこではドンキンの指揮する「労働運動」は挫折を余儀なくされ、代わりにシングルトンの「陸地が見えると〔病人は〕死ぬ」（一三〇）という迷信じみた予言が現実となる（テンニースの定義に従えば、労働運動はゲゼルシャフト型の組織の典型であり、宗教はゲマインシャフトのもっとも発展した形態である)。もちろん、いったん陸地に上がると、両者の力関係は反転する。貨幣鋳造所が「おとぎ話の大理石の宮殿のように」(一七二)君臨するロンドンでは、シングルトンは自分の名前を綴ることもできない無学な老人としてさげずまれ、「知的な男」とみなされるドンキンが羽振りを利かせる(一六九)。

このように、小説全体の枠組みからすると失われつつある旧世代の価値観を代弁しているように見えるシングルトンの「謎」は、彼が小説に最初に登場する場面にある。ボンベイ出航前、船上に集まった船員たちの喧騒の只中で、「力強い胸と巨大な上腕部全体に、人食いの酋長のように刺青をしている」(六)シングルトンは、あろうことか、ブルワー・リットンの一八二八年出版の小説『ペラム』を読んでいる。ロンドン上陸後の場面で文字が書けないことが判明するシングルトンが小説を読んでいたという設定は、あきらかに奇妙である。このことはたんなる作者の不注意に帰すべき問題なのかもしれないが、それにしてもなぜコンラッドは、『ナーシサス号』の第一章に、わざわざ小説を読む船員の姿を描く必要があったのか。ここで注目したいのは、シングルトンは独りで本を読んでいるにもかかわらず、『ペラム』を好んで読む同時代の船員たちの代表として登場するという点である。

〔ブルワー・リットン〕の磨き上げられ、奇妙に不誠実な文章が、地上の暗く曲がりくねった場所に住む大きな子供たちの単純な精神に、どのような思考を目覚めさせるのだろうか。彼らの荒々しく未熟な魂が、リットンの優美な饒舌にいかなる意味を見出すというのか。いかなる興奮、いかなる忘却、いかなる充足感だろうか。謎だ。(六)

小説家の巧みな饒舌によって描き出される、自分たちの生とはまったく無縁な上流階級の世界に魅せられる「大きな子供たち」。彼らの姿は小説の読者というよりはむしろ、ヴァージニア・ウルフの一九二六年のエッセイ「映画」の冒頭に現われる、映画の聴衆――「映画を観ている二〇世紀の野蛮人」(Woolf 三四八)――を彷彿するのではないだろうか。文字を知らない者が読みうる小説とは、ウルフが揶揄する映画化された『アンナ・カレーニナ』のようなものなのではないか。ウルフによれば、小説の映画化とは、文字を単純なイメージに置き換えてしまうこと、「文盲の学童の走り書きにある単音節の単語で小説を説明しようとする」(三五〇)ことである。[7] すなわち、小説を手にする「人食いの酋長」は、古きよき時代の海の男でもなければ、一九世紀の中産階級的な小説の読者でもない。それがもっとも近似する存在は、二〇世紀の映画の聴衆、すなわち大衆なのである。つまり、旧世代の船乗りであるはずのシングルトンは、同時にコンラッド自身が序文で連帯を呼びかける「数多の心の孤独」を抱く者の一人でもある。そのように考えるとき、ナーシサス号という時代遅れの帆船は、古きよき共同体そのものであるというよりはむしろ、共同体を模倣する二〇世紀的大衆社会――アフィリエーションによって再生産されたフィリエーション――と見えてくるのである。

だが、シングルトンにはさらに別の顔もある。時代遅れであろうとなかろうと、ナーシサス号はボンベイとロンドンを結ぶ貨物船であり、植民地支配の中継点、大英帝国の使命の担い手である。ケープ峰を通過するときに訪れた大嵐は、この船が帝国の任務を遂行する上での最大の危機であるが、シングルトンは嵐の中でも独り黙して舵を取り続ける。

他の者から離れ、船の最後尾で、独り舵輪の傍らで、老シングルトンは濡れて光っている外套のいちばん上のボタンの下に、白い顎鬚を手繰り入れた。海の喧騒と混乱に揺られ、老いた眼の前に渦を巻く波の中に傷ついた船の長い姿が前へと進んでいくのをしっかりと見据えながら、彼は身じろぎもせず立っており、皆には忘れられていたが、注意深い顔をしていた。〔……〕彼は慎重に舵を取っていたのだった。(八九)

旧世代の労働倫理に忠実なシングルトンの働きぶりであるが、皮肉なことに、ナーシサス号で最速記録を出したいとひそかな野心を抱き(三二)、船を転覆の危険に晒してまでも帆柱を切らないという選択をする(六〇)アリスタウン船長にとっては、シングルトンの労働意欲は非常に好都合である。勤勉な労働は、植民地とメトロポリス間のもっとも効率よい交易の遂行という、アリスタウンに代表されるイギリスの支配階級の利益にみごとに合致する。このときのシングルトンは、もはや注意散漫な大衆ではない。「慎重に舵を取る」その姿は、大衆から離脱し、支配階級のイデオロギーを自ら進んで受け入れて勤勉に働く労働者、すなわち資本主義の精神の化身となる。彼は他の船員からは遠く離れたところに立っており、「連帯」とは無縁の存在である。

4 「わたしたち」の出現

シングルトンが帝国主義のもっとも有能な使者となるとき、大嵐とともにその任務遂行を妨げようとするのが、ナーシサス号に乗船する唯一の黒人船員、ジェイムズ・ウェイトである。病に抗って――正確に言えば、あえて仮病を使っているふりをすることによって病を否認して——生きようとするウェイトは、「もちろん、彼は死ぬだろう」（四三）と宣告するシングルトンとは敵対関係にあり、「陸地が見えると病人は死ぬ」というシングルトンの予言に対抗して、生き続けることによってナーシサス号の運航を遅らせる。「死ぬときまでは生きなくてはならない」（四四）彼の生そのものが、帝国のプロットを遅延させる抵抗の手段となるのである。シングルトンは、奴隷商人を覚えているほど高齢である（一三〇）と言われている。彼がほんとうに奴隷船に乗船した経験があるとは考えにくい（英領での奴隷貿易は一八〇七年に廃止されている）が、古い帆船に運ばれる瀕死の黒人は、かつて中間航路を運航した奴隷船を想起させても不思議ではない。かいがいしくウェイトの介護をする船員仲間のベルファーストは、「理想的な奴隷所有者」（一四〇）に喩えられてもいる。カリブ出身の黒人であるウェイトの抵抗には、歴史的な意味づけが十分に可能である。

しかしウェイトには、プロットに逆らって小説の時間を長引かせる——そのことによってこの小説を、ひそかに帝国主義への抵抗の物語として成立させる——以外にも、重要な機能がある。彼の存在はしばしば、テクストの中に「わたしたち」という一人称複数形の主語を出現させるのである。『ナーシサス号』の人称代名詞の非一貫性は、かねてから指摘されてきた。(8) 三人称の語りで始まるテクスト中に、唐突に一人称複数形の主語が現われ、さらに最終段落には一人称単数形の語り手が登場する。だが、小説中のすべてのできごとを直接見聞できる人物は論理的に存在しない（船室でのウェイトの独白や、ウェイトとドンキンの会話を聞くことのできる第三者はいない）。このこともまた、コンラッドの不注意として片付けられないこともないが、語りと視点の一致および一貫性という近代小説のリアリズムを棄却し、カメラの位置を変えるように自由に視点を移動させる映像的な手法の先取りと捉えることも可能だろう。ウェイトは小説の中に最初に「わたしたち」という視点が導入されるきっかけであるが、「私はもうすぐ死ぬ」という彼の宣言に反応した船員たちを指す代名詞は、同じ段落の中で徐々に「彼ら」から「わたしたち」へと移行している。(9)

〔ウェイトの言葉は〕まさに彼らが聞くことを予想し、かつ聞きたくなかった言葉だった。一日に何度も、まるで自慢するかのように、脅すかのように、この忌々しい黒ん坊によって突きつけられる、死神がつきまとっているという考え。〔……〕彼は死神について、あたかもこの世の誰もそんな友達と親しくしたことがないかのようにいばりくさった。愛情たっぷりな執拗さで、死神をわたしたちの前にひっきりなしにみせびらかしたので、その存在は疑いの余地のないものとなったが、同時に信じられないものにもなった。〔……〕わたしたちは憐憫と不信感とのあいだで躊躇していた。そのあいだにも、ほんのわずかのきっかけがあれば、彼はわたしたちの目の前で、煩わしく忌まわしい骸骨を振り回したのだった。(三六)(傍点筆者)

船員たちはウェイトが仕事をさぼるために仮病を使っているのではないかと常に疑いつつも、「憐憫(pity)」の感情に突き動かされ、あれこれと彼の世話を焼いている。このように、「わたしたち」はしばしば、ウェイトによって喚起される不可解な感情に駆り立てられる主体として出現する。嵐の中、船室に閉じ込められたウェイトを救出するのは、言うまでもなくこの「わたしたち」である。ウェイトを船室から引っ張り出し、傾いた船上を運んでいく主語は一貫して「わたしたち」であり、ウェイトに対する不可解な愛憎感情を代弁する存在である。「わたしたちはかつてないほど——この地上の何よりも——彼を憎んでいたけれども、彼を失いたくはなかった」(七二)。筆者は無論、たとえば白人の船員たちによるウェイトの救出作業を「人種を超えた連帯の可能性」などと無条件に肯定したいわけではない。ウェイトの救出場面にはあきらかに帝国主義の偽善が書き込まれており、ウェイトに対する船員たちのアンビヴァレントな感情を帝国主義的パラノイアの表象と読むのは妥当な解釈である。ナースサス号が奴隷船の歴史の亡霊を払拭することはない。

『一九世紀のコンラッド』でワットは、ウェイトが船員たちのあいだに呼び起こす「憐憫」の感情は「普遍的」ではあるが、反逆の衝動の原動力ともなるため、コンラッドが理想とする普遍的な人間の連帯にとっては脅威となる可能性があると指摘する(一〇九)。確かに嵐の後、不満を抱えた「わたしたち」はドンキンのプロパガンダに耳を貸す。「わたしたちは高級船員たちを非難した——やつらは〔嵐の最中に〕何もしなかったじゃないか——そして魅力的なドンキンに聞き入った」(一〇〇)。しかし興味深いことに、ドンキンが船長に鉄製の策止め栓を投げつける暴動の場面の前後では「わたしたち」は姿を消し、物語は一貫して三人称体で語られている。このとき「わたしたち」は、「彼ら」あるいは「群衆(the crowd)」(一三五、一三六)になる。「わたしたち」と「彼ら」の差異は、ウェイトに憐憫の情を抱く主体と暴動に加担する主体とのあいだのずれ(後者に一人称の語り手は含まれない)を示すため、ワットの議論に対する反証にもなるが、同時に、「わたしたち」がドンキンが煽動するような運動(近代的な労働運動)の担い手とは異なるタイプの人間の集団であることを示唆している。

それでは、「わたしたち」とはどのような集団なのか。ワットも指摘するように(一一五)、不条理な感情に突き動かされる船員たちは、『群集心理』(一八九五)でギュスターヴ・ル・ボンが定義した無意識的で非文明的な「群衆」のイメージ——「昂奮しやすく、衝動的で動揺しやすい性質」(四二)——に近い(10)。だが、群衆とはあくまでドンキンを支持する人びとの名称であって、語り手を含む「わたしたち」が群衆と名指されることはない。おそらく「わたしたち」は、作品の中で、「彼ら」に比べてより肯定的な価値を担わされている。小説の最後に初めて登場する一人称単数の語り手は、去り行く「わたしたち」に向かってこう告げる。「わたしたちは、ともに不滅の海の上で、自分たちの罪深い生の意味をひねり出そうとしてきたではないか。さらば、兄弟よ。君たちはよい船員だった」（一七三）。この台詞は、「わたし」が「わたしたち」からの分離を宣言するものではあるが、同時にこの二人称で呼びかけられる「よい船員」は、序文で連帯を呼びかけられる「あなたがた」、すなわちコンラッドがその可能性に賭けようとする人間の集団へと連続していくようにも読める。

「複製技術時代の芸術作品」のベンヤミンの言葉遣いを真似れば、『ナーシサス号』の「わたしたち」は、資本主義体制下ではファシズムに煽動されかねない危険な群衆にもなりうる存在だが、同時に真の意味で「革命的な大衆」となることを期待される人びとでもある。その意味でこの「わたしたち」は、カール・マルクスが『ルイ・ボナパルトのブリュメール一八日』（一八五二）で分析したフランスの農民大衆に似ている。マルクスによれば、二月革命の失敗の一因は、フランスの人口の大多数を占める小規模自作農たちが、普通選挙においてルイ・ナポレオンを支持したことにあった。貧しい大衆が自己の利益をまったく代表しない人物を熱狂的に支持してしまうのはなぜか。二〇世紀のファシズムをすでに予兆していたかのような問いに、マルクスは次のように答えようとする。農民は生活様式や経済的利害が共通しているという点においては一つの階級であるが、地域的な関係以外には互いにつながりがなく、利害が一致する集団として政治的に組織化もされてはいないという意味においては、いまだ階級を形成してはいない。「彼らは自分で自分の代表を出せないので、代表してもらわなくてはならない」（マルクス　二二四）。それゆえ農民の階級意識は、別の者たちの利害のために働く代表者であるはずのルイ・ナポレオンに、担い手を見出すほかなかったのである。

マルクス自身は、ルイ・ナポレオンを支持した農民たちはいまだ「過去」に属する愚かな偏見に捉われていたのであり、真の革命に到達するにはまず、農民たちを啓発して過去の偏見を振り捨てることが必要だと考えていた。しかし、「歴史の概念について」で『ブリュメール一八日』の歴史観を受け継いだベンヤミンは、革命が過去を模倣することにマルクスより積極的な意味を見出している。ベンヤミンによれば、歴史の構成の場をなすのは「均質で空虚な時間」ではなく「現在時(Jeztzeit)によって満たされた時間」である。フランス革命においてロベスピエールが模倣しようとした古代ローマとは、そうした「いま」の充満した過去だった(ベンヤミン 六五九)。つまり、二〇世紀的な大衆の可能性を小説という一九世紀的な形式で表象しようとしたコンラッドは、その矛盾に満ちた大衆像によって未来を胚胎する過去としての現在を描いたという点において、まさにベンヤミン的な意味におけるアクチュアルな作家だったのである。

5 おわりに——「わたしたち」の時代

本論文の企図の一つは、一九〇〇年、一九八〇年、そして現代とのあいだに断絶よりは連続性を見出すことだった。しかし、それぞれの時代のあいだには、必然的に差異も存在する。二〇世紀前半の大衆文化を象徴するメディアが映画であったとすれば、二〇世紀後半はテレビの時代だった。テレビによって人びとは、映画館という閉じた空間を共有することなく、同じ時間に同じ視覚情報を体感することができるようになった。メディアの変容は、その受容者としての大衆のあり方の変容につながる。

大衆文化を嫌う孤高のエリートとみなされることもあるサイードだが、実際には彼はテレビやラジオといったマス・メディアを駆使して、学問の世界の外部の聴衆に積極的に語りかけようとした知識人でもある。「知識人とは公衆（public）に向かって、そして同時に公衆のために、メッセージ、見解、態度、哲学ないし意見を表象し、体現し、明言する能力を備えた個人である」（一一）というサイードの言葉はBBCのリース・レクチャーで発せられたものであり、文字通り、ラジオの電波に乗って、大学のキャンパスの外の世界に向かって発せられた言葉だった。しかし、二〇〇三年に亡くなった知識人は、ツイッターやYouTubeといった新たなメディアが大衆の直接行動の原動力となり、革命をも引き起こす時代を経験することはなかった。サイードが自ら語りかける対象として想定した「公衆」は、わたしたちがイメージする大衆像よりもずっと——そしておそらく、コンラッドやベンヤミンが描いた両義的な大衆以上に——近代市民社会の理念を引きずっていたようにも思える。サイード型の知識人がもっとも確実に「権力に対して真実を語ろうとする言葉の担い手」（*Representations* xvi）たりうるのは、逆説的にも、啓蒙化された理性的な市民からなる公共空間、代議制民主主義が健全に機能する近代社会の理念型においてであろう。「アフィリエーション化された社会がふたたびフィリエーションを模倣し再生産する」と主張するサイードが「世俗批評家」に期待していたのは、フィリエーションとアフィリエーションの違いを認識しつつ、前近代的なフィリエーションが再生産される過程を批判的に検証するという仕事だった（*World* 二四）。そうした意味でサイードは、むしろ自覚的な「遅れてきた近代主義者」という側面を持っていた。

批評家の言葉も仮想空間上の無数の「つぶやき」として拡散していく現代のメディア環境にあっては、サイードが理想としたような知識人はもはや大衆の代表でもなければ、求心力でもない。知識人、批評家、そして芸術家がすべて大衆に吸収されてしまったかのように見える現代にこそ、コンラッド的な「数多の心の孤独をひとつに縫い合わせる連帯」、あるいはベンヤミンのいう「革命的な大衆」の実現可能性を見出すべきなのかどうか、筆者にはいまだ判断がつきかねている。

□注

（1）本文中の『ナーシサス号の黒ん坊』からの引用は、とくに明記していない場合はすべてデント全集版（The Dent Collected Edition）からの引用である。

（2）グリフィスの映画と演劇についての発言についてはGrau 八四―八七参照。『映画とモダニズム』（二〇〇七）でデイヴィッド・トロッターは、グリフィスは小説が世界を再構成するシステム全般を学ぼうとしたと論じている（Trotter 五一）。アダプテーションを含めた映画と文学の関係についてはCorrigan 参照。

（3）コンラッドは自身の小説の映画化を手がけた最初の作家の一人であり、「ギャスパー・ルイス」をベースにしたサイレント映画の脚本を書いている。詳細についてはMoore 三一―四七参照。

（4）『ニュー・レヴュー』誌では連載最終回に簡略版が「あとがき」として掲載された。完全版は、一九〇二年に単独で小冊子として小部数出版されている。「序文」の出版経緯の詳細についてはSmith 参照。

（5）ウェルズの脚本はフィオナ・バナーによって映画化され、二〇一二年三月三一日にロンドンのサウスバンク・センターで上映されている。

（6）ベンヤミンの著作については、マイケル・W・ジェニングズらの編集による英訳版を参照しつつ、本文中の引用は久保哲司による日本語訳から行った。

(7) だが、ウルフは映画をたんなる低俗な娯楽とみなしたわけではなく、映像のもたらす視覚的イメージの世界が芸術の新しい形式を生み出す可能性を示唆している。

(8) 人称に関するより詳細な議論については Henricksen および Nakai 三四－四三参照。

(9) 引用部分の第二文にある「この忌々しい黒ん坊 (this obnoxious nigger)」のような主観的な表現は、すでに一人称性を帯びていると考えることもできる。

(10) コンラッドにおける群衆表象に関する詳細な議論については、吉田を参照。

□引用文献

Benjamin, Walter. *The Work of Art in the Age of Its Technological Reproducibility and Other Writings on Media.* Ed. Michael W. Jennings et al. Trans. Edmund Jephcott et al. Cambridge Massachusetts: Harvard UP, 2008.

Conrad, Joseph. "The Nigger of the Narcissus: A Tale of the Forecastle." *The New Review.* No.99-103 (Aug –Dec 1897) 125-150, 241-264, 361-381, 486-510, 605-631.

_____. *The Nigger of the "Narcissus": A Tale of the Forecastle.* London: William Heinemann, 1897.

_____. *The Children of the Sea: A Tale of the Forecastle.* New York: Dodd, Mead and Company, 1897.

_____. *The Nigger of the "Narcissus": Typhoon, Amy Forster, Falk, To-Morrow.* London: J. M. Dent, 1950.

_____. *Youth, Heart of Darkness, The End of the Tether.* London: J. M. Dent, 1947.

Carrigan, Timothy, ed. *Film and Literature: An Introduction and Reader.* 2nd Edition. London: Routledge, 2012.

Clifford, James. "On Ethnographic Self-Fashioning: Conrad and Malinowski." Heller Thomas C. et al eds.

Reconstructing Individualism: Autonomy, Individuality, and the Self in Western Thought. Stanford: Stanford UP, 1986.

Gaudreault, André. *Film and Attraction: From Kinematography to Cinema*. Trans. Timothy Barnard. Urbana: U of Illinois Press, 2011.

Grau, Robert. *The Theatre of Science: A Volume of Progress and Achievement in the Motion Picture Industry*. New York: Benjamin Blom, 1914.

Henricksen, Bruce. *Nomadic Voices: Conrad and the Subject of Narrative*. Urbana: U of Illinois P, 1992.

Jacobs, Lewis. *The Rise of the American Film: A Critical History*. New York: Harcourt, Brace and Company, 1939.

Jameson, Fredric. *The Political Unconscious: Narrative as a Socially Symbolic Act*. Ithaca: Cornell UP, 1981.

Le Bon, Gustave. *The Crowd: A Study of the Popular Mind*. Trans. Radford: Wilder Publications, 2008.

Moore, Gene M. "Conrad's 'Film Play' Gaspar the Strong Man." Ed. Moore. *Conrad on Film*. Cambridge: Cambridge UP, 1997.

Nakai, Asako. *The English Book and Its Marginalia: Colonial/Postcolonial Literatures after Heart of Darkness*. Amsterdam: Rodopi, 2000.

Nieland, Justus. *Feeling Modern: The Eccentricities of Public Life*. Urbana: U of Illinois P, 2008.

Said, Edward W. *The World, the Text, and the Critic*. Cambridge, Massachusetts: Harvard University Press, 1983.

_____. *Culture and Imperialism*. London: Chatto and Windus, 1993.

_____. *Representations of the Intellectual: The 1993 Reith Lectures*. New York: Vintage, 1996.

Smith, David R., ed. *Conrad's Manifesto, Preface to a Career: The History of the Preface to* The Nigger of the "Narcissus" *with Facsimiles of the Manuscripts Edited with an Essay with David R. Smith*. Philadelphia: Rosenbach Foundation, 1966.

Tönnies, Ferdiand. *Community and Society*. Trans. Charles P. Loomis. Mineola: Dover Publications, 2002.

Trotter, David. *Cinema and Modernism*. Oxford: Blackwell, 2007.

Watt, Ian. *Conrad in the Nineteenth Century*. Berkeley: U of California P, 1979.

Welles, Orson. Bogdanovich, Peter. *This Is Orson Welles*. Ed. Rosenbaum, Jonathan. London: Harper Collins, 1993.

Woolf, Virginia. "The Cinema." *The Essays of Virginia Woolf*, Vol. 4. Ed. Andrew McNeillie. Orlando: Harcourt, 1994, 348-54.

ベンヤミン、ヴァルター『ベンヤミン・コレクション1』浅井健二郎編訳、久保哲司訳、筑摩書房、一九九五年。

マルクス、カール『マルクス・コレクションⅢ』横張誠／木前利秋／今村仁司訳、筑摩書房、二〇〇五年。

吉田裕「痕跡と抵抗――ジョウゼフ・コンラッド『ノストローモ』における群衆」、秦邦生他編『〈終わり〉への遡行――ポストコロニアリズムの歴史と使命』英宝社、二〇一二年、七二―九六頁。

18

ジョージ・ムアの『一青年の告白』における時代の文脈

George Moore

結城英雄

『一青年の告白』（一八八八）は、ジョージ・ムア（一八五二―一九三三）の自伝的小説である。主人公の名前もジョージ・ムア。[1]前半部では少年期が素描された後、六年余りのパリでの画家志望の青年としてのボヘミアン的な日常、夢の挫折、作家へ転向するための模索などが記されている。後半部ではロンドンに戻ってからの、実際にイギリス人作家として歩む、数年の奮闘が描かれている。この作品はムアの文学的マニフェストとしても読めるし、同時に一九世紀末のフランスやイギリスの文学的動向を刻印した資料としても貴重である。その一方で、ムアの芸術家としての成長の告白の背後に、時代に流されざるをえなかった青年の自己弁護も揺曳している。作者として語りえぬ問題もあったのだろう。本稿では作品の時代の文脈を読み取りながら、物語に伏在しているアイルランド人としてのムアの自己劇化を探りたい。

1　四つの「天の声」

自らの罪を詳らかにして神の赦しを仰いだのがアウグスティヌスの『告白』（三九八）であるとするなら、ムアの『一青年の告白』は、『悪の華』（一八五七）のボードレールに倣い、「偽善的な読者」に向けて芸術を志す青年の心の内を告白し、その営為を正当化するものである。アウグスティヌスの謙虚な告白とはまったく異なり、ムアの意図はあくまで作家としての自己喧伝にある。『一青年の告白』は、自己の内面の心象風景を描いたルソーの『告白』（一七六六）、地下室にこもって社会の規範を弾劾したドストエフスキーの『地下生活者の手記』（一八六四）、デカダンスな生活を綴ったユイスマンスの『さかしま』（一八八四）などと比べても、その孤高な個人主義においていささかも異なるものではない。ムアが語る「告白」は、大衆とは異なる価値観に拠って立つ、芸術家としての辛辣な自意識と社会批判である。

ムアの告白は「天の声」（echo-augury）という霊感にも似た啓示にしたがったもので、『一青年の告白』にはその変転の契機が四回ほど記されている。ムアはこの作品の冒頭部で、その後の展開を示唆するかのように、「私の持っているものは、私が獲得したもの、より正確に言えば、機会が私に授けてくれたもの、そして今も授けつつあるものである」（四九）と語っている。白紙のような心でこの世に生を受けたものとして、彼の魂にはいかなる偏見もなく、あらゆるものを受け入れる用意があるということだ。ムアのそうした柔軟な性質に大きく関わるのが「天の声」であり、その啓示が彼の人生の指針となっている。

第一回目の「天の声」は十一歳のころの啓示であった。アイルランドの田舎道を馬車で家へ帰る折のこと、当時の人気作家メアリー・エリザベス・ブラッドンの『オードリー夫人の秘密』（一八六二）についての両親の話に耳を傾けていた。そして『オードリー夫人の秘密』のみならず『医者の妻』(一八六四)にも強い関心を抱く。こうして魔法にでもかけられたかのように、ブラッドンが愛好していたロマン派詩人、シェリーを耽読するようになった。ブラッドンを経由して、シェリーを読め、というのが「天の声」であったのだ。数年後、ムアはシェリーからの影響によって無神論を募らせ、放校されることにもなった。

第二回目の「天の声」は、少年時代の終わりに近い十六歳ぐらいのころ、いずれ画家を志そうとしていた時分のロンドンでのことである。「画家になることを望むのであれば、フランスに行かなければならない──フランスこそ芸術の学校である」(五二)との啓示を受けたのだ。十八歳のころ地主でもあった父親が亡くなるが、悲しさや寂しさよりも、むしろ解放感を抱く。父親の死は小作人との争議にまつわる絶望によるものであったにもかかわらず、パリへの憧れが悲しみをはるかに圧倒していた。(2) すでにこのころから、アイルランドとのムアの決別は始まっていたらしい。パリへの到着はその数年後、成人式を迎えた二十一歳の一八七三年三月下旬。すぐに美術学校への入学手続きをとり、画家としての修業を開始するが、しばらくは実りのない無為の毎日を送ることになる。

第三回目の「天の声」を聴くのは、パリでの生活を始めてから三年以上の歳月が経過し、画家としての道を断念し、作家に転じようとしていたころのことである。何気なく雑誌『ヴォルテール』を読んでいたところ、ゾラの「自然主義」についての論考が目に入り衝撃を受ける。「新しい芸術」(九四)という言葉はとりわけ印象深かったらしい。そしてゾラの新しい文学論を前にして、ムアはこのとき、「想像に立脚する古い世界の芸術に対して、科学に立脚する新しい芸術論、すなわち、あらゆることを解明し、現代の生活を全面的にかつ無限に細分化して包み込む、いわば新しい文明の新しい信仰である芸術論は、私を驚異の念で一杯にし、私はその広大無辺な観念と聳立する野心の前に、唖然とするのだった」（九五）、と賛美している。

第四回目の「天の声」はパリからロンドンに戻り、ペイターの『享楽主義者マリウス』（一八八五）を読んでいたときのことである。その作品に流れる、美しい春の微風のような感覚を味わい、陶然とし、英語への認識を新たにする。ムアはこのとき、「英語（英語の散文）は私にとって、英国の読者の大部分に対してのフランス語が持つに違いない、そんな言葉であった。私は意味だけを読んでいたのだ」（一六六）と語っている。これまでのムアにとって、英語は粗野で平凡な言葉にすぎなかったのだ。その意識を変え英語の美的感覚を開示してくれたのが、まさしく『享楽主義者マリウス』であった。

『一青年の告白』の基礎をなしている四つの「天の声」は、作品を構成するプロットとするには曖昧で、ワーグナーのモチーフにむしろ近い。いずれの「天の声」もムアが受けた時々の影響のうち、衝撃の強いものが記されている。その一方で、時の流れにつれ、その衝撃が軽視される「天の声」もある。それは第三回目の自然主義に関する「天の声」である。この啓示を受けたとき、ムアはそれがシェリーとフランスに次ぐ第三回目の啓示であると確認している。が、ペイターの作品に「天の声」を聴いた第四回目の啓示に際しては、シェリーの名前を挙げつつも、フランスや自然主義にまつわる啓示が曖昧にされている。ムアに影響を与えた何人かのフランス人作家の一人として、ゾラの名前が記録されているにすぎないのだ。

したがって、ムアの四つの「天の声」相互の間に、緊密な連関は見つけられない。そもそも「天の声」そのものに瑣末な混乱もある。シェリーへの傾倒から無神論への道は短絡的すぎる。またフランスへの旅立ちの啓示を受けながら、パリへ出発するまでの数年間、ムアはフランス語の勉強に力を入れることもない。ゾラの自然主義の啓示にしても、その影響は判然としない。ゾラの自然主義を賛美した直後、「私のゾラに対する批難は、彼が自分自身のスタイルを持っていないということだ」(一一〇)と前言を覆してもいる。同じくペイターからの影響にしても、あくまで印象に留まっていて、その後のムアの耽美主義への転向の啓示としては曖昧である。啓示を受けた時代の文脈を記しながらも、それぞれの「天の声」から、ムアがその後の自己定立に資する示唆を受けたとは思えない。

そうした問題をめぐり、『一青年の告白』で着想されている作品、『現代の恋人』(一八八三)を取りあげてもいい。六年余りにおよぶパリでのボヘミアンの生活に終止符を打った後、一八八一年ごろ、ムアはロンドンを拠点として、処女作『現代の恋人』に着手する。次作『役者の妻』(一八八五)と同じく、『現代の恋人』も自然主義的な傾向の強い作品であり、第三回目の「天の声」に基づくゾラ賛美の継承として首肯できるだろう。ゾラとの交流は一八七九年のマネの紹介を契機として、一八八一年にはパリ郊外のゾラの家を訪問するなど、親密さを深めていた。『一青年の告白』でムアが書こうとしているはずの小説は、「三十歳という弔鐘」(一八〇)を耳にしたころのことで、『現代の恋人』に間違いない。(3)

その一方、第四回目の「天の声」はペイターの『享楽主義者マリウス』を耽読したときのことである。ペイターの作品の出版は一八八五年のことであり、『現代の恋人』の出版より後になる。『一青年の告白』の出版が一八八八年であることを考慮するなら、そこにペイターの『享楽主義者マリウス』への言及が含まれる可能性は十分にある。だが『現代の恋人』に着手していながら、それより後のペイターの作品に啓示を受ける意味が判然としない。『享楽主義者マリウス』から受けた啓示は、時代錯誤であるとして、一蹴することはできない。何らかの繋がりがあるはずだ。

同じことはユイスマンスの小説『さかしま』(一八八四)へのムアの賛美についてもあてはまる。ムアはゾラに惹かれながらも、早くも距離を取り始めていたのかもしれない。ユイスマンスへの賛美はゾラからの離反を前提にしているからだ。ユイスマンスもゾラを師と仰ぎながら、『さかしま』によって唯美主義への道を歩み始めたとされる。ムアはそんなことを意にかけず、「驚くべき書物、美しい嵌込細工」（一六九）と驚嘆し、「ユイスマンスはビザンチン様式の建物の黄金の飾りのように、私の魂に浸み込んでくる。彼のスタイルにはアーチに対する強い魅力、儀式の感覚、壁画への、窓への情熱がある」（一六九）と称賛している。『さかしま』が出版された一八八四年にはヴェルレーヌのマラルメ論、『呪われた詩人たち』も登場し、象徴主義の運動が認められるようになる。ワイルドの『ドリアン・グレイの肖像』（一八九一）においても、主人公ドリアンがヘンリー・ウォットン卿から与えられる本は『さかしま』である。

おそらく『享楽主義者マリウス』や『さかしま』への賛美は、ムアの文学的な方向を示唆する布石であったのだろう。そのような背景を念頭に入れるなら、『現代の恋人』は耽美主義に転向するための前哨戦のような作品とも思われる。[(4)] ともあれもう少し詳細に時代の文脈を読むことにしたい。

2　フランス文学の影響

イギリス文学における大陸からの影響というとき、当時、そのほとんどがフランスと関わるものであった。大陸の文学とはフランス文学であり、フランス文学とはフランス小説であり、そしてフランス小説とは不道徳の代名詞ということになっていた。ヴィクトル・ユゴーの『ノートルダム・ド・パリ』（一八三一）や『レ・ミゼラブル』（一八六二）、アレクサンドル・デュマの『三銃士』（一八四四）や『モンテ・クリスト伯』（一八四六）などは、ウォルター・スコットの作品と同じように親しまれていたが、にもかかわらず新しい文学に対するイギリスの抵抗は強かった。とりわけ一八七〇年代のフランス文学は、イギリス人が受容できるものではなかった。(5)

ムアがパリで受けた文学思想もまさしく一八七〇年代のものであった。ムアのパリでの当初の生活は芸術と放蕩の日々であったが、一八八〇年にパリを去る前の三年余り、作家としての道を歩むための刺激的な学習期間を過ごすことになる。ムアはパリでのそうした収穫の源泉をモンマルトルのカフェー、ヌーヴェル・アテンに帰している。オクスフォードやケムブリッジで学ぶことはなかったが、ヌーヴェル・アテンはそれ以上の学校であったというのがムアの言い分である。

ヌーヴェル・アテンとは何か？　私の生涯のことについて少しでも知りたいと思う人は、この美術学校のことをいくらか知ってもらわねばならない。それは読者諸氏が新聞で読むようなお役所的な愚鈍の組織ではなく、フランスの真のアカデミーとしてのカフェーである。ヌーヴェル・アテンはピガール広場にあるカフェーだ〔……〕ヌーヴェル・アテンの影響は一九世紀の芸術思潮の中に牢固として存在している。（一〇二）

ヌーヴェル・アテンでは口角泡を飛ばしての議論が行われていたようだ。芸術家としての立場から大衆を見下し、「民主的な芸術だって！　芸術はまさに民主主義に対立ものですよ〔……〕大衆は単純で、おろかな情緒、子供じみた綺麗ごと、そして何にもまして因習的なものしか理解できないのだ」（一一二）という宣言もあった。その一方で、「今や世界は機械主義のために瀕死の状態にある。それは文明をおし流し破壊する疫病だ」（一一三）といった議論もあった。さらにまた「ゴンクールは、見せかけやかけ声の一切にもかかわらず、芸術家ではない」（一一三）といった、本人が不在の折の批判も少なくなかった。

ムアはこのヌーヴェル・アテンでマネ、ドガ、ピサロ、あるいはモネやルノワールといった画家たちとも親しくなった。とりわけドガやモネとは親密で、肖像画を何枚か描いてもらっている。そしてヌーヴェル・アテンでの交流で、当時の文学者たちのことも知る。高踏派詩人のルコント・ド・リールやカチュール・マンデス、象徴派詩人のマラルメ、自然主義の小説家のゾラ、ゴンクール、ユイスマンスなど、新しい運動を推進していた文学者もこのカフェーの常連であった。ヴィリエ・ド・リラダンが入って来るかと思うと、マネが続き、さらにエドモン・デュランティのような知名度の低い作家も立ち寄り交流していた。

ちなみに、象徴派詩人のマラルメもやはり常連の一人で、ムアはすでに「毎火曜日の集会」に招かれもした。ムアはその光景を想起して、「数人の友人たちが炉のまわりに腰をおろす。テーブルの上にはランプがある。彼ほど実のある会話をする人に会ったことがない」（八五）と褒めそやしている。ムアは『牧神の午後』（一八七六）にも大いに感動したらしい。マラルメを経由してヴェルレーヌにも惹かれていた。マラルメとの交流は一八八〇年代におけるムアの文学に豊かな影響を与えている。

さらに、ムアが繰り返し語っているのが、いまだに異彩を放っていたバルザックの魅力である。バルザックの人間をめぐる観察はパスカルをはるかにしのぐ――これはムアのまぎれもない持論である。イギリス文学にはシェイクスピアがいる。しかしムアは「その偉大な劇を読んでもいささかも利益を得られなかったし、ほとんど興味を感じられなかった」（九九）とまで語っている。ムアのバルザック賛美に偽りはない。ムアにとってバルザックの心理描写は、まさしくその後の創作の規範となるものだった。

このようにパリはムアに大きな影響を及ぼした。その影響を大きな糧として、ムアはロンドンへ作家として移り住む。彼によると、「緊急の折に使用するため、自然主義を首に巻き、ロマン主義を心臓の上にピンで留め、象徴主義をヴェストのポケットに玩具の拳銃のように携えていた」（一四九）という。いずれもイギリスの文学的制度を挑発するための武器に思われるが、そのうちのいずれがムアの武器なのか明らかではない。おそらくいずれの流派もムアの装飾品に過ぎなかったのかもしれない。

ムアは「天の声」をめぐり、四回という頻度のみならず、シェリー、フランス、自然主義、そしてペイターの『享楽主義者マリウス』を具体例として挙げている。そのうちでパリでの啓示はゾラの自然主義のみであるが、その他の「声」もあったはずである。ムアは四回の啓示を忘れたかのように、これまでの文学的影響を以下のように告白している。すでにパリにおいても、「シェリー、ゴーティエ、フローベール、ゴンクール——私は何とこれらの人たちを愛したことだろう」（九九）と述べており、告白そのものにはいささかの衒いはないだろう。

シェリーは魂が光と恵みの歌を唄う、想像しえぬ大空の世界を私に啓示してくれた。ゴーティエは、目に見える世界がいかに優れて美しいものか、肉の情熱がいかに神聖であるかを私に示してくれた。そして私はバルザックとともに、魂の下層の世界に層一層と下ってその苦難を見てきた。それからこれら以外の小さな声もいくらかあった。ゾラは飾り物で私を魅了し、理論で私を酩酊させた。フローベールはその仕事の微妙かつ繊細なところで私を驚かした。ゴンクールの光彩陸離たる形容詞はしばしば私をとら

えた。（一六五）

ムアはその他にも詳細に文学者の名前を挙げている。そのうちいずれがムアに影響したかの決定は難しい。ムアの交流範囲もきわめて広い。終生の友人であった象徴派詩人でありワーグナーの信奉者、エドゥワール・デュジャルダンの名前はない。逆に名前が挙げられているものの、ムアとの距離を測定し難い人物も多い。『一青年の告白』の主人公の名前が、初版でエドウィン・デインという架空の人物であったことを考えるなら、事実と虚構が混在しているとしても不思議ではない。

3　イギリスでの創作

ムアのロンドンでの居住地はストランド街のセシル通り。清貧を心がけすぐさま創作を開始する。時は一八八一年ごろのことで、ゾラの文学が翻訳されようとしていた。あるいはムアがゾラの翻訳を進言したのかもしれない。ムアがパリで受けた文学的な影響もイギリスの社会では容認されるものではなかったが、ともあれそうした時代の潮流に逆らっていたのが出版業者のヘンリー・ヴィゼテリーであり、果敢にも一八八四年から、ゾラの『居酒屋』（一八七六）や『ナナ』（一八七九）の翻訳の出版を企画していた。ヴィゼテリーのゾラの作品の出版は一部の読者には人気を博したものの、やはり不道徳であるとして社会の批判を浴び、彼は一八八八年に有罪判決を受けた。

当時、本の値段は高く、大手のミューディー社やスミス社による巡回図書館という制度の下、年会費一ギニーを支払う読者に、希望する本が貸し出されていた。これらの業者は検閲の役割も果たし、社会にとって有益と思われる図書のみをリスト化し、配本していた。そのリストに自分の本が入れられるなら、作家としての成功が保証された。逆に不道徳の烙印を押されでもすれば、社会から締め出され、作家としてのその後が危ぶまれた。ヴィゼテリーの企画がいかに大胆であったか推し測られよう。

そのような状況下、ムアは時代の反逆児でもあるかのように、ゾラに倣って『現代の恋人』と『役者の妻』を著すが、いずれの作品も不道徳とされた。時代の文脈に照らしても当然であった。『現代の恋人』は青年画家にまつわる物語で、三人の女が崇拝のあまり、宗教を捨てたり、ヌードのモデルになったりしている。ヌードになるという記述に対して、読者からの異議申し立ての投書があり、貸本業界の禁書になった。『役者の妻』は夫との愛のない生活から逃げようと、旅芸人の座頭と駆け落ちしたが、精神的な葛藤を克服できず、悲惨な結末を迎える女の物語である。イギリス版の『ボヴァリー夫人』（一八五七）といったところで、やはり禁書の処分を受けた。ムアがそうした事態に敢然と立ち向かったことは言うまでもない。ムアに友好的な人物が経営する新聞『ペル・メル・ガゼット』の紙面を借り、作家の立場から攻撃を開始し大きな反響を受けた(6)。

そのような経験からムアは文学の方向を転換しようとしたのかもしれない。続く『モスリンのドラマ』（一八八六）と『単なる事故』（一八八七）もやはり禁書になったが、しかし自然主義的な手法を用いながらも、心理描写の巧みな作品である。前者では学校を出て間もなく結婚市場にさらされる娘、アリス・バートンの孤独な心理が巧みに描かれている。後者も主人公ジョン・ノートンの禁欲的な意識を中心に、放浪者によって偶然レイプされた挙句に自殺するノートンの婚約者、キティの心の内をもたどっている。『一青年の告白』がこれら二作の後に書かれたことを想起するなら、ペイターの『享楽主義者マリウス』を第四回目の啓示とするのも無理はない。

　その一方、『一青年の告白』でムアが着手しているのは『現代の恋人』である。初版はティンスレー兄弟による刊行であり、フランス帰りという触れこみが功を奏したとも思われる。ティンスレー兄弟はムアの第一の「天の声」となるセンセーション小説、『オードリー夫人の秘密』を出版した経緯もある。そのため同じくセンセーションを呼ぶような表題を冠したムアの作品、『現代の恋人』は好都合であったかもしれない[7]。それに加え、次作『役者の妻』は前作以上にゾラの自然主義に倣った作品であり、出版業者もゾラの作品を広めようとするヴィゼテリーであったし、創作についても助言を受けもした。ゾラの自然主義の申し子としてのムアの登場はかなり自明と思われる。

　にもかかわらず、ムアと自然主義との関連は曖昧である。ゾラという名前は反体制志向のムアによるラベルの一つに過ぎなかったとの疑念も抱かざるをえない。すでに述べたように、イギリスの文学界で承認されるため、ムアはロマン主義、自然主義、象徴主義という武器を携えていた。状況次第でいずれの手法も使用可能であったし、いずれも衣服のようなものであった。パリでもっと多様な文学に接していたことからすれば、武器が三つというのは少なすぎる。

　そもそも自然主義も時代の一つの潮流にすぎない。バルザックやフローベールから流れた様式がゴンクール兄弟やゾラを誕生させ、ゾラの自然主義はユイスマンスによりさらに耽美主義として開花させられる。このような父殺しにも等しい文学の流れに鑑みてか、ムアは『一青年の告白』のその後の改稿において、第一章の後半部を修正している。すなわち、父が亡くなり、遺産が自由になることを感知した場面で、解放感を強調するため、「嬉しい！」（一九五）という冒涜的な言葉を挿入したのである。これは息子が自由を獲得するために行う、一種の父殺しである。[8] ムアのゾラ殺しにも等しい。ムアは父をすばらしい人物であると尊敬していただけでなく、その死が自殺であることも知っていたが、[9] 改稿はその事実を隠蔽し、肉親の父の死を精神的な父全般からの解放の予知としたかったのだろう。

ひるがえって、ムアの『一青年の告白』の創作はゾラとの交流が深まったころのことで、作品に見られるいくつかの記述にゾラが不快感をもよおしたことは事実である。そんなゾラの反応を察知したムアは、言い訳を試み、該当する箇所の削除を施している。言い訳の一つは、すでに引用した「私のゾラに対する批難は、彼が自分自身のスタイルを持っていないということだ」という記述で、これはヌーヴェル・アテンで耳にした発言であって、自分の意見ではないとしている。それにしても奇妙な返答である。ゾラや自然主義に対するフランスの反動はユイスマンスの『さかしま』の出版後、すなわち一八八四年以降のことで、一八八七年にはクライマックスに達していた。ムアの苦肉の発言とも思われる。

加えて、ムアはゾラへの疑念を呈していた箇所の削除を行っている。それらは「力強い精神を有しているであろうが、奇妙にも狭い視界しか持ち合わせていない人物の荒削りな表現にすぎない」（九五）という箇所、および「当時は欠点として気づかなかったが、語法もシャトブリアンとフローベールを煮詰め、ゴンクールで味つけしたものにすぎない」（九七）云々の部分であった。これはあくまで仏訳でのことである。ムアの言い訳や削除によってゾラとの関係は修復したが、『一青年の告白』にはゾラを批判したところはその他にもある。『一青年の告白』はムアの生涯との対応からすれば一八七三年から一八八一年ころまでの出来事であるが、その執筆は一八八六年から一八八七年ごろのことである。文学の潮流もすでに変動しつつあった。ムアのゾラへの釈明はその落差を想起させる。ムアは機を見るのに敏であったと思われる。

実のところ、パリから帰国したムアにとって、文筆での収入が不可欠であったにもかかわらず、彼は文学と人生が無縁であるかのように、「自分のペンで生活しなければならないという義務は、幸いわたしにはなかった」（一五〇）とうそぶいている。これこそムアの自己劇化に他ならない。ムアにとって大事なのは芸術よりも生活であり、その生活を脅かしたのが「偽善的な読者」たちのはずある。スミス社やミューディー社の検閲を支えているのはそうした読者たちだからだ。しかしムアは自らの芸術的信条にかこつけ、芸術による収入を無視している。ムアのその姿勢は同時代の作家に対する辛辣な発言にも現れている。著名な作家としては、ヘンリー・ジェイムズ、ジョージ・メレディス、トマス・ハーディ、ロバート・ルイス・スティーヴソンなどが標的とされ（一五〇―六五）、いずれもムア自らの基準によって裁断されている。

4　アイルランドとの決別

ところで、『一青年の告白』において、ムアが「一通の不愉快な手紙」（一二三）により、パリからロンドンに戻ったことを想起したい。一八八〇年のことで、その手紙にはアイルランドの彼の資産に関わる事柄が書かれており、パリでの遊興が不可能になった事態が示唆されていた。一八七九年ごろまでには、法外な地代から小作人たちの権利を守る、いわゆる土地同盟が結成されていたのだ。ムアはアイルランド西部メイヨー州の大地主の長男でもあり、かつて一家は「年に三～四千ポンドの地代」（五三）を手にしていた。その収入の一部がムアのパリでのボヘミアンとしての日々を支えていたのだ。

事の発端はムアの土地に隣接する土地の不在地主ボイコット大尉。彼の名前は今や「ボイコット」あるいは

「ボイコットする」といった意味で使用されているが、小作人たちが土地同盟を結成し、ボイコット大尉の土地の収穫作業を拒否したことに由来する。土地同盟はムアの郷里メイヨー州のウェウストポートを拠点とし、マイケル・ダヴィットとチャールズ・スチュアート・パーネルの指導の下、その勢力はまたたく間に広がり、全国組織へと発展しつつあった。小作人たちの犯罪も横行していた。父の死も土地にまつわる騒乱による。『一青年の告白』の第一章の後半部の改稿における父殺しとも響く告白は、ゾラのみならず、アイルランドという抑圧国家からの解放の意でもあっただろう。

手紙は地主と小作人との騒乱に手を焼いた伯父からのもので、地代減額要求や不払い運動など、地主としての苦境を自ら打開するようにというものであった。ムアにしても無視しえぬ事態であった。『一青年の告白』に詳細は記されていないが、それでも何らかの対策により、一時的に状況を打開したようだ。こうして生きる糧を文筆に求めざるをえなくなる。拠点はあくまでロンドンであり、アイルランドではなかった。アイルランドはムアにとって遠巻きにしておくべき国であったのである。さらに言えば、アイルランドはムアが隠蔽しておくべき郷里であったのだ。

ムアは「私の性格の著しい特徴は、母国に対する心底からの嫌悪、ならびに自分が育てられてきた宗教に対する激しい嫌悪である」（一〇九）と告白している。この二つの嫌悪のうち、宗教については、シェリーに倣い、すでに少年のころから懐疑を募らせていたことにも明らかだ。一家は地主にしてはめずらしくローマ・カトリック教会に属しており、ムアにはその制度への反感が強かったらしい。いずれ、ローマ・カトリック教会から離脱し、プロテスタント教会への改宗を宣言することになるが、すでにプロテスタント教会への賛美の念は少年のころのものであった。ムアは「プロテスタントの教義は強く、潔癖で、西洋的であり、カトリックの教義は宦官的で、穢れていて、東洋的だ」（一〇九）とさえ述べている。

ムアの「母国に対する心底からの嫌悪」という赤裸々な告白は、時代的にも難しい問題を胚胎していた。当時のアイルランドはイギリスへの嫌悪を募らせ、独立への動きを始めていたのである。一八八二年には、アイルランド省の長官と次官がフィーニックス公園で暗殺され、イギリスではアイルランド人をチンパンジー、ヤフー、キャリバンなどと戯画化していた。そのような両国の力学を知らぬはずもないムアの敢然とした母国批判は、同胞のアイルランド人に怨念を抱かせることとなった。ムアはさらに、「母国の姿はすべて私にとってはなはだしく不愉快で、自分の生まれた土地のことを考えると、嘔吐にも似た感じを持ってしまう」（一〇九）、とさえ語っている。ムアの発言はアイルランドの国民にとってきわめて挑発的であった。『一青年の告白』がムアの「精神的消化の記録」（一八〇）であるとしたなら、フランスやイギリスはアイルランドに対する解毒剤であったかもしれない。

アイルランドに対するそうしたムアの嫌悪を描いたのが、エッセイ集『パーネルと彼の島』（一八八七）である。これはパーネルの指導の下、混迷状態にあるアイルランドの現実を暴露したものである。遠方からの美しい眺望にズームインしながら、アイルランドに認められる数々の悲惨な情景を提示している。ムアは地主としての立場にありながらも、小作人たちの置かれた状況も十分に知っていたが、両者の関係に和解をはかることが不可能であることも理解していたのである。『パーネルと彼の島』はそうした意識の矛盾の探求でもある。いずれにしても、アイルランドについてのムアの描写に大らかさは認められない。

アイルランドに対するムアの姿勢はその後も変わることはない。ムアの創作は便宜的に三期に区分される。パリから戻ってからの二十年ほど過ごした一八八〇年から一九〇〇年までのロンドンの時代、アイルランドの文芸復興運動と関わった一九〇一年から一九一一年までのダブリンの時代、再びイギリスに拠点を戻した一九一二年から一九三三年に没するまでのロンドンの時代である。このうちダブリンを拠点にしたアイルランドと関わる時代においても、母国と融和するような状況にはなかった。むしろアイルランドへの敵対心が高まっていったとも思われる。

アイルランドへのムアの帰国は、W・B・イェイツやエドワード・マーチンたちの要望により、開花したばかりのアイルランドの文芸復興運動に貢献するためであった。演劇にも多少の関わりがあったため、ダブリンでの演出にも助言することができた。事実、ムアの『アーリングフォードのストライキ』（一八九三）は、ジョージ・バーナード・ショーの『男やもめの家』（一八九二）とともに上演されたこともある。また個人的にはアイルランド語への関心もあり、その母語を守る「ゲール語連盟」にも惹かれるところがあった。さらにロンドンよりもダブリンの方が文学的にも躍動的に思われたのだ。

しかしながら、ムアはアイルランドでそれほど歓迎はされなかった。『パーネルと彼の島』や『モスリンのドラマ』といった、母国を誹謗するような作品の作者であることが忘れられていなかったのだ。加えて、イェイツとの関係も険悪になり、ジェイムズ・ジョイスのような若者からもその文学的才能を否定された(10)。こうしてプライドを傷つけられたムアは、間もなくアイルランドを弾劾するような作品を発表する。短編集『未耕地』（一九〇三）や小説『湖』（一九〇五）は、民衆から気力を剥奪している、そんなローマ・カトリック教会の力を暴いている。そして一九一二年にはダブリンに別れを告げる。その決算となるのが『歓迎と別れ』（一九一一―一四）で、ダブリンでの交流を敵意を込めて記している。

ダブリンでムアの影響力が無かったわけではない。ムアを批難したジョイスにしても、その短編集『ダブリンの市民』（一九一四）の創作において、ツルゲーネフの『猟人日記』（一八五二）に倣った、ムアの『未耕地』をその源泉としているだろう。同じくジョイスが『ユリシーズ』（一九二二）で使用する内的独白の手法にしても、エドゥワール・デジャルダンの『月桂樹は伐られた』（一八八七）をムアがジョイスに紹介し、自らも『湖』でその手法を試みたことによる。文学者ジョン・エグリントンとの交流も豊かな実りであった。それでもムアはアイルランドには留まることはなかった。

ムアはパリにおいても、アイルランドを嫌悪する一方で、イギリスへの郷愁を語っていた。「私はイギリス人を愛する、しかも狂おしいほどの愛を込めて」（一〇九）といった具合だ。『一青年の告白』の執筆はイギリスのサセックス州の友人宅でのことである。ムアがイギリスのうちでも北方のケルト的な地方より、南方のサクソン的な地方、とりわけサセックス州に先天的な共感を覚えると告白している（一〇九）のはそのためだ。しかしムアの賛美には風刺が込められているように思われる。イギリスの田園賛美はアイルランドの民族主義の鏡像である。アイルランドも北はプロテスタント、南はカトリックと分離していた。郷里を失ったムアにはイギリスにおいても拠点とすべきところはなかったのだろう。パリにしても暫定的な避難都市であったかもしれない。ムアの告白はそうした故郷喪失を黙秘している。イギリスが植民地支配によりアイルランドを抑圧していたとするなら、アイルランドは民族主義という名の下で国民を抑圧していた。『一青年の告白』は芸術家の宿命の背後に国家的な葛藤が潜んでいることを示唆していると思われる。

□注

（1）ムアは『一青年の告白』をめぐり、一八八九年、一九〇四年、一九一七年、一九一八年と四度にわたり改稿している。テクストとしてはスーザン・ディックの校閲した初版本を使用する。なお、初版の主人公はエドウィン・デインであるが、一八八九年以降はジョージ・ムアに訂正されているため、本稿ではムアの告白として論じることにする。

(2) ムアは父の死をめぐる解放感について、一八八九年版では、「父の死は私を自由にした〔……〕父の死は私に自分自身を創造する力を与えた」(一九六)と改稿をしている。

(3) 『現代の恋人』という作品名は初版にはなく、一九一八年の改稿時に入れられた。

(4) オスカー・ワイルドも耽美主義を擁護するに際して、ゾラの文学への批判から開始している(富士川 一〇六―一一八)。

(5) イギリスのフランス文学に対する警戒心は、道徳的な事情によるところが大きい(Cruse 五七―六九)。

(6) 巡回図書についてのムアの一連の批判は、一八八五年、*Literature at Nurse, or Circulating Morals :a Polemic on Victorian Censorship* として刊行された。

(7) 売れない場合の損失を考え、出版の条件として、ティンスレーがムアに四〇ポンドを要求していたことは想起しておきたい(Frazier 九三)。

(8) 文学的な「父殺し」はまさしく「影響の不安」の反映でもある(Parkes 八一)。

(9) ムアの父の死は脳卒中であると診断されたが、ムアは自殺であると考えていたらしい(Horne 三〇七)。

(10) ジョイスは地主でもあるムアに強い敵対心を抱いていたらしく、評論「喧噪の時代」において、徹底的にその文学を批判した(Joyce 七一)。

□引用文献

Cruse, Amy. *After the Victorians*. London: Allen, 1938.

Frazier, Adrian. *George Moore 1852-1933*. New Haven: Yale UP, 2000.

Horne, Joseph. *The Life of George Moore*. London: Gollancz, 1936.

Joyce, James. *The Critical Writings of James Joyce*. Ed. Ellsworth Mason and Richard Ellmann, London: Faber, 1959.

George Moore. *Confessions of a Young Man*. Ed. Susan Dick. Montreal: McGill-Queen's UP, 1972.

_____. *Literature at Nurse, or Circulating Morals: a Polemic on Victorian Censorship*. Ed. Pierre Coustillas. London: Harvester P, 1976.

Parkes, Adam. *A Sense of Shock: The Impact of Impressionism on Modern British and Irish Writing*. New York: Oxford UP, 2011.

富士川義之『英国の世紀末』新書館、一九九九年。

19

Oscar Wilde『ドリアン・グレイの画像』におけるニヒリズム

田尻芳樹

1　ワイルドとニヒリズム

オスカー・ワイルドとニヒリズムと言えば、たいてい彼の初期の戯曲『ヴェラ、あるいはニヒリスト』が引き合いに出されるが、その場合のニヒリズムとは、自由を束縛するあらゆる権力に暴力で反抗し、爆弾テロを起こすような政治的ニヒリズムを指す。(1)『ヴェラ』もロシア皇帝を暗殺しようとするロシアのテロリストたちの話である。コンラッドの『密偵』、『西欧の眼の下に』にも反映しているように、一九世紀末はロンドンも含めヨーロッパ各地でそのようなテロが社会問題になっていた。(2)

ワイルドの他の作品では、短編「アーサー・サヴィル卿の犯罪」で、サヴィル卿が爆弾装置を受け取りに行くロシア人が「ニヒリストのスパイ」（Nihilist agent）と見なされているのが同じ用法である。だが、評論

「社会主義下の人間の魂」で、「権威が邪悪だからすべての権威を拒否し、苦痛を通じて自己の人格を実現するからすべての苦痛を歓迎するニヒリストは、本物のキリスト教徒である」（*The Artist as Critic* 二八八）[3]とワイルドが言うとき、ニヒリズムは、苦痛ではなく喜びを通じて自己実現する社会主義以前の、乗り越えられるべきキリスト教と結びつけられている。さらに評論「嘘の衰退」では、「ニヒリスト、何も信じず、熱意なしに処刑台に向かい、信じてもいないことのために死ぬあの不思議な殉教者は、純粋に文学の産物である。彼はツルゲーネフによって発明され、ドストエフスキーによって完成された」（*The Artist as Critic* 三〇八）と、文学が人生を先取りするというテーゼの例としてニヒリストが挙げられているが、ここではドストエフスキーへの言及からも明らかなように、「虚無的」という、より現代的な意味で使われていることが分かる。

本稿の目的は、『ドリアン・グレイの画像』を物語の展開に寄り添って読み解くことにより、ワイルド作品には、政治的ニヒリズム以外のニヒリズムも含まれていることを浮き彫りにすることにある。ドストエフスキーやニーチェによって一九世紀に先鞭を付けられたニヒリズムの思想は、二〇世紀に入って哲学でも文学でも人間存在と無、人間存在の不条理などの問題としてハイデガー、サルトル、カミュなどによってさらに深く探究され、今日に至るまでその重要性を失っていない。[4]無論、ワイルドはそのような作家たちの系譜には入らない。しかし、『ドリアン・グレイ』には、広い意味でのニヒリズムへの志向が顕著に見られるのであり、それを検証することは、この小説を新しく読み直す試みとして意味があると考えられる。

では、その広い意味でのニヒリズムとは具体的にはどういうものか。まずはドナルド・A・クロズビーによるニヒリズムの五類型を参照してみよう。（1）上記のような政治的ニヒリズム。（2）道徳的ニヒリズム。あらゆる道徳原理を否定する「無道徳主義」、道徳は、完全に個人的で恣意的なものであり、合理性はないとする「道徳主観主義」、他人はどうであれ自分自身の自己実現のためにのみ道徳は存在するという「利己主義（egoism）」の三種類があるが、いずれも、自己と他者の関係を規定して社会秩序を基礎づける行動規範としての道徳を否定する。（3）認識論的ニヒリズム。この考え方によれば、理性の認識能力はごく限定されたものに過ぎず、真理は、個人や集団や認識の枠組みによって変わる相対的なものに過ぎない。従って、真理や現実というものを、一定の立場や視角という色眼鏡抜きに、本当につかむことは不可能である。（4）宇宙的ニヒリズム。宇宙そのものには何の意味もないし、人間は宇宙の本質を知ることもできないし、人間が求める意味や価値とも宇宙は無縁であるという主張。人間がどう宇宙を意味づけようと、宇宙はそんなものとはお構いなしに単に流転してゆく。（5）実存的ニヒリズム。人間存在は無意味であり不条理である。人生は失望や苦痛に満ちていて、仮に意味を見出したとしても、死という終末が待っているだけである。人生ははかなく、むなしいが、それでも（なぜか）生き続けていかねばならない。先に触れた、二〇世紀に入ってから哲学や文学で深く追究されたニヒリズムは主にこの意味でのものである。

クロズビーはそれぞれについて具体的な思想家の例を挙げているが、ここではニーチェが（2）から（5）のすべてに関して最も徹底的に考え、その後のニヒリズム論の決定的な出発点となったことだけ指摘しておこう。ワイルドの作品では、すでに見た（1）のほか、「アーサー・サヴィル卿の犯罪」の次のような箇所に（5）の片鱗が認められる。手相見のポジャーズ氏によって殺人を犯すと予言されたアーサー卿は、ロンドンをさまよい、貧困にあえぐ下層民を見て思う。「奇妙な憐憫の情が彼を襲った。これら罪と悲惨の子らも、彼自身と同様末路へと運命づけられているのだろうか。これらの連中も、彼と同様、ぞっとするような芝居の操り人形なのだろうか？／けれども、彼の心を動かしたのは、苦しみの謎ではなくむしろ苦しみの喜劇性だった。つまりそのまったくの無益さ、グロテスクな無意味さだった」（*The Complete Short Stories* 一二）。ワイルドはこうした人生の無意味の問題を掘り下げることはしなかったが、後に述べるように『ドリアン・グレイ』のドリアンにはカミュの実存的ニヒリズムにつながる要素がうかがえる。とは言え、ワイルドにおいて最も顕著なニヒリズムは間違いなく（2）の道徳的ニヒリズムである。『ドリアン・グレイ』においても、「新たな快楽主義」を唱える唯美主義者ヘンリー卿の思想にそれが色濃く現われ、彼の毒に感染したドリアンにも同じ特徴が見られる。まず、この点に注目して小説を読んでみよう。

2　ヘンリー卿とドリアンの道徳的ニヒリズム

小説の始めの方で、今ドリアンが持っている若さこそ何より大事なのだから新しい美的感覚を求めて活発に生きよ、というヘンリー卿の快楽主義に圧倒されて、ドリアンは、バジルが描いた彼の美しい肖像画を前に、自分の代わりにこの絵が老いてゆくよう祈念する。その結果、ドリアンは若く美しいままで、肖像画の方は老い、彼の魂の穢れを反映して醜く歪んでいくことになるわけだが、この部分でヘンリー卿は早速「人生の目的は自己の発展だよ」と主張し、「道徳の基盤たる社会への恐れ、宗教の秘密たる神への恐れ」に支配されたイギリス人を批判する（一八）。自分の自己実現こそが義務であり、そのためには通常の社会道徳も神への信仰も顧慮する必要がないという「利己主義」が明瞭である。同様に、ドリアンが最初かかわっていたイースト・エンドでの慈善活動を否定し、自分は美や快楽には共感するが苦しみには共感しないと言う（三七）。さらに「善とは、自己自身と調和することだよ」と言い、他人に対する道徳などよりも「個人主義のほうが高い目的」だとする（六八）。[5] 他方、ヘンリー卿の主張には、世間の道徳とは結局主観的で恣意的なものに過ぎないという「道徳主観主義」も見られる。「彼らの言う忠誠心とか忠実さなんて、私なら習慣の惰性とか想像力の欠如とか呼ぶね」（四四）とか、「善良なる決意など、科学の法則に干渉しようとする無駄な試みだね。その起源は純粋なる虚栄心さ。そしてその結果はまったくの無なのさ」（八六）などという意見がそれである。さらに「経験は、良心そのものと同じで、行動に影響を及ぼすことはほとんどない」（五二）という彼の主張は、経験から道徳的に学ぶことなどないだけでなく、良心も道徳的行動に結びつかないと言っているに等しく、これは道徳原理を根本から否定する「無道徳主義」に相当すると思われる。このようにヘンリー卿の快楽主義は、クロズビーによる道徳的ニヒリズムの三種類すべてを包摂している。これは言うまでもなく、『ドリアン・グレイ』序文で「芸術家は倫理的共感を持たない」と書き、評論「芸術家としての批評家」でギルバートに「美学は倫理に優先する」と言わせたワイルド自身の思想の反映である。

ヘンリー卿はまた、自分自身と他人の人生を美的に鑑賞するだけである。しかし、若いドリアンは、そのように人生を生きることから完全撤退するわけには行かない。ドリアンは、ヘンリー卿の主張に接するとすぐ冒険がしたくなり、イースト・エンドの迷路のような通りをさまようち、場末の劇場でシェイクスピア劇の女優をやっている十七歳のシビル・ヴェインに魅了され、あっという間に婚約までしてしまう。ところが、バジルとヘンリー卿を連れて観に行った『ロミオとジュリエット』の舞台でシビルはまったく下手な演技しかできず、一同を失望させる。それはシビルが実生活でドリアンを愛してしまったため、演技の上で虚構の愛を表現するのに嫌気がさしてしまったからである。ドリアンにとってこれは致命的だった。彼はあくまでもジュリエットなど虚構のヒロインを演ずる女優としての彼女に惚れていただけだったからだ。ドリアンは追いすがるシビルを冷たく突き放し、一方的に別れを宣告する。

この経緯に、すでにドリアンが思いやりという通常の道徳を欠いた自己中心的で冷酷な人間であることがよく現れている。しかし、彼の良心を象徴する肖像画の歪みを発見すると、反省しシビルとよりを戻そうとする。(6) そしてヘンリー卿とも距離をとろうとする。そこへ当のヘンリー卿が現れ、シビルが服毒自殺を遂げたことを知らせる。もちろんドリアンは悲嘆に暮れるのだが、その場面のヘンリー卿とのやり取りは注目に値する。

ドリアンは「僕は自分が冷酷ではないことを知っている。でも、いま自分に起こったことで、本来僕の心は動揺するはずなのに実はそれほど動揺していないこともまた事実なんだ。素晴らしい劇の素晴らしい幕切れという風に感じられてしまう。それはギリシア悲劇の恐ろしい美をすべて持っていて、それに僕は参加したけれど傷ついていないといった具合なんだ」(八六)。現実ではなく仮象のシビルのみ愛していたドリアンは、あくまでも現実を虚構のようにしか感じられないのである。これは必ずしもヘンリー卿の影響ではない。今の告白を聞いたヘンリー卿は、「この青年の無意識の自己中心主義(egotism)につけこむことに無上の快楽を感じながら」、ドリアンの考えを引き取って明確に説明してやる。人生の悲劇は、およそ芸術とは程遠い粗野な形で起こる。しかし時折美しい悲劇も起きる。すると「突然、われわれはもはや俳優ではなく、劇の観客であるように感じる。あるいはその両方と言った方がいい。自分自身を見つめる、そして眼前の光景の不思議さにただ魅了されてしまうんだ。今のケースで言えば、実際には何が起こったのかな? 誰かが君を愛して自殺したということさ。そんな経験が私にもできればよかったよ」(八七)。こうして、ドリアンにもともと備わっていた、都合の悪い現実を虚構化する傾向をヘンリー卿は正当化し、ドリアンを納得させる。その結果、ドリアンはシビルの亡骸のもとに駆けつける代わりに、なんとヘンリー卿とオペラを観に行ってしまうのだ。道徳的ニヒリストのヘンリー卿が、この場面で道徳的に振舞うはずがない。逆にドリアンの非道徳的な自己中心性は助長され、彼自身も道徳を固く否定するようになってゆく。

翌日、ナイーヴなくらい道徳的なバジルがドリアンを訪れ、前の晩オペラを観に行ったドリアンをなじろうとする。ドリアンは言う、「おぞましい話題はやめてくれ。何かの話をしなければ、その何かは起こっていないと同然なんだ。ハリーが言うように、物事にリアリティーを与えるのは表現に過ぎないのさ」(九二)。これは、確固不動の現実などなく、現実など表現次第でどうにでも改変できるという考えであり、認識論的ニヒリズムに相当する。またドリアンは、「僕は感情のなすがままになりたくはないんだ」と言って、通常あるはずの悲しみや悔恨という感情を完全に否定している。さらに前夜の会話を想起しながら、「自分自身の人生の観客になることで、ハリーも言うように、人生の苦しみから逃れられるんだ」(九四)と開き直る。このようなドリアンを、自己中心主義(egotism)による道徳的ニヒリストと評してもよいだろう。それはクロズビーによる分類では「利己主義」(egoism)に最も近い。もっとも、そこにはヘンリー卿のような自己実現こそ至高の義務だという思想原理はない。彼は単に徹底的に自己中心主義的に振舞うことで、結果的に、社会の道徳を否定しているのである。また、現実は解釈や表現によって改変可能であるとする認識論的ニヒリズムを伴っていることも特徴である。

小説全体のほぼ中心に位置する第一一章で、物語の進行はストップし長い時間が一挙に経過する。その間、彼はヘンリー卿にもらった黄色い本(ユイスマンスの『さかしま』がモデルとされる)の影響で快楽主義にどっぷりと溺れ、贅を尽くして、香水や音楽や宝石や刺繍などの美を追い求める。ペイターに由来する、人生の瞬間に集中するという唯美主義の教義を地で行ったわけであるが、そのうちドリアンは、自我とは複数的なもので、自分の中には過去の無数の人間が生きているというような独自の世界観を練り上げてゆき[7]、とりわけ残虐非道な歴史上の人物に親近感を寄せる。そして、評論「ペン、鉛筆、毒薬」で殺人者兼芸術家トマス・ウェインライトを称えたワイルド自身と同じように、「悪を、美の理想を実現する単なる様式として考えることもあった」（二二四）。

次の第一二章では、始め二十歳だったドリアンがもう三十八歳になろうとしている。筋金入りの唯美主義者＝快楽主義者となったドリアンが悪をものともしない道徳的ニヒリストとして振舞うだろうという予測は裏切られない。久しぶりに会いに来たバジルが、またしても道徳的に、ドリアンが悪を行なって若者を堕落させているという噂を根拠に彼をなじると、彼は激高してバジルを刺殺し、良心の呵責にさいなまれることもない。単に口先で道徳的ニヒリズムを説き、人生を鑑賞するだけで決して行動を起こさないヘンリー卿と違って、ドリアンは道徳的ニヒリズムを行動として実現したことになる。このバジル殺しの場面を、めまぐるしく変化するドリアンの心理を中心に詳しく見てみよう。

3　バジル殺害におけるドリアンの心理

ドリアンの悪行の証拠を出しながら非難するバジルの、「君の魂を見なければならない」（二二九）という言葉にドリアンは恐怖で顔面蒼白になる。なぜならこれは例の肖像画を見るということに事実上等しく、ドリアンは自分の悪で醜悪になっていく肖像画を誰にも見られないように階上の部屋に注意深く隠していたからである。そうしたことを意識しないバジルは「君の魂を見る、だが、それは神だけができることだ」と言う。すると突然ドリアンの態度が変わる。「ならば今夜見せてやろう」と言って、肖像画を隠した部屋にバジルを連れて行こうと挑発するのだ。「いいから来るんだ。君は堕落についてくどくどとしゃべったな。今それと直面させてやる」（二二九）。直前まで、肖像画を見られることを恐れていたのにこの豹変ぶりはやや不可解である。彼の心理は次のように説明されている。

彼の発したすべての言葉に狂気じみたプライドがこもっていた。彼は子供っぽく横柄に足を踏み鳴らした。彼の秘密を誰か他の者が知るということ、そして、彼のすべての恥辱の起源たる肖像画を描いた当の男が、自分のしたことの忌まわしい記憶を死ぬまで背負い込むことになるということに恐ろしい喜びを感じた。（二二九）

彼は突然、肖像画の生みの親たるバジルに対する攻撃衝動に身を任せたのだろう。瞬間ごとの快楽に徹することに慣れたドリアンは、見境のない衝動に駆られやすくなっているのかもしれない。

ドリアンは戸惑うバジルを連れて行き、ついに肖像画を見せる。バジルはかつて自分が描いた絵が醜く変貌していることに当然ながら驚愕する。その場面のドリアンは次のように描写されている。

若者は炉棚にもたれ、誰か偉大な俳優が演じている劇に没頭している人たちが浮かべるような不思議な表情をして、バジルを見つめていた。本物の悲しみも本物の喜びもそこにはなく、単に観客の情熱があるだけだった。目はかすかに勝利を表わしていたかもしれない。彼はコートから花を取り、その匂い

をかいだ、あるいはそうするふりをした。（一三二）

シビルを死に追いやったときと同じように、現実を芝居を見るように見ているのだ。しかも、この場合は、すでに起きたことの解釈においてではなく、今まさに進行しつつある現実に対して観客の立場をとっている。誰かに見られることをあれほど恐れていた肖像画が見られているというのっぴきならない事態を前にして――。このドリアンの態度を考えるならば、ついさっき突然肖像画をバジルに見せる気になったのも、自分自身の人生を何か芝居でも見るように外在的なものと見なす態度が根底にあって、肖像画を見せたくないという恐怖を乗り越えやすくしたのではないかとも考えられてくる。

すべてを理解した上で、神に祈って悔い改めようと言うバジルに、すすり泣くドリアンは「もう遅いんだ」（一三三）と言う。ここで、われわれは、ドリアンにまだすすり泣くような人間的な感情が残っていることに驚く。しかし、その直後、突然バジルへの激しい憎しみに圧倒されて、彼をむごたらしく刺殺してしまう。ただ、ここでの彼の心理の動きは無気味な笑いを浮かべる肖像画にそそのかされたという暗示がある。彼の衝動的殺人という小説中最も決定的な事件は、そういう超自然的な力によるものと受け止めるほかない。

その後には、死にゆくバジルと、死体、滴り落ちて床にたまる血などの生々しい描写が続く。だがドリアンは至って冷静である。「何とすべては迅速に終わったことだろう！　彼は妙に落ち着いた感じがし、窓の方へ歩き、窓を開け、バルコニーに出た」（一三四）。外を眺めたドリアンは、部屋に戻り、ドアを開ける。「彼は殺された男に一瞥すらくれなかった。事態に対処する秘訣は、状況を認識しないということだと彼は感じた。彼の悲惨の原因たる宿命的な肖像画を描いた友人が死んだ。ただそれだけだった」（一三五）。この一節はきわめて意味深長である。

まず、この部分は、シビルが死んだ後、ヘンリー卿がドリアンに言う、先に引用した台詞を反響させている。「突然、われわれはもはや俳優ではなく、劇の観客であるように感じる。あるいはその両方と言った方がいい。自分自身を見つめる、そして眼前の光景の不思議さにただ魅了されてしまうんだ。今のケースで言えば、実際には何が起こったのかな？　誰かが君を愛して自殺したということさ。そんな経験が私にもできればよかったよ」（八七）。つまり、ドリアンは、シビルの死を現実ではなく悲劇として受け取ったのと同じように、自分のバジル殺しを観客のように距離を置いて眺めているのだ。それは言うまでもなく、バジルが絵を見ているのを観客のように見ていたしばらく前の態度の延長線上にある。彼が冷静なのは当然である。ここにはすでに確認したドリアンのニヒリズムが如実に現われている。すなわち、現実は解釈によっていかようにでも改変できるという認識的ニヒリズムを含んだ、道徳的ニヒリズムの一変種としての自己中心主義である。

しかし、ここにはシビルの死の場合とは決定的に違う特徴がある。シビルの場合、ドリアンは彼女の死をあくまでも美しい劇として唯美主義的に受け取っていたのだった。しかし、バジル殺しは違う。死んでゆくバジルや彼の死体や血はおよそ美とはかけ離れたおぞましいものに過ぎない。確かに第一一章の終わりで、ドリアンは残虐な殺人にも倒錯した美を見出していた。だが、バジル殺しの場面にはそういう倒錯的な快楽はまったく見られない[(8)]。ここでは美という重要だったはずの要素が抜け落ちて、ただ、観客として現実を眺めることで現実を否認し、かつ道徳をも無視するという態度があるだけである。それは唯美主義を脱皮することで純粋化されたニヒリズムと言ってもよい。実際、これ以降、美が主題化されることはあまりないし、ヘンリー卿も影が薄くなる。

4　ドリアンの非現実感と日常性――実存的ニヒリズムの萌芽とその後退

バジル殺しの場面に関して、もう一つ注意すべきことがある。先に見たように、ドリアンは殺人の後バルコニーに出て外を眺める。そこで比較的長い情景描写が続く。

風が霧を吹き払ったせいで、空には星が無数に輝いていて、それらは巨大な孔雀の羽に浮かぶ黄金の眼のようだった。下を見ると、巡回中の警官が、物音しない家々の戸口に手提げランプの長い光線を閃かせていた。さまよう二輪馬車の赤い光が角で閃き、すぐに消えた。ショールをはためかせた女が、ふらつきながら柵に沿ってゆっくりと這うように歩いていた。ときどき女は立ち止まり、後ろを見やった。一度、しわがれた声で歌を歌い始めた。すると警官がやってきて何か彼女に言った。女は笑い、よろけながら去っていった。冷たい強風が広場を吹き抜けた。ガス灯がゆらめき、青くなった。そして葉のない木々が黒い鉄のような枝を左右にゆすった。彼は震え、背後で窓を閉め、室内に戻った。(一三四)

続いて彼は状況認識をやめさえすればいいのだと感じるのである。この情景描写の第一の意味は、警官を登場させることで、ドリアンの心理的サスペンスを高めるということだろう。あくまでも冷静なドリアンは、アリバイ作りのため、いったん外に出て下男を起こし、たった今帰宅したかのように装うのだが、家を出るときもう一度警官が巡回してきたので息を詰める。すぐ後のそんな場面を読めば、警官の現前によってドリアンが犯罪者となったことを印象づけるということでの情景描写の機能は明白である。あるいは深夜のロンドンの荒涼とした情景が、ドリアンの精神の荒涼（それを彼は自覚していないが）と対応しているといった解釈も可能だろう。しかしそれだけではあるまい。

この情景描写は、特に例外的なところのないごく日常的な情景であることも確かである。警官が深夜巡回しているのは普通のことである。殺人を犯しグロテスクな死体を目にした直後に、こういう日常的な情景が細部にわたって記述されていることの意味を考える必要がある。そのためのヒントが、シビルの死の後ヘンリー卿と話すドリアンの台詞の中にある。

「つまり僕はシビル・ヴェインを殺したんだ」と、ドリアンは半ば独り言のように言った、「ナイフで彼女ののどをかき切ったのと同じくらい確実にね。でもそのせいでバラが美しくなくなるということはない。鳥たちも僕の庭で相変わらず楽しそうにさえずっている。そして今夜僕は君と食事をし、オペラに行き、その後でまたどこかで何か食べるんだろう。人生って、なんてものすごく劇的なんだろう！もし僕がこの事件全部を本で読んだのなら、ハリー、僕は涙を流しただろう。でも、実際に、この僕に起きてみると、何だか涙を流すにはあまりにも不思議な感じがしてしまうんだ。（後略）」（八五）

自分に起きた重大事件が現実感を持って感じられないドリアンの心境だが、ここでは日常性と対比された形で劇が出てきていることが注目に値する。自分が殺人を犯した（のと同様だ）というのに、バラも鳥も自分の生活も普段と変わりないように見える。事件は単に本の中の話であり、現実には起らなかったのではないだろうか、とドリアンは感じている。「人生って、なんてものすごく劇的なんだろう！」と彼は言うが、それは「本や芝居の中のように劇的」という意味なのである。これをふまえるなら、バジル殺しの後にあの情景描写が続くことの意味が分かってくる。つまり、殺人を犯しても、日常の細かな事象は何の変化もなく持続している。従って自分の殺人もどこかの本の中の出来事のように感じられるし、そう感じてしまって構わない。「事態に対処する秘訣は状況を認識しないことにある」。ドリアンが、現実を虚構のように見ることを可能にしているのは、彼の周囲にある日常性の粘着的な持続である。そうなると、先の情景描写で重要なのは警官よりもむしろ、星が無数に見える空とか、現われてはすぐ消え去ってゆく二輪馬車とか、酔っ払っている女の歌や足取りなどのまったく偶然的な細部であるということになる。こうした何気ない細部こそ日常性の最も強力な指標だからである。

ドリアンは自分の周囲にある事物を知覚するが、自分が殺人を犯したという現実の意味が感じられないでいる。もしこの態度が徹底されたなら、殺人を犯した後、さっさと捕まり、『異邦人』のムルソーのように「太陽のせいだ」という類の台詞を裁判で吐いたことだろう。たとえば、逮捕されて判事と面会したときのムルソーは「以前こうした描写を書物のなかで読んだことがあったが、すべてゲームのように見えた」と感じる。そして「部屋を出るとき、私は彼に手を差しのべようとさえしたが、ちょうどそのとき、自分がひと殺しをしたことを思い出した」（六九）。ドリアンはここまで徹底的に自分の人生から乖離してはいない。しかし、彼の自分の殺人に関する非現実感は、ムルソーのように人生を捨て切った状態、すなわち実存的ニヒリズムにつながりかねない傾向を萌芽的に含んでいる。『異邦人』には、ムルソーの不条理の感覚に随伴して、状況の偶然的な細部が多数書き込まれていることも想起したい。現実の出来事を現実感をもって感じられなければ、その分だけ、眼前にある瑣末な事物に、なぜそんなものが存在しているのだろうと疑問を持ちながら注意し始める。究極的にはカミュが『シーシュポスの神話』で「死刑囚の脳裏をよぎる最後の思考がぎりぎりの極限点に到《いた》り、目くるめく死への転落がいまにも起ろうとするまさにその直前の地点で、しかもなおかれが数メートル前方に目にする靴紐《くつひも》、不条理とはそれだ」（九七）と言うときの「靴紐」にそれは集約される。

『ドリアン・グレイ』はそこまで二〇世紀的ではない。ドリアンは自分の強い自己中心主義に従って、捕まるのを恐れる。実存的ニヒリズムの萌芽は深められることはなく、以後は、ドリアンの道徳的ニヒリズム（自己中心主義）と彼の中にまだ残っている罪の意識（恐怖心）の葛藤を軸にして、つまり道徳を主題化して物語が進んでいく。ドリアンはまず、旧友の化学者アラン・キャンベルを脅迫してバジルの死体を処理させる。このとき「僕が君に頼んでいるのはある種の科学実験に過ぎないんだよ」（一四三）などと言って、解釈、表現による現実の改変をアランにまで適用しようとしているのが興味深い。ようやく処理が終わったその同じ晩、平然とディナー・パーティーに出席しゲストの役をこなす。彼はまだかなり興奮しているが、誰も彼が殺人犯などとは気づかない。「おそらく、人は役割を演じているときほど安心できることはないようだ。（中略）彼自身自分の身のこなしの落ち着きを不思議に思わざるを得なかった。そして一瞬、二重生活を送ることの恐ろしい快楽を痛切に感じた」（一四七）。現実を芝居のように見て、いかようにでも作り変え、それに責任を取る必要もないドリアンがこう感じるのも無理はない。自分は殺人犯などではない、と信じることだってまだ可能だ。この後の、ワイルド喜劇の一部のような他愛ない上流階級の会話は、ドリアンの「二重生活」を印象づけるため、わざと長々と続けられている。だが、それでもヘンリー卿がさりげなく前夜（つまりバジル殺しの晩）のことを尋ねたことによってドリアンは不安に駆られる。

彼はすべてを忘却しようと、イースト・エンドの阿片窟に赴く。そこでシビルの仇を討とうとしていた弟のジェイムズに殺されかけるが、自分の若い顔を見せることで人違いだと主張し、危うく難を逃れる。それでも田舎の地所でくつろごうとしても、ジェイムズに付けねらわれているという恐怖で落ち着くことができない。彼は次のように考えることで冷静さを取り戻そうとする。

現実の人生は混沌に過ぎないのに、想像力には恐ろしく論理的なものがある。罪に対して悔恨の情を付きまとわせるのは単に想像力だ。個々の犯罪に醜い子を産ませるのは単に想像力だ。事実で成り立っている通俗的な世界において、邪悪な者は罰せられず、善良な者は報われない。成功は強者に与えられ、失敗は弱者に押し付けられる。それだけのことだ。（一六八）

ニーチェを思わせる認識論的ニヒリズムかつ道徳的ニヒリズムが彼の中で思想として十分熟していることをうかがわせる言明である。狩の最中に偶然ジェイムズが死ぬと、ドリアンは「助かった」と涙を流す。だが、復讐を遂げる前に「都合よく」死んでくれたジェイムズが、上記の彼のニヒリズムの明証となったはずなのに、ドリアンはそこに安住できない。まだ良心が残っているのである。こともあろうに彼は善をなそうとする。そこで、ヘティ・マートンという田舎娘を誘惑した上、別れを告げたことを「善行」としてヘンリー卿に話す。堕落させてしまう前で諦めたことを勝手にそう判断しているのは相変わらずの自己中心主義である。この場面で、ヘンリー卿に対し、自分からバジルはどうなったと思う？と尋ね、「こんなに冷静にこの話題について話せる自分を不思議に思った」（一七八）ところに、「二重生活」の感覚のかすかな再現があるが、もはや「恐ろしい快楽」は感じられない。ヘンリー卿は、単に君には殺人などできはしない、君の人生そのものが芸術作品なんだ、などと言い、まったく取り合わない。小説の前半にあれほど大きな存在だったヘンリー卿は、もはやドリアンにとっても読者にとってもまったく場違いな存在に成り下がっている。ドリアンが若い美を維持する芸術作品であると同時に、人生を生き、行動し、その結果犯した罪の恐怖とも戦わねばならないことを、自分自身は一向に変化せずに鑑賞するだけのヘンリー卿は理解していない。(9) ドリアンは、この時点で、永遠の若さのせいで自分が悪事を重ね、その結果「魂の生ける死」(一八五)の状態に陥って苦しんでいることを悟る。そしてそこから脱出して新しい人生を求めようとするのだが、彼の「善行」にもかかわらず、肖像画はまったく醜いままである。追い詰められた彼は、とうとう、殺人の唯一の証拠である肖像画を破壊し、必然的に自分も息絶える。

最後の場面で、彼はバジル殺しに関しては何ら後悔しておらず、むしろヘティ・マートンに対する態度が善ではなかったことを悟ってショックを受けている。肖像画を破壊するのも自分を責める良心を取り除いて楽になりたいという自己中心主義的動機からである。この意味では彼は最後まで道徳的ニヒリストである。しかし、他方で彼が罪を犯したことから来る人生の重荷に耐えかねていて、それで(勘違いであるとは言え)新しく善良に生きようと努力したことも事実である。また彼が自滅することは、明らかにモラリズムがニヒリズムを罰していると読める。ここには唯美主義で既成の道徳に挑戦しながらも、(一九世紀的と言ってよかろう)モラリズムを捨て切れないワイルド自身の両面性を見ることができる。

5　結び

そのモラリズムのタガが外れるとどうなるか？　ドリアンに見られた現実と虚構の混同、非現実感、「二重生活」の倒錯的喜びと恐怖などの問題をしばしば自らの文学の主題とし、（ドリアンでは萌芽でしかなかった）実存的ニヒリズムを極限的にまで追究したのが三島由紀夫である。『仮面の告白』以来多くの三島の作品で、現実と虚構（演技）の区別がつかなくなり、生の虚無に直面せねばならなくなる状況が描かれている。『鏡子の家』で、演技上の死と現実の死の区別がつかなくなって自死する俳優舟木収や、「スタア」で、虚構に生きることに倒錯した喜びを見出すが、現実感の欠如から自殺衝動に駆られる映画俳優水野豊などがすぐに思い浮かぶし、三島自身の華々しい自決に至るパフォーマンスがこれらに予見されていたと言える。ワイルドもまたメディアを意識しつつ、自分の人生を美学的に虚構化する面があったことを思えば、三島はワイルドをグロテスクに反復したと言えるが、ワイルドと違って、その虚構化がもたらす生の虚無に取りつかれざるを得なかった。

一九六六年、自決の四年前、三島はＮＨＫの『宗教の時間』というテレビ番組に出演し、自分の出発点が終戦の日にあったことを次のように語っている。

そして、戦争が済んだら、あるいは戦争に負けたら、この世界が崩壊するはずであるのに、まだまわりの木々が濃い夏の光を浴びている。それを普通の家庭の中で見たのでありますから――まわりの家族の顔もあり、まわりに普通のちゃぶ台もあり、日常生活がある――それが実に不思議でならなかったので

あります。（一六）

この感覚は、『豊饒の海』の末尾にまっすぐ連なる、劇的なものと対照的に捉えられる日常性の不思議さであり、しばしば三島の作品に現れる。驚くのは、これが、先に見た、シビルが死んだにもかかわらず存続するバラや庭の鳥やヘンリー卿との食事などの日常性を意識するドリアンと酷似していることである。三島が終戦の日に見た不思議な日常性は、現実に起きた敗戦という出来事の現実性の希薄さと表裏一体であり、以降、彼は（もはや大義のために死ねなくなった）戦後社会の中で非現実感と虚無感を抱えて生きざるを得ず、それが現実と虚構の混同という主題と緊密に結びついていたことは言うまでもない。本稿は、そういう三島からワイルドを読み返すという試みであったと言ってもよい。(10)

□注

（1）たとえば、*The Oscar Wilde Encyclopedia* も『オスカー・ワイルド事典』もニヒリズムに関しては『ヴェラ』と政治的ニヒリズムにしか触れていない。ジューリア・プルウィット・ブラウンはニーチェとワイルドの比較に多くの頁を費やしているが、ニヒリズムについては何も言っていない。

（2）「ニヒリスト」という語は、ツルゲーネフの『父と子』（一八六二）でバザーロフが、いかなる権威や原理にも服従せず、すべてを否定する人物としてそう呼ばれたのがきっかけで、体制転覆を目指す革命運動家、テロリストに用いられるようになった。『オックスフォード英語辞典』によればこの意味での英単語「ニヒリスト」の初出は一八六八年で、今日では主に歴史的用語として用いられる。

（3）以下、ワイルドの作品からの引用はすべて拙訳。

（4）ニヒリズムの今日における意義に関しては、シェーン・ウェラーの最近の諸著、とりわけニーチェ、ハイデガー、アドルノ、ブランショ、デリダらとニヒリズムの関係を論じた *Literature, Philosophy, Nihilism*（二〇〇八）を参照してほしい。

（5）これらはワイルド自身の評論「社会主義下の人間の魂」での主張とほぼ重なる。

（6）ここでドリアンは後悔し赦しを乞う手紙をシビルに書くのだが、そういう手紙を書いただけでもう赦されたと感じているところにも、彼の自己中心性は現れている。

（7）「全歴史が彼自身の人生の記録であるように思われた」（一二二）というドリアンの述懐は、ドゥルーズ＝ガタリの言う「歴史人」（homo historia）（『アンチ・オイディプス』第一章第三節）や、ボルヘスの「不死の人」に連なる幻想として興味深い。

（8）ただ、自分の中には過去の残虐非道な人物たちも生きているという第一一章の終わりでドリアンが感じる感覚が、通常の自己は自己であるという意識を弱らせ、彼特有の現実の否認に貢献していると考えることはできる。また、瞬間にのみ集中するという唯美主義の基本的な態度も、自己同一性の意識を弱化させる機能を果たしているかもしれない。一瞬前の自分はもう自分ではないのだから。

（9）シェルドン・W・リーブマンが言うように、ヘンリー卿とバジルは変化しない「フラットな」人物である（四五二）。それに対しドリアンは道徳をめぐる問題に悩まされ右往左往する。

（10）この文脈での三島については拙稿「三島由紀夫と『現実の転位』」を参照されたい。なお、『真面目が肝心』のあの晴朗な青空のような虚無をどう捉えればよいか、という問題については他日を期したい。

□引用文献

Beckson, Karl E., ed. *The Oscar Wilde Encyclopedia*. New York: AMS Press, 1998.

Brown, Julia Prewitt. *Cosmopolitan Criticism: Oscar Wilde's Philosophy of Art*. Charlottesville: UP of Virginia, 1997.

Crosby, Donald A. *The Specter of the Absurd: Sources and Criticisms of Modern Nihilism*. New York: SUNY Press, 1988.

Liebman, Sheldon W. "Character Design in *The Picture of Dorian Gray*." The Picture of Dorian Gray. A Norton Critical Edition. 2nd ed. Ed. Michael Patrick Gillespie. New York: Norton, 2007. 433-454.

Weller, Shane. *Literature, Philosophy, Nihilism: The Uncanniest of All Guests*. Basingstoke: Palgrave Macmillan, 2008.

Wilde, Oscar. *The Artist as Critic: Critical Writings of Oscar Wilde*. Ed. Richard Ellmann. Chicago: U of Chicago P, 1982.

——. *The Complete Short Stories*. Ed. John Sloan. Oxford: Oxford UP, 2010.

——. *The Picture of Dorian Gray*. Ed. Joseph Bristow. Oxford: Oxford UP, 2006.

カミュ、アルベール『異邦人』窪田啓作訳、新潮文庫、一九六六年。

——『シーシュポスの神話』清水徹訳、新潮文庫、二〇〇五年。

田尻芳樹「三島由紀夫と『現実の転位』——短編「スタア」を中心に」、『国文学　解釈と鑑賞』二〇一一年四月号、四九―五八。

三島由紀夫「自分のためだけに生きるのは卑しい」、『あの人に会いたい』、「NHKあの人に会いたい」刊行委員会編、新潮文庫、二〇〇八年、一二三―一二四。

山田勝編『オスカー・ワイルド事典――イギリス世紀末大百科』北星堂書店、一九九七年。

20 再生コナン・ドイルと不条理劇の系譜

Arthur Conan Doyle

山田美穂子

はじめに

一九世紀末のロンドンに登場した瞬間から今日にいたるまで、諮問探偵シャーロック・ホームズの生みの親という主客転倒のレッテルを付与されることになったコナン・ドイルはヴィクトリア朝とエドワード朝を通じて質量ともに充実した散文の書き手であり、何より読者にことかかない。書籍の電子化の功罪が叫ばれる今日も、『シャーロック・ホームズの冒険』は電子図書館プロジェクト・グーテンベルクからダウンロードされる著作権切れの英語作品のランキングでとぎれなく一、二位を維持している。作家としてのドイルのモットーは一、読みやすいこと、二、面白いこと、三、clever であること、であったという。文体やジャンルへのディケンズにも似た無頓着さが指摘されるドイルの作品群を総括的に評することは難しく、結果的に現代文学への影響力の大きいシャーロック・ホームズというキャラクターのみがヴィクトリア朝イギリスの文化的アイコンとして分析の対象になってきたのであろう。しかしながら、ホームズの人物造形を作者ドイルが再三「機械のような」と形容する真意はこれまであまり考察されてこなかった。本稿ではこの名探偵の「機械化」を一九世紀末のイギリスで表面化した「症状」として考察し、それが不条理劇に登場する「疑似カップル」という概念と親近性をもつことを指摘したい。

議論の順序としては、まず代表作である短編集『シャーロック・ホームズの冒険』と主人公ホームズとワトソンについての評価を概観し、次にジェイムソンの「疑似カップル」論を紹介しつつ、フローベールの『ブヴァールとペキュシェ』（未完、一八八一）と不条理劇との関係を分析する。その後ホームズの機械的人物造形と変装の多用という観点からベケットらの不条理劇の系譜の中にホームズ物語を置くことを試みる。最後に近年みられる再生ホームズものの人気を人間の機械化という観点からとらえ、ドイルの不条理劇との親和性を確認したい。

1　『シャーロック・ホームズの冒険』の評価の変遷

アーサー・コナン・ドイル（一八五九―一九三〇）の文学的経歴の頂点とみなされる『シャーロック・ホームズの冒険』（一八九二）が、彼のそれまでの小説群（『緋色の研究』［一八八六］、『マイカ・クラーク』［一八八八］、『ガードルストーン会社』［一八九〇］、『ホワイト・カンパニー』［一八九一］）とは決定的に異なる独自性を持つことはよく知られている。先行小説は（ホームズというキャラクターが初登場する長編『緋色の研究』はもちろんのこと）ホームズものに流れ込む要素を含んでいるとはいえ、基本的にはヴィクトリア朝の読者の愛国心に訴える歴史的ロマンスと要約することが可能である。しかし短編集『シャーロック・ホームズの冒険』の場合、貴族と平民の結婚にまつわるスキャンダルや義父から財産をねらわれる若い娘、東洋の宝石をめぐる血なまぐさい陰謀など一九世紀メロドラマの常套である主題的要素がかなり常套句化され、表層的、喜劇風に扱われているため、たとえば「ヴィクトリア朝イギリス社会の問題点」「ヴィクトリア朝ロンドンの犯罪録」といった要約が難しい。あえて言うならこの作品の主題は簡潔で正確な描写と効率的な会話の導入である。

こうした特質はドイルを見出した『ストランド』誌の編集者グリーンハウ・スミス（一八五五―一九三五）がいち早く指摘したことである。「巧妙な筋といい、歯切れのよい明快な文体といい、物語を書く技として完璧だった」、「〔コナン・ドイルの作品を〕エドガー・アラン・ポー以来最高の短編作家であると思った」[(1)]――この先見の明が創刊まもないストランド誌をその後六十年近く栄えさせたことになる。ジュリアン・シモンズによる伝記の一節「ホームズ譚が多大の成功をおさめた一因には、ドイルの語り部としての才能もあった。しばしば言われてきたことだが、探偵小説として見るとこれらには限界があるし、またいくつかの物語にはさほど不可解な謎があるわけでもなく、事実の誤りも随所に散見される」[(2)]も同じ点をめぐる考察である。そして、この謎解き自体の新奇よりも「語りかた」の妙が後の作家群に影響を与え、シャーロック・ホームズものを現代的ミステリという文学ジャンルの先駆とみなす解釈が一般的になった。アガサ・クリスティがドイルの崇拝者であったことはよく知られている。[(3)]ジョン・ル・カレはホームズものの“narrative perfection”を説明するために「会話と描写の間の絶妙なやりとり、完璧な人物造形と完璧な間のとりかた」を強調したが、それ以前にドロシー・L・セイヤーズも同じ点を指摘している。ピーター・アクロイドはドイルの散文の緊密さとテンポの良さを挙げ、加えてそれを彩る豊かな細部描写でもって「苦もなく日常の中に驚異と恐怖を呼び起こす」と評した。探偵小説というジャンルに限らずエリック・アンブラー、P・G・ウッドハウス、アンガス・ウィルソン、グレアム・グリーンといった作家がホームズものを再説している（Dirda 一九三）。一九九九年にドイルの新たな伝記を発表したスタシャワーもストランド誌初登場の短編「ボヘミアの醜聞」（一八九一）をシリーズ中の最高傑作であるとし、「中心となる筋書きの趣向はポーの『盗まれた手紙』を思わせるが、生き生きした文体、よどみない展開、わかりやすいウィット」（Stashower 一六〇）が長年読者をひきつけてきたと述べている。

現代の批評は新しい観点からドイルの語りかたの特徴を語り直している。たとえば、ヴァノンシニによれば、ドイルによる探偵行為の物語は探偵小説のモデルとなる文体をひとつとして生み出しておらず、ドイルの創始したこれらの作品は歴史小説とゴシック小説の伝統のなかに位置づけられる。(4) 明確な回想形式をとり、アメリカ西部やインドといった「未知の国」「未開の国」をロンドンと対照させるホームズものの長編二作『緋色の研究』『四つの署名』（一八九〇）は明らかにこれにあたる。むしろシャーロック・ホームズものの功績は「捜査者が非の打ちどころのない一個の典型となったこと」である（ヴァノンシニ 三〇）。ホームズの観察力と合理主義的な分析能力が、ポーの『モルグ街の殺人』（一八四一）やR・L・スティーブンソンの『新アラビア夜話』（一八八二）などの探偵らしき先人をモデルにしていることはよく知られている。しかし決定的な相違はホームズがアマチュアではなく特殊な分野の科学的知識と技術を身に付けた専門家として捜査する点である。最初から超人的な人物として描かれたホームズはヴィクトリア朝を超えた普遍的な人物像になったが、その代償に彼の個性はきわめて表層的でわかりやすく、性格や感情の深さが軽視されている。「〔ホームズは〕なるほど、推理や観察にかけては、たとえようもない完全な機械だったが、恋などはまるで場ちがいな役柄だった」('He was, I take it, the most perfect reasoning and observing *machine* that the world has seen, but as a lover he would have placed himself in a false position.')(傍点は筆者による)(5)というワトソンによるホームズの人物紹介がそれを裏付けている。音楽と麻薬への嗜好をのぞけば探偵行為に直接役立つような理論とその実践にしか興味がなく、偏執狂的な一面をもち、女性には無関心で、語り手ワトソンに対してのみ打ち解けた親密さを見せる。こうした人物設定は短編という形式上たいへん都合がよい。つまり「ワトソンが問いかけ反論することによって、ホームズは問題とその解決についてくまなく報告することが可能になる」(ヴァノンシニ 三二)のである。そのため、ホームズものでドイルが取り上げている問題は殺人に限らず多岐にわたり、多彩な謎解きのアイデアは斬新であるにもかかわらず、そこには発展・深化はなく反復だけがある印象は否めない。

実際、ホームズものの設定はリアリスティックというよりむしろ象徴的である。ベイカー街二二一番地Bの借り部屋は、あたかも無秩序と病理に満ちた巨大都市ロンドンの真ん中に浮かぶ一個の心地よい島である。おなじみの二人が霧の中へ飛び出してゆき、最終的には再びこの部屋へ戻ってきて謎の解決について語るが、世界の善悪の均衡が完全に回復されることはなく、社会という織物の中の糸のほつれ(犯罪や謎)と修復(解決)、ホームズがいうところの「緋色の研究」は延々と続く。結局ホームズとワトソンの共同生活は一個のドラマツルギー(作劇法)である、というヴァノンシニの指摘はドイルの語りの才を強調することの多い従来の批評史において、ホームズものと戯曲との親近性を示唆している点で画期的である。それによって、次の段で考察される、より不条理劇的な「疑似カップル」（pseudocouple）としてのホームズとワトソンという図が可能になる。

2　ジェイムソンの「疑似カップル」の概念と一九世紀末人ホームズのつながり

「疑似カップル」とはベケットの後期の小説『名づけえぬもの』（一九五三）に出てくることばで、すべてが茫漠とした意識のなかで語り続ける語り手が目の前で人影のようなものがぶつかるのを見て「いかさま二人組（pseudocouple）メルシエとカミエ」を想起する。この「メルシエとカミエ」は、やはりベケットの『メルシエとカミエ』（一九七四発表）の二人組の主人公で『ゴドーを待ちながら』（一九六五）の主要な二人組の登場人物の原型である可能性が指摘されている。この "pseudocouple" ということばをフレドリック・ジェイムソンは文学研究に応用できる一般的概念として転用してみせた。(6) ジョイスと並び称されるモダニズム作家ウインダム・ルイスの小説に登場する主人公の二人組が自律的な人格を持たずに相互依存しあうさまを指摘してジェイムソンは次のように述べる。

これは恋人やパートナー、兄弟やライヴァルの従来のペアとはかなり異なる関係カテゴリーである。重なりあっていると同時に分割されてもいるこの新たな「集合的」主体の共生的「融合」（'unity'）を表すには別の言葉が必要になる。そこで有益なのが、サミュエル・ベケットが自分の作品の中の類似した関係に使った言葉を借りて、文学史上のあれらの奇妙な、しかしまだ十分には研究されていないペアのすべてを「疑似カップル」と表現してみることである。そうしたペアは『チルダマス』の双生児的主人公や、ウラジーミルとエストラゴン、ハムとクロヴ、メルシエとカミエといったベケットのおなじみの二人組をゆうに越え、フローベールのブヴァールとペキュシェ（および『感情教育』のフレデリックとデローリエというそれほど明確でない疑似カップル）を経て、はるばるファウストとメフィストフェレス、さらには『ドン・キホーテ』にまでさかのぼる。(7)そして、ブルジョワ個人主義の中で発展した小説を支える自律的主体とモダニズム小説において解体されてゆく主体との中間にあるものとして「疑似カップル」の特質を次のように定義する。

疑似カップルのパートナーは能動的で独立した主体でもないし、現代の意識の特徴である分裂症的フェティッシュ化に屈服してもいない。彼らは法的な主体ではあるが、真の自律性を欠いているため、神経症的依存と変わらない心的融合を模しながらお互いにもたれかからざるを得ない。（五九）

ジェイムソンによれば疑似カップルとは、伝統的なプロットに基づいた小説がフローベールの時代に失効したあと、しかし個人の人格という概念が完全に解体したモダニズム以降の分裂症的テクストにいたる一歩手前の中間時期に現れた物語の装置であるという。しかし、その論理で考えるならば、この概念の性格はファウストとメフィストフェレスやドン・キホーテとサンチョ・パンザといったヨーロッパ文学精神の根源にふれる寓意性の色濃いキャラクターとは共有できないはずである。文学史上の典型的な疑似カップル『ゴドーを待ちながら』の二人組ゴゴとディディは「人格や内面性を問題にしても意味のない無機的な人物」（田尻 九四）であり、ベケットが創造の発展過程で主体という概念が無効になった様を徹底的に描く（『名づけえぬもの』）直前に現れていることから、「疑似カップルは主体の崩壊の一歩手前に出現する装置」というジェイムソンの主張をよく裏付けている。やはり本稿の想定する疑似カップルのスタート地点はフローベールの『ブヴァールとペキュシェ』の主人公二人と考えるべきだろう。

フローベールの『ブヴァールとペキュシェ』は自然主義的な文学潮流の木目に逆らうように現れた特異な作品である。フローベールが死の直前まで執筆していたというこの遺作では、行きずりに知り合った二人の中年の役人が意気投合し、退職後金と時間を投じてあらゆる学問分野を志しては挫折しつづける。小説の伝統を支えるプロットをもたず未完である点も象徴的である。疑似カップルの原型ともいうべきこの二人組の出会いの場面をとりあげて確認しておきたい。

そこに二人の男が現れた。

一人はバスティーユ監獄の方から、そして他の一人は植物園の方からやって来た。背の高い方の男は、麻地の服を着、帽子をあみだに、チョッキのボタンをはずし、ネクタイを手に持って歩いていた。小さい方の男は、ようかん色のフロックコートの中にからだが隠れ、前庇のとがった帽子の下に顔をふせていた。

大通りの中ほどにやってくると、二人は、同時に、同じベンチに腰をおろした。額の汗をふくために、彼等は帽子をぬいで、めいめい自分のそばにおいた。と、小さい方の男は、隣に坐った男の帽子の裏に《ブヴァール》と書かれてあるのを見た。ところで一方の男も、フロックコートを着た男の庇帽の裏に《ペキュシェ》という文字を容易に見つけた。

「やあ」と彼は言った。「私たちは同じことを思いついたものですな。帽子の中に自分の名前を書くなんてね」

「いやはや、まったくですね。実は、役所でひとが間違えないとも限りませんでね！」

「いや私の場合もそうですよ。私も勤め人でしてね」

そこで二人はあらためて相手の顔を見た。(8)


この場面の特徴は、二人の描写が一種の機械的なシンメトリーをなしていることである。「二人は何々し、他方は何々した」という無味乾燥な叙述が繰り返されるうちに、奇妙なことに遠目には目についた背の高い・低い、洋服の着方の違い、などの差異が目立たなくなり、むしろ二人の相似性のほうが前景化される。彼らは「外面的な差異はあるものの、独立した人格として扱うには機械的で表面的な対をなし過ぎている」（田尻九六）のである。役所の書記である彼らは念願のリタイア後、無為な知的探求に明け暮れるが、「しかしブヴァールとペキュシェの心はいつも仕事を求め、彼等の生活には目的が必要だったので、間もなく退屈してしまった」（二九二）。この記述は犯罪解決という知的刺激がないと退屈のあまり廃人のようになる世紀末人ホームズを連想させる。また『シャーロック・ホームズの冒険』に収められている「赤毛連盟」（一八九一）の核をなす「応募者に高い賃金を払い、辞典をアルファベット順に筆写させる」という有名なトリックとフローベールの二人の書記の日常との類似も顕著である。さらに「赤毛連盟」の最終行では、ドイルはホームズに「人間は無意味であり、あとに残るは仕事のみ」という台詞をフローベールのことばとして引用させている。これらを考えあわせると、ドイルがシジフォスの岩と化した近代の知的作業が人間を機械化するという世紀末ヨーロッパ特有の意識をフローベールと共有していたことがうかがわれる。

以上見てきたように、疑似カップルと見なされる登場人物は一九世紀末に現れた小説の装置の一つであり、内面の深みや心理的もっともらしさを備え統合された自律的な人格を欠いていることが特徴である。そしてその主人公の性格上、疑似カップルを用いるテクストもまた機械的、反復的、表面的といった特徴を帯びることになる。もし『ブヴァールとペキュシェ』をステレオタイプな外見と言動が特徴の登場人物が各自完結した小さな物語を鎖状につなぐ物語と表現してみれば、『シャーロック・ホームズの冒険』との間にはかなりの共通性が見てとれる。そこで、通常フローベールからベケットやストッパードへとつながる不条理劇的な人物造形――「疑似カップル」――の流れの中にドイルのホームズものを置いてみることで見えてくる、従来人気を博してきた「ヴィクトリアーナ」的偶像としてのホームズから逸脱する、機械的で表面的な定式としてのホームズというドイルの人物造形を考察してみたい。

3　「ボヘミアの醜聞」を解読する

H・G・ウェルズによれば「一九世紀の最後の十年間は、新進作家たちにとっては、稀にみるほど恵まれた時期だったし、私個人も、文学に情熱を燃やした世代全体と幸運を分かちあったものだった」(9)(『自伝の実験』

[一九三四])。このことばはドイルの創作活動の状態とも正確に合致する。それまでも長大な歴史小説をものしながら不遇をかこっていたドイルを著名な作家にしたものは、なによりもシャーロック・ホームズものの短編であった。二〇世紀に入ってからは「二度とこれほどの執筆量に達したことも、これほど質の高い作品を生み出したこともなく、死去するその年まで著作をつづけていたとはいえ、そのスタイルや感覚は、あくまでヴィクトリア時代末期のものだった」(シモンズ 一〇五)。したがって、本稿では一九世紀イギリス小説としてのドイルの創作の最良のものと考えられる『シャーロック・ホームズの冒険』(一八九二)、とくに巻頭の作品「ボヘミアの醜聞」(一八九一)を、近代社会と人間の機械化、「疑似カップル」の系譜という観点からの詳しい考察の材料としてみたい。

バリやワイルドと同時代の文学活動者であるドイルのホームズものが多分に演劇的な要素を含んでいることは、変装を主なモチーフとす「ボヘミアの醜聞」において明らかである。スタートから男装の女性に裏をかかれる探偵が主人公の物語とは、またその点を強調する語りが終始反復される物語とは、いったい何だろうか。

空前の成功をおさめたホームズものの短編集『シャーロック・ホームズの冒険』の巻頭を飾ったこの短編では対称的な存在や出来事が反復される。結婚を控えたボヘミア国王から依頼を受けたホームズは変装と芝居によって女優アイリーン・アドラーが所持するスキャンダラスな写真を取り返す作戦をたてるが、その芝居はホームズと対等の知性をもつ彼女に見抜かれている。

「こんばんは、ミスター・シャーロック・ホームズ」

そのとき道路に何人かの人が歩いていたが、声をかけたのは、長外套を着ていそいで遠ざかって行く、すらりとした青年だったらしい。
「その声は、前にも聞いたことがあるぞ」ホームズは、ぼうっと街灯にてらしだされた、ほのぐらい通りにじっと目をやりながらいった。「しかし、だれだったろう」(10)

このときホームズは牧師に変装し、アイリーン宅で火事騒ぎに乗じて隠された写真のありかをつきとめて帰って来たところであった。アイリーンはニセ火事騒ぎが写真の隠し場所を自ら暴露させるためのトリックであったと気づき、またホームズとこの一件の関係を悟り、すぐさま男装してホームズとワトソンのあとをつけ、大胆にも引用冒頭のように声をかける。オペラには男装する女性の役が少なからずあるが、異性装の際にももっとも演技の効かない「声」をかけるアイリーンには演技者としてのパーソナリティが強く打ち出されている。

ホームズものの長編短編あわせた六十篇のうち、異性装のモチーフが出てくるのは計四回である。その筆頭は「ボヘミアの醜聞」のアイリーンの男装であり、四つ目は『マザリンの宝石』において老婆に化けるホームズ自身である。ホームズは変装の名人という設定になっており、美男の鉛管工として偵察先の女中と婚約する、中毒患者として阿片窟で日がな雌伏する、聖職者や古本屋に扮してロンドンを徘徊するなど例は枚挙にいとまがないが、いずれも近親者からあるいは接触した犯人からも決して見破られない。奇しくも世紀末にベルクソンが指摘しているとおり、みずからを変装の名人と自認する主人公には滑稽さがつきまとう。しかもこの人気連載短編第一作において「変装の名人」ホームズは、いきなり「男に変装した女」に負けるのである。この「ボヘミアの醜聞」におけるホームズとアイリーンの異性装の対称性は注目すべき点である。

異性装といえばジェンダーの脱構築という観点から語られることが多い。たとえばシェイクスピア研究における「ジェンダー／フェミニズム」の立場からは「異性装とは身体と服装の乖離の戯れであり、これによって性差が強調されると同時に、服を変えれば自我を変えられる可能性を示唆することによって、まず、性差が脱自然化される」と定義される。[11]また「〔シェイクスピアにおいて〕変装とは小手先の技術ではなく、人の外面そして内面の〈装い《ファッショニング》〉の二重性を指す」[12]とも結論づけられており、両者の視点はいずれも分裂するべき表象と身体の実在を前提としたモダニスト的な見方に置かれている。しかし、はたしてドイルのもちいる変装はそのような性質のものだろうか。

ここで「ボヘミアの醜聞」におけるもう一つの変装の効果を見てみたい。ベイカー街のホームズとワトソンの部屋へボヘミア国王本人が「不思議な客」として訪ねてくるが、その描写は前述したジェンダー論にあるような「服を変えれば自我を変えられる可能性」を全否定するような具合である。姿を見せたのはぜいたくだがけばけばしいみなりの大男で、「片手にはつばのひろい帽子をもち、顔の上半分は頬骨までかくれる眉庇がたのマスクがついていたが、はいってくるときにそのぐあいをなおしたものか、まだ手をかけていた」（一六―一七）。マスクをつけるという行為により、変装が――というよりもむしろ依頼人の「へん」な様子がことさら強調される。依頼人本人が出現する前にその依頼の手紙がホームズたちによって精査されているが、その際にワトソンが紙質を描写して「へんに腰がつよい」と言い、ホームズが「そのとおり、イギリス製の紙じゃないんだ」（一四）と応えるくだりで、「へんな」の原語はpeculiar、すなわち「異国風の」というニュアンスをもつ形容詞である。非英国的かつ非中産階級的な二重の規範逸脱が強調されているこの変装においては、表層と内実は乖離などしていない。むしろ悪目立ちするこの表層こそが常にホームズにとっての推理の根拠となるのである。

ホームズものにおいて貴族階級の人間がつねにこのような無益な変装をしているわけではない。同じく『シャーロック・ホームズの冒険』に収められている「赤毛連盟」では銀行強盗の犯人はイギリス貴族階級の男であり、アイリーン・アドラーと同じくホームズから一定の敬意を払われるほど対等な知性の持ち主、と設定されている。にもかかわらず一切の変装はなく、ホームズはクライマックスで正面から顔を見て「女のように白い手」をもち小柄できゃしゃな「はっきりした容貌の、若々しい顔」の犯人を同定している。[13] この犯人ジョン・クレイの描写に、たとえばシェイクスピア劇の少年俳優による女形のイメージを見ることは難しくないだろう。

ドイルの人物創造の背後にイギリス演劇伝統の異性装の影響を見ることはあながち外れてはいない。ドイルの戯曲執筆に対する強い関心は二つの作品に結実している。ホームズを作品中で葬り強制終了させた一八九三年、J・M・バリとの共作で『ジェイン・アニー』というコメディを発表したが、大失敗に終わる。この有名人に対するメディアの目は冷たく、『モーニング・ポスト』紙は「〔ベイカー街の探偵という〕比類なき人物の存在がこの芝居にあれば、観衆が物語のもつれた糸を解きほぐすのに大いに役立ったであろうが」とあからさまな嫌味を掲載する（Stashower 一四二）。この失敗にもめげずドイルは当時の花形俳優であったヘンリー・アーヴィングに年老いた軍曹を主人公とする『ウォータールー物語』の台本を送り、こちらは批評家からも観衆からも大好評を博した。

この主人公の造形に対するG・B・ショーの批判的指摘は興味深い。この劇の主役は「すべての懐古的効果は戯曲の作者が計算して作り上げたもので、少しも演技などする必要がない」という。老いた軍曹の姿はメーキャップと安っぽいものまねで事足りており、残りの仕事は助演者が期待をあおることによって既になされているため主演俳優が登場する瞬間に観客の感動がピークを迎えるに決まっている、とショーは喝破する

(Stashower 一七八)。この評言を胸にホームズが「ただ衣装を変えるというだけ」ではなく「表情や態度、心の底まで新しい役になりきる」って老牧師に変装するくだりを読めば、ドイルが同様の効果を小説にも用いているとわかる(三五)。ドイルの必勝法である「外部に見えるものがすべて」という構造は、そのままホームズものの特徴である撹乱と暴露との機械的な反復と重なって見える。

こうしてワイルドやバリ、ショーらを同時代人にもち演劇をも志向していたドイルにとって、サラ・ベルナールをはじめとする一九世紀末の女優の存在、とくに男装する女優の存在は無意識に創作に入りこんでくるモチーフとなりえたであろう。しかしその着想によってドイルが生み出したのは、変装の名人にして至高の知性の持ち主というホームズのキャラクター設定と物語の構造上齟齬をきたしてしまう唯一の登場人物、「男装する才女」であった。変装によって他者を撹乱するのに成功した以上、他者もまた変装という技術を使う可能性は考慮するべきだろう。しかし一方でホームズが徹底的に外的な事象の観察を基盤とした推理を標榜する以上、彼は表層を疑うことができない。これがホームズがあっけないほどアイリーン・アドラーの変装にだまされる、というより変装の可能性に気がつかない唯一かつ最大の理由である。

結局シャーロック・ホームズとはヴィクトリア朝文学の特徴をなす心理的リアリズムを備えない、ひとつの定式である。ドイル自身の表現によれば、「[ホームズの]キャラクターには光も影もない。彼は計算機械であって、何かをつけ加えればその能力は弱められるだけだ」(14)。男装する女優を排除すれば、「推理機械」ホームズだけが変装を見破る監視塔的な世界は安泰になる。その世界の脅威——男として通用する女——を「ただ一人の女」("the woman")(四二九、四四八)と名付け、以降は彼女に類似する知的に対等な女性を登場させないことによって表層と内実の乖離の象徴となる存在は封印され、ホームズと一人称の語り手ワトソンとの共生による表層優位の構造はかぎりなく強化されてゆく。ホームズものにおける変装とは「服を変えれば自我が変わる」といった多元的な志向のない、「変装もまた自画像にすぎない」という金太郎アメのごとき自己の複製である。このことは空疎な内実と強迫症的な反復を特徴とする疑似カップルの到来を予期させる。「ボヘミアの醜聞」は残りのホームズものから根源的不安をとりのぞくために、シリーズ巻頭におかれる必要があったのである。

4　ホームズものの人気と人間の機械化をめぐるコンテクスト～不条理劇の再生

ピュリッツァー賞受賞者でもある書評家マイケル・ディルダは最近発表したあらたなドイル論『コナン・ドイルについて』（二〇一二）の中でホームズとワトソンをヴォードヴィル（通俗喜劇、笑劇）の漫才ペアにたとえているが、そのたとえは彼らの喜劇的な一面をよく捉えている。ヴィクトリア朝笑劇においては、しばしば真顔の男（the straight man）の方が笑わせ役（the comic）よりも稼ぎがよかったといい、これぞというタイミングでジョークを成立させるには類まれな才能が必要なのだという（Dirda 一九二）。その意味ではワトソンはホームズに対する「真顔の男」であり、物語の構造上その内実の深みよりもただ「びっくりしてみせる」その機械的な役割一点に彼の存在意義がかかっている。と同時にホームズの存在もまた、ワトソンの記述なしには不可能になる。「いいからそこにいたまえ。ボズウェルがそばにいてくれないと、心ぼそいからね」（一五一—一六）というホームズの台詞はジョンソン博士の伝記作者ボズウェルへの言及であるが、相方を必要とする喜劇役者という笑いの条件にも合致する。

また、ホームズものを意外に喜劇的に感じさせる要素をベルクソンの笑いに関する考察に見出すことができるのは興味深い。たとえば事件の顛末に美食志向を発揮して食事にやたらにこだわるホームズ、というお決まりの終わりかたはベルクソンの笑いに関する考察のうち「精神的なことが問題になっているときに肉体に注意を呼ぶ出来事は滑稽」である、という項に相当するだろう。また「変装している人は喜劇的である。変装していると思われる人も喜劇的である」という記述も前述のとおりドイルが変装に滑稽さの危険な可能性を見ていることと合致する。[15] むろんベルクソンは主にフランスの古典劇を念頭においているので、この連想がホームズものの独自性を示すものでは決してない。むしろベルクソンの『笑い』が一九〇〇年に発表されているというドイルとの同時代性が目をひくのである。「『真面目が肝心』を生んだのと同じ機械的な秩序への志向が、生の機械化に対するベルクソンの関心の背景にあったと考えられる」(田尻 一〇三) とすれば、同じ誌上(『リッピンコット・マガジン』誌) でワイルドの『ドリアン・グレイの肖像』(一八九〇) と競作を果したドイルにもまた、人間の機械化に対する関心があったと考えられるのではないだろうか。

ところで、個々の内的実質が薄い疑似カップルと見なされる条件がよく似たふたりの人物が似たような行動をとることにあるとすれば、ホームズものにおいてしばしば依頼人が初めて部屋に入ってきたときに、二人のうち「どちらがホームズか」と問うことの説明になるだろう。しかし、このようによく似た二人組という存在にはさらに明確なモデルがある。ハムレットの学友のローゼンクランツとギルデンスターンである。かれらの個性が希薄なことはシェイクスピア自身の設定であり、『ハムレット』第二幕第二場ではクローディアスと王妃ガートルードがそれぞれ勝手な方を名指して「礼を言うぞ、ローゼンクランツとギルデンスターン」/「礼をいいますよ、ギルデンスターンとローゼンクランツ」と言うことにより、彼ら二人が入れ替え可能なほど内実の薄いキャラクターであることが強調されている。トム・ストッパードはその個の内実が希薄な人間が機械化され、やがては非人間的な機構の部品となってゆく可能性を鋭くとらえ、戯曲『ローゼンクランツとギルデンスターンは死んだ』（一九六七）において先行する疑似カップルのモデルであるベケットの『ゴドーを待ちながら』の二人組の造形をたくみに取り込んで、人間の機械化の果てにあるものを考察した。ホームズものにおいてもホームズとワトソンの二人組は推理マシーンとしてもちこまれる犯罪を解決し続けるが、それが社会の救済にはついに至らない。機械的といえるほど知的であり、かつ社会の転覆を謀らない権威に従属的な人物という点こそが文学史上の疑似カップルの構成条件であった。

こうした周縁的な「疑似カップル」が文学作品の主役になったのが『ブヴァールとペキュシェ』である。それから百三十余年、体感される世界がますます細分化し、実感のないままに自分が世界の部品の一部となっている現代社会において不条理劇への要請は依然強いと思われるが、それは昨今のホームズものの人気再燃と無関係ではないだろう。前述のディルダも近年のワーナー・ブラザーズ制作のスチーム・パンク系映画「シャーロック・ホームズ」とその続編や、物語を現代に翻案したBBC制作のテレビシリーズ「SHERLOCK」（二〇一一－二〇一二）に言及し、とくに後者でホームズ役を演じた舞台出身の俳優ベネディクト・カンバーバッチのホームズ造形に「ハムレットにも似た読み替えの無限の可能性」と高評価をあたえている。[16] 同じくBBC版でワトソンを演じたコメディアン、マーティン・フリーマンは現代版ホームズの人気について「ようするに人は友情が好きなんだ、……お互いがいないとやっていけない、そんな人たちの姿を見るのが好きなんだ」と述べ、その一例として『ゴドーを待ちながら』を挙げていることは深い含みを感じさせる。[17]

この「友情」が疑似カップルのものであることは以上の考察から明らかであり、今ではわれわれはドイルがフローベールからとおく一九世紀を越えて、ベケット、ストッパードらの不条理劇の世界に迷い込んだことを知っている。バリは前述のとおりドイルとの共作の興行が失敗に終わったのち、ドイルにあてて“The Adventures of Two Collaborators”と題した自虐的な戯文を送ったという。(18) ある日、新作興行に失敗した劇の二人の共作者がその理由を解明してもらおうとベイカー街にホームズを訪ねてくる。「一人は巨漢で乱暴そう、一人は小柄でよりハンサム」な二人組の懲りない「共作者」は、奇妙なほどあのブヴァールとペキュシェに似ている。

□注

(1) Daniel Stashower, *Teller of Tales* (New York: Henry Holt and Company, 1999)、一二三。以下、スタシャワーによる本評伝からの引用は本書の頁数を記す。

(2) ジュリアン・シモンズ、二九。

(3) Michael Dirda, *On Conan Doyle*、一九二。以下の各作家からの評言は同書からの再引用。

(4) アンドレ・ヴァノンシニ、三三。以下、本書からの引用には頁数を記す。

(5) ドイル、*Sherlock Holmes: The Complete Stories with Illustrations from the Strand Magazine*、四二九。

(6) 田尻芳樹、九二―九四。本稿の「疑似カップル」と世紀末小説という着想は本書の第三章「『真面目が肝心』と〈疑似カップル〉」から得ている。

(7) Fredric Jameson、五八。以下、本書からの引用には頁数を記す。

(8) 『フローベール全集　第五巻』、三。以下、本書からの引用には頁数を記す。

(9) この評言はロナルド・ピアソールの『シャーロック・ホームズの生まれた家』より再引用（ピアソール　八

四)。

（10）『シャーロック・ホームズ傑作選』三三―三四。以下、日本語での引用は本書より頁数を記す。

（11）浜名恵美「ジェンダー／フェミニズム」の項、『シェイクスピア・ハンドブック』所収、九二。

（12）河合祥一郎「変装」の項、『シェイクスピア・ハンドブック』所収、一五八。

（13）「赤毛連盟」、『シャーロック・ホームズ傑作選』所収、八六。

（14）'*The Cambridge History of Victorian Literature*'、"Sensation" の項より再引用（Flint 二三九）。

（15）ベルクソン『新訳ベルクソン全集三　笑い』、三六―四八。

（16）ディルダの寄稿記事 "Holmes and Away" (*New Statesman*, November 2011. http://www.newstatesman.com/books/2011/11) を参照。

（17）現代版ホームズを考案する際、制作陣がホームズとワトソンの配役に苦慮した経緯がＢＢＣ刊行の *Sherlock: The Casebook* に記録されている（Adams 二―七）。

（18）バリの戯文のエピソードは *Teller of Tales* からの再引用、一四三―四四。この戯文はドイル自身に絶賛され、のちにドイルの自伝『わが思い出と冒険』（一九二四）に収録された（日暮 三〇〇）。

□参考・引用文献

Adams, Guy. *Sherlock: The Casebook*. London: Random House, 2012.

Dirda, Michael. *On Conan Doyle*. Princeton: Princeton UP, 2012.

Doyle, Arthur Conan. *Sherlock Holmes: The Complete Stories with Illustrations from the Strand Magazine*.

Hertfordshire: The Wordsworth Editions, 1989.
———. *The Lost World' & Other Stories*. Introduction by Watts, Cedric. Hertforshire: Wordsworth Editions, 2010.
Flint, Kate ed. *The Cambridge History of Victorian Literature*. Los Angeles: University of Southern California Press, 2012.
Haining, Peter ed. "The Truth about Sherlock Holmes." *The Final Adventures of Sherlock Holmes*. New York: Barnes and Noble Books, 1993.
Jameson, Fredric. *Fables of Aggression: Wyndham Lewis, the Modernist as Fascist*. Berkley: University of California Press, 1979.
Lellenberg, Jon, Stashower, Daniel and Foley, Charles eds. *Arthur Conan Doyle: A Life in Letters*. London: Penguin Press, 2007.
Stashower, Daniel. *Teller of Tales*. New York: Henry Holt and Company, 1999.
ヴァノンシニ、アンドレ『ミステリ文学』太田浩一訳、白水社、二〇一二年。
シモンズ、ジュリアン『コナン・ドイル』深町眞理子訳、東京創元社、一九九一年。
ストッパード、トム『ローゼンクランツとギルデンスターンは死んだ』松岡和子訳、劇書房、一九九四年。
高橋康也編『シェイクスピア・ハンドブック』新書館、一九九四年。
田尻芳樹『ベケットとその仲間たち』論創社、二〇〇九年。
ドイル、アーサー・コナン『シャーロック・ホームズ傑作選』中田耕治訳、集英社、一九九二年。
——『ガードルストーン商会』笹野史隆訳、エミルオン、二〇〇六年。

――『シャーロック・ホームズの復活』深町眞理子訳、東京創元社、二〇一二年。

――『白衣の騎士団』笹野史隆訳、原書房、一九九四年。

――『緋色の研究』新訳版、深町眞理子訳、東京創元社、二〇一〇年。

――『マイカー・クラーク』笹野史隆訳、エミルオン、二〇〇五年。

――『わが思い出と冒険――コナン・ドイル自伝』延原謙訳、新潮社、一九六五年。

ピアソール、ロナルド『シャーロック・ホームズの生まれた家』小林司／島弘之訳、河出書房新社、一九九〇年。

フローベール、ギュスタフ『フローベール全集　第五巻』新庄嘉章訳、筑摩書房、一九六六年。

ベケット、サミュエル『名づけえぬもの』安藤元雄訳、白水社、一九九五年。

ベルクソン、アンリ『新訳ベルクソン全集3　笑い』竹内信夫訳、白水社、二〇一一年。

ライリー、ディック／パム・マカリスター編『ミステリ・ハンドブック　シャーロック・ホームズ』日暮雅通監訳、原書房、二〇一〇年。

あとがき

本書成立の経緯については海老根宏先生が冒頭でお書きになっている通りである。その通りではあるのだが、少しばかりその前史と呼べるようなものがないではない。本書が企画される数年前の話になる。ある大学の英文科で教壇に立っている後輩（先生の教え子でわたしも与太話を聞かせたことがある）を介して、学生が読んで卒論執筆の助けになり、同時に学術的にも意味のある英国小説論集を出せないものか、と打診をしてもらったことがあった。自分の無能力には気づかない振りをして、日々、授業の難しさを痛感している身としては、若い人たちの文学離れも一因であろうと思い定めるよりほかになく、すでに〈サンデー毎日〉を享受しておられるに違いない先生が羨ましかった、いや恨めしかったせいもある。ところが、先生のお答は簡単明瞭――「そうした本はもういくつもあるでしょ」だった、と聞いた。当然ながら意気阻喪したというか、腰が引けた。それでもこの本ができたのは、それ以後も、先生の教え子たちの熱意が学会や研究集会など、折に触れて伝わってきたからである。最初、にべもなく断られるのではないかと怯えつつ先生にお会いして、酒の力を借りながらおっかなびっくり本書の企画を仄めかし、その後、自分だけでは心もとないので、今度は若い友人たちの数の圧力を利用して、最終的に本書の企画に賛成していただいた。

その直後だったと思うが、これもどこかの会合から流れた酒席で、松柏社の森有紀子さんに偶々、まだ茫漠とした計画ながら論文集を考えているとお話ししたところ、思いがけず「ウチで出しますよ」とのお申し出。それで具体化の目途がついた。とはいえ論集である以上、多くの人が関係するわけで、その具体化の過程は、颯爽がお似合いの海老根先生はもしかしたら苛立ちを感じておられたかもしれない曲折があった。

まず、本書の性格である。正直なところ、おそらく先生の教え子の方たちは、そしてわたしも、これは先生の何かを記念する論文集の性格を持つことになる、とどこかで感じていた。(結果として、喜寿のお祝いになった、と思いたい。) ただ『英国小説研究』などに掲載された先生の論文をまとめて読みたいという身勝手な気持ちがわたしにはあり、それを実現する論集にしたい、とも考えていたので、必然的に、どのような形が可能であるのか、悩むことになった。先生のご専門から英国小説が主たるテーマとなることは当然だったが (先生が「英文学史」の授業を英詩中心になさっていたとしても、である)、英国小説という括りではいかんせん範囲が広すぎて、つまみ喰いのような論集になってしまう。森さんのお申し出が思いがけなかったのは、つねづね総花的な論集には興味がない、と伺っていたからで、たしかにテーマを限定した方が書棚の飾りでなく、実際に手に取って読んでもらえる本になるに違いない。そこで先生とご相談して、「英国」の一九世紀小説に対象を絞ることにした。そして同時に、学生向きでありながら、学術的にも意味を持つ論文という自己矛盾を内包しているかもしれない理想はひとまず捨て、基本的に啓蒙性は後回しにすることにした。その上で、執筆者は海老根先生が東大文学部で教鞭を取られた一九七九年四月から一九九六年三月の間に教室や演習室で直接指導を受けたという経験を持つものに限定した (かくいうわたしは談話室で指導を受けた)。この点で先生の決断は早く、わたしが多分に遺漏のありそうな執筆依頼候補者のリストをお示ししたところ、その場で即決してしまった。ご寄稿いただくべき方は他にも多くいらっしゃったと思うが、いったん枠を外すと、どこまで広げたらいいか分からなくなると瞬時に判断を下されたに違いない。それで早速、執筆を依頼し、大多数から積極的な参加を得られたのだが、意欲はありながらも、昨今の大学事情でどうしても時間に余裕がないという方が出たのは仕方のないことだった。ただ対象を一九世紀小説に限定したことが理由で、先生を指導教官と仰ぎながら今回の寄稿を辞退された方が何人か出てしまったのは、これも止むを得ないとはいえ残念だった。（先生の関心は一九世紀に限られるものではなく、ご退官の最終年度の大学院ゼミは『ユリシーズ』の演習であったと記憶する。）しかし結果として、〈小説の世紀〉に焦点を当てたことで、それなりに纏まりのある「英国」小説論集になったのではないか、と自画自賛してしまおう。唯一の心残りは、全体のバランスを考えて、海老根先生のオースティン論を収録できなかったことだが、ここで恨むべきは執筆者の身勝手ではなく、多くの論者を引き寄せる作家オースティンであることは言うまでもない。

こう述べればすでに明らかなように、執筆依頼の条件は、論述の対象を一九世紀の「英国」作家とするというだけであり、それ以外は論者の関心に従って自由に書いていただいた。論文によってアプローチも力点の置き方も様々であるのはもちろんそのせいであるが、同時にそれは啓蒙性を捨てた結果であるのみならず、理論の洗礼を受けた時代の風潮をも反映しているだろう。考えてみれば、若い頃にノースロップ・フライに熱狂した一人である海老根先生は理論派だったに違いなくて、それはここに収録された『虚栄の市』論からも容易に窺えることである。それにも拘わらず、伸びやかに書かれたと見えるその論文には、未読の読者に作品を読んでみたいと思わせる誘いがある、ように思われる。それが一九七〇年代以降、すっかり旗色の悪くなったリベラル・ヒューマニズムに由来するものであるのかどうかは分からないが、今、そのような誘いを論文に忍ばせるのがすっかり難しくなっていることにはおそらく疑問の余地がない。かつて暗黙の前提とされていたのは〈文学〉の過剰だったということかもしれない。過剰に支えられてきた〈(英)文学〉が贅肉を削ぎ落としてあるべき姿に近づいたのか、それとも骨まで削られて身が持たなくなりつつあるのか。いずれにしても、数十年前と比べていわゆる〈文学〉を楽しむ読者が減っていることは経験上、否定しようのない事実であり、少なくとも贅肉を飼い馴らしている人間の勝手を言えば、そうした現実には背を向けたシニシズムへと赴く気分がないわけではない。しかし一つの舞台を去る人間が気取るべきシニシズムは、冷笑を大声で喚くものではなく礼儀とやさしさと共存しうるものでなければならないという誰かの遺言を想起しつつ、海老根先生が以前、長編小説を過不足なく要約して、読んでいない学生にその面白さを伝えることができれば、それは立派な才能ではないか、とおっしゃっていた真意を併せて探れば、文学の楽しみ方は各人各様であり、作品への誘い方もまた一様ではない、という当たり前の事実に改めて思い至る。そこからは、自分の授業がうまくいかないのも道理だという自己憐憫を纏った認識ばかりでなく、一九世紀「英国」小説を面白いと思う人間がその面白さについて語ることは今でも決して無意味ではない、という少しだけ尤もらしい認識も生まれる。個々の筆者の感ずる面白さは様々であり、それがどこにどこまでどのように伝わるかは当面、棚上げするしかないのだから。

本書の企画の出発点までをわたしなりに遡及的に纏めると以上のようなことになる。そうなれば必然的に本書は、僻みかもしれないが、面白さを共有する学生に今より多く恵まれていたように見える海老根宏編となるはずだった。そこにわたしの名前が割り込むことになったのは、偏に先生の頑固に近い強固な申し入れのためである。海老根宏という人は結論を出すと、容易にそれを変えない人だというのが最初にお会いした頃のわたしの印象だが、久しぶりにそれを再確認させられた。そしてこのように再確認させられると、本書成立の前史を用意した更なる前史へと向かう個人的な遡行に否応なく筆が傾いてしまう。お許しいただきたい。

思い出されるのが、結論の人、海老根宏に関する一つのエピソード。「今は昔」の話だから、もはや公表しても差支えあるまい。ある年の大学院入試のことである。合否の境界線上にいる受験生がいた。口述試験での応接が芳しくなく、否定的な評価が支配的になりかけたとき、海老根先生の「可能性がある。責任はぼくが持つ」という発言で合格になった。その院生は三年後に、誰もが高く評価する圧倒的な出来栄えの修士論文を提出した。否定的な意見の急先鋒だった同僚も讃辞を惜しまなかったので、ふと意地悪な気持ちになり、「あのときのあなたの評価は不合格だったよね」と言って、相手の顔を赤くさせたことを覚えている。この点についてこれ以上詳しく書くと、今度は先生が顔を赤らめかねないから、熱を冷ますかもしれないもう一つのエピソードで補完しておこう。ただしこれは伝え聞いたことで、わたしが直接目にした右記の出来事よりかなり前の話である。ある授業で先生から不可を貰った学生がいた。真面目でやる気もあったその学生は、奮起して翌年も先生の授業を取り、またレポートを提出し、また不可を貰った。忘れられない経験だったと語るそのときの学生は今や立派な研究者である（お名前は差し控えよう）。と、先生の顔を青くさせるつもりでここまで書いてみると、評価軸のぶれない教師像に魅力を感じてしまうのは、無定見のままふらついてばかりいる自分だけではないような気がしてきてしまった。だから話向きを反転させることにする。

それはあちこちふらふらする人間にも取柄があるのではないか、ということである。おそらく一番の取柄は散歩ができることだろう。その含意するところは、颯爽と歩を進める散歩というものが幾分なりとも奇妙である以上、ふらふら人間とは違って「海老根宏の散歩」にはどこかオクシモーロンの響きがあるということである。これもわたしの初期の印象に由来するのだが、時に結論という名で呼ばれたりもする目的地に向け、ご本人の自覚は別として、風を切って大股で進むといったイメージが先生にはある。わたしが勝手に「ノースロップ・フライ四人組」と呼んでいる先輩のなかのお一人があるとき、「海老根さんの省エネ主義」と発言されたのを耳にして、わたしの印象はどうやらそれほど特殊なものではないらしいと納得した記憶がある。どこかに無駄がなければ、或いは目的地を最短距離で目指せば、きっと散歩にはなるまい。

ここでいう「あるとき」とは二十年ほど前、日本英文学会の全国大会開催時。開催校は東大文学部。実はその頃から、開催校がなかなか決まらないという現在に繋がる状況が生まれつつあった。当時、英文学会長であった先生が、すぐに開催校が決まっていた英文学華やかなりし昔と比較してのことであろう、「ぼくは人望がないんだな」とぽつりと述懐されたことを鮮明に覚えている。間違いなく失礼な感想になるが、海老根宏のことばとして、それが新鮮だったというか、思いがけなかったからである。言うまでもなく、開催校の申し出が激減したのは大学を取り巻く状況が変化してきたからに他ならない。ただ先生としては、自分の勤務先で開催することにある種の責任を感じておられたのかもしれない。開催校が担う様々の雑事まで先頭を切ってこなしておられた。何が重要で何が不要かを素早く適確に見極めて周到に準備を整えられたばかりでなく、大会当日もみずから早足で必要な場所へと向かう先生の姿が何度も見受けられた。しかしこれは正直なところ、手伝いの学生や院生にとってなかなか厄介な状況である。何をしたらいいのか分からぬまま指示を待っていると、先生ご自身が動いてしまい、自分はぼんやり椅子に座っているという仕儀に陥るのだから。きっとそうした様子を見兼ねたからに違いない、これも「四人組」の別のお一人が「フットワークの軽いのは海老根のいいところだが、会長としてはもう少し偉そうにしていてくれないと周りのものが困るよな」とそっと一言。たしかに困る先生なのだった。具体例を一つ。学会は土日と二日にわたり、アルバイトの学生たちに昼食を用意しなくてはならない。先生は大学最寄りの地下鉄駅の近くにあった持ち帰り専門の寿司屋で弁当を買い、たしか二日ともご自分で手に提げて大学まで持って来られた。いや、さすがに手配だけはご自分でして、配達は店にしてもらったのだったか。いずれにしても大会終了後の先生の反省――「二日通して働いてくれる学生もいるというのに、二日とも同じ弁当を頼んでしまった。そういうところがぼくの気が回らないところなんだよなぁ」気が回らないのは別のところのような気がするなぁ、先生。

要約しよう。先生と接することによって、世間のしきたりに囚われないでいるためには、しきたりに人質を取られてはいけないのだ、ということを痛感した。最初から人質を取られていないのならばいざしらず、ずっと人質を取られたままでいると思い込んでいる人間は、どこかの特殊部隊が人質救出に天から舞い降りてくれることなどありえないのだから、身代金の支払いが足りないのだということ。海老根宏という人から学んだ一番の教えはそこにあるような気がする。先生の教え子である寄稿者全員の気持ちを代弁することなどとてもできないけれども、そうした認識は多かれ少なかれ共有されるのではなかろうか。それならば、年長を理由に寄稿者を代表して編著者を名乗ることも許されるのかもしれない。その資格において最後に、同じ職場に迎えてもらったわたしへの二十数年前の先生の助言めいた心遣い――「前の職場と比べると、ここでは少し孤独を感じることが多いかもしれないよ」――に対して「でもこうなってみると、感じるのは孤独ばかりじゃないですよね」というずいぶん遅くなった、しかもしかするとひどく間の抜けた返答を記して筆を擱きたい。

二〇一四年　三月一一日

高橋和久

編著者・執筆者紹介

＊五十音順

海老根宏（えびね　ひろし）
一九三六年生まれ。東京大学名誉教授。一九六二年、東京大学大学院人文科学研究科修士課程修了。同年、大阪大学教養部講師、一九六六年、シカゴ大学大学院修士課程修了、一九六七年、大阪大学教養部助教授。一九六九年、東京大学教養学部助教授、一九七九年、同文学部助教授、一九八九年教授。一九九六年、東洋大学文学部教授。一九九七年、東京大学名誉教授。二〇〇七年、東洋大学を退職。共著・共編著に、『講座英米文学史9　小説Ⅱ』（大修館、一九八二、共著）、『週刊朝日百科12　ディケンズ、ブロンテ姉妹ほか』（朝日新聞社、一九九九、共編著）、『ジョージ・エリオットの時空――小説の再評価』（北星堂、二〇〇〇、共編著）、『20世紀英語文学辞典』（研究社、二〇〇五、共編著）。翻訳に、ノースロップ・フライ『現代文化の百年』（音羽書房、一九七一）、ジョン・ベイリー『トルストイと小説』（研究社、一九七三）、デイヴィッド・ストーリー『救われざる者たち』（集英社、一九七九、共訳）、ライオネル・デヴィッドソン『チェルシー連続殺人』（集英社、一九七九）、ノースロップ・フライ『批評の解剖』（法政大学出版局、一九八〇、共訳）、W・J・T・ミッチェル『物語について』（平凡社、一九八七、共訳）、ジョージ・スタイナー『アンティゴネーの変貌』（みすず書房、一九八九、共訳）、シャーロット・ブロンテ『ブロンテ全集1　教授』（みすず書房、一九九五、共訳）、ジェイムズ・ジョイス『スティーヴン・ヒアロー』〈世界文学大系68〉（筑摩書房、一九九八）。

鵜飼信光（うかい　のぶみつ）
一九六二年生まれ。九州大学大学院人文科学研究院教授。一九九一年、東京大学大学院人文科学研究科博士課程退学。著書に、『背表紙キャサリン・アーンショー――イギリス小説における自己と外部』（九州大学出版会、二〇一三）。

大田美和（おおた　みわ）
一九六三年生まれ。中央大学文学部教授。一九九三年、東京大学大学院人文科学研究科博士課程退学。著書に、『アン・ブロンテ――二十一世紀の再評価』（中央大学出版部、二〇〇七）、『きらい』（河出書房新社、一九九一）、『大田美和の本』〈現代歌人ライブラリー2〉（北冬舎、二〇一四）。

小山太一（こやま　たいち）
一九七四年生まれ。専修大学商学部准教授。一九九八年、東京大学大学院人文社会系研究科修士課程修了。二〇〇四年、ケント大学（英国）大学院博士課程修了（Ph. D.）。著書に、*The Novels of Anthony Powell: A Critical Study*（北星堂書店、二〇〇六）。翻訳に、トマス・ピンチョン『V.』（新潮社、二〇一一、共訳）、イアン・マキューアン『贖罪』（新潮社、二〇〇八）、コラム・マッキャン『世界を回せ』（河出書房新社、二〇一三、共訳）。

斎藤兆史（さいとう　よしふみ）
一九五八年生まれ。東京大学大学院教育学研究科教授。一九八三年、東京大学大学院人文科学研究科修士課程修了。一九九七年、ノッティンガム大学英文科博士課程修了（Ph. D.）。著書に、『英語達人列伝——あっぱれ、日本人の英語』（中公新書、二〇〇〇）、『努力論——決定版』（中公文庫、二〇一三）。翻訳に、ラドヤード・キプリング『少年キム』（ちくま文庫、二〇一〇）、V・S・ナイポール『魔法の種』（岩波書店、二〇〇七）。

高桑晴子（たかくわ　はるこ）
一九七四年生まれ。お茶の水女子大学大学院人間文化創成科学研究科准教授。二〇〇五年、東京大学人文社会系研究科博士課程退学。同年、ダブリン大学トリニティ・カレッジ大学院修士課程修了（M.Phil.）。論文に“'Wild Irish' heroines: Sydney Owenson's national tales of the 1810s.” *Journal of Irish Studies* 26（二〇一一）、「イギリスのナショナル・テイル——マライア・エッジワースの『パトロネッジ』」『専修大学人文科学年報』四一号（二〇一一）。

高橋和久（たかはし　かずひさ）
一九五〇年生まれ。東京大学大学院人文社会系研究科教授。一九七六年、東京大学大学院人文科学研究科修士課程修了。著書に、『エトリックの羊飼い、或いは、羊飼いのレトリック』（研究社、二〇〇四）、『ラドヤード・キプリング——作品と批評』（松柏社、二〇〇三、共編著）。

田尻芳樹（たじり　よしき）
一九六四年生まれ。東京大学大学院総合文化研究科准教授。一九九三年、東京大学大学院人文科学研究科博士課程退学。ロンドン大学バークベックカレッジ大学院博士課程修了（Ph. D.）。著書に、*Samuel Beckett and the Prosthetic Body*

(Palgrave Macmillan, 2007)、『ベケットとその仲間たち——クッツェーから埴谷雄高まで』（論創社、二〇〇九）。

丹治愛（たんじ　あい）

一九五三年生まれ。法政大学文学部教授。一九八〇年、東京大学大学院人文科学研究科博士課程退学。著書に、『ドラキュラの世紀末——ヴィクトリア朝外国恐怖症の文化研究』（東京大学出版会、一九九七）、『知の教科書　批評理論』（講談社選書メチエ、二〇〇三、編著）。翻訳に、ヴァージニア・ウルフ『ダロウェイ夫人』（集英社文庫、二〇〇七）。

丹治竜郎（たんじ　たつろう）

一九六四年生まれ。中央大学文学部教授。一九九二年、東京大学大学院人文科学研究科博士課程退学。著書に、『知っておきたいイギリス文学』（明治書院、二〇一〇、共著）。論文に、「自分の説を信じない男——ジェイムズ・ジョイス『ユリシーズ』第九挿話について」『イギリス小説の愉しみ』（音羽書房鶴見書店、二〇〇九）。

中井亜佐子（なかい　あさこ）

一九六六年生まれ。一橋大学大学院言語社会研究科教授。一九九二年、東京大学大学院人文科学研究科修士課程修了。一九九六年、オックスフォード大学英文学部博士課程修了（D.Phil.）。著書に、*The English Book and Its Marginalia: Colonial/postcolonial Literatures After* Heart of Darkness (Rodopi, 2000)、『他者の自伝——ポストコロニアル文学を読む』（研究社、二〇〇七）。

永富友海（ながとみ　ともみ）

一九六五年生まれ。上智大学文学部教授。一九九八年、東京大学大学院人文社会系研究科博士課程退学。サセックス大学大学院博士課程修了（D.Phil.）。論文に、「身内のレトリックと、結婚、相続の（不）可能性——『レイディ・オードリーの秘密』を中心に」『英文学と英語学』四八号（上智大学英文学科、二〇一二）。翻訳に、ジュディス・R・ウォーコウィッツ『売春とヴィクトリア朝社会——女性、階級、国家』〈SUPモダン・クラシックス叢書〉（上智大学出版、二〇〇九）。

西村隆（にしむら　たかし）

一九七一年生まれ。大阪教育大学教育学部准教授。一九九七年、東京大学大学院人文社会系研究科博士課程退学。論文に、「"Heart of Darkness"における帝国主義批判の立脚点」『中部英文学』第二〇号（日本英文学会中部支部、二〇〇一）。翻訳に、J・H・ステイプ編著『コンラッド文学案内』（研究社、二〇一二、分担翻訳)。

桃尾美佳(ももお　みか)
一九七三年生まれ。成蹊大学法学部准教授。二〇〇六年、東京大学大学院人文社会系研究科博士課程退学。論文に、「まなざしへの偏執――ジョン・バンヴィル『立証文書』に見る亡霊召喚」『亡霊のイギリス文学――豊饒なる空間』(国文社、二〇一二)。翻訳に、ジョン・バンヴィル『プラハ　都市の肖像』(DHC、二〇〇六、共訳)。

山田美穂子(やまだ　みほこ)
一九七一年生まれ。青山学院女子短期大学現代教養学科准教授。二〇〇〇年、東京大学大学院人文社会系研究科博士課程退学。論文に、「イングリッシュネス――「南」へのノスタルジアの諸相」『ギッシングを通して見る後期ヴィクトリア朝の社会と文化』(溪水社、二〇〇七)。翻訳に、ローラ・ミラー/アダム・ベグリー編『サロン・ドット・コム――現代英語作家ガイド』(研究社、二〇〇三、分担翻訳)。

山本史郎(やまもと　しろう)
一九五四年生まれ。東京大学大学院総合文化研究科教授。一九八一年、東京大学大学院人文科学研究科博士課程退学。著書に、『東大の教室で『赤毛のアン』を読む――英文学を遊ぶ9章』(東京大学出版会、二〇〇八)、『名作英文学を読み直す』(講談社選書メチエ、二〇一一)。翻訳に、J・R・R・トールキン『新版　ホビット――ゆきてかえりし物語　第四版・注釈版』(原書房、二〇一二)。

結城英雄(ゆうき　ひでお)
一九四八年生まれ。法政大学文学部教授。一九八〇年、東京大学大学院人文科学研究科修士課程修了。著書に、『『ユリシーズ』の謎を歩く』(集英社、一九九九)、『ジョイスを読む――二十世紀最大の言葉の魔術師』(集英社新書、二〇〇四)、『亡霊のイギリス文学――豊饒なる空間』(国文社、二〇一二、共編)。翻訳に、ジェイムズ・ジョイス『ダブリンの市民』(岩波文庫、二〇〇四)。

吉田朱美(よしだ　あけみ)
一九七二年生まれ。名古屋工業大学工学教育総合センター准教授。二〇〇五年、東京大学大学院人文科学研究科博士課程退学。論文に、「審美主義――美を通じた理想の追求」『ギッシングを通して見る後期ヴィクトリア朝の社会と文化』(溪水社、二〇〇七)、"Voice and Presence in *Callas Forever*." *Poetica* 79 (二〇一三)。

吉野由利（よしの　ゆり）

一九七二年生まれ。学習院大学文学部准教授。二〇〇四年、東京大学大学院人文科学研究科博士課程退学。ロンドン大学キングズ・コレッジ&ゴールドスミス・コレッジ英文科博士課程修了（Ph. D.）。論文に、“Spain Vanished, and Green Ireland Reappeared: Maria Edgeworth’s Patriotism in *The Absentee and Patronage*,” *New Voices in Irish Criticism 5* (Four Courts Press, 2005)。著書に、『ジェンダー表象の政治学——ネーション、階級、植民地』（彩流社、二〇一一、共編著）。

ら行

ま行

や行

た行

な行

は行

さ行

事項索引

あ行

か行

「カーミラ」（“Carmilla”） 242
“The Familiar” 239-53
レールセン、イェップ（Joep Leerssen） 28, 63
ローザ、サルヴァトール（Salvator Rosa） 68-69, 85-87

わ行

ワイルド、オスカー（Oscar Wilde） 156, 297, 385-404, 417, 421, 423
『ヴェラ、あるいはニヒリスト』（*Vera, or the Nihilists*） 385
『ドリアン・グレイの画像』⇒『ドリアン・グレイの肖像』
『ドリアン・グレイの肖像』（*The Picture of Dorian Gray*） 297, 370, 385-404, 423
『真面目が肝心』（*The Importance of Being Earnest*） 404, 423, 425
「アーサー・サヴィル卿の犯罪」（“Lord Arthur Savile's Crime”） 385, 387
「嘘の衰退」（“The Decay of Lying”） 386
「社会主義下の人間の魂」（“The Soul of Man under Socialism”） 386, 404
「ペン、鉛筆、毒薬」（“Pen, Pencil and Poison”） 392
ワーグナー、リヒャルト（Richard Wagner） 136, 368, 374
ワット、イアン（Ian Watt） 343, 357

や行

山本忠雄　182-85, 190-91
ユイスマンス（Joris-Karl Huysmans）　366, 369-70, 372, 376-77, 391
　『さかしま』（*À Rebours*）　366, 369-70, 377, 391
ユウェナーリス（Decimus Junius Juvenalis）　137-38
ユゴー、ヴィクトル（Victor Hugo）　370
　『ノートルダム・ド・パリ』（*Notre-Dame de Paris*）　370
　『レ・ミゼラブル』（*Les Misérables*）　370

ら行

ラスキン、ジョン（John Ruskin）　156, 257, 275
　『近代画家論』（*Modern Painters*）　275
ラドクリフ、アン（Ann Radcliffe）　74, 82, 84, 174
　『イタリア人』（*The Itarian*）　84
　『ユドルフォ城の秘密』（*The Mysteries of Udolpho*）　2, 84
リチャードソン、サミュエル（Samuel Richardson）　2, 151
　『パミラ』（*Pamela*）　13, 151
リットン、ブルワー（Edward Bulwer- Lytton）　137, 352
　『ペラム』（*Pelham*）　352
『リッピンコット・マガジン』（*Lippincott's Magazine*）　305, 423
ルイス、G・H（George Henry Lewes）　156, 159, 161, 163
ルカーチ、ジェルジ（György Lukács）　1, 6
ル・カレ、ジョン（John le Carré）　409
ルソー、ジャン–ジャック（Jean-Jacques Rousseau）　366
ル・ボン、ギュスターヴ（Gustave Le Bon）　343, 357
　『群集心理』（*Psychologie des foules*）　357
レヴァイン、ジョージ（George Levine）　270, 275
　『リアリズムの想像力』（*The Realistic Imagination*）　270, 275
レノン、ジョゼフ（Joseph Lennon）　28
レ・ファニュ、ジョウゼフ・シェリダン（Joseph Sheridan Le Fanu）　239-54
　『アンクル・サイラス』（*Uncle Silas*）　240, 248-49, 251-52
　『鏡の中に仄暗く』（*In a Glass Darkly*）　242, 244, 249, 251-52

ま行

マクドナルド、ジョージ（George MacDonald） 219-38

『北風の後ろの国』（*At the Back of the North Wind*） 224

『ファンタステス——成年男女のための妖精物語』（*Phantastes: A Fairie Romance for Men and Women*） 219-38

『リリス』（*Lilith: A Romance*） 219

マチューリン、チャールズ・ロバート（Charles Robert Maturin） 239, 253

マラルメ、ステファヌ（Stephane Mallarme） 370, 372

「牧神の午後」（“L’Après-midi d’un faune”） 372

マルクス、カール（Karl Marx） 358-59

『ルイ・ボナパルトのブリュメール一八日』（*Der 18te Brumaire des Louis Bonaparte*） 358-59

マルモンテル（Jean-François Marmontel） 27, 29, 35

三島由紀夫 402-04

ムア、ジョージ（George Moore） 365-83

『アーリングフォードのストライキ』（*The Strike at Arlingford*） 381

『一青年の告白』（*Confessions of a Young Man*） 365-83

『現代の恋人』（*A Modern Lover*） 369-70, 375-76, 383

『単なる事故』（*A Mere Accident*） 375

『パーネルと彼の島』（*Parnell and His Island*） 380-81

『未耕地』（*The Untilled Field*） 381

『湖』（*The Lake*） 381

『モスリンのドラマ』（*A Drama in Muslin*） 381

『役者の妻』（*A Mummer’s Wife*） 369, 375-76

メレディス、ジョージ（George Meredith） 278-98, 378

『リチャード・フェヴレルの試練』（*The Ordeal of Richard Feverel*） 278-98

モネ、クロード（Claude Monet） 372

モーム、ウィリアム・サマセット（William Somerset Maugham） 180

『人間の絆』（*Of Human Bondage*） 180

ブルックス、ピーター（Peter Brooks） 270
『メロドラマ的想像力』（*The Melodramatic Imagination*） 270
フロイト、ジグムント（Sigmund Freud） 280
フローベール、ギュスターヴ（Gustave Flaubert） 158, 373, 376-77, 408, 413-16, 424
『ブヴァールとペキュシェ』（*Bouvart et Pécuchet*） 408, 413-16, 424-25
『ボヴァリー夫人』（*Madame Bovary*） 82, 375
ブロンテ、エミリー（Emily Jane Brontë） 156-57, 270
『嵐が丘』（*Wuthering Heights*） 157
ブロンテ、シャーロット（Charlotte Brontë） 155-78, 270
『ジェイン・エア』（*Jane Eyre*） 155, 164-75
ペイター、ウォルター（Walter Pater） 368-69, 373, 375, 391
『享楽主義者マリウス』（*Marius the Epicurean*） 368-70, 373, 375
ベイトソン、グレゴリー（Gregory Bateson） 123
ベケット、サミュエル（Samuel Beckett） 408, 412-14, 416, 424
『ゴドーを待ちながら』（*Waiting for Godot*） 412, 414, 424
『名づけえぬもの』（*The Unnamable*） 412, 414
『メルシエとカミエ』（*Mercier et Camier*） 412-13
ベルクソン、アンリ＝ルイ（Henri-Louis Bergson） 422-23
ベルナール、サラ（Sarah Bernhardt） 421
『ペル・メル・ガゼット』（*The Pall Mall Gazette*） 375
ベンヤミン、ヴァルター（Walter Benjamin） 347, 349-50, 358-61
「複製技術時代の芸術作品」（“The Work of Art in the Age of Mechanical Reproduction”） 347, 358
「歴史の概念について」（“Concerning the Concept of History”） 359
ポー、エドガー・アラン（Edgar Allan Poe） 409-10
『盗まれた手紙』（*The Purloined Letter*） 410
『モルグ街の殺人』（*The Murders in the Rue Morgue*） 410
ボウエン、エリザベス（Elizabeth Bowen） 240-41, 249
ポープ、アレクサンダー（Alexander Pope） 141, 144-45
『髪の毛盗み』（*The Rape of the Lock*） 141
『ダンシアッド』（*The Dunciad*） 145
ホブスン、J・A（J. A Hobson） 338

into the Origin of Our Ideas of the Sublime and Beautiful)　69
ハーディ、トマス（Thomas Hardy）　136, 156, 171, 299-320, 378
『エセルバータの手』（*The Hand of Ethelberta*）　304, 309-14, 316-17
『カスターブリッジの市長』（*The Mayor of Casterbridge*）　136-37
『ダーバヴィル家のテス』（*Tess of the D'Urbervilles*）　303-04, 314-19
『はるか群衆を離れて』（*Far from the Madding Crowd*）　304-09
『日蔭者ジュード』（*Jude the Obscure*）　299, 301, 303, 318
バーニー、ファニー（Fanny Burney）⇒バーニー、フランシス
バーニー、フランシス（Frances Burney）　24, 46
バトラー、マリリン（Marilyn Butler）　25, 27, 114-16, 125
パーネル、チャールズ・スチュワート（Charles Stewart Parnell）　379-81
バリ、J・M（James Matthew Barrie）　417, 420-21, 425-26
バルザック、オノレ・ド（Honoré de Balzac）　163, 372-73, 376
バンヴィル、ジョン（John Banville）　249
パンター、デイヴィッド（David Punter）　251
『パンチ』（*Punch*）　137
ビア、ジリアン（Gillian Beer）　273, 276, 295-96
『ダーウィンのプロット』（*Darwin's Plots*）　273, 276
フィールディング、ヘンリー（Henry Fielding）　136, 151
『ジョゼフ・アンドルーズ』（*The History of the Adventures of Joseph Andrews*）　151
『トム・ジョーンズ』（*Tom Jones*）　13, 136
プーヴィ、メアリー（Mary Poovey）　130
フェリア、スーザン（Susan Ferrier）　45-66
『遺産』（*The Inheritance*）　45-46, 55-62
『運命』（*Destiny*）　45, 55-62
『結婚』（*Marriage*）　45, 47-57, 59-60, 62-63
フライ、ノースロップ（Northrop Frye）　2
ブラウアー、ルーベン・A（Reuben A. Brower）　126
『ブラックウッド』（*Blackwood's Edinburgh Magazine*）　321-33
ブラッドン、メアリー・エリザベス（Mary Elizabeth Braddon）　366-67
『医者の妻』（*The Doctor's Wife*）　367
『オードリー夫人の秘密』（*Lady Audley's Secret*）　366-67, 376

『われら共通の友』(*Our Mutual Friend*)　181
ディルダ、マイケル(Michael Dirda)　410, 422, 424, 426
ティンスレー兄弟(William and Edward Tinsley)　376, 383
テニスン、アルフレッド・ロード(Alfred Lord Tennyson)　91
「軽騎兵隊の突撃」(“The Charge of the Light Brigade”)　89
デフォー、ダニエル(Daniel Defoe)　2
デュジャルダン、エドゥワール(Édouard Dujardin)　374
デュマ、アレクサンドル(父)(Alexandre Dumas père)　370
『三銃士』(*Les Trois mousquetaires*)　370
『モンテ・クリスト伯』(*Le Comte Monte-Cristo*)　370
デュルケム、エミール(Émile Durkheim)　343
テンニース、フェルディナント(Ferdinand Tönnies)　342-43, 351-52
ドイル、アーサー・コナン(Arthur Conan Doyle)　280, 407-28
『ガードルストーン会社』(*The Firm of Girdlestone*)　408
『シャーロック・ホームズの冒険』(*The Adventures of Sherlock Holmes*)　407-12, 415-21
『緋色の研究』(*A Study in Scarlet*)　408-11
『ホワイト・カンパニー』(*The White Company*)　408
『マイカ・クラーク』(*Micah Clarke*)　408
『四つの署名』(*The Sign of Four*)　410
「赤毛連盟」(“The Red-Headed League”)　415-16, 420, 426
「ボヘミアの醜聞」(“A Scandal in Bohemia”)　410, 416-22
ドガ、エドガール(Edgar Degas)　372
ドストエフスキー(Fyodor Dostoyevsky)　157-58, 172, 176, 366, 386

な行

ニーチェ(Friedrich Nietzsche)　386-87, 400, 403-04
ネルソン、ホレーショ(Horatio Nelson)　91, 94-95

は行

ハイデガー(Johann Heinrich Heidegger)　386, 404
バーク、エドマンド(Edmund Burke)　69
『崇高と美の観念の起源に関する哲学的探究』(*A Philosophical Enquiry*

ストッパード、トム（Tom Stoppard） 416, 423-24
『ローゼンクランツとギルデンスターンは死んだ』（*Rosencrantz and Guildenstern Are Dead*） 423-24
『ストランド』（*The Strand Magazine*） 409-10
『スペクテイター』（*The Spectator*） 330
スミス、グリーンハウ（Herbert Greenhough Smith） 409
スモレット、トバイアス（Tobias Smollett） 181
セイヤーズ、ドロシー・L（Dorothy Leigh Sayers） 410
『千夜一夜物語』 27, 29-34
ゾラ、エミール（Émile Zola） 367-70, 372-77, 379, 383

た行

『タイムズ』（*The Times*） 5, 319
ダーウィン（Charles Darwin） 273, 276, 302
『種の起源』（*The Origin of Species*） 302-03
高山宏 75
田尻芳樹 414-15, 423, 425
ターナー、ジェイムズ（James Turner） 306, 314-15
ダレル、ロレンス（Lawrence Durrell） 345
『アレクサンドリア四重奏』（*The Alexandria Quartet*） 345
丹治愛 301
ダンテ（Dante Alighieri） 262-65
チャタトン、トマス（Thomas Chatterton） 279-80
ツルゲーネフ（Ivan Sergeevich Turgenev） 24, 382, 386, 403
ディケンズ、チャールズ（Charles Dickens） 179-218, 259-60, 264-65, 275, 348, 407
『大いなる遺産』（*Great Expectations*） 180-81, 264
『オリヴァー・トゥイスト』（*Oliver Twist*） 183, 192-94
『荒涼館』（*Bleak House*） 183
『デイヴィッド・コパーフィールド』（*David Copperfield*） 179, 181, 183, 191-92, 197-218
『ドンビー父子商会』（*Dombey and Son*） 181
『二都物語』（*A Tale of Two Cities*） 183, 185

『メイジーが知ったこと』(*What Maise Knew*)　343
ジェイムソン、フレドリック (Fredric Jameson)　345-46, 408, 412-16
『政治的無意識』(*The Political Unconscious*)　346
シェリー (Percy Bysshe Shelley)　367-68, 373, 379
シェリー、メアリー (Mary Shelley)　270
『フランケンシュタイン』(*Frankenstein*)　268, 270-71, 275
シモンズ、ジュリアン (Julian Gustave Symons)　409, 417
シャーロック (SHERLOCK) (ＢＢＣテレビシリーズ)　424
シューエル、アンナ (Anna Sewell)　301
『黒馬物語』(*Black Beauty*)　301, 311
ショー、ジョージ・バーナード (George Bernard Shaw)　381, 420-21
『男やもめの家』(*Widowers' Houses*)　381
ジョイス、ジェイムズ (James Joyce)　342, 381-83, 412
『ダブリンの市民』(*Dubliners*)　381-82
『ユリシーズ』(*Ulysses*)　342, 382
ジョンソン、クローディア・L (Claudia L. Johnson)　114
ジョンソン、サミュエル (Samuel Johnson)　138, 141
ジョンソン、ベン (Ben Jonson)　145
『ヴォルポーニ』(*Volpone*)　145
スウィフト、ジョナサン (Jonathan Swift)　144, 147
『ガリヴァー旅行記』(*Gulliver's Travels*)　141, 144
『謙虚なる提言』(*A Modest Proposal*)　144
スウェーデンボリ (Emanuel Swedenborg)　244, 253
スコット、ウォルター (Walter Scott)　1-24, 41, 46-47, 62, 116-17, 137, 155, 371
『ウェイヴァリー』(*Waverley*)　1-23, 46, 50, 58, 64
『ミドロジアンの心臓』(*The Heart of Midlothian*)　2
スティーブンソン、R・L (Robert Louis Balfour Stevenson)　410
『新アラビア夜話』(*New Arabian Nights*)　410
ストウ、ハリエット・ビーチャー (Harriet Beecher Stowe)　306
『アンクル・トムの小屋』(*Uncle Tom's Cabin*)　306
ストーカー、ブラム (Bram Stoker)　253
『ドラキュラ』(*Dracula*)　253

『ナーシサス号の黒ん坊』（*The Nigger of the "Narcissus"*）　342-43, 345, 347-49, 351-55, 358, 361
『ノストローモ』（*Nostromo*）　342-43
『密偵』（*The Secret Agent*）　385
『闇の奥』（*Heart of Darkness*）　321-40, 344, 348-49
『ロード・ジム』（*Lord Jim*）　322
「カレイン」（"Karain"）　322
「青春」（"Youth"）　322

さ行

サイード、エドワード（Edward W. Said）　28, 342-46, 348, 360
『オリエンタリズム』（*Orientalism*）　344
『世界、テクスト、批評家』（*The World, the Text, and the Critic*）　342, 344, 348
『文化と帝国主義』（*Culture and Imperialism*）　344
「世俗批評」（"Secular Criticism"）　342-45, 360
サッカレイ、ウィリアム・M（William Makepeace Thackeray）　136-54
『キャサリン』（*Catherine*）　137
『虚栄の市』（*Vanity Fair*）　91, 136-54
『バリイ・リンドン』（*Barry Lyndon*）　137
『レベッカとロウィーナ』（*Rebecca and Rowena*）　137
サルトル、ジャン=ポール（Jean-Paul Sartre）　386
サンド、ジョルジュ（George Sand）　155-78
『歌姫コンシュエロ』（*Consuélo*）　155-78
『ルードルシュタット伯爵夫人』（*La Comtesse de Rudolstadt*）　157-58, 171-72, 175-76
シェイクスピア、ウィリアム（William Shakespeare）　162, 372, 389, 418-20, 423
『ハムレット』（*Hamlet*）　423-24
『リア王』（*King Lear*）　137
「ソネット一〇五番」（Sonnet 105）　162
ジェイムズ、ヘンリー（Henry James）　156, 251, 343, 378
『ねじの回転』（*The Turn of the Screw*）　251

『エマ』(*Emma*)　73, 80-81, 122
『高慢と偏見』(*Pride and Prejudice*)　46, 70, 72, 86, 92, 114-33, 137, 189-90, 268
『自負と偏見』⇒『高慢と偏見』
『説得』(*Persuasion*)　69, 73, 92, 94-95, 97, 103
『ノーサンガー・アビー』(*Northanger Abbey*)　69, 72-76, 79-82, 84-85
『分別と多感』(*Sense and Sensibility*)　72-73, 76, 80-81, 85, 120
『マンスフィールド・パーク』(*Mansfield Park*)　73, 92, 97, 100, 106-07, 110-11, 120
「愛と友情」("Love and Freindship")　70
「イングランドの歴史」("The History of England")　70

か行

カミュ、アルベール(Albert Camus)　386, 388, 399
川本静子　258
キーツ、ジョン(John Keats)　272
ギルピン、ウィリアム(William Gilpin)　69-72, 75, 84, 86-87
キーン、スザンヌ(Suzanne Keen)　301, 303
ギンズブルグ、カルロ(Carlo Ginsburg)　280
『クォータリー・レヴュー』(*The Quarterly Review*)　116
クリスティ、アガサ(Agatha Christie)　409
グリフィス、D・W(David Wark Griffith)　347-48, 361
クリフォード、ヒュー(Hugh Clifford)　321, 330, 335, 337
クロード=ロラン(Claude Lorrain)　67-69, 85-87
ケアド、モナ(Mona Caird)　313
『アズラエルの翼』(*The Wing of Azrael*)　313
コッポラ、フランシス・フォード(Francis Ford Coppola)　350
『地獄の黙示録』(*Apocalypus Now*)　350
ゴーティエ、テオフィル(Théophile Gautier)　373
ゴンクール兄弟(Edmond et Jules de Goncourt)　372-73, 376-77
コント、オーギュスト(Auguste Comte)　303
コンラッド、ジョウゼフ(Joseph Conrad)　321-64, 385
『西欧の眼の下に』(*Under Western Eyes*)　385

『ダロウェイ夫人』（*Mrs Dalloway*） 136
「映画」（“The Cinema”） 353
エグリントン、ジョン（John Eglinton） 382
エッジワース、マライア（Maria Edgeworth） 4, 24-42, 46-47, 62-63, 241
『オーモンド』（*Ormond*） 24-26, 32-42
『倦怠』（*Ennui*） 28, 40, 42
『大衆的な物語』（*Popular Tales*） 29
「当世風の暮らしの物語」シリーズ（*Tales of Fashionable Life*） 40
『ハリントン』（*Harrington*） 26
『不在地主』（*The Absentee*） 26, 40, 42
『ベリンダ』（*Belinda*） 25, 27
『ラックレント城』（*Castle Rackrent*） 26, 46
「不運なムラド」（“Murad the Unlucky”） 25-27, 29-32
エリオット、ジョージ（George Eliot） 156, 174, 255-77
『アダム・ビード』（*Adam Bede*） 255, 258, 263-64, 268
『急進主義者フィーリクス・ホルト』（*Felix Holt, the Radical*） 260-61, 263-66, 268, 271
『サイラス・マーナー』（*Silas Marner*） 258, 260
『ダニエル・デロンダ』（*Daniel Deronda*） 255, 265, 271-74
『フロス河畔の水車場』（*The Mill on the Floss*） 258
『牧師生活情景』（*Scenes of Clerical Life*） 255
『ミドルマーチ』（*Middlemarch*） 260, 265-68, 271-72
『ロモラ』（*Romola*） 260
「ドイツ民族の自然史」（“The Natural History of German Life”） 257
「とばりの彼方」（“The Lifted Veil”） 268, 270-71, 275
エリオット、T・S（T. S. Eliot） 342
『荒地』（*The Waste Land*） 342
ＯＥＤ（*The Oxford English Dictionary*） 20, 163
オーウェンソン（Sydney Owenson） 4, 24, 26, 40, 46
『奔放なアイルランド娘』（*The Wild Irish Girl*） 26, 46, 63
オースティン、ジェイン（Jane Austen） 24, 46-47, 62, 67-133, 155, 161, 164, 189-91, 269-70

人名・作品名索引

あ行

アーヴィング、エドワード・A（Edward A. Irving） 321-29, 338

「虎の如き威厳」（“Tiger Majesty”） 321-29, 338

アウグスティヌス（Augustine of Hippo） 366

アクロイド、ピーター（Peter Ackroyd） 410

『アシニーアム』（*The Atheneum*） 156

アチェベ、チヌア（Chinua Achebe） 345

アレン、グラント（Grant Allen） 321, 330-31, 333-34, 337-38

「ジョン・クリーディ牧師」（“The Reverend John Creedy”） 321, 330-38

イェイツ、W・B（W. B. Yates） 381

イーグルトン、テリー（Terry Eagleton） 45

ヴィゼテリー、ヘンリー（Henry Richard Vizetelly） 374-76

ウィーダ（Ouida） 305

『フランダースの犬』（*A Dog of Flanders*） 305-06

ウェルギリウス（Publius Vergilius Maro） 262-64

『アエネーイド』（*The Aeneid*） 262

ウェルズ、H・G（H. G. Wells） 416

『自伝の実験』（*Experiment in Autobiography*） 416

『モロー博士の島』（*The Island of Dr Moreau*） 301

ウェルズ、オーソン（Orson Welles） 348, 361

ヴェルレーヌ、ポール（Paul Marie Verlaine） 370, 372

『呪われた詩人たち』（*Les Poètes maudits*） 370

ウォー、イヴリン（Evelyn Waugh） 138

ウォーターハウス、ウィリアム（William Waterhouse） 317

ウォルポール、ホレス（Horace Walpole） 68, 83

『オトラント城奇譚』（*The Castle of Otranto*） 68, 83

ウルストンクラフト、メアリ（Mary Wollstonecraft） 129

ウルフ、ヴァージニア（Virginia Woolf） 136, 179, 189, 287, 353, 362

装画　サッカレイ『虚栄の市』自筆挿絵より

一九世紀「英国」小説の展開

初版第一刷発行　二〇一四年　六　月一五日
初版第二刷発行　二〇一四年一一月三〇日

編著者　海老根　宏／高橋和久

発行者　森　信久
発行所　株式会社　松柏社
〒一〇二─〇〇七二
東京都千代田区飯田橋一─六─一
電話〇三─三二三〇─四八一三
電送〇三─三二三〇─四八五七

印刷所　中央精版印刷株式会社

装　幀　小島トシノブ（NONdesign）

定価はカバーに表示してあります。
落丁・乱丁本は送料小社負担にてお取り替えいたしますので、ご返送ください。

ISBN978-4-7754-0191-0